HEYNE
W0219204

Das Buch

Cath, Simon und das Ehepaar Josh und Lucy sind beste Freunde – und haben alle ihre großen und kleinen Probleme. Cath zum Beispiel weiß schon lange nicht mehr, was ein erfülltes Liebesleben ist. Anders als Simon, der immer noch tapfer – und erfolglos – auf Mr. Right wartet, hat sie die Suche längst aufgegeben. Dafür beschließt sie, ihren langweiligen Job an den Nagel zu hängen und mit Lucy einen Buchladen zu eröffnen. Und schon überschlagen sich die Ereignisse: Der unverschämt gut aussehende Grundstücksmakler James legt ein Interesse an Cath an den Tag, das nicht nur geschäftlich sein kann. Außerdem erscheint bei der Eröffnung des Buchgeschäfts überraschenderweise die schöne Portia erneut auf der Bildfläche. Glamour Girl Portia hatte schon während der gemeinsamen Studienzeit Chaos in den Freundeskreis gebracht, als sie und die ebenfalls bildhübsche Elizabeth sich einen erbitterten Konkurrenzkampf um Traumprinz Josh lieferten. Und auch jetzt wird Cath den Verdacht nicht los, dass es Portia insgeheim um mehr geht als ein Wiedersehen mit ihren Studienfreunden. Schon bald erhalten die Zweifel von damals neue Nahrung und unter den Freunden bricht ein allgemeines Gefühlschaos aus …

Die Autorin

Jane Green, Bestsellerautorin aus England, hat früher viele Jahre als Journalistin gearbeitet. Ihre Bücher wurden bisher weltweit in 15 Sprachen übersetzt. Die Autorin lebt zusammen mit ihrer Familie in London. Bei Heyne erscheint außerdem *Frösche küssen besser* (01/13561).

JANE GREEN

West end Girls

Roman

Aus dem Englischen von Sabine Lohmann

WILHELM HEYNE VERLAG
MÜNCHEN

HEYNE ALLGEMEINE REIHE
Band-Nr. 01/13766

Die Originalausgabe
BOOKENDS
erschien bei Penguin, London

Umwelthinweis:
Dieses Buch wrude auf
chlor-und säurefreiem Papier gedruckt.

Taschenbucherstausgabe 05/2003
Copyright © 2000 by Jane Green
Copyright © dieser Ausgabe 2003 by
Ullstein Heyne List GmbH & Co. KG, München
Copyright © der deuschsprachigen Ausgabe 2002
by Wilhelm Heyne Verlag GmbH & Co. KG, München
Der Wilhelm Heyne Verlag ist ein Verlag der
Ullstein Heyne List GmbH & Co. KG
Printed in France 2003
Umschlagillustration: Corbis/Patrik Giardino
Umschlaggestaltung: Eisele Grafik-Design
Satz: EDV- Fotosatz Huber /
Verlagsservice G. Pfeifer, Germering
Druck und Bindung: Maury Eurolivres, Manchecourt
http://www.heyne.de

ISBN: 3-453-86979-6

1

ALS ICH JOSH zum ersten Mal sah, hielt ich ihn für einen netten Kerl, mit dem es aber kaum zu mehr als einer beiläufigen Bekanntschaft kommen würde. Als ich Tim kennen lernte, verliebte ich mich hoffnungslos in ihn und betete, ihn irgendwie einmal bekehren zu können.

Doch als ich Portia kennen lernte, dachte ich, ich hätte meine Zwillingsseele gefunden.

Sie war die ersehnte Schwester, die beste Freundin, die ich mir immer gewünscht hatte, und ich glaubte wahrhaftig, wir würden für alle Zeit befreundet bleiben, ganz egal, was sonst noch in unserem Leben geschah.

Für alle Zeit – das kommt einem sehr lang vor, wenn man erst achtzehn ist. Wenn man zum ersten Mal von zu Hause fort ist, wenn man spontane Freundschaften schließt, die so intensiv sind, dass sie eigentlich nur dazu bestimmt sein können, einem bis zum bitteren Ende erhalten zu bleiben.

Ich lernte Josh gleich zu Anfang kennen, nur ein paar Wochen nach dem Erstsemesterball. Ich hatte ihn in der Studentencafeteria nach einem Rugbymatch am Tresen lehnen sehen. Er wirkte wie der typische Schnösel aus gutem Hause, mit zu viel Geld und der entsprechenden Arroganz ausgestattet.

Er hatte – natürlich – sofort Portia angequatscht, vom Alkohol ermutigt, denn so selbstsicher war er nüchtern keineswegs (was ich damals aber noch nicht wusste), und trotz wiederholter Abfuhren ließ er nicht locker, bis seine Freunde ihn mitschleppten, um anderswo leichtere Beute aufzutun.

Normalerweise wäre das sicher schon alles gewesen, aber dann stieß ich am nächsten Tag gleich wieder mit ihm zusammen, in der Bibliothek. Er erkannte mich sofort und entschuldigte sich für sein Benehmen am Vorabend. Und allmählich trafen wir uns immer öfter mit ihm, bis er sich fest in unserer Clique etabliert hatte.

Inzwischen hatte ich Tim kennen gelernt, hatte mich schon in sein freches Grinsen und seinen außergewöhnlichen Charme verliebt. Ich half gerade einer meiner Kommilitoninnen, Mitspieler für eine Laienaufführung von *Cabaret* zu rekrutieren. Mein Job war es, Interessierte zu sammeln und sie dann in den Probensaal zum Vorsingen zu schicken.

Tim war der Einzige, der in vollem Kostüm auftrat. Als Sally Bowles. In Netzstrümpfen, mit schwarzer Melone und Make-up verzog er keine Miene, als die anderen auf ihren Klappstühlen hämisch zu tuscheln begannen, voller Neid auf seinen Einfallsreichtum. Und auf seine Beine.

Dreist kam er auf die Bühne stolziert und lieferte die miserabelste Version von *Cabaret* ab, die ich je gehört habe, aber mit so unverschämter Selbstsicherheit, dass man ihm beinahe verzeihen konnte, wie absolut unmusikalisch er war.

Am Ende klatschten und johlten alle wie wild, und zwar nur, weil er es offensichtlich so genoss, im Rampenlicht zu stehen. Ein solches Engagement war uns absolut neu, doch obwohl Tim jede Gesangsnummer auswendig konnte, musste er sich mit der Rolle des Erzählers begnügen, da Helen, die Regisseurin, mit Entschiedenheit kund tat, sie wolle ihn nie wieder einen einzigen Ton singen hören.

Eddie war ein Freund von Josh. Ein lieber, netter Kerl aus Leeds, der sich trotz seiner provinziellen Herkunft nie von unseren Allüren einschüchtern ließ. Er war ein guter Kumpel, stets bereit, alles für jeden zu tun, den er mochte, und das waren größtenteils wir, unsere damalige Studentenclique.

Und dann gab es natürlich noch Portia, so eng mit mir verbunden, dass unsere Namen meist in einem Atemzug genannt wurden: CatherineundPortia, im Doppelpack.

Ich lernte Portia gleich am ersten Tag in der Universität kennen. Wir saßen im Gemeinschaftsraum und warteten auf eine Ansprache des Tutors, beäugten uns alle gegenseitig und fragten uns, mit wem wir uns wohl anfreunden würden, wer uns vom Typ her zusagte. Da kam ein unglaublich elegantes Mädchen auf endlosen Beinen herein, lässig an einem Apfel kauend, die Unbekümmertheit in Person.

Portia mit der kastanienbraunen Mähne, die ihr bis über die Schulterblätter fiel. Portia mit den kühlen grünen Augen und dem dreckigen Lachen. Portia, die aussah wie ein richtiges Biest, aber die beste Freundin war, die ich jemals hatte.

Ihre Selbstsicherheit raubte mir den Atem, und als sie ihre Tasche auf den Boden fallen ließ und sich auf den freien Platz neben mir setzte, betete ich, sie möge meine Freundin werden. Sie streckte die langen Beine aus, die in butterweichen, schenkelhohen Wildlederstiefeln steckten – genau die Stiefel, die ich sehnlichst haben wollte, wenn ich je dünn genug dafür würde – und nach einem letzten Biss in ihren Apfel warf sie das Kerngehäuse mit gekonntem Schwung in den Mülleimer auf der anderen Seite des Raumes.

»Ha!«, lachte sie triumphierend. »Übung macht den Meister.« Dann wandte sie sich zu mir um. »Ich heiße Portia. Wann soll dieser Quatsch hier denn losgehen?«

Portia besaß mehr als genug Selbstsicherheit für uns beide. Innerhalb von Minuten fanden wir heraus, dass wir trotz unserer unterschiedlichen Herkunft den gleichen bissigen Humor hatten, die gleiche ironische Sicht der Dinge, obwohl es noch ein paar Jahre dauern sollte, bis echter Zynismus hinzukam.

Von Anfang an brachten wir uns gegenseitig zum Lachen, und nie fehlte es mit Portia an Gesprächsthemen. Sie hatte ein tolles Zimmer – eins der begehrtesten im ganzen Haus, mit zwei Armsesseln im Erkerfenster, die sie mit rubinrot schimmerndem Pannesamt bezogen hatte. Dort konnte sie stundenlang sitzen und die Leute auf der Straße beobachten.

Oft leistete ich ihr dabei Gesellschaft. Die gräulichen Netzgardinen drapierten wir über die Plastikstange, an der sie hingen. Im Sommer stand das Fenster offen, und wir nippten an unserem Beck's Bier, eine Marlboro Lights lässig zwischen den Fingern, und warteten, dass die Männer unserer Träume vorbeispaziert kamen und sich Hals über Kopf in uns verliebten.

Und häufig taten sie das auch, zumindest, was Portia betraf.

Selbst damals schon hatte sie mehr Stil als alle anderen zusammen. In den Hippieboutiquen erstand sie billige bunte Schlabberkleider, über und über mit kleinen Spiegeln bestickt, und am nächsten Tag hatte sie sich daraus dann zwei umwerfend originelle Patchworkkissen genäht, denen die schimmernden Spiegel einen exotischen Reiz verliehen.

Sie hatte Geld, das war nicht zu übersehen, aber trotzdem hatte Portia nichts Snobistisches oder Hochnäsiges an sich. Aufgewachsen war sie in Gloucestershire, auf einem alten Landsitz, auf dem man wahrscheinlich fast unseren ganzen Campus hätte unterbringen können.

Ihre Mutter sei unheimlich schön und leider Alkoholikerin, aber, seufzte Portia, wer sollte ihr das verdenken, wo ihr Vater doch mit halb London schlief. Sie besaßen auch eine Stadtwohnung in Belgravia, in die Portia sich schließlich einquartierte, als sie nicht mehr in das muffige Internat zurückwollte, und stattdessen beschloss, ihren Schulabschluss an einem fortschrittlicher orientierten Institut in London zu machen.

Zwischen ihrer und meiner Herkunft lagen Welten, und entsprechend beeindruckt war ich von ihrem Lebensstil. Mein Leben hatte im finstersten Vorstadtmilieu begonnen, in einem ganz gewöhnlichen Vorkriegsreihenhäuschen an einer Hauptstraße in Nord London. Im Gegensatz zu Portias hochherrschaftlichen Eltern ist mein Vater bloß ein kleiner Buchhalter in einem mittelständischen Betrieb. Meine Mutter ist Hausfrau und hilft gelegentlich in der Kantine einer Grundschule in der Nachbarschaft aus.

So lange ich zurückdenken kann, hatte ich mich aus der Banalität unseres Alltags immer in Bücher geflüchtet – meine einzig wahre Liebe, während ich heranwuchs.

Natürlich liebe ich Mom und Dad, sie sind ja meine Eltern. Doch sobald ich zur Universität kam, wurde mir klar, dass sie nichts mehr mit mir und meinem Leben gemein hatten, nichts mehr mit der jungen Frau, die ich sein wollte, und nie hatte ich diese Abnabelung deutlicher gespürt als an dem Tag, da ich Portia kennen lernte.

Ich fragte mich immer, ob Stil etwas war, mit dem man geboren wurde, oder etwas, das man auch kaufen konnte. Ich bin sicher, man besitzt echten Stil, wenn man sozusagen damit geboren wird, und Portia hatte das Glück, dass sie sich außerdem noch das Beste von allem leisten konnte. Trotzdem hätte sie es fertig gebracht, selbst in einem Müllsack noch schick auszusehen. Gleichgültig, was sie trug, immer wirkte es wie von Yves Saint Laurent entworfen. Sie spottete gutmütig über unsere löchrigen Pullover, unsere verwaschenen, mit Absicht zerrissenen Levis. Lachend gab sie zu, dass es ihr physisch unmöglich sei, auf weniger als sechs Zoll hohen Absätzen zu laufen, wegen eines Geburtsdefekts, wie sie sagte. Sie sank auf die Knie, krallte sich in den Saum meines Pullovers – ein raupengrünes, selbstgehäkeltes Teil, das aus heutiger Sicht wohl wirklich eine ziemliche Scheußlichkeit war – und flehte mich an, das Ding zu verbrennen und im Austausch dafür gnädig ihren Designer-Kaschmirpulli anzunehmen.

Es gab immer ein paar Leute, die sie beneideten. Ich erinnere mich an einen Abend, als Portia in einem Pub von irgendeinem breitschultrigen Rugby-Typen bedrängt wurde. Höflich lehnte sie sein Angebot ab, eine schnelle Nummer mit ihm zu schieben, worauf er sie anbrüllte, sie sei ein verwöhntes reiches Miststück und an der ganzen Uni verhasst. Sobald Portia sich von dem Schock erholt hatte, verpasste sie dem Kerl eine schallende Ohrfeige und rannte hinaus in den Garten.

Dort fand ich sie dann. Ich hatte nichts von der Szene mitbekommen, da ich mich im Nebenraum mit anderen Leuten unterhalten hatte, und erst als sie nicht wiederkam, machte ich mich auf die Suche nach ihr.

Sie lag zusammengekauert hinten im Garten. Es regnete, sie war vollkommen durchnässt, und ihre Hand blutete. Ich nahm sie in die Arme, ein zitterndes, schluchzendes Häuflein Elend, und redete ihr gut zu, mit zur Ambulanz zu kommen, um die Wunde versorgen zu lassen. Selbst dort wollte sie mir nicht sagen, was passiert war, und am nächsten Tag verbreitete sich das Gerücht, der Rugbyprolet habe sie geschlagen und die Treppe hinabgestoßen. Portia äußerte sich mit keinem Wort zu dem Zwischenfall, sondern ließ dem Gerücht einfach seinen Lauf, wodurch der Kerl bei sämtlichen Frauen an der Uni in Ungnade fiel.

Monate später saßen wir in einem Café an der High Street, als Portia plötzlich sagte: »Erinnerst du dich noch an den Abend, als meine Hand blutete?«

Ich nickte, gespannt auf eine Erklärung wartend, da sie bis dahin nie über diese Sache geredet hatte.

»Hast du auch gedacht, er hätte mich verprügelt?«

Ich zuckte die Achseln. Keine Ahnung.

»Ich hab es selbst getan«, sagte sie, steckte sich eine Zigarette an und betrachtete die kleine Narbe auf ihrem Handknöchel. »So was mach ich halt manchmal.« Sie zog an ihrer Zigarette und blickte gelassen durch den Raum, als sei das alles nicht weiter wichtig. »Ich neige dazu, mich selbst zu verletzen. Physisch, meine ich.« Sie zögerte kurz. »Wenn mir was in der Seele wehtut.« Dann winkte sie die Kellnerin heran und bestellte noch einen Kaffee. Anschließend sprach sie schon von etwas anderem, sodass ich nicht mehr auf das Thema zurückkommen konnte.

Es war der erste Hinweis auf die Tatsache, dass Portia doch nicht ganz so vollkommen war. Dass es in ihrer Vergangenheit vielleicht Dinge gab, die sie belasteten. Erst als ich sie besser kennen lernte, begann ich zu begreifen, was für Auswirkungen das Verhalten ihrer Eltern auf ihre Entwicklung gehabt hatte.

Es war nicht so, dass sie ihnen gleichgültig war, meinte Portia. Sie waren nur irgendwie nie für sie da. Ihre Mutter lag den ganzen Tag benebelt im Bett, und ihr Vater verschwand ständig nach London, sodass Portia sich selbst überlassen blieb.

Diese Selbstverstümmelungen, die sie vornahm, wenn ihr das Leben wieder einmal zu schwer erschien, waren offensichtlich Akte der Verzweiflung, eine Art Aufschrei, um endlich wahrgenommen zu werden. Aber wenn man es nicht wusste, merkte man nichts davon. Portia war witzig, großzügig und hilfsbereit. Wenn mein Gejammer über meine stumpfen, mausbraunen Haare ihr zu viel wurde, schleppte sie mich zum Friseur, um mir Strähnchen einfärben zu lassen.

Das Mädchen im Friseursalon mochte Portia nicht, ärgerte sich über ihr herrisches Auftreten, aber Portia wusste, was sie wollte, und wenn sie statt simpler Kammsträhnen die langwierigere Prozedur mit der Alufolie anordnete und die Haarfarben auch noch selbst auswählte, geschah alles genau so, wie sie sagte. Und dann zeigte sie der Friseuse ein Modelfoto in einer Zeitschrift, und sie schnitt mir das Haar so, dass es mir in weichen, fedrigen Spitzen um das Gesicht fiel. Ich hatte mich noch nie schön gefühlt, höchstens an sehr guten Tagen halbwegs attraktiv, doch in diesem schäbigen kleinen Friseursalon, umgeben von alten Tantchen mit bläulichen Dauerwellen und der strahlenden Portia hinter mir, kam ich mir für ein paar Minuten geradezu hinreißend vor.

Portia war das weitaus beliebteste Mädchen an der Uni. Sogar die Maurer, die eines Sommers am Ende unserer Straße arbeiteten, sagten bewundernd: »Die hat Klasse.«

Wenn *ich* vorbei ging, riefen sie nur: »Hey, Schätzchen, wie wär's mit uns?« Ich lächelte dann ein bisschen genervt, aber heimlich doch geschmeichelt, dass sie mich überhaupt zur Kenntnis nahmen.

Wenn jedoch Portia des Weges kam, verstummten sie. Einer nach dem anderen ließen sie ihre Kellen sinken und traten an den Rand des Gerüsts, um sie vorbeischweben zu sehen, mit unbewegter Miene, den Blick in die Ferne gerichtet. Und kaum war sie vorübergegangen, warfen sie sich bedauernde Blicke zu, weil sie genau wussten, dass sie im Leben nie näher als vier Meter – hoch auf einem Stahlgerüst – an eine Frau wie Portia herankommen würden.

Und dennoch, unter ihren Designerklamotten und ihrem gepflegten Äußeren war Portia genau wie ich. Wir waren beide unverbesserliche Romantikerinnen, obwohl wir dies gut zu verbergen wussten, und sehnten uns beide verzweifelt nach Liebe.

Portia war seit ihrer Geburt von ihren Eltern ignoriert worden, und obwohl es in meiner Familie ganz anders ablief, war ich das Produkt von zwei Menschen, die besser nie geheiratet hätten, die ihr Leben in ständigem Gezänk verbrachten und mir als Kind das Gefühl vermittelten, es sei alles meine Schuld.

Meine Eltern waren immer noch zusammen – und wie. Aber wahrscheinlich hat jede Familie ihre Probleme, nur dass nicht überall offen darüber geredet wird. Alles wird immer schnell unter den Teppich gekehrt und vergessen.

Vielleicht war mir Portia deshalb so nah. Sie war der erste Mensch in meinem Leben, dem gegenüber ich völlig ehrlich sein konnte. Nicht direkt von Anfang an, natürlich nicht, doch sie war selbst so offenherzig (dank jahrelanger Therapie, wie sie sagte), dass mir gar nichts anderes übrig blieb, als die Pausen nach ihren Geschichten mit meinen eigenen Reminiszenzen zu füllen.

Nach und nach ließen wir noch mehr Leute in unsere Welt ein, sofern sie den gleichen Sinn für Humor hatten, und gegen Ende des ersten Studienjahrs bildeten wir schließlich eine kleine Clique von Individualisten, alle aus ganz verschiedenen Kreisen stammend, aber vereint in dem Gefühl, eine neue Familie gefunden zu haben.

So gab es also Eddie, Joshua, Portia und Tim. Mir fiel nie auf, dass wir gar keine weiteren engen *Freundinnen* hatten, denn offenbar waren wir uns selbst genug. Als eine Art Außenseiterin kam im zweiten Jahr noch Sarah dazu, aber nur, weil sie mit Eddie ging. Und obwohl wir versuchten, sie mit einzubeziehen, gehörte sie doch nie richtig zu uns.

Ich sehnte mich die ganze Zeit danach, jemanden in die Clique mitzubringen, so wie Eddie seine Sarah. Sicher, es mangelte nicht an kurzlebigen Affären, die immer nach dem gleichen Muster abliefen – nach ausgedehnten Kneipentouren landete man mit einem Fremden im Bett und wusste am nächsten Morgen schon, dass man ihn nicht wiedersehen würde, auch wenn man gehofft hatte, es wäre diesmal anders. Doch die große, erfüllende Leidenschaft, von der Portia und ich unentwegt redeten, wollte sich in jenen Jahren nicht einstellen, und so musste ich mich halt mit schnellen Abenteuern begnügen.

Ich weiß noch, wie gelassen Portia ihren ersten One-Night-Stand hinnahm. In den Sommerferien vor Studienbeginn war sie auf Mykonos von einem strammen Schweden entjungfert worden und hielt so etwas seitdem für unter ihrer Würde.

Ich hatte sie eines Abends auf einen Kneipenbummel mitgeschleppt und versuchte, mir nichts anmerken zu lassen, als ich sie ausgerechnet mit dem schlimmsten Weiberhelden, der praktisch schon alle anderen flachgelegt hatte, über die Straße torkeln sah.

Das Schrecklichste daran war vermutlich, Portia betrunken zu sehen. Sie war einfach nicht der Typ für so etwas. Es passte nicht zu ihr.

»Keine Sorge«, lallte sie und fiel mir um den Hals, ehe sie weiterzog, »hab 'n K-Kondom dabei ...« Wenn wir anderen von unseren Nachtschwärmereien sprachen, schien Portia sich immer ein bisschen außen vor zu fühlen, und ich hatte den Verdacht, sie probierte es jetzt einfach mal aus, um mitreden zu können.

Ich muss gestehen, dass ich an der Uni praktisch mit jedem ins Bett ging, der es darauf anlegte – ich hatte so wenig Selbstbewusstsein, dass ein Typ nur das kleinste bisschen Interesse zu zeigen brauchte, und schon war ich zu allem bereit.

Ich erinnere mich noch deutlich an dieses verzehrende Bedürfnis nach Zuneigung. Es ging mir nicht um Sex, sondern um das Kuscheln danach. In jemandes Armen zu liegen, der einem mit sanftem Gemurmel übers Haar strich. So schlief ich denn mit den Typen und sehnte mich beim Aufwachen nach mehr von der Zärtlichkeit der vergangenen Nacht, doch mit der Triebbefriedigung hatte sich unweigerlich auch die Intimität verflüchtigt, und am Morgen wurde ich entweder ignoriert oder mit höflicher Konversation gelangweilt, ehe ich mich so schnell wie möglich aus dem Staube machte.

Ich saß in Portias Zimmer und sah sie die Straße heraufkommen, noch immer im kleinen Schwarzen, die hochhackigen Riemchenpumps an der Hand schlenkernd. Als sie nah genug war, konnte ich sehen, dass sie sich ihr Make-up abgewaschen hatte – so ließen sich die wenigsten von uns jemals blicken, schon gar nicht außer Haus –, und kaum entdeckte sie mich am Fenster, winkte sie mir grinsend zu.

Ich schaltete den Wasserkessel an und löffelte gerade Nescafé in einen Becher, als sie hereinkam.

»Also, ich hab's getan«, verkündete sie, »und ich weiß wirklich nicht, was daran so toll ist. Eben auf dem Heimweg hab ich mir gesagt, dass ich die Wahl zwischen zwei Dingen habe. Entweder, ich schäme mich jetzt, denn mal ganz ehrlich, Cath, ich bin regelrecht benutzt worden! Oder aber« – sie machte eine kurze Kunstpause – »ich betrachte es als Erfahrung, lerne draus, und das war's dann.«

»Ich brauch wohl nicht zu fragen, wofür du dich entschieden hast«, sagte ich lächelnd, wie so oft beeindruckt von ihrer Selbstsicherheit. Denn auch wenn ich es nicht zugeben mochte, ich selbst fühlte mich nach jedem One-Night-Stand, jeder neuen Ablehnung, immer wertloser.

»Ich sag dir eins« – sie ließ sich in den Sessel fallen und steckte sich eine Zigarette an – »der Sex war echt schauderhaft. Ich kann mir nicht vorstellen, was *irgendwer* davon hat, mit einem Fremden zu schlafen. Und dabei soll er doch einer der schärfsten Typen der ganzen Stadt sein.«

Wie es aussah, gab es keinen, der für Portia gut genug war, jedenfalls nicht hier an der Uni. Aber dann, gegen Ende des zweiten Jahres, als wir mit Josh, Tim und Eddie ein kleines Haus in einer Nebenstraße der High Street bezogen hatten – ohne Sarah, die offenbar noch nicht ganz am Ziel ihrer Hoffnungen angelangt war –, kam Portia eines Tages glückstrahlend heim. Sie habe in der Bibliothek einen Supertypen kennen gelernt, sagte sie, ob wir etwas dagegen hätten, wenn er zum Abendessen käme?

So ganz recht war es mir tatsächlich nicht. Zum ersten Mal schien Portia Feuer gefangen zu haben, und ich war wohl ein bisschen eifersüchtig. Doch kaum kam Matt zur Tür herein, waren wir alle hingerissen.

Matt war wirklich der vollkommene Mann. Er war witzig, charmant, nicht nur nett, sondern auch klug, und er vergötterte Portia. Manche Paare scheinen einfach füreinander bestimmt zu sein, so auch Matt und Portia. Und trotzdem wandte Portia sich nicht von mir ab. Es ging mir so wie dem Vater der Braut, der keine Tochter verliert, sondern einen Sohn dazugewinnt. Ich gewann noch einen guten Freund.

Nur leider war das Glück nicht von Dauer. Das war es bei Portia nie. Ein Jahr lang waren die beiden unzertrennlich, dann machte sie aus heiterem Himmel mit ihm Schluss. Ohne jede Erklärung. Sie beschloss einfach, dass es Zeit sei, sich anderweitig umzusehen, doch was für sie eine leichte Entscheidung war, ließ die Übrigen unserer Gruppe am Boden zerstört zurück. Von da an begann alles fürchterlich schief zu gehen.

2

Es GAB DA ein Mädchen namens Elizabeth, eine Freundin von Eddie, die er noch aus der Schule kannte. Statt für ein Studium hatte sie sich lieber gleich fürs Berufsleben entschieden und sich dort bald den recht eindrucksvoll klingenden Titel einer Marketing-Assistentin gesichert.

Eddie betete sie an. Das ganze erste Semester über schwärmte er uns ständig von ihr vor: Elizabeth dies, Elizabeth das. Wie Elizabeth ihm das Rauchen beigebracht hatte und sich heimlich das Auto ihrer Eltern ausborgte, wenn sie nicht da waren. Und wie Elizabeth und Eddie betrunken durch die Stadt kutschiert waren, mit einer Horde grölender Schulkameraden hinten auf dem offenen Verdeck.

Eddie gab zu, von Anfang an in sie verschossen gewesen zu sein, aber so ging es allen, sagte er, denn sie war bei weitem das schönste Mädchen an der Schule und sogar schon mit vierzehn ein Gesprächsthema für die Großen aus der Abschlussklasse.

So wurde Elizabeth nach und nach zu einer Art Mythos. Wir hatten schon so viel von dieser bewundernswerten Schönheit gehört, und doch waren wir uns nie ganz sicher, ob sie wirklich existierte – zumindest als das Wunderwesen, das Eddie uns beschrieb.

Wahrscheinlich, so nahmen wir an, war Eddie damals von seiner Schülerliebe verblendet gewesen. Hübsch mochte sie ja sein, sogar auffallend hübsch, aber letztlich doch wohl nichts wirklich Besonderes.

Und dann kündete Eddie eines Tages an, Elizabeth würde am Wochenende zu Besuch kommen. Er wollte ihr sein Bett überlassen und bei Sarah übernachten, damit Elizabeth es möglichst bequem hatte.

»Ja, ja«, frotzelte Josh, »aber mitten in der Nacht schleichst du dich dann in dein eigenes Bett zurück, was? Das wird Sarah aber gar nicht gefallen.« Sarah war zu dem Zeitpunkt noch nicht fest mit Eddie liiert, aber bis zum Besuch der viel gerühmten Elizabeth war eigentlich schon klar gewesen, dass Eddie ihr verfallen war.

Eddie blickte ganz schockiert drein. »Na, hör mal! Nicht im Traum würde ich so was tun! Du weißt doch, was ich für Sarah empfinde! Elizabeth ist eine gute alte Freundin, weiter nichts.«

Als der Tag X näher rückte, wurden wir alle von Eddies Aufregung angesteckt. Alle, bis auf Portia.

»Bist du denn nicht auf diesen Inbegriff weiblicher Vollkommenheit gespannt?«, fragte ich sie – mein Gott, wie deutlich mir die Szene noch im Gedächtnis ist! Ich weiß noch genau, wo wir in dem Moment saßen, und die Erinnerung ist so stark, dass ich es förmlich riechen kann: Es war in dem gemütlichen Café in einer der schmalen, kopfstein gepflasterten Gassen, die vom Strand herauf führten. Während des Semesters war das Café voller lärmender Studenten, die stundenlang bei einer Tasse Kaffee saßen, aber zur Ferienzeit wurde es von alten Damen mit Kopftüchern bevölkert, die dick mit Zuckerguss überzogene Krapfen mümmelten.

In den Ferien gefiel es mir dort am besten. Ich genoss es, in aller Ruhe dazusitzen und die Stadt in ganz neuem Licht zu sehen, ohne all die nervenden Studenten. Meistens hatte ich ein Buch dabei, aber nur zur Tarnung, um unauffälliger die Gespräche um mich her belauschen zu können.

Ich weiß noch, dass ich an jenem Tag mit Portia eine Vorlesung geschwänzt hatte, nicht ohne mir zu geloben, den Stoff später nachzuholen. Ich stand wegen zwei Bechern süßen, milchigen Tees in einer Schlange an und überlegte, ob ich mir einen Krapfen gönnen sollte, entschied mich aber dagegen, denn zu der Zeit war es mir tatsächlich noch wichtig, meine Figur zu halten.

Portia und ich saßen an einem kleinen Ecktisch, unsere Feuerzeuge lagen auf den Marlboro-Schachteln, es roch nach Rauch, frischem Kuchen und salziger Seeluft. Ich war ganz beglückt von meinem neuesten Flirt mit einem Typ namens Sam und schilderte Portia die vergangene Nacht in allen Details.

Wie immer hörte sie mir interessiert zu und lachte ermunternd an den richtigen Stellen, bis ich zum Schluss noch hinzusetzte, ich könne es gar nicht erwarten, Elizabeth kennen zu lernen. Darauf erwiderte sie nichts.

»Du kommst doch auch mit, oder?«, fragte ich, nachdem ich ihr erzählt hatte, dass wir alle miteinander Eddies Gast vom Bahnhof abholen wollten. Portia zuckte die Achseln.

»Aber wieso denn nicht?«

Sie lächelte plötzlich. »Ach, ich möchte eigentlich schon mit. Ich muss nur vorher noch in die Bibliothek, deshalb könnte es sein, dass ich die Ankunft Ihrer Majestät verpasse.«

Keine Sekunde lang kam mir damals der Verdacht, es könnte sich mehr dahinter verbergen.

»Was glaubst du?«, kicherte ich. »Ob sie wohl so großartig ist, wie Eddie behauptet?«

»Sie ist bestimmt eine richtige Zicke«, sagte Portia so giftig, dass ich kurz stutzte, aber dann ging ich scherzhaft darauf ein.

»Oder eine fette Kuh«, schmunzelte ich und gratulierte mir im Stillen dazu, dem Krapfen widerstanden zu haben.

»Genau. Sie hat bestimmt fünfzig Kilo zugenommen, seit Eddie sie zuletzt gesehen hat, Kummerspeck, weil er nicht mehr da war. Entweder das oder kaum noch Haare auf dem Kopf.«

Ich sah Portia an, als ob sie übergeschnappt sei, doch dann bogen wir uns vor Lachen.

Portia kam nicht mit, um Elizabeth abzuholen, und ich ging dann schließlich auch nicht. Josh fuhr mit Eddie und Sarah zum Bahnhof, da er als Einziger einen Wagen hatte. Ich hockte in der Küche und wartete auf sie und auf Portia.

Ich hatte gerade Tee gekocht – zu viel mehr haben wir uns in dem Jahr kaum je aufgerafft –, als die Haustür aufging und Stimmen durch den Flur hallten. Sobald Josh und Eddie hereinkamen, sah ich ihnen an, dass es sie beide erwischt hatte. Ihre Augen leuchteten, und sie lachten, die Wangen rot vor Aufregung. Hinter ihnen trat Elizabeth ein, und ich begriff, was solch eine Reaktion ausgelöst hatte.

Sie war einfach umwerfend. Nicht so wie Portia, von herrischer Kühle keine Spur. Elizabeth war das typische Mädchen von nebenan, kam sogleich mit breitem Lächeln auf mich zu – perfekte Zähne, was auch sonst –, und ich verstand, warum sie die anderen prompt in ihren Bann geschlagen hatte.

Sarah war in die Bibliothek gegangen, doch Josh wisperte mir zu, dass sogar sie von Elizabeth bezaubert schien, und ich weiß noch, wie es mir imponierte, dass Sarah nicht vor Eifersucht ausrastete, wie ich es an ihrer Stelle sicher getan hätte.

Tim kam bald darauf von einer Theaterprobe zurück, und es dauerte nicht lange, bis er genauso bezirzt war wie wir anderen. Doch derjenige, den es am heftigsten erwischt hatte, war Josh.

Ich hatte ihn vorher noch nie so gesehen. Er konnte die Augen nicht von Elizabeth lösen, und im Laufe des Nachmittags merkte ich, dass sie sich ihm mehr und mehr zuwandte. Es begann mit Blicken – ihn sah sie öfter und länger an als uns –, dann legte sie ihm die Hand auf den Arm und bat ihn, sich nicht dauernd über sie lustig zu machen, denn das war die einzige Art, auf die Josh mit seinen neunzehn Jahren zu flirten wusste.

»Ist sie nicht fabelhaft?«, schwärmte Tim, als wir zwischendurch kurz rausgingen, um Zigaretten zu holen.

»Also, ich hätte nie gedacht, dass ich das sagen würde, aber sie ist wirklich toll. Ich versteh jetzt vollkommen, was Eddie gemeint hat. So nett, so natürlich, und auch noch witzig! Ich hatte richtig Seitenstiche vor Lachen!«

»Und vor allem bildhübsch«, ergänzte Tim, während wir die Straße hinabrannten, unser Atem deutlich sichtbar in der frischen, frostigen Luft. »Wenn ich hetero wär, dann wär sie die ideale Frau für mich.«

»Und was ist mit Portia?«

»Nix.« Tim schüttelte den Kopf. »Portia ist schön, aber sie hat etwas Undurchdringliches, irgendwie Kaltes an sich. Elizabeth ist einfach so wohltuend unkompliziert. Herrje, was wird Portia wohl von ihr halten?«

»Wieso, wie meinst du das?« Wir betraten den Laden und kauften ein paar Schachteln Zigaretten, eine Flasche Milch und Nudelsuppe für Tim.

»Ich bin sicher, sie wird sie nicht ausstehen können«, erklärte Tim. »Sie wird garantiert wild vor Eifersucht.«

Ich blieb wie angewurzelt stehen. »Portia? Eifersüchtig? Du spinnst wohl!«

»Cath, sie wird es nicht ertragen können, dass sie plötzlich nicht mehr im Mittelpunkt steht. Hast du gesehen, wie Josh auf Elizabeth abfährt? Ich verehre unsere Portia, aber ich wär nicht gern derjenige, der ihr die Starrolle streitig macht.«

»Aber was, glaubst du, wird sie denn tun?«

»Keine Ahnung.« Tim grinste boshaft. »Warten wir's ab. Auf jeden Fall wird es mir eine verdammt gute Anregung für meine Improvisation sein.«

Als wir zurückkamen, war Portia da. Sie saß am Küchentisch und redete mit Elizabeth, und obwohl ich nicht zugeben mochte, dass Tim Recht hatte, wirkte die Atmosphäre merklich kühler. War es nur eine Einbildung, oder hatte Portia tatsächlich plötzlich einen harten, eisigen Blick?

»Na, Leute, was steht für heute Abend auf dem Programm?« Die Füße auf dem Tisch, schlürfte Tim seine Nudelsuppe.

»Wir dachten, wir machen vielleicht eine Kneipentour«, sagte Eddie und warf Elizabeth einen um Zustimmung heischenden Blick zu.

»Wunderbar«, stimmte sie begeistert zu. »Ich bin schon ewig nicht mehr so richtig versumpft!«

»Elizabeth im Vollrausch ist kein schöner Anblick«, feixte Eddie, woraufhin sie ihn empört in die Seite knuffte, doch weder Portia noch mir war entgangen, dass Josh nicht in das Gelächter mit einstimmte. Er war wohl zu sehr damit beschäftigt, Elizabeth anzuhimmeln.

Um sieben Uhr kam Portia die Treppe herunter, und Tim stupste mich an, während sie vor dem Spiegel im Flur ihre Mähne ausschüttelte.

»Siehst du?«, zischte er mir leise zu. »Sie hat sich in ihren Kampfanzug geworfen.«

Und tatsächlich, sie trug ihr rotes Schlauchkleid, von dem Josh einmal gesagt hatte, dass ihm schon bei dem bloßen Anblick einer abging, und die todschicken Pumps, die Tim ihre Fick-mich-Schuhe nannte.

Tim blickte mich mit ironisch hochgezogenen Brauen an, aber ich schüttelte den Kopf, weil ich ihm einfach nicht glauben wollte, doch es sah tatsächlich ganz so aus, als führte Portia etwas im Schilde. Nur wusste ich nicht, was.

Es dauerte nicht lange, bis es mir klar wurde. Eddie hatte schon herausgefunden, dass Elizabeth Josh »süß« fand, und Josh brauchte überhaupt nichts zu sagen, seine Miene verriet ohnehin, wie es um ihn stand.

Eddie legte bei alldem eine rührende Mischung aus Stolz und Eifersucht an den Tag – Stolz, weil er in Bezug auf Elizabeth nicht zu viel versprochen hatte, und Eifersucht, weil es sich nun mal nicht verhehlen ließ, dass sie immer seine Traumfrau bleiben würde.

Wir begannen den Abend im King's Head. Wie üblich zog Portia alle Blicke auf sich, aber Elizabeth erregte auch eine ganze Menge Aufmerksamkeit, denn sie sah nicht nur toll aus, sondern war ganz einfach auch frisches Blut.

Anfangs verlief alles ganz harmlos, bis wir dann zum Tanzen in den Club gingen. In jedem Pub hatte Josh neben Elizabeth gesessen, und zum Schluss, so etwa im fünften Lokal, schienen sie nur noch Augen füreinander zu haben. Eddie zuckte resigniert die Achseln, und Tim und ich beobachteten Portias immer starrer werdende Miene, im Stillen gespannt, ob sie es irgendwann wagen würde, Elizabeth den Fehdehandschuh zuzuwerfen.

Denn natürlich hatte Josh immer eine heimliche Schwäche für Portia gehabt, von Anfang an, nun schon fast zwei Jahre lang. Das Ganze war schon zu einem Standardwitz in unserer Clique geworden, und selbst Josh fand nichts dabei, dass wir ihn damit aufzogen. Portia wusste es, und er wusste, dass sie es wusste, und hatte sich damit abgefunden, dass nie etwas zwischen ihnen passieren würde. »Man wird ja wohl noch träumen dürfen«, pflegte er scherzhaft zu Portia zu sagen.

Dabei passten die beiden von uns allen eigentlich am besten zueinander. Josh mochte hin und wieder vielleicht wie ein verwöhnter Schnösel wirken, aber er hatte wirklich ein goldenes Herz, und er war der Einzige, der aus ähnlich feinen Kreisen stammte wie Portia selbst.

Bis zu jenem Abend hatte Portia immer nur gelacht, wenn Tim und ich sie wegen Joshs unerwiderter Liebe neckten – ach was, Josh sei doch viel zu nett für sie, hatte sie stets gesagt. Aber heute war ihr anzusehen, dass sie nicht gewillt war, eine andere Frau in seiner Nähe zu dulden.

Und tatsächlich ging sie im letzten Pub dann plötzlich zum Angriff über, indem sie Elizabeth einfach wegschubste, um den Platz neben Josh zu ergattern. Und während sie ihm irgendwas ins Ohr säuselte, warf sie ihren Mantel wie zufällig auf den Sitz an seiner anderen Seite, sodass Elizabeth ihm nicht mehr nahe kommen konnte.

Der arme Josh wirkte wie von einem Panzer gerammt. Total benommen. Plötzlich baggerte ausgerechnet *die* Frau ihn an, die er so lange schon begehrt hatte, und zugleich war da noch diese andere, ebenso begehrenswerte, die Portia aber in keiner Weise gewachsen war.

Elizabeth hockte still neben Sarah, und Tim versuchte die Situation mit Smalltalk zu retten, während Portia vor aller Augen die Mata Hari spielte – beziehungsweise, wie Tim später sagte, sich als totales Miststück aufführte.

Im Pub verzog Elizabeth sich erst mal aufs Damenklo, und ich folgte ihr, um meine Haare zu glätten und frischen Lippenstift aufzutragen für den Fall, dass Sam auftauchte.

»Kommst du mit?«, fragte ich Portia, doch sie schüttelte nur lächelnd den Kopf und steuerte geradewegs auf den Tresen zu.

»Josh ist echt nett, nicht?«, sagte Elizabeth, während sie sich die Hände wusch. »Eddie meinte, ich würde euch bestimmt alle sympathisch finden, aber er hat nichts davon gesagt, was Josh für ein Klassetyp ist.«

»Und er mag dich offensichtlich sehr«, sagte ich ermutigend.

»Glaubst du, da läuft irgendwas zwischen ihm und Portia? Eddie behauptet, da wär nichts, aber ich hab das Gefühl, sie verteidigt ihr Revier oder so.«

»Keine Angst, Portia ist schon in Ordnung, auch wenn sie manchmal ein bisschen komisch reagiert. Sie kennt dich halt noch nicht, aber sie hat wirklich nichts mit Josh«, beruhigte ich sie, so gut ich konnte, ehe wir uns wieder zu den anderen gesellten.

Elizabeth sah sie zuerst. Ich hörte sie tief Luft holen, und folgte ihrem Blick – und entdeckte Portia. Das heißt, Portia und Josh, in leidenschaftlicher Umarmung mitten auf der Tanzfläche, Portia um ihn gewunden wie ein Schlange.

Ich konnte den Blick nicht von ihnen losreißen, zumal ich Portia noch nie so gesehen hatte. Sie hielt sonst nichts davon, ihre Gefühle zur Schau zu stellen, und diese exhibitionistische Szene war ein absolutes Novum.

Ich spürte, dass Elizabeth sich zurückzog, und hätte ihr wohl nachgehen sollen, aber Eddie und Sarah kamen schon eilig auf sie zu, sodass ich schließlich in Richtung Tim driftete, ohne die Augen von Josh und Portia zu wenden.

»Siehst du?«, schrie er mir über das Gedröhn der Housemartins hinweg ins Ohr. Obgleich er versuchte, eine schockierte Miene aufzusetzen, genoss er als altes Klatschmaul, das er war, das Drama doch ungemein. »Ich hab's dir doch gleich gesagt.«

Als Josh und Portia sich endlich voneinander lösten, konnte ich sehen, dass Josh, wenn auch beglückt von Portias plötzlichem Überschwang, wie vor den Kopf gestoßen schien. Er wirkte wie ein verirrter kleiner Junge, während Portia unverkennbar triumphierte.

Sie zog ihn an der Hand zu unserem Tisch zurück und kippte erst einmal einen dreifachen Wodka, ehe sie Josh von Neuem umhalste und mit zärtlichem Gewisper an seinem Ohrläppchen knabberte. Unterm Tisch versetzte Tim mir einen Tritt.

»Wo sind denn die anderen abgeblieben?«, schrie Portia schließlich über den Musiklärm hinweg.

»Ja, was glaubst du, Portia?«, schrie Tim zurück, und Portia lächelte, während Joshs Miene sich in einem Anflug von Schuldbewusstsein überschattete.

»Na gut, dann Prost der Siegerin«, sagte Portia und hob schwungvoll ihr Wodkaglas. Kurz darauf schleppte sie Josh wieder auf die Tanzfläche und schmiegte sich in seine Arme.

In jener Nacht betranken wir uns alle, doch ich erinnere mich auch heute noch genau daran, wie ich im Bett lag und Elizabeth nebenan leise schluchzen hörte, während Joshs Bett oben rhythmisch quietschte.

Das alte viktorianische Haus war nicht dafür gebaut, heftige Gefühlswallungen innerhalb seiner Mauern zu verbergen, aber das hatte ich bis zu jener Nacht nicht gewusst, einer Nacht, in der es bis auf seine Grundfesten vor schmerzlicher Eifersucht und trügerischer Leidenschaft vibrierte.

Ich weiß noch, dass ich Portia stöhnen hörte und mir wie ein Voyeur vorkam, auch wenn ich gar nichts sehen konnte. Verdrossen zog ich mir die Daunendecke über den Kopf und fiel dann irgendwann in einen traumlosen Schlaf.

Elizabeth war schon weg, als ich aufwachte. Eddie hatte sie zum Bahnhof gefahren. Tim saß allein vor dem Fernseher und schaute das Kinderprogramm, einen Teller Spiegeleier und Toast auf den Knien.

»Was für eine Nacht«, ächzte er zwischen zwei herzhaften Bissen. »Ich hab kaum ein Auge zugetan bei all dem Lärm.«

»Und Elizabeth? Hast du 'ne Ahnung, wie's ihr geht?«

Er zuckte die Achseln. »Nicht besonders, aber sie wird bestimmt drüber wegkommen. Eddie hat sie zum Bahnhof gebracht. So, wie die Sache aussieht, wollte sie sich das Wochenende bei uns lieber nicht mehr antun.«

»Und wie findet Eddie das alles?«

»Ziemlich beschissen, natürlich, weil Elizabeth drunter leidet, und weil er nicht versteht, was da letzte Nacht abgelaufen ist. Er hat ja mitbekommen, dass Josh und Elizabeth sich mochten, und er hatte nichts dagegen, dass sie was miteinander anfangen. Er freute sich sogar fur Josh, sagt er, hätte es ihm gern gegönnt. Aber dann auf einmal die Sache mit Josh und Portia – wie die da in dem Club schlagartig zu turteln angefangen haben, das versteht er einfach nicht, sagt Eddie.«

»Ach Gott, die arme Elizabeth! Ich muss zugeben, ich versteh es selbst nicht.«

»Das kann doch nicht dein Ernst sein!« Tim starrte mich ungläubig an. »Cath, du bist doch sonst nicht so begriffsstutzig. Portia hat uns zu ihren Freunden gewählt, weil wir alle ein bisschen in sie verliebt sind. Sie muss immer im Mittelpunkt stehen, und deshalb hat sie Elizabeth sofort als Bedrohung empfunden. Es war schon schlimm genug, dass wir alle von Elizabeth begeistert waren, aber was sie unmöglich zulassen konnte, war, dass Josh und Elizabeth sich zusammentun.«

»Aber was wär denn schon dabei gewesen, wenn sie mal eine Nacht miteinander verbringen?«

»Nun«, sagte Tim bedächtig, »vielleicht wär's ja nicht bei einer Nacht geblieben. Was, wenn die beiden wirklich ein Paar geworden wären? Wenn Elizabeth jedes Wochenende hergekommen wäre, um Josh zu besuchen? Was dann? Portia *musste* das sabotieren. Sie hatte gar keine Wahl.«

»Natürlich hatte sie eine Wahl«, wehrte ich ab. »Portia ist doch kein solches Biest! Ich kann nicht glauben, dass sie sich so berechnend verhält.«

»Du glaubst also, es war reiner Zufall, dass sie sich Josh gestern an den Hals geworfen hat? Dass sie immer schon heimlich in ihn verschossen war und gestern plötzlich erst den Mut gefunden hat, die Initiative zu ergreifen? Und dass sie jetzt zusammen glücklich werden?«

»Könnte doch sein.«

»Cath, ich wette mit dir, so was wie gestern Nacht wird sich nicht wiederholen. Portia hat nur mit Josh geschlafen, um sicherzugehen, dass er in sie verliebt bleibt, und so lange der Effekt anhält, wird sie ihn nicht wieder ranlassen. Du wirst schon sehen, das war ein klassischer One-Night-Stand. Glaub mir«, seufzte er, »ich bin Experte in solchen Sachen.«

Und tatsächlich, er sollte Recht behalten. Natürlich behauptete Portia, sie finde Josh wunderbar, aber es sei besser, wenn sie in Zukunft einfach Freunde blieben. Sie könne es nicht ertragen, wenn ihre Beziehung irgendwann in die Brüche ginge und sie ihn als Freund verlieren würde.

Ich glaube, Josh war von der ganzen Geschichte verwirrt. Er nickte bloß stumm und schien mit allem einverstanden, was sie sagte. Doch danach wurde alles anders. Nicht nur, dass Josh bestürzt und verletzt war, nein, indem sie ihn vernichtete, vernichtete sie uns alle.

Mit einem Wort, sie zerstörte unsere Freundschaft, und obwohl wir versuchten, ihr zu verzeihen, hatte sie einen Keil der Zwietracht in unsere Gruppe getrieben, und fortan war nichts mehr so, wie es gewesen war.

Eine Weile lang bemühten wir uns noch, die Veränderung zu ignorieren, obwohl wir ihr nicht mehr trauten. Wir wohnten nach wie vor zusammen, Portia machte morgens Kaffee, brachte ihn mir ans Bett und hockte sich zum Plaudern ans Fußende, wie in früheren Tagen, aber *damals* waren uns nie die Gesprächsthemen ausgegangen.

Eine Gezwungenheit lag in der Luft, verlieh der Unterhaltung etwas seltsam Steifes, und nach und nach fiel es uns immer schwerer, einander in die Augen zu sehen.

»Wo wirst du wohnen?«, fragte sie, als wir nach dem Examen unsere Sachen packten und uns anschickten, unser wirkliches Leben in London zu beginnen.

»Ich zieh erst mal zu ein paar alten Schulfreundinnen«, schwindelte ich, und es war mir ziemlich egal, ob Portia die Lüge durchschaute. Geschäftig faltete ich meine Wäsche zusammen, um ihrem Blick nicht standhalten zu müssen. »Natasha und Emily. Du kennst sie nicht.«

Ich fragte sie nie, wo sie wohnen würde. Wie sich dann herausstellte, mietete sie eine kleine Wohnung für sich allein, wie sie es wohl ohnehin vorgehabt hatte, nachdem ich sie so unmissverständlich aus meinen Plänen ausschloss.

Eddie zog nach Manchester, ohne sich je wieder mit Portia auszusöhnen, und Josh und Tim siedelten mit mir nach London um.

Wir alle hatten hochfliegende Pläne, doch während wir versuchten, unsere Karrieren aufzubauen, drifteten wir immer weiter von Portia weg. Und eines Tages wurde mir bewusst, dass ich seit drei Jahren nicht mehr mit ihr gesprochen hatte. Die anderen übrigens auch nicht.

Ich hatte gehört, dass sie in Clapham lebte. Ich wohnte zu der Zeit in West Hampstead, wie auch Josh und seine Frau Lucy, und Tim wohnte in Kilburn. Also war mir klar, dass wir uns bei dieser Nord-Süd-Unterteilung wohl kaum jemals zufällig begegnen würden.

Portia war Journalistin geworden. Nach einer Weile stieß ich im *Standard* regelmäßig auf ihren Namen, erst in kleinen Lettern, dann allmählich in immer größeren, schließlich sogar neben einem Bild, auf dem sie absolut umwerfend aussah.

Ich war in einer Werbeagentur angestellt, einer großen, trendigen Firma, die erst kurz zuvor eine Menge Preise eingeheimst hatte, und ich hatte viel Spaß an dem hektischen Betrieb. Jeden Abend blätterte ich in der U-Bahn den *Standard* durch und ergötzte mich an den Artikeln meiner früheren Freundin, die nun schon fast eine Berühmtheit war.

Aber dann, vor etwa zwei Jahren, war ihr Name plötzlich aus dem Blatt verschwunden. Für eine Weile kaufte ich Tag für Tag alle Zeitungen in der Hoffnung, irgendwo anders einen Beitrag von ihr zu entdecken, doch ich wurde niemals fündig, und schließlich gab ich es auf.

Josh und Lucy und Tim sind stets meine engsten Freunde geblieben. Eddie, inzwischen mit Sarah verheiratet, hat es schon zu einem Direktorposten beim Fernsehen gebracht, sodass wir ihn nur selten sehen, wenn er zu Besuch nach London kommt. Anscheinend hält er noch Kontakt zu Elizabeth. Vor vier Jahren war sie auf seiner Hochzeit, bildschön wie eh und je, aber selbst nach all den Jahren ging sie uns aus dem Weg.

Tim sucht immer noch nach seinem Traummann, wie ich bislang auch, doch das habe ich jetzt aufgegeben, zumal Tim der ideale Begleiter für all die Gelegenheiten ist, wo ich nicht allein auftreten mag.

Komisch, wenn man mich als Studentin gefragt hätte, ob wir zehn Jahre nach dem Examen alle noch befreundet sein würden, hätte ich bestimmt gesagt: ja, aber nur, wenn Portia dabei ist, denn sie war der Fixstern, um den wir kreisten. Und doch klappt es auch sehr gut ohne sie.

Natürlich reden wir von ihr, natürlich vermissen wir sie. Man sagt, die Zeit heilt alle Wunden, aber wie es scheint, vermisse ich sie sogar immer heftiger, je mehr Jahre vergehen.

Von einem Freund, der Journalist beim *Standard* ist, hat Josh gehört, sie habe den Job gekündigt, um ein Buch zu schreiben. Sie sei nach wie vor Single, sagte Josh, und wohne jetzt in Maida Vale. Also ganz in der Nähe! Ich könnte ihr jederzeit im Waitrose oder im Swiss Cottage über den Weg laufen. Oder sie im West End Lane vor einem Kaffee sitzen sehen.

Nicht, dass ich sie nicht treffen wollte. Aber je mehr Zeit verstrich, desto schwerer wurde es, zum Hörer zu greifen und sie anzurufen. So gingen ein paar Jahre ins Land, mit meiner Karriere ging es aufwärts, ich hatte ein paar Affären und meine wunderbaren Freunde, vor allem Tim, und all das zusammen füllte die Leere, die Portia damals hinterlassen hatte. Nach und nach dachte ich immer weniger an sie, aber wenn ich ehrlich bin, muss ich sagen, sie war irgendwo im Hinterkopf doch immer präsent.

Einmal meinte ich, sie gesehen zu haben, als ich auf einen schnellen Kaffee im West End war. Ich drehte mich gerade zur Tür, als ich sie draußen vorbeigehen sah. Sie hatte einen unverwechselbaren Gang und diese prächtige, mahagonifarbene Mähne. Wenn sie es war, sah sie großartig aus, noch viel eleganter als früher, aber ich war mir nicht ganz sicher und viel zu sehr in Eile, um ihr nachzulaufen. Und selbst wenn ich ihr gefolgt wäre, was hätte ich denn zu ihr sagen sollen?

3

»WAS SOLL ICH bloß anziehen?«, jammert Tim wie üblich am Telefon.

»Herrgott, Tim, ich hab hier alle Hände voll zu tun. Wie kommt es nur, dass du einfach keinen Begriff davon hast, was arbeiten bedeutet? Wieso scheinst *du* nie was anderes zu tun, als mich hundertmal am Tag anzurufen?«

Ich kann förmlich sehen, wie Tim schmollend die Unterlippe vorschiebt. »Also gut«, sagt er in genau dem Tonfall, den ich erwartet habe, »dann will ich dich nicht länger stören.«

Ehe ich etwas erwidern kann, höre ich ein Klicken, dann das Freizeichen. Seufzend wähle ich seine Nummer, wohl wissend, dass er beim ersten Klingeln abheben wird.

»Hab ich dir je gesagt, wie sehr ich dich hasse?«, mault er prompt.

»Tust du ja gar nicht. Du liebst mich. Darum darf ich dir solche Sachen ja auch sagen.«

»Na, okay, von mir aus«, brummelt er. »Aber was ziehst *du* denn an? Nein, warte, lass mich raten. Schwarze Hosen? Einen zeltartigen schwarzen Pulli, der deinen Hintern verdeckt? Schwarze Stiefel?«

»Wenn du schon so viel weißt, wieso fragst du dann?«

»Cath, du bist doch keine Studentin mehr! Weshalb läufst du dann immer noch so rum? Ständig biete ich dir an, dich in Sachen Styling zu beraten, aber du bist modisch noch genauso hinterm Mond wie eh und je. Was sollen wir bloß mit dir machen?«

»Tim, Liebster, ich bin halt einfach nicht so interessiert an Klamotten wie du. Tut mir furchtbar Leid, ich wünschte, es wäre anders.« Um das Maß voll zu machen, quetsche ich mir ein paar zerknirschte Schluchzer ab, und Tim lacht. »Ich bin ein hoffnungsloser Fall«, trage ich noch dicker auf und mime einen hysterischen Weinkrampf. »Einfach nicht mehr zu retten!«

»Na, komm schon«, murmelt er beruhigend. »Man soll die Hoffnung nie aufgeben. Ich krieg dich schon noch zu Armani, darauf kannst du Gift nehmen.«

»Können wir's jetzt erst mal gut sein lassen?«, frage ich in meinem üblichen genervten Tonfall und überlege schon, ob ich meine Sekretärin herbeizitieren soll, damit sie mit lauter Stimme auf meinen Drei-Uhr-Termin verweist. »Ich bin nämlich echt beschäftigt, Tim, ernsthaft.«

»Du bist eine alte Spaßverderberin«, mault er. »Also, ich bin dann so gegen halb acht bei dir.«

»Gut, bis nach–« Weiter komme ich nicht. Er hat schon aufgelegt.

Kopfschüttelnd lächle ich vor mich hin. Es erstaunt mich immer wieder, wie Tim es fertig bringt, seine Zeit zu verplempern. Angeblich ist er als Filmredakteur tätig, was auch immer das genau heißen mag. Ich weiß nur, dass er in Soho arbeitet, was, wie er bereitwillig eingesteht, ganz nach seinem Geschmack ist, denn da kann er jeden Abend durch die einschlägigen Lokale ziehen, wenn er Lust hat.

Genau das hat er auch ausgiebig getan, als er zwischen zwanzig und dreißig war. Und als Soho zur neuen Schwulenhochburg wurde und all die halbseidenen Rotlichtbars zu angesagten Schwulenkneipen mutierten, kam Tim sich wie im siebten Himmel vor. Doch inzwischen scheint er langsam einen gesetzteren Lebensstil vorzuziehen. Während es ihm früher nur um hübsche Jungs mit Waschbrettbauch und Knackarsch ging, ist er nun auf der Suche nach jemandem, mit dem er sich häuslich einrichten könnte. Aber er ist so verzweifelt auf eine feste Beziehung aus, dass jeder, der ihm auch nur halbwegs nahe kommt, schon innerhalb weniger Tage wieder die Flucht ergreift.

»Es kann nur an meiner Mousse au chocolat gelegen haben«, versucht Tim mehr schlecht als recht, seinen Schmerz mit Humor zu kaschieren. »Ich *wusste* doch, dass ich den Eischnee zu steif geschlagen hatte.«

»Entweder das, oder es lag an der Tatsache, dass du ihm schon nach einer halben Stunde den Zwiebelring über den Finger gestreift hast!« Wir seufzen beide vor Enttäuschung, weil keiner von uns verstehen kann, wieso er niemanden findet.

Er ist sensibel, rücksichtsvoll, witzig, und wenn er sich in einer Gesellschaft richtig wohl fühlt, auch gern boshaft, aber nie seinen Freunden gegenüber – behauptet er wenigstens.

Und seine Figur, das kann ich ganz objektiv sagen, ist eine Augenweide. Auch wenn er vorgibt, den Körperkult in der Szene zu verachten, ist er sich darüber klar, dass er seinen Traumtyp wohl kaum bei McDonald's treffen wird. Wenn man darauf angewiesen ist, die Bars oder gelegentlich mal die Nachtclubs abzugrasen, muss man schon entsprechend aussehen, und ein weißes T-Shirt macht sich scheinbar nur gut über gebräunten, durchtrainierten Muskeln.

Jedes Jahr zu Sylvester schließen Tim und ich einen Pakt. Falls wir bis fünfundzwanzig noch nicht verheiratet sind, heiraten *wir* uns. Das heißt, früher galt das bis fünfundzwanzig. Dann bis dreißig. Und wenn wir fünfunddreißig sind, wird das Limit sicher auf vierzig angehoben.

Ich nehme an, ich bin immer noch ein bisschen in ihn verliebt, wenn auch nur platonisch, obwohl ich mir oft gewünscht habe, dass es anders sein könnte. Was mich betrifft, meine ich es ziemlich ehrlich mit unserem Sylvesterpakt. Tim verkörpert alles, worauf es mir bei einem Mann ankommt – abgesehen davon, dass er schwul ist, versteht sich. Er würde einen wunderbaren Ehemann und Vater abgeben. Ich müsste zu Hause keinen Finger krumm machen – er würde das ganze Putzen erledigen und mir jeden Abend die erlesensten Köstlichkeiten vorsetzen.

Wir hätten unglaublich viel Spaß, Tim und ich, wenn wir verheiratet wären, aber ich weiß, dass Tim mich nie heiraten würde. Mag er mich auch lieben wie sonst keinen Menschen auf der Welt, wenn er zu Bett geht, schließt er die Augen und träumt von Brad Pitt, und das Vergnügen würde er niemals opfern. Nicht mal für mich.

Das Telefon klingelt schon wieder. Meine Privatleitung, also kann es nur meine Mutter, Tim oder Josh sein. Ich wundere mich immer, dass Josh es schafft, mich regelmäßig anzurufen, allerdings weiß ich auch bei ihm nicht so genau, was er beruflich eigentlich macht, denn dieser ganze Finanzsektor ist für mich immer ein Buch mit sieben Siegeln geblieben.

Was ich weiß, ist, dass er bei einer der großen Banken in der City arbeitet, wo er einem Team von zehn Leuten vorsteht, und dass er nur deshalb jeden Abend um sieben zu Hause sein kann, weil er morgens um sechs schon ins Büro geht.

Ich glaube, er hat dort irgendwas mit Fusionen und Firmenverkäufen zu tun, oder M&A, wie es in der Branche heißt. Auf jeden Fall ist er so erfolgreich, dass er nie Geldsorgen hat, wobei die Tatsache, dass er auf einer Public School war, ihm sicher geholfen haben dürfte, seine jetzige Stellung zu erreichen.

»Man muss arbeiten, um zu leben, nicht leben, um zu arbeiten«, sagt Josh immer lachend, wenn Tim und ich ihn damit necken, dass er mit zweiunddreißig schon so ein angenehmes Leben führt, wo er doch von Rechts wegen wie ein Irrer schuften müsste. Aber obwohl ich mich ständig darüber wundere, wie wenig er im Vergleich zu anderen in seiner Arbeit aufgeht, imponiert es mir gleichzeitig. Ich weiß, dass seine Familie ihm zu wichtig ist, als dass er sein Leben dem unablässigen Streben nach Gewinn opfern würde.

Mein Telefon klingelt immer noch, und es könnte ja sein, dass es Josh ist, also hebe ich auf gut Glück ab. Aber nein.

»Was willst du denn *jetzt* wieder, Tim?«

»Dir nur schnell sagen« – er legt eine dramatische Pause ein – »Mr. Perfect hat angerufen!«

»Na, wunderbar! Wann kommt er denn, um dir das Herz zu brechen? Ähm, ich meine, wann kommt er zum Essen?«

»Und woher willst du wissen, dass er nicht der Märchenprinz ist?«

»Entschuldige, Schatz, du hast ja völlig Recht. Hast du ihn denn nicht zum Essen eingeladen? Lass mich raten, *er* führt dich morgen Abend in ein todschickes In-Lokal aus.«

»Beinahe«, kichert Tim. »*Ich* koche ihm morgen ein absolut todschickes Essen bei mir zu Hause!«

»Du bist unbelehrbar.«

»Ich weiß«, gibt er zu, aber seine Stimme bebt vor Aufregung.

»Aber diesmal keine Mousse au chocolat«, warne ich ihn streng.

»Schon gut, schon gut. Und die Zwiebelringe hab ich im Garten vergraben.«

Um sieben komme ich heim, wie so oft voller Verdruss, dass ich mangels Parkmöglichkeit nicht mit dem Auto zur Arbeit fahren kann. Ob ich mich nicht doch endlich selbstständig machen soll, damit ich nie wieder in dieser verdammten U-Bahn fahren muss? Manchmal macht es mir gar nicht so viel aus, aber heute Abend ... grauenhaft, kein einziger Platz frei, alle tropfnass vom Regen und dieser schreckliche dampfige Mief im Wagen!

Im Bad schnappe ich mir ein Handtuch und ziehe das Gummiband aus dem Haar, rubbele mir den Kopf und verdrehe die Augen, als ich mich zufällig im Spiegel sehe. Ich hätte nicht mit solchem Haar auf die Welt kommen dürfen, das ist einfach nicht fair. Seit jeher ein buschiger Mopp, sieht es jetzt, da ich es wachsen lasse, total nach Afrolook aus – gut und schön in den frühen Siebzigern, aber heutzutage peinlich unmodern.

In meinem Spiegelschränkchen stapeln sich entkrausende Produkte, die Tim mir immer wie zufällig dalässt. Manchmal lese ich die Etiketten, vergesse dann aber doch, sie zu benutzen und binde mir das feuchte Haar morgens schnell zu einem Pferdeschwanz – die einzige Möglichkeit, halbwegs dezent zur Arbeit zu erscheinen.

Früher habe ich mir mehr Mühe gegeben. Ich schminkte mich, ließ mir blonde Strähnchen färben und flirtete mit fremden Männern in Bars, doch je älter ich werde, desto weniger kann ich dem ganzen Firlefanz abgewinnen. Früher glaubte ich an Liebe und Leidenschaft, aber heute glaube ich, dass nicht beides Hand in Hand gehen kann, denn Leidenschaft bedeutet nicht Liebe, kann niemals Liebe bedeuten, und die einzige große Leidenschaft meines Lebens war jemand, den ich nicht einmal besonders mochte, obwohl mir das zu der Zeit natürlich nicht bewusst war.

Ich war vierundzwanzig, als ich Martin kennen lernte. Auf den ersten Blick kam er mir eigentlich gar nicht so toll vor, damals bei dem Marketing-Seminar in Luton, das er leitete.

Ich weiß noch, wie er mit federnden Schritten vor eine dieser Flipcharts trat und einen neonblauen Marker zückte, und im Stillen schrieb ich ihn gleich als langweiligen Marketingfritzen ab. Er war ein eher unauffälliger Typ, mittelgroß, nicht besonders gut angezogen – mit einem Wort: nicht weiter bemerkenswert.

Aber am Ende des Tages schien er mir ganz einfach der unglaublichste Typ zu sein, dem ich je über den Weg gelaufen war. Und so ging es uns allen, obwohl ihn da noch keiner von den Teilnehmern persönlich kennen gelernt hatte. Das kam erst später, als wir alle zusammen einen trinken waren und er extra zu mir herüber kam, um mit mir zu reden. Er schaute mir tief in die Augen und sagte, ich hätte interessante Ideen. Plötzlich wurden alle Farben im Raum leuchtender, alle Konturen schärfer, und ich weiß noch, wie ich dachte, so fühlt es sich vielleicht an, wenn man sich verliebt.

Schließlich saßen wir an einem Ecktisch, gemeinsam mit anderen Leuten, die ein Vermögen für dieses Seminar bezahlt hatten, und Martin faszinierte uns alle mit seinen Geschichten, seiner Selbstsicherheit, seinem Charme. Aber ich wusste, dass ich in seinen Augen etwas Besonderes war, dass es eine spezielle Verbundenheit zwischen uns gab, etwas Magisches, etwas, das zu mehr führen würde.

Unsere Tischgenossen verabschiedeten sich einer nach dem anderen. »Morgen geht's ja wieder früh los«, sagten sie augenzwinkernd zu Martin, der jedes Mal höflich lachte. Als wir zum Schluss allein waren, wandte er sich mir zu und zog mir das Gummiband aus den Haaren. Es tat zwar scheußlich weh, doch da es als romantische Geste gemeint war, versuchte ich, mir nichts anmerken zu lassen.

»Du hast wundervolles Haar«, gurrte er, während ich feuerrot anlief und nicht wusste, was ich sagen sollte.

»Die reinste Putzwolle«, murmelte ich schließlich, nur um prompt zu bereuen, dass ich die romantische Stimmung verdorben hatte.

»Nein, nein«, murmelte Martin, »es ist zauberhaft. Magst du noch auf einen Drink mit hinaufkommen? Es ist ziemlich laut hier unten, findest du nicht? Und ich habe einen wunderbaren Scotch bei mir im Zimmer.«

Natürlich wusste ich, dass Whisky Sex bedeutete, aber ich war wie hypnotisiert von ihm, unsinnig stolz auf die Tatsache, dass der Mann, mit dem jeder im Raum reden wollte, mir seine ungeteilte Aufmerksamkeit schenkte, und so folgte ich ihm willig nach oben.

Wir verbrachten die nächsten drei Nächte zusammen. Im Kurs saß ich jetzt in der ersten Reihe und fühlte mich von einer warmen Welle durchrieselt, sobald sein Blick mich traf. Das Getuschel der anderen kümmerte mich nicht, mir war nur wichtig, ob Martin mich wieder anschauen würde, ehe ich bis zwölf gezählt hatte, denn das hieße, dass er sich in mich verlieben würde. Selbst *ich* war nicht so naiv zu glauben, dass er mich bereits liebte.

Ich bilde mir ein, dass zwei Dinge anders gelaufen wären, wenn ich Martin mit der Weisheit und dem Zynismus meiner einunddreißig Jahre getroffen hätte anstatt als sehnsuchtsvolle Vierundzwanzigjährige.

Erstens hätte ich nie mit ihm geschlafen, weil ich mittlerweile weiß, dass diese Kursleiter sich stets jemanden wie mich zu angeln pflegen: ein junges, schüchternes Ding, vorzugsweise eher hausbacken, das von ihrem falschen Charme geschmeichelt und geblendet war.

Zweitens wäre mir, als die Beziehung nach dem viertägigen Seminar weiterging, bald klar gewesen, dass seine Ausreden, er habe keine Zeit, weil er noch arbeiten müsse, oder seine Eile, nach dem Sex gleich wieder abzuhauen, nur eins bedeuten konnte.

Natürlich hätte ich merken müssen, dass er verheiratet war. Aber man sieht halt immer nur, was man sehen will. Ich war so überglücklich, endlich mal von jemandem, von *irgendjemandem* zu hören, ich sei schön, dass ich mich nicht mit Zweifeln quälen wollte.

Tim wusste es, obwohl er damals nichts davon verlauten ließ. Nur einmal fragte er vorsichtig, ob ich nicht glaubte, er könne verheiratet sein, und ich reagierte so erbost, dass er es nie wieder zur Sprache brachte. Bis mir die Augen aufgegangen waren. Da schniefte er überheblich: »Hab's dir doch gleich gesagt.«

»Ich hasse es, wenn man mir damit kommt.«

»Ich weiß. Tut mir Leid. Aber ich hab's dir gleich gesagt.«

Und so ging es weiter.

Dieser ganze Martin-Mumpitz, wie Tim es nannte, dauerte zwei Jahre. Zwei Jahre, die mich nach und nach zermürbten, bis fast nichts mehr von mir übrig war. Zwei Jahre, die all meine Träume von romantischer Liebe zunichte machten und mich lehrten, mich nie wieder jemandem zu öffnen, aus Angst, noch mal derart verletzt zu werden.

Das einzig Gute, was letztlich dabei herauskam, war der Gewichtsverlust. Selbst nachdem Martin mir gestanden hatte, dass er verheiratet war, redete ich mir noch ein, dass er seine Frau vielleicht liebte, aber nicht mehr begehrte. Ich glaubte, es mache ihr nichts aus, dass er im Gästezimmer schlief und seit zwei Jahren keinen Sex mehr mit ihr hatte. Er bliebe überhaupt nur wegen der Kinder, dachte ich, und würde ausziehen, sobald sie in die Schule kämen.

Bis ich dann erfuhr, dass sie wieder schwanger war. *Wie* ich es herausfand, ist eine lange Geschichte, und Martin stritt es ab, bis er erkannte, dass ich keine Lügen mehr schlucken würde, und dann war es aus.

Ich konnte nicht mehr essen. Brachte buchstäblich keinen Bissen mehr hinunter. Wochenlang.

»Weißt du was? Du siehst langsam aus wie ein Eis am Stiel, mit dem Wuschelkopf und der dürren Figur«, sagte Tim. »*Bitte, bitte*, versuch das hier mal.« Er hielt mir selbst gebackenen Kokosnusskuchen mit Schokoladenguss hin. »Wir machen uns *Sorgen* um dich!«

Josh und Lucy luden mich zum Essen ein und wechselten bekümmerte Blicke, wenn ich wieder nur lustlos in den liebevoll zubereiteten Leckerbissen stocherte.

Schließlich schleppte Tim mich in die Bond Street. »Wir sollten uns wenigstens die Tatsache zunutze machen, dass du jetzt endlich Hüftknochen hast«, seufzte er und zerrte mich zu Ralph Lauren.

»Aber so was werde ich nie tragen«, zischte ich ihm immer wieder zu, obwohl ich zugeben musste, dass ich die Sachen wahrscheinlich sofort gekauft hätte, wenn ich ein Modefreak gewesen wäre und über unbegrenzte Ressourcen verfügt hätte.

Schließlich einigten wir uns auf Fenwick, sehr zu Tims Enttäuschung, und ich erstand zwei Hosen in Größe 38, nur um ihn glücklich zu machen, auch wenn ich selbst hoch befriedigt darüber war, zum ersten Mal seit Jahren in etwas anderes als Größe 42 zu passen.

»Gerade du als Frau«, maulte Tim vorwurfsvoll, »du solltest doch eigentlich verstehen, was so ein richtiger Kaufrausch für therapeutische Wirkung haben kann.«

Ich trug die Hosen für eine Weile, bis es mir allmählich besser ging. Bald hatte ich auch wieder meine alte Kleidergröße und schenkte die Hosen meiner Sekretärin. Seitdem habe ich mich mit niemandem mehr näher eingelassen.

Na ja, ein paar Anwärter hat es schon noch gegeben, aber sie waren immer zu klein oder zu groß, zu jung oder zu alt, zu reich oder zu arm, sahen zu gut aus oder nicht gut genug. Ganz ehrlich, mittlerweile begnüge ich mich lieber mit einem guten Buch.

»Und was ist mit Brad?«, fragte Tim mich eines Tages.

»Welcher Brad?« Wir saßen in einem Café in Hampstead, gemeinsam mit Josh und Lucy und einem Stapel Sonntagszeitungen. Es ist schon fast eine Tradition geworden, dass wir uns jeden Sonntag um eins beim Brunch zum Zeitunglesen treffen.

Wir waren alle in die *Sunday Times* vertieft. Ich überflog die Nachrichten, Josh las den Wirtschaftsteil, Lucy blätterte in der *Style*-Beilage, Tim hatte sich das Magazin geschnappt.

»Welcher Brad? Welcher Brad?«, äffte er mich empört nach. »Es gibt nur einen Brad, nämlich Brad Pitt!« Tim hielt ein reichlich verschwommenes Foto von ihm hoch, einen typischen Paparazzi-Schnappschuss.

»Ja, und was soll mit ihm sein?«, fragte Lucy.

»Wär er nicht was für Cath?«

»Aber sicher«, sagte ich geduldig, als ob ich mit einem Kind redete. »Weil er Jennifer Aniston natürlich jederzeit für ein kurzbeiniges, farbloses Pummelchen fallen lassen würde.«

»Ach was, farblos! Du bist doch quasi dunkelblond, und Brad *steht* auf blond! Denk nur mal an Gwynnie.«

Josh ließ die Zeitung sinken und sah Tim kopfschüttelnd an. »Wovon redest du überhaupt, Tim? Was soll dieser Quatsch? Bist du übergeschnappt, oder was?«

»Nein, ich meine bloß, Cath findet an jedem Mann etwas auszusetzen, und Brad ist absolut vollkommen. Aber bestimmt gefällt ihr an ihm auch irgendetwas nicht, stimmt's, Cath?«

»Natürlich.« Ich musterte das Bild, das Tim mir vor die Nase hielt. »Seine Haare sind strähnig.«

Josh und Lucy hatten es längst aufgegeben, mich ihren Freunden vorzustellen, aber seit Martin spielten Männer in meinem Leben sowieso keine besondere Rolle mehr.

Nicht, dass ich sehr erbaut von der Vorstellung war, den Rest meiner Tage allein zu verbringen, aber ich war ja nicht wirklich allein, solange ich Tim, Josh und Lucy hatte.

Verdammt, Tim wird in fünfzehn Minuten hier aufkreuzen, und die Wohnung sieht aus wie ein Saustall. Bei Tim zu Hause – auch wenn dieses Zuhause sich in einer wenig anheimelnden Ecke von Kilburn befindet – sieht es natürlich immer picobello aus. Vielleicht nicht ganz so schick, wie er es gern hätte, aber das liegt nur daran, dass er es sich nicht leisten kann, sein Stilgefühl nach allen Regeln der Kunst umzusetzen.

Bei mir dagegen herrscht das blanke Chaos. Meine Altbauwohnung ist zwar wunderbar geräumig, doch für Schöner Wohnen habe ich mich nie interessiert, und so hat es mich auch nie gestört, dass meine Einrichtung aus zusammengewürfelten Erbstücken von älteren Verwandten besteht.

Aber Tim stört es, und wie! Immer, wenn er mich besucht, springt er plötzlich hektisch vom Sofa auf und fängt an, alles umzuarrangieren. Er holt Bücher aus dem Regal und ordnet sie in geschmackvollen kleinen Stapeln auf dem Couchtisch zusammen mit irgendwelchen netten Schälchen, wenn er welche finden kann.

Er schüttelt die Sofakissen auf und wühlt in meinem Schrank nach alten Seidenschals, die er dann über die Möbel drapiert. Er liebt solchen Mummenschanz, obwohl er behauptet, er täte es nur, um »den schlimmsten Horror zu kaschieren.« Er sammelt angeschimmelte Kaffeebecher ein und trägt sie mit bösen Seitenblicken in meine Richtung in die Küche, stellt sie in die Spüle und lässt sie mit heißem Wasser voll laufen.

Es ist sogar schon vorgekommen, dass er zum Staubsauger gegriffen hat, aber das ist eher die Ausnahme. Eigenem Bekunden nach sind Meister Propper und ein Scheuerschwamm und Gummihandschuhe eher etwas für ihn.

Bevor er eintrifft, sause ich also durchs Wohnzimmer und verstecke alle herumliegenden Videokassetten und Zeitungen hinter dem Sofa. Die Becher werfe ich lieber gleich selbst in die Spüle und erinnere mich zum Glück noch rechtzeitig dran, die Bettdecke aufzuschütteln.

»Nur *echte* Schlampen machen ihr Bett nicht«, hat Tim einmal gesagt, und seitdem versuche ich immer, die Schlamperei in Grenzen zu halten, wenn er vorbeikommt.

Um punkt halb acht klingelt es. Zum Duschen hatte ich keine Zeit, und während ich zur Tür laufe, zerre ich mir eine cremefarbene Strickjacke über den Kopf, weil ich zu faul bin, die Knöpfe aufzumachen.

»Sehe ich recht? Ist das da wirklich ... cremefarben?«, wundert sich Tim. »Wie gewagt! Wo ist denn das übliche Schwarz? Ich glaube, ich hab dich seit Jahren nicht in einer anderen Farbe gesehen.«

»Na ja, cremeweiß ist ja eigentlich auch gar keine Farbe.« Ich winke unwirsch ab. »Was ist, willst du noch kurz reinkommen, um dich zu überzeugen, wie ordentlich alles ist?«

Tim schaut ins Wohnzimmer und marschiert zielstrebig auf das Sofa zu, das ich für solch ein unfehlbares Versteck gehalten hatte. Ein kurzer Stups mit der Fußspitze, und alles liegt wieder gut sichtbar auf dem Boden verstreut.

»Cath, Liebste, glaubst du etwa, mein Instinkt könnte mich jemals trügen? Oder hältst du mich vielleicht für blöd?«

»Schon gut, schon gut, es tut mir Leid. Aber du musst doch zugeben, es sah ganz manierlich aus.«

»Ich denke gar nicht dran«, widerspricht Tim streng. »Obwohl ich dir eine relative Besserung zugestehen muss.« Er blickt auf die Uhr. »Josh hat gesagt, so gegen acht. Wollen wir los?«

Ich nicke und hole meinen Mantel.

»Süße«, sagt Tim. »Du solltest dir wirklich ein bisschen mehr Mühe geben. Wie wär's an diesem schönen Frühlingsabend mit einem Hauch Make-up? Nur für den Fall, dass Mr. Perfect auftaucht?«

»Ich brauche keinen Mr. Perfect«, kichere ich und hake mich bei ihm unter. »Ich habe ja dich.«

4

Josh kommt an die Tür, ein Küchenhandtuch in einer Hand und an der anderen Max, der in seinem kleinen gestreiften Pyjama wie ein Musterknabe aussieht – das heißt, wenn man es nicht besser wüsste.

Selbst Josh sieht süß aus mit seinen verstrubbelten Haaren und den aufgekrempelten Hemdsärmeln über kräftigen, sexy gebräunten Unterarmen (na ja, sexy, wenn es nicht gerade die von Josh wären).

Komisch, dass ich mich nie in dieser Weise von Josh angezogen gefühlt habe. Vielleicht, weil er bald so etwas wie ein älterer Bruder für mich war, aber für mich hat er wohl einfach keinen Sexappeal, und so war es mir stets unmöglich, etwas anderes in ihm zu sehen als einen guten Freund.

Doch wenn ich ihn mir so anschaue, muss ich zugeben, dass er, objektiv gesehen, ein Klassetyp ist. Er gehört zu der Art von Männern, die mit zunehmender Reife immer markanter wirken, und jetzt, mit zweiunddreißig, sieht er allmählich richtig gut aus, ohne seinen jungenhaften Charme eingebüßt zu haben. Die tiefen Lachfalten um seine Augenwinkel, die früher immer in einem gewissen Missverhältnis zu seiner Jugend standen, verleihen ihm nun einen Hauch von Abgeklärtheit, als hätte er schon einiges mitgemacht. Dieser Hauch ist auch dringend nötig, denn Josh war schon immer der Biederste von uns allen.

Ich weiß noch, wie Tim und ich uns kurz nach der Uni eine Kifferphase genehmigten. Tim rollte geschickt kleine, feste Joints, und ich versuchte es ihm nachzumachen und brachte immer nur Jumbotampons zustande. Wenn Tim und ich uns schon kreischend vor Lachen am Boden wälzten, paffte Josh noch unbeholfen vor sich hin und machte ein besorgtes Gesicht, weil es nicht wirkte.

»Nein, nein, Josh!«, schnaufte Tim, sobald er wieder Luft bekam. »Du musst inhalieren!« Und schon gackerten wir wieder los.

Sein einziges Laster, wenn man es überhaupt so nennen kann, war das Trinken. Erst waren es die Runden Snakebite mit dem Rugbyteam, dann die Krüge Lager mit den Kollegen, und heutzutage ist es die gepflegte Flasche Rotwein zum Abendessen.

»Da, schau!«, sagt Josh zu Max, nachdem er mir kurz zugezwinkert hat. »Tante Cath und Onkel Tim! Willst du Tante Cath nicht ein Küsschen geben?« Schwungvoll drückt er mir Max in den Arm.

»Neiiin!«, plärrt Max und dreht sich mit panischer Miene zu seinem Vater um. »Will Daddy!«

»Komm, komm zu Onkel Tim«, sagt Tim begütigend, hebt Max mühelos hoch und bringt ihn gleich mit Fratzenschneiden zum Lachen. »Sollen wir mal nach oben gehen und Tinky Winky suchen?«

Max nickt eifrig, und Tim verschwindet mit ihm die Treppe hinauf, völlig auf den Kleinen konzentriert, der munter auf ihn einplappert. Seufzend schließt Josh die Tür und wischt sich mit dem Küchenhandtuch über die Stirn, was einen weißlichen Streifen hinterlässt, der Sahne sein könnte oder sonst irgendetwas, über das man lieber nicht länger nachdenkt.

»Dein Gesicht ...« Ich deute zu dem Fleck hin, und Josh wischt ihn mit einer schnellen Bewegung weg.

»Schön, dich zu sehen.« Er beugt sich zu mir herab und drückt mich an sich. »Lucy ist in der Küche, und ich sollte ihr eigentlich helfen, aber Max war kaum zu bändigen.«

»Tja, der liebe Nachwuchs«, seufze ich. »Was tut man sich nicht alles an!«

»Wem sagst du das.« Aber so müde Josh auch aussieht, ich weiß, dass er sein Söhnchen vergöttert. Selbst wenn er so tut, als sei es ihm lästig, Lucy von Max zu entlasten, hat er doch heimlich seinen Spaß daran, wieder wie ein kleiner Junge Cowboys und Indianer zu spielen und Max zu lehren, was es heißt, ein Mann zu sein.

Josh und Lucy wohnen in einem viktorianischen Reihenhaus in einer schmalen Seitenstraße. Von außen sieht es nach nichts aus, aber innen ist es riesig.

Immer unordentlich, voller lärmender Geselligkeit, ist die große Küche hinten der Mittelpunkt des häuslichen Lebens. Als sie vor zwei Jahren in das Haus einzogen, bauten sie an die ursprünglich kleinere Küche noch eine Veranda an, und nun ist dort genug Platz für einen großen, gastfreundlichen Esstisch.

Heute sitzt ein Unbekannter an diesem Tisch, was mich wundert, weil ich fast alle von Joshs und Lucys Freunden kenne und weil wir heute eigentlich nur zu viert sein sollten.

Lucy sitzt mit dem Rücken zu uns, munter schwatzend. Es geht um irgendeine Anekdote von der Arbeit. Sie übt ihren Beruf als Grafikerin allerdings kaum noch aus, seit Max auf der Welt ist, und das bisschen freie Zeit, das ihr bleibt, scheint sie lieber mit spannenderen Aktivitäten auszufüllen – Ersatzhandlungen, wie Tim es nennt. Neuerdings versucht sie ihr Glück mit einem Kurs in Familienberatung, und aus ihrer Unterhaltung lässt sich unschwer schließen, dass der neue Tischgenosse ein Kursteilnehmer sein muss.

Als Lucy meine Schritte hört, unterbricht sie sich mitten im Satz. Ihr Gesicht leuchtet auf, sie legt das mörderisch große Küchenmesser aus der Hand und umarmt mich herzlich, mit abgespreizten Fingern, um meine Kleider nicht mit Avocadomus zu beschmieren.

Lucy ist eine der seltenen Frauen, deren Gesicht immer strahlt, obwohl sie nie Make-up trägt. Sie strahlt einfach vor beneidenswerter Gesundheit und guter Laune, und sie ist die beste Gesprächspartnerin, die man sich nur wünschen kann, wenn man Probleme hat.

Ich bin so froh, dass Josh gerade sie zur Frau gewählt hat! Eine Zeit lang hatten Tim und ich schon befürchtet, er würde bei irgendeiner seiner ewig gleichen künstlichen Blondinen mit Hyänenlachen und Karnickelhirn hängen bleiben, aber dann verblüffte er uns alle damit, dass er sich unsterblich in Lucy verliebte. Lucy, mit den roten Backen und der burschikosen Art, mit den molligen Rundungen in ausgeblichenen Overalls, dem Augenzwinkern, wenn sie Josh durch die Haare fuhr und ihm versicherte, sie sei mehr für die Gemütlichkeit gebaut als fürs Renntempo. Lucy, die so viel Mütterlichkeit ausstrahlte und die fünf Monate nach ihrer Hochzeit Max zur Welt brachte.

Ganz besonders rührt mich die Geschichte, wie sie sich kennen lernten. Sie macht mir Hoffnung. Josh arbeitete noch nicht lange bei der Bank, als er mit Lucy zusammen traf. Er war zu der Zeit noch sehr auf Erfolg erpicht und verbrachte die Abende meist mit Leuten aus der Finanzwelt, die mir absolut nicht lagen.

Josh versuchte ein paar Mal, Tim und mich dorthin mitzunehmen. Er dachte wohl, da der Pub sowieso voller Leute war, würden wir uns schon irgendwie unter sie mischen. Aber natürlich klappte das nicht. Ich hatte nichts mit den albernen Gänschen gemein, die irgendwelchen Angebern an den Lippen hingen, und Tim erst recht nichts mit deren Macho-Art, ihre Freizeit mit Kampftrinken zu verbringen oder mit dem Wettbewerb darum, wer diesmal »die beste Mieze« abschleppen würde.

Eine Gruppe von ihnen hatte beschlossen, über Weihnachten zum Schilaufen nach Frankreich zu fahren. Sie buchten ein Chalet, und Josh kam eines Abends zu mir, ließ sich auf meine Couch fallen und erwog sorgenvoll, ob er seine neueste Eroberung mitnehmen sollte.

»Ich mag Venetia wirklich gern«, seufzte er. »Ich weiß aber auch, dass sie nicht die Frau fürs Leben ist. Was soll ich nur machen? Sie freut sich schon so darauf, redet von nichts anderem mehr als von neuen Schi-Outfits, aber ich hab Angst, sie wird uns den Spaß verderben.«

Wie sich herausstellte, befürchtete er, Venetia würde sich jeden Abend auf seinem Schoß zusammenrollen, ihn aus großen blauen Augen anschmachten und ihn um neun ins Bett zerren, sodass er nie dazukäme, mit den Jungs zünftig einen drauf zu machen. Venetia, setzte er hinzu, sei eine Schönheit, eine echte Trophäe, und all seine Kumpel seien grün vor Neid.

So weit, so gut, nur war Venetia leider schon wesentlich reifer als eine durchschnittliche Dreiundzwanzigjährige – und während Josh in erster Linie ausgehen wollte, Spaß haben und höchstens mal ein paar Wochen eine nette Affäre, wollte Venetia heiraten.

Und wen wollte sie heiraten? Einen Mann, der genau wie Josh war, und da lag das Problem.

Am Ende musste Josh sie mitnehmen, denn als er ihr gerade gestehen wollte, dass er lieber allein führe, zeigte sie ihm stolz ihre neuen Schianzüge, dazu eine puschlige Mütze, Handschuhe und Moonboots, alles mit Daddys Kreditkarte bezahlt. Daddy war ja nur zu froh, dass ein so »rechtschaffener« Bursche wie Josh geneigt schien, eine anständige Frau aus ihr zu machen.

Zu dem gemieteten Chalet gehörte auch ein »Chalet-Girl«, das meisterlich kochte, die Betten machte und sich um das Wohl der Gäste kümmerte, für ein wöchentliches Taschengeld und die Chance, am Nachmittag mal ein paar Stunden auf die Piste zu kommen.

Josh und Venetia kamen als Letzte herein, da Josh am meisten Gepäck zu schleppen hatte. Vorsichtshalber hatte Venetia für jede erdenkliche Gelegenheit etwas eingepackt, sogar – man konnte ja nie wissen – einen Bikini.

»Momentchen, ich helfe Ihnen.« Das Chalet-Girl eilte herbei, hob Venetias Koffer mühelos an, und während sie vor ihnen herging, warf sie ein strahlendes Lächeln über die Schulter zurück. »Ich bin Lucy.«

»Jesses«, kicherte Venetia, »die hat mehr Muskeln als du!«

»Still!«, zischte Josh, der fürchtete, das Mädchen, das ihnen so freundlich entgegengekommen war, könnte sie hören und gekränkt sein. Wo würde dann das hübsche Lächeln bleiben? Er wünschte, Venetia wäre nicht so taktlos.

Die ganze Woche über behandelten die Banktypen Lucy wie eine Dienstmagd, ignorierten sie entweder oder schnauzten sie an, und wenn sie betrunken waren, wurden sie handgreiflich und rissen üble Witze darüber, was sie mit solch einem breiten Hinterteil alles anfangen könnten. Lucy hatte für all die Grobheiten nur ein gleichmütiges Lächeln übrig, schob die zudringlichen Hände weg, stellte dampfende Kasserolen auf den Tisch und räumte die Teller ab, als ob sie stocktaub sei.

Am vierten Tag verstauchte Josh sich bei einem Sturz den Knöchel. Nicht sehr schlimm, aber schlimm genug, um ein, zwei Tage aufs Schilaufen verzichten zu müssen. Venetia bestand darauf, ihm Gesellschaft zu leisten, doch Josh wollte nichts davon hören. Widerstrebend zog sie also mit den anderen los, den lustig baumelnden Schipass an der eisblauen Jacke.

Josh machte es sich mit einem guten Buch im Ohrensessel bequem, während Lucy sich um das Kaminfeuer kümmerte und ihm immer wieder Becher mit heißer Schokolade brachte. Nach einer Stunde schon ließ er das Buch sinken und beobachtete Lucy, wie sie durch die Zimmer wirbelte. Ein kleines, zufriedenes Lächeln spielte um seine Lippen.

Und als er sie mit geschäftigem Hüftschwung in einer der Schlafkammern verschwinden sah, ertappte er sich doch tatsächlich bei dem Gedanken, wie so jemand wie Lucy wohl im Bett wäre. Er schloss die Augen und überließ sich einer netten – und lüsternen – Träumerei, in der Lucy seinen Puls fühlte, um sich dann plötzlich die Kleider vom Leib zu reißen und sich auf ihn zu stürzen. Als er die Augen wieder aufschlug, schrak er schuldbewusst zusammen, denn Lucy stand lächelnd neben ihm.

Wenn er die Geschichte heute erzählt, biegen sie sich beide vor Lachen. Lucy amüsiert sich noch immer über seine ertappte Miene, ganz zu schweigen von der beachtlichen Erektion, die sie geflissentlich zu übersehen versuchte. Und Josh pflegt zu erzählen, wie sein Herz klopfte, als er eine Sekunde lang glaubte, seine Fantasien würden in Erfüllung gehen, und wie er dann halb enttäuscht, halb erleichtert war, als Lucy sagte: »Einen Penny für Ihre Gedanken.« Geniert schob er das Buch auf seinem Schoß zurecht, um die physische Auswirkung seiner Gedanken zu verbergen, und musste sich eingestehen, dass diese Frau nicht nur unglaublich sexy war, sondern auch anders als alle, die er je kennen gelernt hatte.

Am Nachmittag setzte Lucy sich für eine halbe Stunde zu ihm, und sie plauderten angeregt. Er fand sie witzig, aber auch erfrischend pragmatisch und aufrichtig. Sie hatte eine so lockere Art und ein so offenes Lächeln, dass er sich immer mehr zu ihr hingezogen fühlte, während sie ihn mit Horrorstorys aus ihrem Kochkurs unterhielt.

Nach einer Weile ging Lucy, um sich für die ihr täglich vergönnten zwei Stunden Schi umzuziehen, aber nicht ohne ihn zu fragen, ob sie ihm nicht lieber weiterhin Gesellschaft leisten sollte.

»Auf keinen Fall«, wehrte Josh ab. »Nutzen Sie Ihre Freizeit, gehen Sie nur, Sie können mir ja dann berichten, wie das Wetter ist.«

»Sind Sie sicher?« Lucy stand noch etwas unschlüssig herum, und erst Jahre später gab sie zu, dass sie gehofft hatte, Josh würde sie bitten zu bleiben, dass sein Auftauchen am Anfang der Woche wie ein Sonnenstrahl in einem trüben Sumpf gewesen war und dass sie die ganze Zeit gebetet hatte, irgendeine Situation wie diese möge sich ergeben.

Aber zurückhaltend, wie er nun mal war, hoffte Josh seinerseits darauf, dass Lucy sich weigern würde zu gehen und ihn allein zu lassen. So bekam vor lauter Schüchternheit keiner, was er wollte, und Josh blieb sich selbst überlassen, während Lucy ihm voller Bedauern noch eine Tasse Tee machte, bevor sie zum Schilaufen aufbrach.

Als die anderen später wieder hereingepoltert kamen, überschüttete Venetia Josh mit schmatzenden Küssen. Ihre blonden Haare kitzelten ihn an der Nase und brachten ihn zum Niesen, und er musste an sich halten, um sie nicht wegzuschubsen.

»Na, hat unser braver Küchentrampel gut für dich gesorgt?«, gurrte sie ihm ins Ohr, und da schob Josh sie doch mit einer heftigen Geste von sich weg.

»Nenn sie nicht so!«, sagte er mit wuterstickter Stimme und wünschte verzweifelt, das Mädchen auf seinen Knien wäre Lucy.

Aber Lucy und Josh bekamen keine Gelegenheit mehr, sich noch einmal unter vier Augen zu sehen. Am nächsten Morgen konnte Josh wieder laufen, und Venetia, von seiner zunehmenden Distanziertheit seit dem Unfall beunruhigt, wich keinen Schritt mehr von seiner Seite. Josh räumte die Teller vom Tisch und trug sie in die Küche, wo Lucy gerade einen Nusskuchen aus dem Ofen holte, und kaum hatten ihre Augen bei seinem Anblick zu leuchten begonnen, kam Venetia auf ihren Stöckelabsätzen hereingestakst, um nachzusehen, was Josh im Schilde führte.

Er versuchte, sich vorzeitig von der Piste zu verdrücken unter dem Vorwand, sein Knöchel mache ihm erneut zu schaffen, aber Venetia ließ sich nicht wieder abschütteln, und so hockten sie stumm und trübselig nebeneinander in der Seilbahn, beide aus verschiedenen Gründen mit Liebeskummer geschlagen.

Schließlich, am letzten Tag, verfiel Josh auf eine bessere Idee. An der Seilbahnstation ließ er seinen Schipass heimlich in der Anoraktasche verschwinden, sagte den anderen, er hätte ihn im Chalet liegen lassen, sie sollten aber nicht auf ihn warten, er würde mit der nächsten Bahn nachkommen.

Venetia wollte ihn auch diesmal wieder begleiten, doch Josh meinte, sie solle sich nicht lächerlich machen, es sei schon schlimm genug, dass *er* unnötig Zeit verliere, sie solle sich das nicht auch noch antun. Sie ging traurig zu den anderen zurück.

Aufgeregt rannte Josh zum Chalet, nervös, unsicher, aber entschlossen, sich irgendwie zu erklären. Er fand Lucy in einer der Schlafkammern, wo sie die Decken aufschüttelte, mit hochroten Wangen, wippenden Locken, die sich aus ihrem Pferdeschwanz gelöst hatten, und leuchtendem Gesicht.

»Lucy«, sagte Josh schon an der Türschwelle, selbst rot im Gesicht von der Kälte draußen, »ich ...«

Lucy strahlte ihn wortlos an, und wie in einem Hollywoodfilm gingen sie in Zeitlupe aufeinander zu. Josh beugte schon den Kopf hinab, um sie zu küssen, als die Haustür ins Schloss fiel und die beiden schuldbewusst auseinander fuhren, noch ehe ihre Lippen sich getroffen hatten.

»Josh? Josh?«, schallte Venetias Stimme durch das Haus. Josh eilte an die Tür, statt vor Kälte nun vor schlechtem Gewissen errötend. Er drehte sich zu Lucy um, die ihn wehmütig anlächelte und dann wieder ans Bettenmachen ging. Hin- und hergerissen zwischen den beiden Frauen, blieb Josh hilflos im Flur stehen.

Aber wie hätte er auch wissen können, dass Lucy seine Zukunft war und Venetia seine Vergangenheit? Er wusste nur, dass es ihm nichts ausmachen würde, wenn er Venetia nie wieder sähe, und dass er Lucy nicht mehr aus dem Kopf bekam. Und er war ihr schon so nah gewesen! Kurz davor, diese Lippen zu küssen! O Gott, wie hatte er sie nur loslassen können?

Aber losgelassen hatte er sie, hatte auch gar keine Wahl, gar keine Möglichkeit, sie von sich aus wieder zu finden. Nur kurz vor der Abfahrt, da hatte er unter dem Kopfkissen schnell noch einen Zettel mit seiner Telefonnummer hinterlassen, den sie beim Bettenabziehen sicher entdecken würde.

Josh wartete, bis sie wieder zu Hause waren, ehe er mit Venetia Schluss machte. Sie schien erst sehr geschockt, aber eine Woche später ging sie bereits mit einem Börsenmakler namens William aus, also war ihr Herz wohl nicht wirklich gebrochen. Josh dagegen verbrachte die nächsten Wochen im fruchtlosen, verzweifelten Bemühen, über Lucy hinwegzukommen.

Sie rief nicht an. Die ersten zwei Wochen stürzte er jedes Mal zum Telefon, wenn es klingelte, und dann versuchte er, sie zu vergessen, während er in seinen Alltag zurückkehrte und sich halbherzig mit immer gleichen Blondinen vom Typ Venetia verabredete.

Nach acht Wochen wurde ihm bei der Arbeit von der Empfangssekretärin gemeldet, in der Halle erwarte ihn eine Lieferung, die er persönlich entgegennehmen müsse. Als er hinunterkam, begrüßten ihn Lucys leuchtende Augen, und der Rest, wie man so sagt, ist Geschichte.

»Cath! Wie schön, dich zu sehen, Schatz, frisch wie eine Primel, in diesem wunderschönen Pullover. Tim! Tim! Was magst du trinken? Roten? Weißen? Oder Wodka? Gin?« Munter vor sich hin plappernd schiebt sie mich auf einen Stuhl und wuselt gleich los, um noch eine Flasche Rotwein aufzumachen und mir ein Glas einzuschenken.

»Wo bleibt denn dieser verflixte Tim nur wieder? Ich kann nur hoffen, dass er mir meinen Maxy nicht korrumpiert. Josh!«, ruft sie. »Komm und kümmere dich um deine Gäste! Mein Gott, was sind das für Manieren. Apropos, ich hab euch ja noch gar nicht vorgestellt.« Sie hält inne, holt tief Luft und strahlt uns an.

»Cath, das ist Dan. Dan, das ist Cath.«

Wir lächeln uns freundlich an, in der stillen Hoffnung, dass es nicht einer dieser öden Abende wird, bei denen Fremde höflich Konversation machen und Fragen stellen wie: »Kennen Sie Josh und Lucy schon lange?«

»Dan macht auch bei dem Kurs mit«, erklärt Lucy. »Er wohnt in Camden und hat mich netterweise heimgefahren, und da war es doch das Mindeste, ihn noch hereinzubitten.«

Sie hält mir das Messer hin. »Hier, du übernimmst den Gurkendienst.« Dan muss die roten Paprika schnippeln, was man für eine etwas seltsame Art halten könnte, die Gäste zu behandeln, doch es bricht das Eis, und schon nach ein paar Minuten lachen wir alle wie alte Freunde.

»Ich verpasse schon wieder alles, was?«, ruft Tim, als er dicht hinter Josh die Küche betritt. »Lucy, Süße, hinreißend wie immer!« Er drückt Lucy an seine breite Brust, und sie schüttelt errötend den Kopf und deutet auf ihre verwaschene Schürze, ihre achtlos zurückgezurrten Locken: »Unsinn, ich seh schrecklich aus.« Doch insgeheim genießt sie es, wenn Tim ihr Komplimente macht.

»Hallo, ich bin Tim.« Fröhlich grinsend beugt er sich über Dans Schulter und mopst sich einen Paprikaschnitz.

»Hey!« Schützend breite ich die Hände über Dans Stapel. Wenn es ums Essen geht, kann ich sehr besitzergreifend werden, besonders mit leerem Magen. »Finger weg!«

»So darfst du nicht mit mir reden.« Tim mimt den Gekränkten. »Für die Paprika bist du doch überhaupt nicht zuständig. Wenn ich mich nicht irre, bist du in der Gurkenbrigade, also kümmere dich bitte schön um deinen eigenen Kram.«

Lucy zieht eine Grimasse. »O Mann, ich hab schon ein Kind, ich brauch heut Abend nicht noch zwei weitere.«

»Ich kann nichts dafür, *sie* hat angefangen.« Tim gießt sich ein Glas Wein ein und zwinkert Dan zu, der diesen albernen Wortwechsel mit breitem Schmunzeln verfolgt. Dann beugt er sich über den Herd und hebt schnüffelnd die Deckel von den Töpfen.

Ich wünschte manchmal, ich könnte mehr wie Tim sein. Ich weiß, wie unsicher er in seinem tiefsten Inneren ist, so unsicher wie wir alle, und doch hat er eine Gabe, mit wildfremden Leuten so locker umzugehen, als wären sie liebe alten Bekannte. Wahrscheinlich, weil er so kindlich, so unverkrampft sein kann, was uns irgendwie an unsere eigene Kindheit erinnert, daran, wie es war, keine Hemmungen zu haben.

Er schlendert zum Kühlschrank, während wir anderen weiter Gemüse hacken.

»Wie ist es denn so in dem Kurs?«, frage ich.

Lucy und Dan seufzen beide auf.

»Es war ganz okay«, sagt Lucy.

»Bis Jeremy auftauchte«, setzt Dan hinzu.

»Und jetzt können wir's kaum noch erwarten, bis wir es hinter uns haben«, schließt Lucy.

»Jeremy?«

»Jeremy«, bestätigt Josh und verdreht die Augen, offenbar von Lucy schon mit Details überfüttert. »Jeremy ist das Klassenekel. Torpediert offenbar jedes Gruppengespräch mit seinen Monologen und kriegt Wutanfälle, wenn er sich nicht genug beachtet fühlt.«

»Ach, ich find das gemein, hinter seinem Rücken über ihn herzuziehen«, sagt Lucy. »So was tut man nicht.«

»Du hast Recht«, gibt Dan zu und klingt sogar ein bisschen schuldbewusst, aber nicht lange. »Trotzdem muss einmal gesagt werden, dass der Kerl ein phänomenales Arschloch ist.«

Lucy schaut in ihr Kochbuch, springt auf und schubst Tim zur Seite, um an den Kühlschrank zu kommen, holt die Butter heraus und späht plötztlich verdutzt auf die obere Türecke.

»Tim!«, lacht sie auf, während Tim sich mit unschuldiger Miene an den Tisch verdrückt. »Süße Sexy Düfte Erregen Meine Potenten Achselhöhlen.«

»Achselhöhlen?«, wundert sich Josh. »In dem Kasten mit der Kühlschrankpoesie gibt's das Wort doch gar nicht.«

»Hab's ja auch selbst zusammengebastelt«, verkündet Tim stolz, und Sekunden später krakeelen wir alle um den Kühlschrank herum und versuchen uns gegenseitig mit den blumigsten Kombinationen der kleinen Magnetsticker zu übertrumpfen. Da unterbricht ein spitzer Schrei unser Geplänkel.

»Daaaaaaady!«, gellt Max' Stimme durchs Haus, gefolgt von betäubender Stille. »Kooomm maaal Pooo wiiischen!«

Josh hebt die Augenbrauen und geht hinaus, während wir anderen abermals losprusten.

»Gott, wie peinlich! Er geht erst seit kurzem allein aufs Klo, und Josh zeigt ihm immer wieder, was er tun muss, aber er ruft jedes Mal nach einem von uns«, erklärt Lucy mit verhaltenem Kichern.

»Wie Recht er hat«, sagt Tim grinsend. »Er will sich nicht die Finger schmutzig machen, das ist ja verständlich. Ich hoffe nur, diese Finger werden gewaschen, bevor sie wieder in meine Nähe kommen.«

»Sei nicht so unsensibel!«, schelte ich ihn. »Du liebst Max doch, und wenn du Max liebst, dann liebst du alles an ihm, und wenn du *alles* an ihm liebst, dann liebst du auch sein A-a.«

»O nein.« Tim schüttelt feierlich den Kopf. »Meine Liebe geht nicht so weit, dass sie A-a mit einbezieht.«

»Also los, Leute, wer deckt den Tisch?« Lucy drückt mir das Besteck in die Hand, reicht Dan die Gläser und Tim die Servietten, die er sofort zu niedlichen Schwänen faltet, zu Lucys größtem Entzücken. Sie hat das Kunststück schon oft gesehen, aber sie ist immer wieder von neuem verblüfft.

»So hübsch, dass man sie gar nicht auseinander falten mag«, sagt sie strahlend und setzt den Schwan sanft auf ihrem Teller ab.

Wir nehmen alle Platz und nehmen uns Caesarsalat. »Ach herrje, da fehlt ja noch was!« Lucy stürzt an den Backofen und zieht ein vertrautes silbrig glänzendes Brot hervor.

»Lucy, ich liebe dich!« Tim bläst Parmesanküsse über den Tisch. »Du vergisst es nie!«

»Tim, du weißt doch, ich mach es nur für dich. Ich würde mir nie *träumen* lassen, irgendwem sonst noch Knoblauchbaguette vorzusetzen, so was Altmodisches!«

»Die Siebziger sind wieder in«, wirft Josh ein und weist mit dem Kopf auf Tim, der schon das erste Stück verschlungen hat und sich die buttertriefenden Finger leckt. »Und der gute Tim ist uns wie immer einen Schritt voraus.«

»Gott, erinnert ihr euch noch an Portias Hippieparty?«, fragt Tim. »Als du und Cath meine Afroperücke angezündet habt?«

»Sie war praktisch an deinem Kopf festgeklebt.« Ich lächele bei der Erinnerung. »Daran hab ich ja seit Jahren nicht mehr gedacht.«

»Portia?«, sagt Dan. »Ich kenne eine Portia. Wie heißt sie mit Nachnamen?«

»Fairley«, antworten Tim, Josh und ich im Chor.

Dan sieht uns mit breitem Grinsen an, während wir alle erstarren. »Hab ich's doch gewusst, das ist kein häufiger Name. Und wie kommt es, dass ihr Portia kennt?«

Wie kann ein Name, ein Name aus der Vergangenheit, der längst keine Macht mehr haben dürfte, immer noch solch eine Wirkung auf die drei Leute ausüben, die sie damals kannten? Die Zeit scheint still zu stehen, und ich bin zu sehr in Erinnerungen versunken, um zu bemerken, dass es Tim und Josh genauso geht.

Seltsam, ich kann nicht umhin, mich zu fragen, ob sie uns verziehen hat. Ich habe ihr schon lange verziehen, dass sie Joshs Herz gebrochen hatte. Ich sagte mir, sie musste wohl ihre Gründe gehabt haben, sie hatte es sicher nicht absichtlich getan. Aber zugleich blieb immer die Frage, ob sie uns je verzieh, dass wir ihr daraufhin die Freundschaft kündigten.

Und nun, zehn Jahre später, fiel ihr Name in dieser gemütlichen Wohnküche so unerwartet wie ein Paukenschlag.

»Wir waren zusammen auf der Uni«, erkläre ich Dan schließlich, der sich, sichtlich verwundert über den Effekt seiner Worte, in der Runde umschaut. Ich versuche, meinen Tonfall ganz neutral zu halten, mir meine Aufregung nicht anmerken zu lassen. »Und du? Woher kennst du Portia?«

»Sie hat meine alte Wohnung gekauft«, sagt er, völlig unbeeindruckt von dem befangenen Schweigen, den ihr Name ausgelöst hat.

»Ach ja? Und wo?«, hake ich nach, auf einmal begierig zu erfahren, was aus ihr geworden ist, ob ihre Hoffnungen sich erfüllt haben, ob das Schicksal sie erwartungsgemäß verwöhnt hat.

»Sutherland Avenue«, sagt Dan. »Eine nette Wohnung. Ich vermisse sie. Aber so ist das nun mal – wenn man seinen sicheren Job aufgibt, um Psychotherapeut zu werden, muss man sich eben auch von seinem Junggesellendomizil trennen.« Achselzuckend lächelt er Tim und Lucy an, die mitfühlend zurücklächeln.

»Sie war ein echter Star, damals an der Uni«, sagt Tim verträumt. »Eins von diesen Mädchen, deren Leben einfach vollkommen war. Sie hatte Geld, Klasse, Schönheit, Geist, Charakter. Wurde mit einem goldenen Löffel im Mund geboren. Eine Weile haben wir noch ihre Karriere als Journalistin verfolgt, aber irgendwie verlor sich dann ihre Spur. Weißt du vielleicht, was sie jetzt so macht?«

»Na klar.« Dan nickt. »Komisch, dass ihr das nicht wisst. Sagt bloß, ihr kennt diese Fernsehserie nicht!« Er nennt den Titel einer Serie, die wir alle lieben. Eine dramatische Fortsetzungsgeschichte, die Woche für Woche die Entwicklungen im Leben einer Gruppe Dreißigjähriger verfolgt. Und ehe Dan noch etwas sagen kann, wird mir plötzlich klar, dass sie das Drehbuch schreibt. Es kann gar nicht anders sein, denn – lächerlich, dass mir das bisher nie aufgefallen ist – alle Figuren sind genau nach unserem Muster gestrickt.

Josh hockt mit heruntergeklapptem Kiefer da, Tim mit weit aufgerissenen Augen, beide genauso schockiert wie ich über die plötzliche Erkenntnis.

»O mein Gott, *sie* ist die Autorin!«, prustet Tim auf einmal hervor.

»Und sie schreibt die Serie nicht nur«, sagt Dan, »sie hat sich offenbar auch das Konzept ausgedacht und es nicht nur hier an den Sender verkauft, sondern auch in siebzehn Ländern weltweit vermarktet. Sie verdient ein Vermögen damit.«

Tim schaut Josh an, dessen Unterlippe immer noch irgendwo auf Kniehöhe hängt, und hüstelt süffisant: »Bitte reich doch mal das Salz rüber, *Jacob.*«

»Red keinen Quatsch, Tim!«, fährt Lucy ihn an. »Das sind doch nicht wir –« Doch sie unterbricht sich, als sei ihr plötzlich etwas eingefallen. Eine Erinnerung. Die Personen in der Serie.

Die Hauptfigur heißt Mercedes (ein guter Witz, fand ich immer). Mercedes ist eine Millionärstochter, die ihr Leben lang nach Unabhängigkeit strebt. Mercedes sieht aus, als müsse sie ein ausgekochtes Luder sein, aber natürlich ist sie ganz das Gegenteil. Sie ist reizend, obwohl sie offenbar keinen Mann finden kann, der sich für mehr als ihren Körper interessiert, der ihr wirklich nah sein will.

Dann gibt es da Jacob, etwas weltverdrossen, lieb, aber ziemlich schwach, verheiratet mit Lisa, die zu sehr mit ihrer Selbstverwirklichung beschäftigt ist, um sich richtig um ihren kleinen Sohn Marty zu kümmern, weshalb sie ihn fast täglich bei Jacob im Büro absetzt.

Steen ist der großartige schwule Freund der Familie, der mit seiner frechen Klappe immer für Lacher sorgt.

Und Mark, das süße Sensibelchen, hoffnungslos in Mercedes verschossen, und von ihr natürlich nicht ernst genommen, da viel zu lieb und nett – das konnte nur Matt sein, Portias damaliger Freund.

Und dann, fällt es mir wie Schuppen von den Augen, ist da ja auch noch Katy: eher hausbacken, schlampig und dazu total egozentrisch. Katy, die nur Schwarz trägt. Oder auch mal Raupengrün. Katy, deren Haare aussehen, als könnte ein ganzer Spatzenschwarm darin nisten.

Lucy fängt plötzlich an zu röcheln, und wir anderen wechseln panische Blicke, doch dann trinkt sie einen Schluck Wasser und lacht aus vollem Halse los.

»Ist doch irre«, prustet sie, während uns allmählich die Komik an der ganzen Sache dämmert. »Du bist Katy!« Sie deutet auf mich, ganz schlapp vor Lachen, und fällt dabei fast vom Stuhl.

»Du hast gut lachen«, knurre ich, »dich hat sie ja nie kennen gelernt. Sie weiß offenbar nur, dass der Name seiner Frau mit L anfängt und der von seinem Sohn mit M. Aber ich, ich soll Katy sein, ja? Katy, die selbstsüchtige Kuh. Ich versteh nicht, wie sie mir das antun konnte.«

»Seid ihr euch da sicher?«, fragt Dan, ein wenig besorgt über den Aufruhr, den seine Nachricht bewirkt hat. »Glaubt ihr wirklich, die Personen in der Fernsehserie, das seid ihr?«

»Schau uns doch an«, sagt Josh mit einem Schulterzucken.

»Also, ich freu mich drüber«, schmunzelt Tim. »Steen ist ein dufter Typ.«

»Ja, aber stört es euch denn nicht irgendwie«, wendet Dan plötzlich ein, »dass da jemand eure Lebensgeschichten einfach ausschlachtet, um sie Tausenden von Unbeteiligten gewissermaßen zum Fraß vorzuwerfen?«

»Millionen, laut Zuschauerquoten«, murmelt Josh.

»Na, unsere Lebensgeschichten sind das ja eigentlich gar nicht«, sagt Lucy und steht auf, um nach dem Pudding zu sehen. »Gegen Josh ist Jacob doch nur ein armer Tropf. Und Cath ist ganz und gar nicht wie Katy.« Sie drückt mir im Vorbeigehen aufmunternd den Arm. »Zum einen ist Cath bezaubernd. Und was Steen betrifft« – sie mustert Tim von Kopf bis Fuß – »Tim ist viel netter als Steen.«

»Und sieht auch viel besser aus«, raunt Tim beschwörend.

»Natürlich«, sagt sie lachend. »Keine Frage!«

»Wisst ihr, was ich glaube?« Josh starrt in sein Weinglas, als enthielte es alle Antworten. »Das ist eine Art Rache von ihr. Sie stellt unsere negativsten Züge wie durch einen Zerrspiegel dar, als boshafte Karikaturen sozusagen – aber sie karikiert uns so, wie sie uns von früher kennt, und ich für meinen Teil denke doch, dass ich mich seitdem unermesslich verändert habe. Und nicht nur ich, sondern wir alle.«

»Sprich nur weiter.« Ich nicke ihm zu, sehr beruhigt von seiner Interpretation.

»An der Uni war ich tatsächlich eher ein Weichling. Ich

fühlte mich unsicher, ich war noch nie von zu Hause weg gewesen, und so entschied Portia, ich müsste mit dreißig immer noch ein Waschlappen sein. Und du«, wandte er sich an mich, »du warst manchmal wirklich ziemlich auf dich selbst fixiert.« Obwohl ich ihm keineswegs zustimmen möchte, weiß ich doch, dass er Recht hat.

»Aber nicht in Bezug auf Portia«, fährt er fort. »Sie war unser aller Schwäche, aber du warst oft rücksichtslos, also hat sie dich nun zur echten Egozentrikerin gemacht.«

Er blickt Tim an. »Und nun zu Steen.«

»Ich weiß«, winkt Tim ab. »Du brauchst mir gar nicht erst zu sagen, dass ich was Zickiges hatte – aber ich habe mich doch schon gebessert, oder?« Zweifel flackert in seinen Augen, als er mich ansieht. »Findest du nicht, dass ich netter geworden bin, Cath?«

Ich drücke ihn an mich. »Aber ja, du Lieber, du bist wunderbar.«

»Gut.« Er atmet auf. »Wie nett von dir, zur Abwechslung mal so selbstlos zu sein.«

Ich gebe ihm einen Klaps, und er drückt mir das Knie und pflanzt mir einen feuchten Schmatz auf die Backe.

»Rache wofür?«, fragt Dan verwundert, worauf ein längeres Schweigen eintritt und wir alle unbehaglich seinem Blick ausweichen.

»Ach, das ist eine lange Geschichte«, ergreift Lucy resolut das Wort, denn sie war ja schließlich nicht direkt beteiligt. Josh hatte ihr eines Abends mal alles erzählt, als sie sich über ihr früheres Liebesleben unterhielten. Portia, sagte er, sei seine erste Liebe gewesen, sie habe ihm das Herz gebrochen, und er habe lange gebraucht, um sich davon zu erholen, aber das sei jetzt alles Schnee von gestern und er habe sie ohnehin seit Jahren nicht mehr gesehen.

»Eine Geschichte für ein andermal«, setzt Lucy munter hinzu, und trotz der Enttäuschung, die sich in Dans Miene spiegelt, ist er höflich genug, sie nicht weiter zu drängen.

»Also, was ist jetzt mit Portia?«, fragt Tim, nachdem er die Lippen von meinem Gesicht gelöst hat. »Ist sie die atemberaubende Mercedes? Herrlich anzuschauen, aber glücklos in der Liebe?«

»Wer weiß«, entgegnet Dan achselzuckend. »Sie ist sehr schön, aber ich habe sie nur die paar Mal gesehen, als sie meine Wohnung besichtigen kam, zuletzt sogar schon mit einem Innenarchitekten im Schlepptau.«

»Typisch Portia!«, sage ich lächelnd.

»Ich kann euch meine alte Telefonnummer geben, wenn ihr wollt«, bietet Dan plötzlich an. »Sie wird sie vermutlich nicht geändert haben, und wie es aussieht, würdet ihr wohl ganz gern wieder mit ihr Kontakt aufnehmen – wenigstens, um sie ordentlich auszuschimpfen.«

»Nein, nein«, wehrt Josh ab. »Das ist alles so lange her.« Er wirft Lucy einen besorgten Blick zu, aber sie wirkt nicht im Mindesten verstimmt.

»Wir waren nur neugierig, was aus ihr geworden ist«, bemerkt Tim leichthin, »weiter nichts.«

»*Ich* hätte gern ihre Nummer«, höre ich mich zu meiner eigenen Überraschung sagen.

»Was?«

Ich drehe mich zu Josh und Tim um, die schon wieder schockiert dreinblicken. »Wieso denn nicht?«

»Herrjemine!«, schreit Lucy und springt so hastig auf, dass ihr Stuhl durch die halbe Küche kegelt. »Der verdammte Pudding brennt an!«

Dieser Abend hat bei uns allen viele Erinnerungen aufgewühlt. Tim und ich wandern schweigend zurück zu meiner Wohnung, beide in Gedanken an Portia versunken, an unsere alte Clique, unsere unverbrüchliche Zuneigung.

»Ich vermisse sie immer noch, weißt du«, flüstert Tim mir ins Ohr, als er mich zum Abschied umarmt.

Ich stemme mich von ihm ab und schaue ihn an. »Du, vielleicht haben wir genau deshalb heute Dan getroffen. Alles geschieht doch aus gutem Grund, oder nicht? Vielleicht *sollte* ich jetzt endlich ihre Nummer erhalten. Vielleicht sollen wir sie nicht länger vermissen müssen.«

5

Ich halte es nicht aus. Nicht, dass ich's nicht versuchen würde. Die letzten zwei Wochen habe ich mindestens zweimal täglich zum Hörer gegriffen, da ich Portias hingekritzelte Nummer immer als eine Art Mahnung neben dem Telefon liegen habe. Ich schaffte es sogar, alle sieben Zahlen einzutippen, aber kaum klingelte es am anderen Ende, legte ich jedes Mal hastig auf – ich wusste nicht, was ich sagen sollte, und war vor Aufregung so kurzatmig, dass ich ohnehin keinen Ton herausgebracht hätte.

Es ist doch bloß *Portia*, sage ich mir immer wieder. Es ist ja nicht so, als ob ich jemanden anrufen würde, mit dem eine unangenehme Auseinandersetzung bevorsteht, da wäre das Herzklopfen ja noch einigermaßen gerechtfertigt. Ich rufe sie ja nur an, um mal wieder Kontakt aufzunehmen. Vor Portia braucht man sich doch wirklich nicht zu fürchten.

»Na?«, erkundigt sich Tim wie mittlerweile jeden Tag. »Hast du's jetzt endlich geschafft?«

»Jawohl«, schwindle ich mit Nachdruck. »Ich wollte dir nur nicht sagen, dass ich sie bereits letzte Woche getroffen habe, weil ich dachte, es interessiert dich sowieso nicht.«

»Mein Gott, was bist du für ein Angsthase! Ich an deiner Stelle würde sie schlicht und einfach mal anrufen. Was ist denn schon dabei?«

»Bitte, dann tu es doch.« Ich schiebe ihm das Telefon hin. »Da hast du die Nummer, also, mach schon.«

Es ist Donnerstagabend, der Abend, an dem Portias Serie läuft, und obwohl Tim seit Monaten immer zu mir kommt, um sie mit mir zusammen anzuschauen, haben diese Abende seit unserer jüngsten Entdeckung eine ganz neue Bedeutung bekommen.

Auch die letzten Wochen haben wir es uns wie immer mit Fertiggerichten vom Chinesen auf dem Sofa gemütlich gemacht, während wir warteten, dass die Sendung beginnt, aber statt wie sonst nur unbeschwert über die Szenen zu lachen, klebten wir jetzt förmlich am Bildschirm und lauerten gespannt auf jeden Hinweis, der uns selbst betreffen könnte.

Auch heute Abend hatten wir wieder in konzentriertem Schweigen vor dem bläulich flackernden Bildschirm gehockt.

»So was würde ich *nie* sagen!«, rief Tim empört, als Steen wieder mal eine besonders bissige Bemerkung landete.

»Hat ja auch keiner behauptet.« Ich streichelte ihm beschwichtigend über die Schultern, den Blick unverwandt auf die Mattscheibe geheftet, wo Katy jeden Moment wieder auftauchen konnte.

»Jesses!«, ächzte ich nach ein paar Minuten. »Ich weiß ja, es ist witzig gemeint, aber sie ist so ein furchtbares Egomonster! So bin ich doch nicht, oder?«

»Schscht!«, zischte Tim. »Da kommt Steen.«

Und nun, nachdem es vorbei ist, schnappt Tim sich das Telefon und wählt die Nummer, einfach so, als ob es ihm gar nichts ausmachte, als ob er Josh anriefe, bloß auf ein kleines Schwätzchen.

Ich beobachte ihn angespannt, warte darauf, dass seine Miene sich belebt, doch er schüttelt nur den Kopf und legt auf.

»Anrufbeantworter.«

»Ja und? Hast du nicht wenigstens die Ansage gehört? Wie klingt ihre Stimme? Was sagt sie?«

Ich reiße ihm das Telefon weg und drücke die Wiederwahl, und obwohl ich ja weiß, was gleich kommt, ist es trotzdem ein Schock, Portias Stimme zu vernehmen, eine Stimme, die ich überall wieder erkannt hätte.

Leider können wir gerade nicht ans Telefon gehen. Bitte hinterlassen Sie eine Nachricht, wir rufen so bald wie möglich zurück. Danke für Ihren Anruf.

»Wir?« Verdutzt blicke ich Tim an. »Das kann doch nur heißen, dass sie verheiratet ist.«

»Sag mal, in welchem Jahrzehnt lebst du eigentlich?« Tim mustert mich kopfschüttelnd. »In den Fünfzigern?«

»Also gut, nicht unbedingt verheiratet, aber sie lebt mit jemandem zusammen.«

»Könnte auch eine Mitbewohnerin sein.«

»Klar.« Ich hebe ironisch die Augenbrauen. »Weil wir ja als gut verdienende Einunddreißigjährige immer noch eine Mitbewohnerin haben.«

»Haben wir, wenn wir einsam sind.« Tim nickt ernsthaft, und es ist wie ein Schock für mich, dass Portia einsam sein könnte, ich möchte am liebsten sofort einschreiten und mit ihrer Einsamkeit Schluss machen. »Weißt du«, gibt Tim zu bedenken, »es könnte auch zu ihrer eigenen Sicherheit sein, dass sie *wir* sagt. In der *Cosmopolitan* gab's mal einen Artikel über Selbstschutz und so, dass man sich am Anrufbeantworter lieber als Paar ausgeben soll, um mögliche Einbrecher abzuschrecken.«

»*Cosmopolitan*!«, lache ich ihn aus. »Du lieber Gott, Tim, bist du dafür nicht schon ein bisschen zu alt?«

»Na ja, ich hab sie mir ja nicht gekauft«, wehrt Tim verlegen ab. »Hab sie nur zufällig mal bei einer Freundin rumliegen sehen.«

»Mhm«, schmunzle ich. »Und das soll ich dir glauben?«

»Schau mal«, sagt Tim mit einer Geste zum Telefon. »Das ist doch die ideale Gelegenheit. Du möchtest dich bei ihr melden, aber nicht mit ihr *sprechen*, weil du Angst davor hast, wie sie reagieren könnte. Mir geht's genauso. Aber wenn du ihr aufs Band sprichst, liegt die Entscheidung bei ihr. Vielleicht ruft sie nicht zurück, aber wenn sie's tut, weißt du wenigstens, dass sie Interesse hat.«

Spontan drücke ich noch einmal die Wiederwahltaste, höre mir wieder ihre Ansage an, versuche zu lächeln, damit meine Stimme fröhlich klingt, unbekümmert, selbstsicher, und presse mir die Hand auf die Brust, um mein Herzklopfen zu beruhigen.

Piep.

»Portia, hallo, ähm, ist ’n komisches Gefühl, dich auf einmal wieder zu hören.« Tim verdreht spöttisch die Augen. »Ich meine, kein Wunder, ist ja dein Anrufbeantworter, aber wir haben uns so viele Jahre nicht mehr gesprochen ... Neulich hat jemand mal deinen Namen erwähnt – Dan, ähm, du weißt schon, der Typ, der dir seine Wohnung verkauft hat, und da haben wir uns halt gefragt, wie’s dir wohl geht, und ich finde, es wär doch schön, wenn wir uns mal wieder treffen könnten. Also, wenn du magst, ruf mich doch zurück. Ach, übrigens, ich bin Cath, du weißt –« *Piep.*

»Mist!«

Ich drücke noch mal auf die Taste und komme mir idiotisch vor. »Entschuldige, das Gerät hat sich abgeschaltet. Ich wollte nur noch sagen, ruf doch bitte zurück, es wär echt schön, von dir zu hören ...« Ich lege den Hörer auf, unglaublich erleichtert.

»Na bitte«, sagt Tim. »Das hätten wir.«

»Glaubst du, sie ruft zurück?«

»Ganz bestimmt, wenn sie noch dieselbe ist wie früher.«

»Du hast Recht.« Ich nicke bedächtig. »Wenn sie sich nicht verändert hat, *muss* sie zurückrufen.«

Seit jeher liebe ich Bücher, sie sind nicht nur ein Hobby für mich, sondern eine wahre Passion. Stunden um Stunden verbringe ich regelmäßig damit, in Buchhandlungen zu stöbern, verliere dabei jegliches Zeitgefühl, verliere mich selbst in einer anderen Welt.

In der Nähe meines Büros gibt es eine Buchhandlung, in der ich mehrmals die Woche meine Mittagspause verbringe. Meist schlendere ich dort einfach nur still beglückt herum und streiche mit den Fingerspitzen über die Buchdeckel der verlockend auf Tischen ausgelegten Hardcover, manchmal aber vertiefe ich mich auch die ganze Freistunde lang in die eine oder andere spannende Neuerscheinung.

Es war schon immer mein Traum, selbst eine Buchhandlung zu besitzen. Genauer gesagt eine, die zugleich auch ein Café wäre. Ich stelle es mir als eine Art Oase für Stammgäste vor, liebenswerte, exzentrische Bücherwürmer, die hin und wieder mal den Cappuccino zubereiten würden, wenn ich gerade eine Aushilfe bräuchte.

Es wäre ein Hort der Ruhe und Beschaulichkeit, mit gemütlichen alten Ledersofas und tiefen Polstersesseln, vielleicht sogar einem Kaminfeuer im Winter. Im Sommer dagegen – wenn ich bedenke, wie sehr ich die Sonne liebe – sehe ich es in ganz anderem Licht. In meiner Sommervision wird es zu einem hellen, luftigen Raum, mit Holzdielenboden und blanken Chromstühlen, riesigen Fensterscheiben und mittelmeerblauen Wänden.

Je älter ich werde, desto öfter überlasse ich mich solchen Gedankenspielen. Früher, ungefähr mit Anfang zwanzig, hatte ich mir vorgenommen, nur so lange zu arbeiten, bis ich genug Geld auf der Bank hätte, um meine eigene Buchhandlung zu eröffnen, und dann sofort meinen Job zu kündigen.

Aber natürlich reichte das Geld dann doch nie so ganz, und obwohl ich mittlerweile ein erkleckliches Sümmchen auf der hohen Kante habe (das ich im Wesentlichen meiner lieben Großmama verdanke, die mir vor ein paar Jahren ihre Wohnung in Wembley vererbt hat), wird es wohl doch nie genug sein, um den Sprung zu wagen, denn in Wirklichkeit dreht es sich ja gar nicht ums Geld.

Tim behauptet, ich hätte Angst vor der eigenen Courage, und da hat er sicher Recht. Bis vor einem Jahr war ich glücklich mit meiner Arbeit, mochte meine Kunden, entwarf mit Feuereifer Werbekampagnen, und der Erfolg spornte mich immer noch mehr an. Aber in diesem letzten Jahr hat der Stress mich zunehmend belastet, ich fühle mich längst nicht mehr so motiviert, und doch wird mir angst und bange bei dem Gedanken, meine gute Stellung aufzugeben – kurz, ich traue mich einfach nicht.

Was, wenn die Sache mit der Buchhandlung ein Reinfall wird? Was, wenn ich all mein Geld bei dem Unternehmen verliere? Was, wenn ich meine Hypothek nicht mehr zahlen kann? Was wird dann aus meiner Altersvorsorge?

Doch eines Tages, sage ich mir, werde ich es in Angriff nehmen. Ich werde mir meinen Traum erfüllen. Nur weiß ich halt noch nicht, wann.

»Cath, Liebes, wir müssen uns unbedingt treffen. Wann hast du Zeit?« Lucys Stimme sprudelt über vor Aufregung.

»Was ist denn los? Du bist doch nicht etwa wieder schwanger?«

»Himmel, nein!«, quietscht Lucy. »Noch nicht.« Ein kurzes Schweigen. »Das heißt, keine Ahnung«, murmelt sie. »Wann ist denn meine verflixte Periode fällig? Ach, egal.« Ihre Stimme hellt sich wieder auf. »Hier geht's um was viel Wichtigeres. Hab nämlich einen Anschlag auf dich vor.«

»Ach? Da bin ich aber neugierig.«

»Am Telefon sag ich kein Wort. Wann können wir uns sehen?«

»Wie wär's mit Samstag?«

»Samstag? So lange kann ich nicht warten. Geht's nicht schon heute Nachmittag?«

Ich schlage meinen Terminkalender auf. Zum Glück steht für heute nichts mehr an, ich könnte mir also gestatten, ausnahmsweise mal früher Schluss zu machen, um Lucy zu treffen. Angesichts meiner vielen Überstunden sollte ich deswegen kein schlechtes Gewissen haben, es zwickt mich aber trotzdem, und nur, weil sie so drängt, willige ich seufzend ein.

»Hurra!«, jubelt sie. »Am besten, du kommst nachher zum Kaffee zu mir. Ach, übrigens, hast du Portia schon erreicht?«

»Ich hab ihr eine Nachricht aufs Band gesprochen, jetzt ist es an ihr, sich zu rühren.«

»Prima. Sehr richtig. Also, bis dann!«

Es ist ein luxuriöses Gefühl, um drei Uhr nachmittags schon nach Hause zu gehen. In den Straßen sind ganz andere Leute unterwegs als nach Büroschluss oder am Wochenende, sodass ich fast versucht bin, mich noch eine Weile im Café an einem Fensterplatz niederzulassen, um das Wochentagvölkchen zu beobachten.

So viele junge Mütter mit ihren Babys! Wo die plötzlich alle herkommen? Und diese hektischen jungen Männer in dunklen Anzügen, allesamt mit Handy am Ohr, wahrscheinlich lauter Wohnungsmakler.

Aber was mich am meisten erstaunt, ist die schiere Menge an Leuten. Wieso sind die nicht bei der Arbeit? Was *machen* die alle hier in der West End Lane, mitten am Nachmittag?

Meine Wohnung wirkt um diese Tageszeit seltsam still. Ganz anders als am Wochenende, wenn das Telefon nie aufhört zu klingeln und das Radio läuft und Tim meistens da ist, um mein Chaos aufzuräumen. Jetzt ist es hier so still, dass ich mir fast wie ein Eindringling vorkomme – als täte ich etwas Unrechtes, indem ich die klösterliche Ruhe der Räume störe.

Aufatmend lasse ich meinen Aktenkoffer fallen, der wie üblich voll gestopft ist mit Recherchematerial, ziehe mir den rechten Schuh aus, indem ich mit dem linken Fuß die Ferse runtertrete, und das Gleiche dann auf der anderen Seite. Gott sei Dank ist Tim nicht da, der bekommt jedes Mal zu viel, wenn er das sieht.

»Gewöhn dir das endlich mal ab!«, sagt er immer mit strafender Miene. »So ruinierst du dir doch die Schuhe! Und wieso lässt du sie jetzt wieder da rumliegen? Hast du denn keinen Schuhständer?«

Die Schuhe liegen auf der Seite und präsentieren vorwurfsvoll die Schrammen, die ich ihnen gerade zugefügt habe, also befördere ich sie mit einem Fußtritt unters Bett und schlüpfe in ein Paar flache Stiefel, froh, endlich wieder bequem herumstampfen zu können.

An der Küchentür zögere ich kurz, ob ich mir nicht doch noch schnell einen Happen aus dem Kühlschrank genehmigen soll – aber ich bin ja mit Lucy verabredet, und es gibt in ganz London keine bessere Köchin, warum sich also mit einem pappigen Pittabrot den Appetit auf den köstlichen Imbiss verderben, der mich sicherlich bei ihr erwartet?

»Hallo, Max, na, du siehst aber hübsch bekleckert aus.« Max steht breitbeinig in der Tür und schaut mich an, als wollte ich ihm Staubtücher und Putzlappen verkaufen – eine Mischung aus Verachtung und Mitleid in seiner Miene, die umso erstaunlicher wirkt, als der Knabe erst drei und zudem über und über mit Schokolade beschmiert ist.

Ich bin, wie man wohl schon gemerkt hat, alles andere als ein Naturtalent im Umgang mit Kindern. Ich würde sogar fast behaupten, dass der liebe Gott, als er mich schuf, den Mutterinstinkt glatt vergessen hat.

Das erste Mal, als Tim und ich uns aufrafften, Lucy nach Max' Geburt in der Klinik zu besuchen, saß Lucy müde, aber strahlender denn je im Bett und zeigte uns stolz dieses winzige Baby, das mit fest zusammengekniffenen Augen in ihrem Arm schlief.

»Er ist göttlich«, wisperte Tim ehrfurchtsvoll. »Sieh doch nur, was für niedliche Händchen er hat, und die süßen Füßchen, du meine Güte, und diese winzigen Fingernägel! Hast du schon mal so kleine Fingernägel gesehen?« Völlig hingerissen beugte er sich über das Baby, während ich mich verlegen lächelnd im Hintergrund hielt.

»Komm schon, Cath, du brauchst keine Angst zu haben.« Lucy winkte mich näher und hielt mir das Bündel hin. »Hier, nimm ihn doch mal.«

Was konnte ich da sagen? Ablehnen ging nicht, also nahm ich Max in die Arme und hoffte, ich würde mich plötzlich ganz warm und gerührt fühlen, aber ich fühlte mich bloß unbehaglich und betete im Stillen, das Baby möge sich wenigstens nicht mucksen. Da schlug Max die Augen auf.

Er sah mich an und brüllte los. Aber wie! Sein Gesicht lief krebsrot an, und er schrie, als hätte er den Teufel gesehen. Vor lauter Panik schmiss ich ihn geradezu auf Lucy zurück, und kaum lag er an ihrer Brust, war er wieder still. Seitdem habe ich kein Baby mehr auf den Arm genommen.

Tim fand das natürlich rasend komisch. Noch Wochen später nannte er mich *Grusel-Cathy*, und immer, wenn ich ihn zufällig anfasste, kniff er die Augen zusammen und fing an zu jaulen, um sich dann schier kaputtzulachen.

Zuerst lachte ich ja noch mit, aber nach dem fünfzigsten Mal war mein Humor doch langsam überstrapaziert. Selbst Lucy schimpfte mit ihm, was sonst gar nicht ihre Art war.

»Ach, jetzt hör endlich auf damit, Tim«, schalt sie gutmütig, »sei nicht so gemein. Die arme Cath kann doch gar nichts dafür. Maxy fremdelt halt noch ein bisschen, nicht wahr, Maxy?«

Tim musste ihr dann prompt das Gegenteil beweisen, indem er ihr Max aus den Armen nahm und ihn auf seinem eigenen Arm auf- und abhüpfen ließ, wobei das Baby vor Wonne krähte.

Und jetzt, mit seinen drei Jahren, verunsichert Max mich noch genauso wie damals. Statt zu brüllen, hat er sich inzwischen angewöhnt, mich mit einem abweisenden Blick anzusehen, und ich gebe mir alle Mühe, so nett wie möglich zu ihm zu sein, um ihn umzustimmen.

»Wenn du ein braver Junge bist, schenkt Cath dir auch was Schönes. Na, wie gefällt dir das?« Ich komme mir albern vor, so gekünstelt, aber ich weiß nicht, wie ich sonst mit einem Dreijährigen reden soll.

Neidvoll habe ich Tim schon oft dabei zugesehen, wie locker er das hinkriegt, denn Tim behandelt Max nicht wie ein Kind, sondern wie einen Erwachsenen. Tim sitzt da und unterhält sich ernsthaft mit Max über seine Arbeit. So grotesk es klingt, es ist die reine Wahrheit. Ich habe selbst gesehen, wie Tim hereinkommt, sich neben Max setzt und sagt: »Gott, was für ein schauderhafter Tag. Soll ich dir mal davon erzählen?« Max nickt feierlich, und Tim berichtet ihm von verpfuschten Probeaufnahmen und verschlampten Filmstreifen im Schneideraum.

Und das Verrückteste ist, Max *liebt* diese Gespräche! Er lauscht wie gebannt, ohne je die Augen von Tim zu wenden.

Einmal, als Tim sich wieder erschöpft neben Max hockte, nahm Josh Lucy in die Arme und bedeckte ihren Hals mit Küssen. Während sie ihn kichernd wegzuschieben versuchte, seufzte Tim: »Ich wünschte, ich würde jemanden finden, der mich so sehr liebt.«

Und was tat Max? Er legte seine Hand in die von Tim, beugte sich vor und gab ihm einen Kuss auf die Wange. Tim sagte, er wäre fast in Tränen ausgebrochen.

Doch gleichgültig, wie ich mich bei Max mit Geschenken einzuschmeicheln versuche, mir gegenüber bleibt er immer kühl und reserviert.

Ich ziehe einen Lutscher aus der Tasche und halte ihn Max hin, der ihn erst ein paar Sekunden lang stoisch betrachtet, ehe er ihn mir aus der Hand nimmt, mir den Rücken zukehrt und abmarschiert.

»Max!«, ruft Lucy, läuft ihm nach und hebt ihn hoch. »Was ist denn das für ein Benehmen! Sei nicht so unhöflich. Du musst doch danke sagen, wenn jemand dir etwas schenkt.« Sie verdreht die Augen, murmelt »entschuldige« und setzt Max wieder ab.

»Danke.« Er schaut zu Boden, den Lutscher im Mund.

»Gern geschehen«, sage ich, während er schon wieder loszockelt. Ich folge Lucy in die Küche, wo es appetitlich nach frisch gebackenen Plätzchen duftet. »Der Junge hasst mich«, sage ich, ziehe den Mantel aus und werfe ihn über eine Stuhllehne.

»Tja, in puncto Frauen hat er wohl keinen Geschmack«, bestätigt Lucy. »Aber hassen tut er dich wirklich nicht, er ist nur gerade in einem schwierigen Alter.«

»In dem schwierigen Alter ist er schon von Geburt an.«

»Schrecklich, diese Männer«, sagt Lucy lachend. »Einer wie der andere. Aber wie wär's denn jetzt mit ein paar ofenfrischen Zimtplätzchen?

»Mmmmh!« Ich reibe mir den Bauch und schnappe mir eins von dem Teller, den Lucy auf den Tisch stellt, ohne erst auf den Tee zu warten.

»Lucy«, mümmele ich mit vollem Mund, während ich versuche, die butterigen Krümel mit der Hand aufzufangen. »Die sind echt fantastisch!«

»Und du bist ein Schatz«, strahlt Lucy. »Darum hab ich dich so gern hier bei uns, weißt du, es ist doch viel schöner, wenn jemand Freude am Essen hat. Ich kann diese dürren Zicken nicht ausstehen, die bloß Salat mögen oder dieses Chemiezeugs voll mit scheußlichem Süßstoff. Bitte, greif nur zu.«

Ich komme der Aufforderung gern nach, diesmal fast ohne schlechtes Gewissen, dass ich nicht zu den dürren Zicken gehöre, die bei Plätzchen abwinken und stattdessen eine Karotte verlangen oder vielleicht einen Magerjoghurt. Aber selbst die hätten ihre liebe Not, die Willenskraft dazu aufzubringen, wenn sie solch eine fabelhafte Köchin wie Lucy zur Freundin hätten.

Lucy bringt die Teekanne und setzt sich mir gegenüber. »Sag mal, Cath, bist du eigentlich glücklich?«

»Was? Wie meinst du das?«

»Ich meine, mit deiner Arbeit. Macht der Job dir noch Spaß?«

»Natürlich, ich liebe meine Arbeit«, antworte ich automatisch, doch zugleich wird mir bewusst, wie hohl es klingt. Obwohl ich das bisher immer gesagt habe, liegt irgendwie keine rechte Überzeugung mehr darin.

Ich gebe mir einen Ruck. »Na ja, also, um ehrlich zu sein, ich hab in letzter Zeit nicht drüber nachgedacht. Manchmal macht's mir schon noch Spaß, aber nicht mehr so wie früher. Komische Frage, wie kommst du plötzlich da drauf?«

Lucy seufzt. »Im Gegensatz zu dir hab ich in letzter Zeit oft über solche Dinge nachgedacht, was ich aus meinem

Leben machen möchte und so. Eine Weile lang dachte ich immer, ich würde Leuten helfen wollen, weshalb ich ja auch diesen blöden Kurs in Familienberatung belegt habe. Ein Glück, dass der bald vorbei ist.« Sie hält inne und trinkt einen Schluck Tee.

»Aber die Sache ist die«, fährt sie fort, »seit Max da ist, hab ich kaum noch was Grafisches gemacht, ich bin da völlig raus, und genau genommen will ich auch gar nicht wieder damit anfangen. Das klingt jetzt vielleicht furchtbar ...« Sie blickt mich betreten an.

»Aber?«

»*Aber*« – sie lächelt dankbar – »nachdem ich die ganzen letzten Jahre damit verbracht habe, mich um andere zu kümmern, Hausfrau und Mutter zu sein, auch wenn ich gern für meine Männer sorge, habe ich langsam doch das Gefühl, dass ich mal wieder was für mich selbst tun muss.« Eine lange Pause. »Was meinst du?«

»Ich glaube, wenn du das wirklich willst, dann musst du es auch tun. Ist doch klar.« Noch im Sprechen fällt mir ein, dass ich gut daran täte, diesen Rat selbst zu beherzigen, nur habe ich leider keinen Mann, der die Scherben aufsammeln wird, wenn ich eine Bruchlandung mache. Keinen, der meine Hypothek übernimmt, wenn mir das Geld ausgeht, kurz, der jederzeit für mich da wäre.

»Aber *was* willst du denn nun machen?«, frage ich sie neugierig.

»Tja«, sagt sie lächelnd, »das ist hoffentlich genau der Punkt, wo sich unsere Wege treffen.« Sie steht auf. »Nimm deinen Mantel. Wir machen jetzt einen kleinen Spaziergang.«

Unten an der Treppe ruft Lucy dem Au-pair-Mädchen zu: »Ingriiiiid? Ich geh mal kurz weg, okay?«

Ingrid taucht oben auf. »Okay, Lucy«, sagt sie mit steinerner Miene, ohne sich im Mindesten daran zu stören, dass Max ihre Beine gerade mit einem Lasso umwickelt.

»Sie ist eine wahre Perle«, sagt Lucy, während sie die Haustür hinter uns schließt, was mich etwas verwundert, da ich persönlich sie für eine dumme Kuh halte. »Ich weiß gar nicht, wie ich ohne sie klarkommen würde.«

»Und wo geht's jetzt hin?« Wir biegen in die West End Lane ein, und es ist wunderbar, mit Lucy durch die Stadt zu schlendern, wenn die Sonne scheint und die Leute müßig auf den Caféterrassen herumsitzen, einfach nur, um das schöne Wetter zu genießen.

»Lass dich überraschen«, sagt sie. »Du wirst es schon sehen, wenn wir da sind.«

6

»So, hier ist es.« Lucy bleibt vor einem Schaufenster stehen und blickt mich erwartungsvoll an.

Was ich sehe, ist nichts weiter als ein offenbar leerer Laden zwischen einem Bio-Feinkostgeschäft und einem Kunsthändler, der merkwürdige Holzschnitzereien ausstellt. Ein Laden, in den man nicht mal richtig hineinschauen kann, weil das Fenster mit Plakaten von Rock- und Jazzbands zugepappt ist.

Lucy drückt sich die Nase an der Scheibe platt, um durch die Ritzen zwischen den Plakaten hindurchzulugen, aber man kann drinnen absolut nichts erkennen.

Ich bin schon oft an dem Laden vorbeigekommen, denn er liegt mitten in der Einkaufszeile der West End Lane, genau gegenüber dem Bagelshop. Doch obwohl ich diese alten Plakate an der Fensterfront schon immer gesehen habe, sind sie mir bisher nie besonders aufgefallen.

»Und wieso hast du mich hierher geführt?«, frage ich.

»Schau doch! Es ist leer!«, zischt Lucy mit mühsam bezähmter Erregung in der Stimme.

»Na und?« Ich habe immer noch keine Ahnung, worauf sie eigentlich hinauswill.

»O Cath, Liebes, sei doch nicht so begriffsstutzig! Das ist der ideale Platz für mein neues Geschäft! Das heißt, *unser* neues Geschäft, wie ich hoffe.«

»Was für ein Geschäft denn?«

»Deine Buchhandlung und mein Café.«

Ich blicke Lucy an, die mich mit erwartungsvoller Miene anstrahlt, und bin verblüfft, dass sie sich tatsächlich an meinen Traum erinnert, mehr noch, dass sie ihn mit mir zusammen verwirklichen will.

»Ich fasse es nicht«, murmele ich kopfschüttelnd. »Wieso in aller Welt hast du dir das gemerkt? Ist doch schon Jahre her, dass ich dir davon erzählt habe.«

Sie hakt sich bei mir ein, und wir versuchen erneut, einen Blick in den Raum zu erhaschen.

»Also, erstens redest du viel öfter davon, als dir vielleicht bewusst ist, und zweitens, als wir an dem Abend damals von unseren Wunschträumen fantasiert haben, da warst du so Feuer und Flamme, wie ich noch nie jemanden gesehen habe. Du hast gesagt, das sei schon immer dein größter Traum gewesen. Ich glaube, das hat mich so beeindruckt, dass ich es nie vergessen habe. Und das Einzige, was *ich* für mein Leben gern mache, ist …«

»Kuchen backen!«, sagen wir beide gleichzeitig und prusten übermütig los.

»Ich weiß, es ist komisch«, sagt sie nickend, »aber es stimmt. Ich dachte, ich würde weiterhin als Grafikerin arbeiten, aber ich kann mich einfach nicht mehr so darauf einlassen, seit ich Max habe. Und obwohl das mit dem Büchercafé ja ursprünglich deine Idee war, liebe Cath – nun, bitte sei mir nicht böse, aber es ist doch einfach so, dass du keinen ordentlichen Kuchen backen könntest, selbst wenn dein Leben davon abhinge!«

Sie drückt meinen Arm und holt tief Luft. »Weißt du, es wäre wirklich nicht so schwierig, und Josh würde uns auch helfen, und wir müssten höchstens noch zwei weitere Leute anstellen, damit der Laden läuft. Ach bitte, Cath, sag ja, ich glaub echt, wir schaffen das. Ich *weiß* es einfach.«

»Es ist dir wirklich ernst damit, nicht wahr?« Ich sehe die Begeisterung in Lucys funkelnden Augen und fühle mich schon fast von ihrer Zuversicht angesteckt. Doch so aufregend das alles klingt, überwiegt in mir noch die Unsicherheit, ob wir solch ein Projekt überhaupt bewältigen können.

Denn es ist schließlich so: Luftschlösser sind etwas Wunderbares und absolut ungefährlich, solange man nicht versucht, sie zu realisieren. Gleichgültig, worum es sich handelt, ob Partnertausch oder Büchercafés, Fantasien sind auf jeden Fall besser im Kopf aufgehoben als in der Wirklichkeit.

Doch hinter dem Funkeln in Lucys Augen sehe ich eine stählerne Entschlossenheit lauern, und wenn irgendjemand die Kraft hat, solch ein Unternehmen auf die Beine zu stellen, weiß Gott, dann ist das Lucy. Von allen Leuten, die ich kenne, ist Lucy die Einzige, die nicht nur himmlische Plätzchen backen kann, sondern auch noch jeden bezaubert, der über die Türschwelle tritt. Mit Lucy als Partnerin hätte ich sicher nichts zu befürchten.

»Na? Hab ich dich schon überzeugt?« Lucy lächelt.

»Mein Gott, Lucy.« Ich schüttele den Kopf. »So einfach ist das alles nicht. Es gibt so viel zu bedenken! Meine Wohnung, meine Hypothek, mein Job ... Ich meine, wie stellst du dir das vor, soll ich Knall auf Fall kündigen? Meine ganzen Ersparnisse da reinstecken ...« Vor lauter Problemewälzen bekomme ich gar nicht recht mit, wie sie mit mir auf die andere Straßenseite zusteuert.

Wie benommen lasse ich mich von ihr mitziehen und weiß nur eins: Auch wenn ich keine Ahnung habe, was das alles kosten wird oder wie wir den Laden tatsächlich managen sollen – es ist genau das, was ich machen möchte.

Einstweilen schüttele ich die Probleme ab, und in die Gegenwart zurückfindend stelle ich fest, dass wir schon ein gutes Stück weitergegangen sind. »Was nun?«

»Komm«, sagt sie und zieht mich in ein Maklerbüro. »Ich denke, ich hab den idealen Raum gefunden, obwohl ich ihn noch nicht von innen gesehen hab, und jetzt hoffe ich, dich endgültig überzeugen zu können.«

Die Tür schließt sich hinter uns, während ein junger Mann in dunkelblauem Anzug, der über einen Stapel Papiere gebeugt auf der Schreibtischkante hockt, zu uns aufblickt.

»Hallo«, begrüßt er uns mit breitem Lächeln und streicht sich eine mausbraune Haarlocke aus den Augen. Diese Augen blitzen uns erstaunlich hell und munter entgegen. »Kann ich Ihnen irgendwie helfen?« Er hat eine tiefe Stimme mit leicht südlicher Färbung und sieht für meine Begriffe für einen Makler viel zu *normal* aus.

Ich stelle mir Makler immer schrecklich gestylt und aalglatt vor, das unvermeidliche Handy wie angewachsen am Ohr. Und obwohl auch dieser Typ hier in einem dunklen Anzug steckt, sieht er darin wie verkleidet aus – als ob er sich in Jeans und Pulli viel wohler fühlen würde.

Ich merke, dass ich ihn anstarre, und senke den Blick, vertiefe mich angelegentlich in die Betrachtung des gemaserten Dielenbodens.

»Wir hätten gern mit James gesprochen«, sagt Lucy, worauf der Typ von der Schreibtischkante aufsteht und ihr die Hand hinstreckt.

»Lassen Sie mich raten. Sie sind Lucy Portman.« Kleine Lachfältchen graben sich um seine Augenwinkel, und mir wird schlagartig bewusst, dass er ein wirklich attraktiver Mann ist.

»James?«

»Zu Ihren Diensten.« Sie schütteln sich die Hand, während ich versuche, mich so unauffällig wie möglich zu verhalten, doch schon wirft er mir mit fragend erhobener Augenbraue einen Blick zu.

»Hallo, ich bin Cath, äh, Catherine Warner«, murmele ich mit einem hastigen Händedruck, denn eigentlich sind mir solche Förmlichkeiten zuwider, und außerdem bin ich auf einmal tödlich verlegen.

»Freut mich, Sie kennen zu lernen, Cath«, sagt er und blickt mir geradewegs in die Augen, während ich errötend wegschaue. Er geht zu einem anderen Schreibtisch und holt einen Schlüsselbund aus der Schublade. »Gehen wir?«

Wir überqueren wieder die Straße, laufen auf den leeren Laden zu, und ich bin immer noch völlig verdattert. Mir ist, als habe Lucy in der letzten Stunde mein ganzes Leben auf den Kopf gestellt. Während James die Schlüssel einen nach dem anderen im Schloss ausprobiert, wendet er sich zu uns um.

»Wissen Sie, je mehr ich drüber nachdenke, desto besser gefällt mir die Idee. Ein Büchercafé ist doch genau das, was in der Gegend hier fehlt, und Sie werden gleich sehen, der Raum eignet sich wirklich optimal dafür.«

»Kennen Sie denn etwa noch andere Büchercafés?«, fragt Lucy besorgt. »Ich hab mich schon überall umgeschaut, aber bisher noch keins gefunden.«

»Na, es gibt natürlich schon eine Buchhandlung in der Nähe und haufenweise Cafés, aber in solch einem trendigen Viertel wie diesem hier wird die Kombination bestimmt gut ankommen. Und wissen Sie« – er senkt vertraulich die Stimme – »die meisten Lokale hier sind doch eher schäbig, dunkel, eng und nicht sehr einladend. Ein helles, sonniges Café, in dem man auch noch Bücher kaufen kann, muss einfach ein voller Erfolg werden.«

Gut, ich weiß, er ist nur ein Makler, ohne praktische Erfahrung mit Büchercafés, aber weil er als Unbeteiligter so angetan ist von der Idee, erscheint sie mir plötzlich noch viel aufregender. Bis er aus seinen Dutzenden von Schlüsseln endlich die beiden richtigen herausgefischt hat, bin ich schon fast so weit, vor Freude zu tanzen. Die Tür schwingt quietschend auf, und Lucy fasst nach meiner Hand, drückt sie kurz und ermutigend. Dann treten wir zögernd ein.

Eine Weile wandern wir nur schweigend herum, versuchen uns vorzustellen, ob es tatsächlich das sein könnte, was wir gesucht haben. Das heißt, ich hatte ja bis vor einer Stunde noch gar nichts gesucht, aber was soll's. Nun ist es halt so gekommen.

Als sich unsere Augen an das Dämmerlicht gewöhnt haben, japsen Lucy und ich vor Überraschung auf, denn das

Einzige, was dieser Laden je war oder sein konnte, ist eine Buchhandlung.

Rings um die Wände ziehen sich wunderschön gezimmerte Regale, die vom Boden bis zur Decke reichen und hier und da auch als Raumteiler aufgestellt sind, ganz wie in einer Bibliothek. Tatsächlich ist schon alles da, als hätte es nur auf uns gewartet.

Die Decke ist so hoch, dass man sie kaum noch sieht, aber ich kann in dem größeren der beiden Räume eine Galerie erkennen. Der wackeligen Trittleiter, die in einer Ecke lehnt, traue ich allerdings nicht ganz, daher kann ich vorerst nur annehmen, dass dort oben genug Platz ist, um aufrecht zu stehen.

»Ist denn das zu glauben?«, wispert Lucy überwältigt.

Der Grundriss des Ladens ist L-förmig, mit einem großen Aussichtsfenster an der Rückseite, einem zusätzlichen kleineren in der Galerie, und dazu ist auch noch ein Nebenraum vorhanden.

»Lass mich raten«, sage ich verschmitzt lächelnd. »Ist der als Warenlager gedacht?«

Lucy blättert durch die Unterlagen, die James mitgebracht hat, und geht aufgeregt immer tiefer in den Laden hinein. Dort entdeckt sie plötzlich noch eine weitere Tür. »Schau mal, Cath! Die Küche! Ist das nicht einfach perfekt, Cath?« Lucy wirbelt ausgelassen herum. »Kannst du's dir nicht auch schon haargenau ausmalen? Mach mal die Augen zu – hörst du nicht schon die Buchseiten rascheln? Riechst du den Kaffee? Die selbst gebackenen Kuchen und Plätzchen?«

Leise schwankend steht sie mit ausgebreiteten Armen und geschlossenen Augen mitten im Raum, und ich muss über ihre Begeisterungsfähigkeit lächeln, die es ihr so leicht macht, alles schon genauso zu sehen, wie es einmal werden soll.

Aber sie hat Recht, es ist wirklich der ideale Ort für ein Büchercafé, ganz so, wie wir es uns vorgestellt haben. Ich für meinen Teil bin nur noch nicht sicher, ob ich gerade jetzt schon den Mut aufbringen kann, mich auf etwas völlig Neues einzulassen.

»Was war denn hier früher drin? Es muss wohl eine Buchhandlung gewesen sein, aber ich kann mich gar nicht daran erinnern.« Ich schlage absichtlich einen nüchternen, geschäftsmäßigen Ton an, denn ich meine, eine von uns muss doch am Boden bleiben, wenn man uns und unser Projekt in irgendeiner Weise ernst nehmen soll.

»Ob Sie's glauben oder nicht, der Laden steht schon seit zwanzig Jahren leer.«

»Aha, darum ist hier auch alles so verstaubt«, sagt Lucy und verkneift sich ein Niesen.

»Der Vorbesitzer war ein alter Sonderling«, erklärt James. »Harry Roberts – schon mal gehört?« Lucy und ich schütteln die Köpfe. »Harry galt hier im Viertel schon immer als komischer Kauz, wissen Sie. Er ist letztes Jahr hoch in den Neunzigern gestorben, aber noch bis eine Woche vor seinem Tod ist er jeden Tag zur Arbeit gegangen, immer ganz korrekt im dreiteiligen Anzug.«

»Ja, und?«, fragt Lucy gespannt, denn nichts macht ihr mehr Spaß als kuriose Anekdoten.

»Wie gesagt«, erzählt James, »dieser Alte war schon ein witziger Typ. Er kam immer wieder in unser Büro und schwafelte uns was von seinem Besitz vor, und wir ließen ihn reden, weil wir dachten, der braucht das eben. Aber wir hätten nie gedacht, dass da was dran sein könnte. Wir hielten ihn bloß für einen harmlosen alten Trottel.«

»Und?«, hake ich jetzt ebenfalls interessiert nach.

»Na ja, die Sache war die, er schien in Wirklichkeit gar nichts zu tun. Er hatte halt sein Büro um die Ecke, wo er jeden Tag hinging, und schaute regelmäßig auf einen Schwatz bei uns vorbei, weil er sich langweilte. Doch als er dann starb, stellte sich plötzlich heraus, dass der gute Mann Millionär war.«

»Nein!«, ächzt Lucy ehrfürchtig. »Tatsächlich?«

»Ohne Scherz«, bestätigt James. »Und dabei wohnte er in einem richtigen Dreckloch, total heruntergekommen, zerschlissene Teppiche, mit Kordel zusammengeflickte Stühle, nichts als Sperrmüll aus der Vorkriegszeit, obwohl ihm gut die Hälfte der Gewerberäume im ganzen Viertel gehörten.«

»Aber wieso wussten Sie das denn nicht?«, wundere ich mich.

»Das ist ja das Verrückte daran«, sagt James. »Er hatte die Läden alle für lächerliche Summen verpachtet, und erst als sein Nachlass gesichtet wurde, wurde überhaupt klar, dass er auf einem Vermögen gesessen hatte, das so gut wie gar nichts abwarf.«

James zuckt die Achseln. »All das ist dann natürlich meistbietend verkauft worden, bis auf diesen einen leer stehenden Laden hier, der offenbar jahrelang nicht genutzt wurde.«

»Aber warum denn nicht?« Lucy quellen vor Spannung fast die Augen aus dem Kopf.

»Nun ja ...« James zögert. »Es gab da Gerüchte, dass die Buchhändlerin, die früher hier drin war, seine große Liebe gewesen sei, ihren Mann jedoch nicht für ihn verlassen wollte. Aber das alles ist natürlich ewig her.« Er lächelt entschuldigend. »Und man weiß ja nie, was an solchen Gerüchten dran ist.«

»Klingt jedenfalls ziemlich eigenartig«, stelle ich fest. »Frauen, die einen Beruf hatten, waren damals doch wohl die große Ausnahme, oder?«

»Wen kümmert das jetzt noch«, sagt Lucy fröhlich. »Wie schön, wie romantisch das alles, und für uns kommt es jetzt genau richtig.« Sie blickt mich um Bestätigung heischend an, und ich versuche sie mit diskreten Gesten zum Schweigen zu bringen, denn einen Makler sollte man nie wissen lassen, was man wirklich denkt.

»Das Ganze schreit natürlich nach Renovierung«, sagt James. »Aber wie ich Lucy schon beschrieben habe, ist im Grunde alles da. Sie brauchen nur eine neue Küche einzubauen, dazu eine Theke hier in die Mitte, und alles frisch streichen.« Er scharrt mit der Schuhsohle über die Holzdielen. »Sogar der Boden ist in Ordnung. Einfach nur abschleifen« – er blickt zu uns auf – »und schon haben Sie die idealen Räumlichkeiten für Ihr Geschäft.«

»Gibt es noch andere Interessenten?«, erkundige ich mich.

»Wir haben das Objekt gerade erst zur Vermittlung bekommen«, sagt er, »darum ist es am Markt noch gar nicht ausgeschrieben. Die Annoncen gehen erst nächste Woche raus. Aber dann rennen die Leute uns garantiert die Tür ein.«

Lucys Miene verdüstert sich. »Das heißt, wir müssen uns schnell entscheiden, Cath«, mahnt sie. »Komm jetzt.« Sie packt mich am Arm und wendet sich James zu, schon wieder mit ihrem üblichen strahlenden Lächeln. »James, Sie sind wirklich ein Engel, dass Sie sich so kurzfristig für uns Zeit genommen haben. Wir rufen Sie gleich morgen früh an.«

James nickt ein wenig verdattert, und wir lassen ihn dort stehen, sichtlich angesteckt von der hoffnungsvollen Begeisterung, die Lucy hinterlassen hat.

»Halogenspots, helles Holz, sonnige Atmosphäre, was meint ihr?« Lucy tigert aufgeregt in der Küche hin und her.

»Also, *ich* meine«, entgegnet Josh bedächtig mit einem Blick zu mir, »du solltest dich erstens mal endlich hinsetzen und zweitens Cath fragen, ob sie überhaupt einverstanden ist.«

Lucy bleibt ruckartig stehen und sieht mich zerknirscht an. »Cath! Liebes! Entschuldige!« Sie stürzt auf mich zu und schließt mich in die Arme. »Mein Gott, wie egoistisch von mir – ich rede und rede wie ein Wasserfall, aber du, sag doch, was denkst du?«

»Tja, es ist alles ein bisschen viel für mich«, gebe ich zu. »Ich meine, es ist ja nicht so, dass ich's nicht wagen will, es war schon immer mein Traum, aber ich weiß nicht, ob ich dafür jetzt wirklich meinen Job aufgeben soll. Und wenn es dann ein Reinfall wird? Wenn wir unser ganzes Geld dabei verlieren? Ich müsste meine gesamten Ersparnisse reinstecken, und die könnten dann für alle Zeit futsch sein.«

»Nicht unbedingt«, widerspricht Josh.

»Komm schon, Josh«, drängt Lucy. »Du bist doch hier der schlaue Bankfachmann, nun sag schon, wie können wir die Sache mit möglichst wenig Risiko angehen?«

»Ihr könnt euch natürlich ein Darlehen geben lassen«, sagt er. »Aber es wäre schon besser, die Investitionen auf ein Minimum zu beschränken.« Er schweigt für eine Weile, während Lucy genervte Grimassen schneidet. »Ich glaube«, sagt er schließlich, »es wird gar nicht so viel kosten, wie ihr denkt.«

»Du meinst also, es wäre den Versuch wert, Josh?« In Finanzfragen habe ich ihm schon immer vertraut.

»Doch, ja«, bestätigt er. »Warte mal.« Er springt auf, läuft zu seiner Jacke im Flur und kommt mit einem schwarzen Minicomputer wieder, auf dessen Tastatur er sofort herumzutippen beginnt.

»Was ist denn das für 'n Ding?«, frage ich Lucy.

»Sein geliebter Palm Pilot, sein Organizer, ohne den wir keinen einzigen Schritt mehr tun dürfen«, erwidert Lucy lachend.

»Ich wollte nur mal schnell die Anfangskosten überschlagen«, erklärt Josh, während er das Gerät zuklappt. »Zufällig habe ich einen Kollegen, dessen Eltern eine Buchhandlung in Derbyshire besitzen, und der kann uns sicher ganz genau sagen, was für Ausgaben da auf uns zukommen. Ich schätze, an die Hunderttausend werden es mindestens sein, allein an Renovierung und Wareneinkauf.«

»Sicher.« Ich nicke achselzuckend und frage mich, ob jeder Wunschtraum unvermeidlich in eine Kostenlawine ausarten muss.

»Aber was das Projekt als solches betrifft« – Josh holt Teller und Servietten aus der Anrichte und beginnt, den Tisch zu decken – »da bin ich mir ziemlich sicher, dass es Erfolg haben wird. Die Cafés in der Gegend sind sowieso immer voll, also ist auch noch Platz für eins mehr, und eine

Buchhandlung ist auch nie verkehrt, sofern sie sich halbwegs an dem Geschmack der Durchschnittsbürger orientiert.«

»Geschmack der Durchschnittsbürger?«

»Na ja, sie soll ja schließlich was abwerfen, also muss für jeden etwas dabei sein. Mit den Großen in der Branche könnt ihr ohnehin nicht konkurrieren, aber ihr könnt dank der Großhändler beispielsweise Bestellungen von einem Tag auf den nächsten ausliefern.«

Lucy blickt ihn liebevoll an. »Mein herzallerliebster Göttergatte, woher weißt du das alles?«

Josh zuckt die Achseln. »Außerdem erhalten Buchhandlungen viele Bücher meines Wissens mit Remissionsrecht, also wäre es bis auf die Investitionen für die Renovierung und den Cafébetrieb kein solches Risiko wie beispielsweise eine Modeboutique. Ach ja, und was den Kostenaufwand betrifft, Lucy, wir können immer noch eine Hypothek auf das Haus aufnehmen. Ich finde, für ein Geschäft lohnt sich das Schuldenmachen allemal mehr als bloß für eine Ferienreise.«

»Und was ist mit der Ausbildung deines Sohnes?«

»Das werden wir schon sehen, wenn es so weit ist. Aber sag mal, Cath, hast du nicht was von deiner Großmutter geerbt?«

Ich zucke zusammen. »Woher weißt du denn das schon wieder?«

»Von dir selbst, meine Liebe. Du hast mich doch um Rat gefragt, wie du es anlegen solltest, und den Rat dann prompt ignoriert, wenn ich nicht irre. Wahrscheinlich liegt das Geld seitdem ungenutzt auf der Bank und wirft nichts als ein paar mickrige Zinsen ab.«

Dazu schweige ich lieber.

»Na siehst du. Es wird höchste Zeit, dass du dieses Geld arbeiten lässt, Cath. Ich bin überzeugt, Lucy und du, ihr kriegt das problemlos hin.«

»Hurra! Hab ich dir je gesagt, wie sehr ich dich liebe?« Jubelnd wirft Lucy ihm die Arme um den Hals und drückt ihm einen Schmatz auf die Wange.

»Ich glaub schon«, sagt Josh lächelnd. »Aber liebst mich auch genug, um mir ein Abendessen hinzustellen?«

»Mitnichten.« Grinsend lässt Lucy sich auf einen Stuhl fallen. »Du hast gekocht, also bringst du es auch auf den Tisch. So war's ausgemacht.«

»Moment mal, hab ich richtig gehört? Du willst deinen supertollen, sicheren, fabelhaft bezahlten Job aufgeben, um irgendein obskures Geschäft aufzuziehen, und das auch noch mit ...« Tim hält viel sagend inne. »Lucy?«

»Was gibt's denn an Lucy auszusetzen?«

Tim hatte mich förmlich bekniet, ihn auf einen Drink in Soho zu treffen, und obwohl mich so etwas nur schlaucht, habe ich nachgegeben, denn Tim hat nicht ganz Unrecht mit seinem Gejammer, dass ich auf meine alten Tage fürchterlich spießig geworden bin. Als ich noch Mitte zwanzig war, hatte ich nie etwas dagegen, direkt nach der Arbeit auszugehen, man könnte sogar sagen, dass mir etwas fehlte, wenn ich mich nicht allabendlich in Pubs oder Clubs herumtrieb. Jeden Nachmittag eine halbe Stunde vor Dienstschluss drängelten sich bei uns in der Agentur lauter Frauen vor dem Toilettenspiegel, wo wir hastig unser Make-up auffrischten, mit Parfüm und Haarlack herumsprühten, mitgebrachte Abendklamotten aus den endlosen Tiefen unserer Riesenhandtaschen kramten, nur um dann an irgendwelchen Kneipentresen mit hoffnungsvollen Jungmanagern zu flirten, bis wir zu betrunken waren, um uns auf den Beinen zu halten.

Damals machte es mir nichts aus, jeden Abend bis zum Abwinken im Nachtleben mitzumischen. Aber in jenen Jahren fand man auch wenigstens noch ein Taxi, wenn man schließlich doch mal nach Hause wollte. Heute dagegen höre ich immer wieder von Freunden, dass sie die ganze Strecke von Piccadilly nach Hampstead zu Fuß zurücklegen mussten, unentwegt über die Schulter spähend, ob nicht wie durch ein Wunder doch noch ein freies Taxi in der Ferne auftauchte.

»Dann nimm halt die U-Bahn«, sagt Tim ungerührt. »Misch dich zur Abwechslung mal unter den gewöhnlichen Rest der Menschheit.«

Aber mit dem bin ich auf dem Hin- und Rückweg zur Arbeit schon genug zusammengepfercht. Mein Gehalt sollte mir zumindest den Luxus erlauben, ein Taxi zu nehmen, wenn ich ausgehen will. Es ist ja nicht meine Schuld, dass nach sieben Uhr abends im Westend praktisch keins mehr aufzutreiben ist.

Doch heute dachte ich, Teufel auch, ich sollte mir wirklich mal wieder etwas Spaß gönnen. Ist das ein Zeichen, dass man langsam alt wird? Dass Ausgehen jetzt nur noch heißt, ein ruhiges, bürgerliches Restaurant in der Nachbarschaft aufzusuchen? Dass man nicht mal mehr auf die Idee kommt, sich dafür schick zu machen? Und spätestens um elf wieder zu Hause ist, weil man ansonsten vor Erschöpfung zusammenbrechen würde?

Ehrlich, früher war das alles ganz anders. In der Zeit nach Martin tobte ich mich geradezu hingebungsvoll in der Clubszene aus. Tim holte mich um Mitternacht ab, und wir drifteten durch die Musikschuppen, bis wir uns in den frühen Morgenstunden vor einem Espresso in der Bar Italia wieder fanden.

Zugegeben, in letzter Zeit komme ich mir ein bisschen festgefahren vor. Ich liebe meine Freunde, aber reicht das wirklich? Insgeheim sehne ich mich doch nach einem Mann, da ich weder Tim bekehren noch Josh von Lucy loseisen kann, was ohnehin nicht infrage kommt. Doch die Chancen, jemand Neuen kennen zu lernen, stehen denkbar schlecht, es sei denn, ich ändere mein Leben von Grund auf und tue etwas dafür, wieder mehr unter Leute zu kommen.

Lucys Vorhaben passt da natürlich genau. Mit wie vielen Leuten man in solch einem Geschäft zusammentrifft! Wie schön es wäre, endlich selbstständig zu sein! Und das Beste von allem – den Arbeitsplatz gleich um die Ecke von der eigenen Wohnung zu haben!

Den ganzen Tag über saß ich heute an meinem Schreibtisch und dachte: Was mache ich eigentlich noch hier? Denn obwohl die gestrigen Ereignisse mir wie ein plötzlicher Wirbelsturm vorkommen, weiß ich eins doch genau: Wenn irgendwer das Projekt in die Tat umsetzen kann, dann sind das Lucy und ich.

Lucy hat zwar keine Ahnung von Geschäftsbilanzen und noch weniger vom Buchhandel – aber ungelogen, jedes Mal, wenn ich in einem Café ein Stück Gebäck bestelle, selbst wenn es hausgemacht ist, ist es doch nie halb so gut wie der Kuchen von Lucy.

Und Lucy plant ja nicht nur, Selbstgebackenes zu verkaufen, sondern auch Sandwiches, frische Ciabatta oder Focaccia mit gegrillten Auberginen, Tomaten, Basilikum und Mozzarella ... Schon bei ihrer Beschreibung läuft mir das Wasser im Munde zusammen.

Das war alles, woran ich heute bei der Arbeit denken konnte. Arbeit? Von wegen. Ich hockte mich in mein Büro, schloss die Tür und verträumte einfach den Tag. Bis zur Mittagspause hatte ich die gesamte Beleuchtung geplant, sah mich und Lucy bereits als gefeierte, von der ganzen Szene umschwärmte Gastgeberinnen, und noch ehe der Tag zu Ende ging, stand schon ein langer Artikel über uns in der Stadtteilzeitung *Ham & High*.

»Also, was gibt's an Lucy auszusetzen?«, wiederhole ich, als Tim mir die Antwort schuldig bleibt.

»Es steht mir nicht zu, Kritik zu üben.«

»Gott, wie edel«, spöttele ich. »Wem denn sonst, wenn nicht dir?«

»Na gut«, seufzt er. »Wenn du drauf bestehst ... Natürlich ist Lucy ganz wunderbar, und wir lieben sie alle heiß und innig, aber sie ist nun mal keine Geschäftsfrau.«

»Das ist es ja eben, Tim. Deshalb kümmert Josh sich erst einmal um die Finanzen, bevor wir irgendwas unternehmen. Außerdem bin *ich* diejenige, die für das Pragmatische zuständig ist, während Lucy die Kreative von uns beiden ist. Sie hilft bei der Ausstattung, dem gesamten Konzept, und du musst doch zugeben, es gibt in ganz London keine bessere Köchin als sie.«

»Das stimmt allerdings.« Tim nickt. »Also erklär mir noch mal genau, was ihr eigentlich vorhabt.«

»Wie meinst du das?«

»Cath, Süße, ich weiß, du kennst dich bestens in der Werbebranche aus, aber Werbung und Buchhandel, das sind doch zwei Paar Schuhe! Und Lucy mag ja noch so kreativ sein, aber sie hat genauso wenig Ahnung davon, wie man eine Buchhandlung führt, wie du. Kurz und gut, ich weiß nicht, ob ihr euch da nicht ein bisschen zu viel zumutet.«

»Also, ich hab keine Bedenken«, sage ich entschieden. Auch wenn Tim es ärgerlicherweise für nötig hält, Probleme herauszustellen, die ohnehin offensichtlich sind, bin ich doch froh, dass er mich dadurch zu einer klaren Stellungnahme zwingt. Schließlich hätte Lucy mir das Projekt ja nicht vorgeschlagen, wenn sie nicht sicher gewesen wäre, dass ich meinen Teil dazu beitragen kann. Und Josh würde uns garantiert nicht ermutigt haben, wenn er es nicht für machbar hielte!

»Außerdem war das schon immer mein Traum, und ich weiß, wir beide können das schaffen.«

»Cath«, sagt Tim ernsthaft. »Willst du meine ehrliche Meinung dazu hören?«

Ich nicke stumm.

»Meine ehrliche Meinung – und die sage ich dir nur, weil ich dich gern habe und nicht möchte, dass du dich in etwas verrennst – ist folgende: Beteilige dich ruhig an dem Projekt, wenn es dir Spaß macht, aber gib um Himmmels willen nicht deinen Job dafür auf, bis sich herausgestellt hat, dass der Laden läuft.«

Ich weiß, er hat Recht. Selbstverständlich hat er Recht, aber während er mir hier Vernunft predigt, merke ich schon, dass mir die Worte zum einen Ohr rein- und zum anderen wieder rausgehen.

»Hör mir zu, Cath«, sagt Tim streng. »Es ist nur zu deinem Besten. Lucy hat nichts zu verlieren, wenn die Sache schief geht, denn Josh wird immer für sie da sein. Aber du würdest alles aufs Spiel setzen, und wenn du Pech hast, alles verlieren. Ich will damit nicht sagen, du sollst es bleiben lassen, aber denk noch einmal in Ruhe darüber nach. Lass es Lucy doch erst mal allein probieren, du kannst ja am Wochenende im Laden mitarbeiten, Lesungen organisieren, was auch immer – aber gib bloß nicht gleich alles dafür auf.«

Schön und gut – doch ich weiß, ich könnte es nicht ertragen, im Hintergrund zu bleiben, während Lucy meinen Lebenstraum im Alleingang verwirklicht. Aber das brauche ich Tim ja nicht zu sagen.

»Übrigens«, fährt er augenzwinkernd fort, überzeugt, dass ich seinen Ratschlag beherzigen werde, »wenn ich mich bei Lucy als Wochenendaushilfe bewerbe, sorgst du dann dafür, dass ich den Job bekomme?«

»Nur gegen Bestechung.« Ich quetsche mir ein Lächeln ab, und wir sitzen eine Weile lang schweigend da, bis Tim mich schließlich kopfschüttelnd anblickt.

»Ich kenne dich zu gut«, seufzt er.

»Was?«

»Du sitzt da und denkst: ›Lass ihn doch reden, ich mach sowieso, was ich will.‹«

Ich weiß, dass das nicht witzig gemeint ist, aber ich kann mir ein Grinsen nicht verkneifen.

»Cath, ich möchte doch nur vermeiden, dass du alles verlierst.«

Ich lege meine Hand auf seine. »Du bist ein Schatz, Tim. Ich weiß, du meinst es gut mit mir, aber ich glaube wirklich, ich muss das Risiko eingehen, ich kann nicht anders. Und was mein Geld betrifft, da hat Josh vollkommen Recht, es liegt seit Jahren auf der Bank und wirft nichts ab. Also selbst wenn ich alles verliere, ist das noch lange kein Beinbruch. Tim, ich *hasse* meinen Job! Ich kann nicht mehr lange so weitermachen.« Während ich innehalte, um Luft zu holen, zieht Tim den Rührstab aus seinem schaurig bunten Cocktail und leckt ihn bedächtig ab.

»Eine Frage noch«, sagt er schließlich.

»Ja?«

»Du willst also unbedingt Ellen sein?«

»Was?«

»Davon hast du doch den ganzen Abend geredet. Das selbe Szenario wie in der Fernsehserie. *Ellen's Bookshop.*«

»O mein Gott!« Mir klappt die Kinnlade hinunter. »Tim, du hast's mal wieder erfasst! Genauso wär ich gern! Wenn ich's wirklich tue, was ja noch gar nicht sicher ist«, setze ich hastig hinzu.

»Geschenkt, geschenkt.« Tim winkt ab. »Du bist also Ellen. Und Lucy ist Audrey, außer dass sie nicht so versponnen ist und keine roten Haare hat. Wenn Portia mitmachen würde, wäre sie Paige, und Josh, auch wenn er schon vergeben ist, könnte Adam sein.«

»Genau!«, schmunzele ich, und da ich Tim so gut kenne, weiß ich schon, was gleich kommt.

»Also heißt das, dass ich der fette Blödmann mit dem Kaffee bin, oder?«

»Aber wo denkst du hin!« Mühsam verbeiße ich mir das Lachen. »Wollen wir mal los, *Joe?*«

7

ICH FASSE ES nicht, wie schnell jetzt alles vorangeht. Vor sechs Wochen hing ich noch in meinem Job fest, grauste mich vor der überfüllten U-Bahn, fragte mich, ob das ewig so weitergehen müsse, und betete darum, dass wenigstens der Sommer zeitig käme, nur, damit ich mich ein bisschen besser fühlte.

Und plötzlich finde ich mich in Lucys Wirbelsturm von Ideen mitgerissen, inmitten von Ausstattungsplänen, Rezeptvorschlägen, hastigen Anrufen beim Makler, nur um sicherzugehen, dass uns das Objekt nicht doch noch durch die Lappen geht. Gott, was bin ich froh, dass ich mich nicht an Tims Ratschlag gehalten habe! Ich kann mir nichts Schlimmeres vorstellen, als Lucy dabei zuschauen zu müssen, wie sie das alles ohne mich in Gang bringt, denn es macht riesigen Spaß, ich genieße jede Minute.

Am meisten Angst hatte ich natürlich vor der Kündigung bei der Agentur. Sie boten mir eine Gehaltserhöhung, damit ich bliebe, aber mein Entschluss war unwiderruflich. Bei meiner Verabschiedung hielt der Chef dann eine Rede, in der er zugab, es sei immer sein Traum gewesen, aufs Land zu ziehen, um Ökobauer zu werden, und er beneide mich darum, dass ich mir meinen Traum jetzt erfülle, während er noch immer nicht den Mut dazu aufbrächte.

Aber kaum hatte ich den Job wirklich aufgegeben, verfiel ich erst mal in Panik. Am ersten Montagmorgen, an dem ich nicht mehr in aller Herrgottsfrühe aufstehen musste, um mit der U-Bahn zur Arbeit zu fahren, wurde mir siedend heiß bewusst, auf was für ein Wagnis ich mich da eingelassen hatte. Was in aller Welt würde ich machen, wenn das Ganze jetzt doch noch schief gehen sollte?

Doch dann schleppte Lucy mich zu einem Treffen mit dem Schreiner in den Laden mit, und nachdem wir eine halbe Stunde lang über Regale und Thekenmaße diskutiert hatten, fühlte ich mich wieder in der Wirklichkeit zu Hause, mit einem Wort: am rechten Platz.

Dann begannen die Beratungen mit den Bankleuten. Wir hatten gehofft, wir würden um einen Finanzierungsplan herumkommen, da Lucy und ich zusammen hundertzwanzigtausend Pfund aufbrachten, aber dabei hatten wir übersehen, was an tatsächlichen Auslagen auf uns zukommen würde: Mitarbeiter mussten bezahlt, Rechnungen beglichen, Waren beschafft werden, und dazu noch tausenderlei täglicher Kleinkram, der als Kostenfaktor nicht ins Gewicht fällt, so lange sich alles nur in der Fantasie abspielt.

Also beschied Josh, es ginge nicht ohne ein Darlehen von der Bank. Tagelang hockten Lucy und ich am Küchentisch und arbeiteten mit rauchenden Köpfen einen Finanzierungsplan aus, und jeden Abend sprachen wir ihn mit Josh durch, unter endlosem Gestöhne und Gejammer, weil er uns ständig mit kleinkarierten Einwänden kam.

Aber schließlich hatten wir die Kalkulation unter Dach und Fach, gingen damit zur Bank und bekamen weitere Hunderttausend bewilligt, weit mehr, als wir zu hoffen gewagt hatten. Und dank der zusätzlichen Hypothek, die Josh und Lucy auf ihr Haus aufnahmen, konnten wir den Laden überhaupt erst mal kaufen.

Als Nächstes mussten wir uns mit dem Gesundheitsamt einigen, das zum Glück keine speziellen Auflagen geltend machte, da wir ja nicht vorhatten, einen Gastronomiebetrieb mit Küche vor Ort zu betreiben. Eine so genannte Nutzungsänderung stand also nicht an, was uns einen Haufen Papierkrieg ersparte.

Lucy und ich fuhren nach Derbyshire, um Ted und Linda zu konsultieren, Bekannte von Josh, die eine Buchhandlung besaßen, und ihr Rat war uns eine unermessliche Hilfe.

Endlich wurden dann die Verträge unterzeichnet, die erstaunlicherweise schon am selben Tag gültig wurden, und wir konnten uns an die Arbeit machen – obwohl es prompt noch ein Problem mit dem Kaufvertrag gab, da in letzter Sekunde plötzlich Mitbewerber um den Laden aufgetaucht waren. Aber James schaffte es dann doch, die Sache zu unseren Gunsten zu schaukeln.

James verhielt sich überhaupt ganz fabelhaft, und je besser ich ihn kenne, desto mehr gefällt er mir. Er ist wirklich die Integrität in Person. Lucy lässt natürlich keine Gelegenheit aus, darauf hinzuweisen, dass er außerdem ein Spitzentyp ist. Aber eben nicht *mein* Typ, kann ich dazu nur sagen. Wenn ich überhaupt noch einen Typ habe ...

Außerdem ist er praktisch noch ein Kind, auf jeden Fall jünger als wir, so um die sechsundzwanzig, obwohl Lucy mehr auf achtundzwanzig tippt, ein Alter, wie sie meint, in dem die Kerle nicht zu bremsen sind. Was auch immer das heißen soll.

Irgendwie hat sie ihm sogar das Bekenntnis entlockt, dass er früher mal Künstler war, aber aus Geldmangel leider nach einem besseren Auskommen suchen musste, und die Maklerbranche erschien zu jener Zeit als das lukrativste Betätigungsfeld.

Nach dem Schneeballsystem nimmt das Ganze nun immer schneller seinen Lauf, und letzte Woche, als die Handwerker mit dem Gröbsten fertig waren, konnten Lucy und ich endlich in Angriff nehmen, worauf wir uns schon von Anfang an gefreut hatten – nämlich, die Räume zu streichen.

Erst hatten wir noch davon gesprochen, uns für die Ausstattung die allerbesten Fachkräfte zu leisten, die man für Geld auftreiben kann, aber, wie Lucy dann zu bedenken gab, alle Handwerker sind sowieso ein Albtraum, warum also ein Vermögen für die ganze Nerverei ausgeben, wenn man die Nerverei auch billiger haben kann, indem man selbst Hand anlegt?

Auch wenn ich alles andere als ein Heimwerkertyp bin, muss ich zugeben, dass ich mich echt drauf freute, unseren Laden selbst zu streichen. *Leselust* soll er heißen, vielleicht ein bisschen kitschig, aber irgendwie passend – selbst Tim fand den Namen ganz annehmbar.

Lucy und ich waren also im Baumarkt und haben einen sonnengelben Farbton für die Wände ausgewählt. Dann liehen wir uns riesige Schleifmaschinen aus, um den Boden selbst abzuziehen. Und unser Schreiner – ein Geschenk des Himmels, wie Lucy sagt – wird uns die Theke in der Mitte des Raums zu einem Vorzugspreis bauen.

Lucy hat sich inzwischen schon eine Menge neuer Rezepte ausgedacht, die sie uns aber noch nicht probieren lässt, bis die Testphase abgeschlossen ist, und ich habe Unsummen vertelefoniert, um mich mit Edward zu beraten, einem entfernten Cousin, der in der Vertriebsabteilung eines großen Verlagshauses arbeitet. Er hat mir jede Menge nützliche Tipps hinsichtlich unseres Büchersortiments gegeben.

Sogar Tim ist beeindruckt von unserer Leistung, auch wenn er es nicht zugeben mag. Damit wartet er einstweilen noch, bis der Laden tatsächlich in Betrieb ist.

»Hast du ihr Haus gesehen? Hast du gesehen, was mit ihrem Haus passiert ist?« Tim hat sich einen riesigen, struppigen Köter namens Mouse ausgeliehen, um ihn im Park spazieren zu führen. Aber natürlich laufen wir nicht einfach mit dem Vieh im Park herum und genießen die Natur. Mouse ist nichts weiter als ein Vorwand für die Suche nach Mr. Right. Tim ist nämlich der Ansicht, dass jede Frau, also auch jeder Schwule, einen Hund haben sollte, weil Männer ein Herz für Hunde haben. Allerdings nicht für kleine Hunde, je größer, desto besser, Schnauzer, Labradors, Retriever, Schäferhunde – *echte* Hunde eben.

Mouse gehört Steve und Joe, und Tim hat die Vorzüge von Mouse entdeckt, als Steve und Joe sich ein Ferienhaus auf Teneriffa kauften, im Norden der Insel, wie sie betonten, weit weg von all den Prolls und Bierdimpfeln. Einfach paradiesisch, nur mit dem Nachteil, dass sie Mouse nicht mitnehmen konnten.

Also wurde Tim zum Hundehüten bestellt. Wir fuhren zusammen hin, um Mouse abzuholen, in Tims altem, liebevoll gewarteten Volkswagen, und schon auf halbem Weg zur Wohnungstür hörten wir Mouse toben.

»Bist du dir auch ganz sicher, dass das gut geht?«, fragte ich Tim auf der Schwelle, während es von drinnen klang, als werfe sich mindestens ein rasender Rottweiler mit seinem ganzen Gewicht gegen die Tür.

»Absolut«, nickte Tim, doch seiner Miene war anzusehen, dass ihn schon heftige Zweifel beschlichen. Und dann sprang die Tür auf, und ein riesengroßer Teddybär von Hund warf sich auf uns, schlabberte Tim verzückt übers Gesicht und wirbelte ekstatisch jaulend im Kreis herum.

Tim rief mich am nächsten Morgen an, atemlos vor Aufregung. »Das ist es, sag ich dir, das ist die Lösung! Ich muss mir einen Hund anschaffen.«

»Weil ...?«

»Weil ich noch nie zuvor so viele dufte Typen getroffen habe!«

Offenbar waren Tim und Mouse ganz harmlos die Frith Street entlang spaziert, und drei – drei! – dufte Typen waren stehen geblieben, um Mouse zu tätscheln und Tim auf seinen hübschen Hund anzusprechen. Auch wenn keiner der drei dann so weit gegangen war, sich mit Tim zu verabreden, war es für ihn doch ein deutliches Zeichen, dass alles, was zwischen ihm und Mr. Right stand, das Fehlen eines vierbeinigen Freundes sei.

Nach einer Woche hörte sich das natürlich schon wieder ganz anders an.

»O mein Gott«, jammerte Tim am Telefon, »diese verdammten Hundehaare überall!«

»Er hat eben ein struppiges Fell«, sagte ich lachend. »Was hast du denn erwartet?«

»Bestimmt habe ich keinen Fellteppich über meinen ganzen Möbeln erwartet! Die ganze Woche renne ich schon mit dem Staubsauger rum, aber es hilft einfach nichts. *Mouse! Runter da!*«

»Du willst dir also doch keinen Mouse Junior mehr zulegen?«

»Nicht mehr nötig. Mouse hat mich gestern in Hampstead mit einem sehr netten jungen Mann bekannt gemacht.«

Doch selbst nachdem Tim Mouse nicht mehr zu hüten braucht, streift er noch regelmäßig mit ihm durch die Gegend, zwei Spürnasen auf der Suche nach dem schwulen Bevölkerungsanteil von Nord London. Dabei machte er jedoch stets einen Bogen um einschlägig bekannte Orte wie Spaniards Inn, denn erstens, sagt er, sei er nicht auf eine schnelle Nummer aus, und zweitens wolle er Mouse ja nicht korrumpieren.

»Was ist denn nun mit dem Haus?« Ich streife meinen Pulli ab und schlinge ihn mir um die Hüften, froh, dass ich vorausschauend genug war, ein T-Shirt drunter anzuziehen, da die Sonne endlich einmal zwischen den Wolken aufgetaucht ist.

Leicht verwirrt blicke ich Tim an und frage mich, wessen Haus er eigentlich meint, obwohl ich wetten könnte, es geht mal wieder um Josh und Lucy.

»Da drin sieht's aus, sage ich dir – als hätte eine Bombe eingeschlagen. Überall fliegen Buchkataloge rum! Stapeln sich auf Tischen und Sofas, man kann sich ja kaum noch bewegen!«

Ich zucke die Acheln. »Tja, so ist das eben mit einem neuen Geschäft.«

Oben am Primrose Hill lassen wir uns japsend auf eine Bank fallen, um die Aussicht zu genießen.

»Also ...« Tim holt einen Hundekuchen aus der Tasche, den Mouse mit einem Happs verschlingt, um dann auf eine kleine Raufpartie zu einem alten, knurrigen Hirtenhund namens Dylan hinüberzuwetzen. »Willst du gar nicht wissen, wie meine Verabredung gelaufen ist?«

»Ach herrje!« Ich bin ganz zerknirscht, dass ich das vergessen konnte – gestern Abend hatte Tim ja wieder diesen Will eingeladen, der im Gegensatz zu den meisten anderen nichts dagegen zu haben scheint, sich bekochen zu lassen.

»Tut mir Leid, Tim, ich weiß, ich bin wirklich eine schlechte Freundin, aber jetzt will ich alles hören. Leg los.«

»Mit allen Details?«

»Na ja, das Anatomische kannst du ruhig weglassen. Fang mal mit der Speisefolge an.«

»Frischer Spargel als Vorspeise, und natürlich auch Knoblauchbrot ...«

»Gott, Tim, das musst du dir aber wirklich mal langsam abgewöhnen, Knoblauchbrot ist so was von *out*! Warte, lass mich raten, du hast sicher wieder ein Rezept von Queen Delia ausprobiert?«

»Selbstverständlich, wann hätte ich denn jemals wen anders als Queen Delia zu Rate gezogen, um ein Liebesmahl zu kochen?«

»Hmm. Ich tippe auf ... Fisch?«

Tim lächelt milde vor sich hin.

»Okay. Ich würde sagen, entweder Kolubiak oder Lachs mit Couscous-Gratin.«

»Bravo.« Er nickt. »Aber was von beidem?«

»Also, du wolltest ihm ja imponieren, und obwohl das eine so köstlich ist wie das andere, macht der Kolubiak doch noch ein bisschen mehr her, stimmt's?«

Tim lacht. »Wenn du schon so superschlau bist – was hab ich als Nachspeise gemacht?«

»Ich weiß auf jeden Fall, was du *nicht* gemacht hast.« Ich versetze ihm einen Rippenstoß, und wir kichern beide in Erinnerung an die Mousse au chocolat.

»Also«, überlege ich laut, »Pudding kommt nicht infrage, der Kolubiak liegt ja schon ziemlich schwer im Magen, mit dem ganzen Teig, den Eiern, Pilzen und so.«

»Stimmt, und eine Torte hätte erst recht nicht gepasst.«

Plötzlich fällt mir Tims letzter Queen-Delia-Erfolg ein, und ich hole tief Luft. »Es war doch sehr warm gestern

Abend, nicht wahr? Sicher warm genug für« – ich lege eine dramatische Pause ein – »*Erdbeersorbet.*«

»Meine Güte, du bist wirklich ein Wunder!« Tim gibt mir einen spielerischen Klaps auf den Arm. »Jedenfalls hat Will gemeint, ich solle meinen Filmjob aufgeben und ein Restaurant aufmachen.«

»Genau, und es *Delias Delikatessen* nennen.«

»Oder *Delias Dinners.*«

»Denn ein Problem mit dem Urheberrecht wird's wohl kaum geben, nachdem die Gute ihren Kochlöffel längst im Jenseits schwingt.« Wir prusten beide los.

»Wir haben die ganze Nacht lang geredet.« Tim kommt wieder auf das Thema zurück, das ihm am Herzen liegt. »Will ist fantastisch, weißt du, gut aussehend, gescheit, witzig und sooo charmant! Du wirst ihn sicher mögen, ich kann's gar nicht erwarten, ihn dir vorzustellen.«

Ich ziehe skeptisch die Brauen hoch. »Tim, du weißt doch, wenn er so ein Sunnyboy ist, werde ich ihn hassen.«

»Na ja, natürlich wirst du ihn hassen, wenn du es dir von vorneherein einredest«, sagt Tim verächtlich. »Aber ich glaube wirklich, ihr beide könntet euch ganz gut verstehen. Er ist in der PR-Branche tätig, da habt ihr ja schon was gemeinsam.«

»Tim, wie oft soll ich es dir noch sagen, PR und Werbung haben praktisch nichts miteinander zu tun.«

»Er ist kreativ. Du bist kreativ. Er trägt schwarze Schuhe. Du trägst Schwarz von Kopf bis Fuß. Da verbindet euch doch schon was.«

»Und wie steht's mit seinen vorhergehenden Beziehungen?«

Tim hebt abwehrend die Hände. »Woher soll *ich* das denn wissen?«

»Aber hast du ihn denn nicht gefragt? Ich dachte, das ist immer deine erste Frage.«

»Cath, Schätzchen, er ist ein Bild von einem Mann, mit blitzblauen Augen und einem göttergleichen Body – da kann ich doch nur annehmen, dass er sich durch das halbe

Inselreich gevögelt hat und jetzt allmählich genug davon hat und sich nach Ruhe und Geborgenheit sehnt.«

»Gut, aber warum wolltest du ihn das nicht fragen?«

»Weil er gelogen hätte. Das tun sie doch alle.«

Tim hakt sich bei mir ein, und wir laufen den Hügel auf der anderen Seite wieder hinab, unsere Schritte harmonisch aufeinander abgestimmt, während Mouse und Dylan sich fröhlich über die Wiese jagen.

Schließlich unterbricht Tim das nachdenkliche Schweigen. »Wenn du jetzt hier auf dem Spaziergang irgendwen treffen könntest, wer wäre dann der Kandidat deiner Wahl?«

»Tot oder lebendig?«

»Lebendig, du Dummchen, was hättest du denn sonst davon?«

»Okay. Jemand, den wir kennen?«

Tim seufzt genervt. »Nun mach's doch nicht so kompliziert, Cath, ist doch bloß ein Spiel.«

»Schon gut, schon gut, sorry.« Krampfhaft versuche ich, mir jemanden auszudenken, doch jedes Mal, wenn mir ein Name einfällt, wische ich ihn im Geiste wieder weg, denn es ist nie die Person, die ich *wirklich* gern treffen möchte. Am Ende bleibt nur noch ein Name übrig.

»Portia.«

Tim blickt mich entsetzt an. »Mein Gott, Cath, das ist ja zum Heulen! Ich dachte, du würdest Brad Pitt sagen. Oder wenigstens Tom Cruise. Aber Portia? Du bist regelrecht besessen von ihr, was?«

Eigentlich ist das keineswegs der Fall, denn abgesehen von unserer Sucht nach ihrer wöchentlichen Fernsehserie, die uns noch viel mehr fasziniert, seit wir die Wahrheit kennen, habe ich kaum noch an sie gedacht, nicht mal nach der Sache mit dem Anrufbeantworter.

Es ärgerte mich zwar, dass sie nicht zurückrief, offenbar nichts mehr mit uns zu tun haben wollte, aber so viel machte es mir dann auch wieder nicht aus. Es gab halt nur so viele unbeantwortete Fragen, ich meine, irgendwie war ich einfach noch nicht mit ihr im Reinen.

Ich weiß noch, wie Lucy einmal sagte, dass die Beziehungen, die sie innerlich nicht losließen, auch wenn sie weit in die Vergangenheit zurückreichten, immer diejenigen waren, die kein richtiges Ende gefunden hatten – die sozusagen abgebrochen worden waren, ehe ihre Lebensdauer um war. Beziehungen, in denen nur einer von beiden beschlossen hatte, dass es ihm reichte – und das waren unweigerlich die Männer –, während der andere nie die Chance hatte, sich dazu zu äußern, mit seinen Gefühlen überhaupt wahrgenommen zu werden. Lucy meinte damit natürlich die Liebesbeziehungen, die sie vor Josh gehabt hatte, aber ich sehe keinen Grund, warum das nicht auch für Freundschaften gelten sollte, denn ist eine enge Frauenfreundschaft nicht auch eine Beziehung? Ohne den Sex, versteht sich.

Und Beziehung ist in diesem Fall sicher weit zutreffender als Freundschaft: Ich erinnere mich, dass ich oft das Gefühl hatte, Portia und ich seien innerlich unendlich tief verbunden, und wir witzelten oft, dass wir uns wie Liebende fühlten, nur dass wir eben nicht miteinander schlafen wollten.

»Wenn ich einen Mann fände, den du auch magst«, sagte sie, »würde ich ihn morgen heiraten.« Und ich sagte das Gleiche zu ihr.

Manchmal fühlte ich mich geradezu überwältigt vor Liebe zu Portia. Sie war wie die Schwester, die ich nie hatte. Die beste Freundin, Mutter, Vater, Bruder – einfach alles, und ich glaube nicht, dass man sich aus solch einer Beziehung einfach rausschleichen kann. Man kann nicht einfach auseinander driften und sein Leben weiterleben, ohne je wieder an den anderen zu denken.

Und das war es wohl auch, was mich am meisten daran ärgerte, dass Portia nicht zurückrief. Wenn *ich* eine Nachricht von Portia auf meinem Anrufbeantworter vorgefunden hätte, hätte ich sofort reagiert. Vielleicht mit einem flauen Gefühl in der Magengrube, aber dennoch, ich hätte nicht gezögert. Nun ja, wer weiß, vielleicht hat sie sich inzwischen vollkommen verändert. Vielleicht existiert die Portia, an die ich mich erinnere, nur noch als Name.

»Ich glaube, du warst damals ein bisschen in Portia verliebt«, hat Lucy mal gesagt, und ich zuckte vor Schreck zusammen. Ich fühlte mich ertappt, denn genau das war mir selbst schon klar geworden.

»Ich meine nicht, dass du irgendwie scharf auf sie warst«, setzte Lucy schnell hinzu, als sie meine Bestürzung sah. »Ich will damit nur sagen, es muss eine sehr tiefe emotionale Bindung gewesen sein. Dessen braucht man sich ja wirklich nicht zu schämen. Und du darfst diese Gefühle auch nicht vor dir selbst verleugnen, die Erinnerung daran nicht verdrängen. Eure Freundschaft war etwas sehr Reines und Einzigartiges, vergiss das nicht.«

Darum zucke ich jetzt nur wehmütig die Achseln, als Tim behauptet, ich sei von Portia besessen. »Du weißt ja, die unverarbeiteten alten Geschichten ... Ich würde sie halt gern mal wiedersehen.«

»Aber dir ist doch klar, dass du ihr unbedingt von der Buchhandlung erzählen musst, *falls* sie anruft. Ich finde sogar, du solltest ihr baldmöglichst Bescheid sagen, von mir aus noch mal per Anrufbeantworter, damit sie das in ihre Serie einfügen kann. Sie wird ihren Plot umschreiben und dich in einen staubigen kleinen Laden stecken müssen, der dann wahrscheinlich *Katy's Fundgrube* heißt oder so.«

»Und Steen wird natürlich die Innenausstattung übernehmen. Chintzsessel und bestickte Kissen.«

Tim lacht. »So, jetzt bin *ich* aber dran. Welchen Typ, außer Will natürlich, würde ich hier am liebsten treffen? Hmm, lass mich mal überlegen. Rupert Everett oder John Travolta? Ene, mene, muh ...«

»Nein, Max«, sagt Lucy. »Geh und wasch dir die Hände, bevor du irgendwas anrührst.« Sie dreht sich wieder zum Kühlschrank um, und Max kommt mit breitem Grinsen auf mich zu, was ich für ein gutes Zeichen halte.

»Hallo, Max, warst du heute im Kindergarten?«

Max, dieser Teufelsbraten, würdigt mich keiner Antwort, sondern streckt seine Schokoladenfinger aus und wischt sie an meiner cremefarbenen Jacke ab, um dann kichernd aus der Küche zu rennen. Ich starre ihm mit offenem Mund nach. Nicht, weil mir meine Strickjacke so furchtbar wichtig wäre, sondern weil der Knabe einfach kriminell ist.

»Er ist ein Monster!«, schreie ich und zeige Lucy die Bescherung. Sie stöhnt auf und beginnt hektisch, mit einem Küchentuch an den Flecken herumzurubbeln, wobei sie lauthals nach Ingrid brüllt.

Ein Schatten taucht im Flur auf, und ich frage mich unwillkürlich, wie man als Au-pair-Mädchen so perfekt gestylt sein kann – und wie man Josh zutrauen kann, mit jemandem wie Ingrid im Haus nicht früher oder später der Versuchung zu erliegen, denn ist das nicht das klassische Szenario? Frau kommt heim und findet Ehemann mit hübschem schwedischem Kindermädchen im Bett?

Ingrid fährt sich mit einer trägen Handbewegung durchs Blondhaar und kommt barfuß in die Küche getappt, mit Wattebäuschen zwischen den Zehen, auf denen frischer blutroter Nagellack glänzt. *Das* machen die also den ganzen Tag.

»Haben Sie mich gerufen?« Eine ziemlich unverschämte Frage, nachdem Lucy eben mindestens drei Minuten lang ihren Namen gebrüllt hat.

»Ingrid, ja, habe ich. Könnten Sie Max vielleicht mal eine Weile oben im Kinderzimmer beschäftigen? Irgendwas mit ihm spielen oder so?«

Ingrid schaut perplex drein. »Aber ich lackiere mir doch gerade die Nägel! Ich kann im Moment nicht spielen.«

Lucy wirft einen verdatterten Blick auf Ingrids Füße. »Nun, es muss ja nicht gleich Räuber und Gendarm sein.« Lucy geht langsam die Geduld aus, was mich wirklich nicht wundert, auch wenn sie sonst der geduldigste Mensch ist, den ich kenne. »Wie wär's denn mit einem ruhigen Spiel?«

Ingrid scheint zu erkennen, dass sie diesmal nicht die Oberhand behalten wird. Achselzuckend dreht sie sich um und verschwindet wieder im Flur.

»Wie hältst du's bloß mit ihr aus?«, wispere ich, sobald sie außer Hörweite ist.

»Ach, sie ist schon in Ordnung. Eigentlich sogar ganz nett, nur ein bisschen zu sehr auf ihr Äußeres fixiert. Aber Maxy betet sie an, und das ist das Einzige, worauf es mir ankommt.«

»Also macht es dir nichts aus, dass sie Max gar nicht so sehr mag.«

»Doch, doch, sie mag ihn schon, sie tut nur immer so cool, das hat nichts zu bedeuten.«

»Und macht es dir denn keine Sorgen, so eine junge Lady im Haus zu haben?«

»Sorgen? Nein, wieso?«

»Na ja, wie kommt denn Josh mit ihr aus?« Lucy starrt mich für einen Moment verblüfft an und lacht dann plötzlich los.

»Oh, Cath, Schätzchen, du bist wirklich unbezahlbar. Josh und Ingrid! Ingrid und Josh!«

»Freut mich, dich erheitert zu haben«, grummele ich und frage mich, was zum Teufel daran so komisch ist.

»Tut mir Leid«, schnauft Lucy und drückt mir versöhnlich den Arm. »Auf die Idee bin ich echt noch nie gekommen. Ich wusste erst gar nicht, wovon du redest. Für Josh ist Ingrid einfach nur ein naives junges Ding, das mal von zu Hause weg wollte und sich ganz ordentlich um Maxy kümmert. Und für Ingrid ist Josh wahrscheinlich eine Art Mümmelgreis! Aber Spaß beiseite, Cath ...« Sie rückt ihre Brille zurecht und schlägt ein großes Spiralheft auf. »Seit Wochen hab ich Rezepte ausprobiert, und das hier ist jetzt die endgültige Liste.«

»Mmh, das klingt ja alles wunderbar, Lucy.«

»Ich hab auch ein bisschen herumexperimentiert und ein paar neue Sachen erfunden. Die nahezu fett- und zuckerfreien Bananen-Muffins mit Schokosplittern zum Beispiel, wahrscheinlich furchtbar ungesund, aber irre lecker, die werden sicher ein Hit!« Lucy mustert mich prüfend. »Na? Wie wär's mit einem kleinen Vorgeschmack?«

»Au, fein! Lässt du mich endlich mal kosten?«

Lucy geht lachend zum Kühlschrank. »Deine Mutter muss wirklich ihre Freude an dir gehabt haben! Außer mir kenne ich sonst keinen, der so verfressen ist.«

»Ich weiß«, nicke ich reumütig, während mir den delikaten Schoko-Muffin schon auf der Zunge zergeht. »Ich wünschte nur, man würde es mir nicht so ansehen.«

»Wieso?«

Ich lache krümelsprühend los. »Mit vollem Mund sollte man vielleicht nicht gerade über seine Gewichtsprobleme jammern, was?«

»Gewichtsprobleme?«, wundert sich Lucy, die selbst auch kein Knochengestell ist. »Cath, du bist eine Frau, also darfst du doch wohl auch wie eine Frau aussehen! Du bist hinreißend, und ich will dich nie mehr was dagegen sagen hören. Außerdem sind diese Muffins eh so gut wie fettfrei.«

Während ich genüsslich den letzten Bissen vertilge, blickt Lucy mich mit seltsam melancholischer Miene an.

»Was hast du denn?«, frage ich sie. »Du siehst aus, als wolltest du gleich in Tränen ausbrechen.«

Lucy schüttelt den Kopf. »Nein, nein, ich dachte nur gerade daran, wie wunderbar es ist, dass wir uns jetzt endlich diesen Traum erfüllen. Nur eins fehlt noch, nämlich dass du auch einen wunderbaren Mann findest. Ich verstehe einfach nicht, warum du noch keinen hast. Josh sagt das auch immer.«

»Ach, na ja, ich bin wirklich nicht so scharf darauf.« Ich winke ab, leicht verunsichert, wenn auch nicht überrascht, dass sie und Josh sich darüber unterhalten haben. »Ich bin ganz zufrieden mit dir, Josh und Tim.«

»Ich weiß.« Sie lächelt. »Das ist es ja, was mir Sorgen macht.«

B

SONNTAGS IST BEI mir immer Entspannung angesagt. Morgens wird erst mal lange ausgeschlafen, bevor ich in aller Ruhe die Zeitungen zusammensuche, die ich zum Brunch mit der Clique mitnehmen will.

Aber heute fahren Josh und Lucy mit Max zu Freunden aufs Land, und Tim weicht nicht mehr von Wills Seite, also fällt unser Brunch aus. Stattdessen hat Tim nun entschieden, dass es mit Will tatsächlich etwas Ernstes ist, weshalb er ihn am Nachmittag zum Tee mitbringen wird, damit ich ihn gebührend bewundere.

Ich hatte zwar gemeint, bei ihm zu Hause würde es doch sicher besser passen, da seine Wohnung so viel ordentlicher ist als meine, aber sie wollen einen Flohmarktbummel machen – »wie ein altes Spießerpaar«, sagte Tim selbstgefällig – und auf dem Heimweg bei mir vorbeikommen.

Keine Ahnung, wie Tim es in nur zwei Wochen geschafft hat, jemanden dazu zu bringen, mit ihm zum Flohmarkt zu gehen. Ist das nicht die klassische Freizeitbeschäftigung für Paare, die sonst schon alles hinter sich haben?

Doch Tim war ja schon immer einer von der schnellen Truppe. Jedes Mal beschließt er innerhalb von Minuten, dass es diesmal der Richtige ist, und versucht sofort, die Art von Intimität und Vertrautheit herzustellen, für die man normalerweise mindestens ein halbes Jahr braucht. Und natürlich hat er sich mit dieser Marotte bisher noch jeden Traummann vergrault. Ich kann nur hoffen, dass es diesmal anders ist, dass Will wirklich mehr Format hat als die meisten. Und was die Ernsthaftigkeit seiner Absichten betrifft, werde ich mir nach der Teestunde heute wohl schon ein recht klares Bild machen können.

Ich steige aus dem Bett, schlüpfe in eine Trainingshose, einen Schlabberpulli und Turnschuhe und streiche mir auf dem Weg ins Bad die Haare aus dem Gesicht.

Ich weiß, was Tim von mir erwartet – ein paar lasche Teebeutel in die Kanne und fertig –, aber heute werde ich ihn mal mit einem echten englischen Tee überraschen. Zwar nicht gleich selbst gebackene Törtchen und Sahne, aber ganz bestimmt Gurkensandwiches.

Obwohl – heute habe ich seltsamerweise sogar Lust, selbst zu backen. Nicht, dass ich tatsächlich wüsste, wie das geht, aber in seinem ständigen Bemühen, mich in etwas halbwegs Weibliches zu verwandeln, hat Tim mir im Lauf der Jahre etliche Kochbücher geschenkt. Ehe ich nun die nötigen Zutaten besorgen gehe, blättere ich für eine Weile in den Rezepten herum.

Schoko-Biskuitrolle. Leicht, lecker und nicht allzu schwierig. Ich kritzele schnell eine Einkaufsliste, schiebe den Zettel in die Hosentasche und mache mich auf den Weg ins Waitrose.

»O mein Gott!«, ächzt Tim, und vor Verblüffung bleibt ihm der Mund offen stehen, während Will und ich ihn amüsiert beobachten.

»Catherine Warner, ich traue meinen Augen nicht.« Tim steht wie angewurzelt vor dem Couchtisch, auf dem Teller mit zierlichen Gurkensandwiches rund um eine Teekanne mit passendem, kaum benutztem Porzellanservice prangen.

Tim schnüffelt mit erhobener Nase. »Da duftet doch was! Sag bloß, du hast auch noch gebacken?«

»Mist!« Ich renne gerade noch rechtzeitig in die Küche, um die Biskuitrolle vorm Anbrennen zu retten. Tim folgt mir dicht auf den Fersen.

»Na?«, wispert er. »Wie findest du ihn?«

»Tim!«, pruste ich los. »Gib mir 'ne Chance! Ich hab ihn doch eben erst begrüßt!«

»Ja, aber so auf den ersten Blick? Was sagt denn dein Gefühl?«

»Dass ich Hunger habe.«

»Ach, komm schon, jetzt mal ernsthaft.«

»Tim, ich hab echt keine Ahnung. Ich weiß, du hältst mich für eine Hexe, aber meine magischen Kräfte brauchen zwanzig Minuten Anlaufzeit, okay? Dann kannst du mich ja noch mal fragen.« Tim zieht einen Flunsch, dreht sich um und eilt ins Wohnzimmer zurück, um nach Will zu schauen.

Als ich den Kuchen hereinbringe, sitzen sie Händchen haltend auf dem Sofa, und sie sehen wirklich gut zusammen aus – Will wirkt mit seinem jungenhaften Blondschopf auf Anhieb sympathisch, und doch habe ich den unbestimmten Eindruck, dass ich einem derart hübschen Mann nicht so leicht trauen würde.

Nicht, dass es einen Grund dafür gäbe. Bei der Begrüßung war er absolut reizend, aber er hat so etwas Hartes und Kaltes in den Augen. Ich fürchte, nein, ich bin mir sogar verdammt sicher, dass Tim in dieser neuen Beziehung wieder mal den Kürzeren ziehen wird.

»Tee?« Ich bin gerade dabei, Will eine Tasse einzuschenken, als er sagt: »Hast du nicht vielleicht auch Earl Grey da?«

»Du kannst schon froh sein, dass sie überhaupt PG Tips hat, so dürftig, wie ihre Küche ausgerüstet ist!« Tim lacht, während ich mich hastig entschuldige, dass ich leider nicht mit Earl Grey dienen kann, und mir prompt wieder wie eine schlechte Gastgeberin vorkomme.

»Ein Sandwich?« Ich reiche Tim die Platte hinüber, und er stopft sich gleich eins in den Mund und legt sich noch drei auf den Teller. Will nimmt sich mit spitzen Fingern eins und stellt seinen Teller dann gleich auf den Boden.

Glaubt der Mann vielleicht, ich hätte Flöhe?

»Also …« Ich reibe mir verlegen die Hände, weil die Stimmung auf einmal so unbehaglich wirkt, was geradezu lächerlich ist, wenn man bedenkt, dass Tim praktisch mein bester Freund ist. »Habt ihr heute was Gutes abgestaubt?«

»Ich hab einen wunderschönen viktorianischen Waschtisch gefunden«, sagt Will. »Er war obendrein auch noch wirklich günstig, ein echtes Schnäppchen.«

»Und du, Tim?«

»Nix.« Tim schüttelt den Kopf, und Will lacht.

»Er wollte eine riesige viktorianische Kommode kaufen, aber es war ganz offensichtlich eine Fälschung.«

Will lehnt sich mit selbstzufriedener Miene zurück, und ich frage mich, was ihm das Recht zu diesem überheblichen Gehabe gibt, auch wenn es Tim nicht weiter zu stören scheint.

»Will kennt sich viel besser mit Antiquitäten aus als ich«, sagt Tim beinahe entschuldigend und drückt seinem Partner zärtlich den Arm. »Irgendwas muss er mir ja schließlich auch voraus haben, nicht?« Die sanfte Ironie scheint bei Will nicht besonders gut anzukommen.

»Und was machst du sonst so, Will?« Eigentlich hasse ich diese Frage selbst am meisten – nicht, weil es mir gleichgültig wäre, was die Leute beruflich machen, sondern weil sie der Inbegriff von Smalltalk ist. Ab und zu kommt es zwar mal vor, dass der Befragte tatsächlich einen faszinierenden Job hat, über den man sich stundenlang unterhalten kann, aber viel öfter erhält man doch nur eine Antwort wie: »Ich arbeite in der Computerbranche«, oder: »Ich bin Anwalt bei einer Versicherungsgesellschaft«, und dann zermartert man sich halb gelähmt vor Langeweile das Hirn nach weiteren Fragen, nur um nicht unhöflich zu erscheinen.

»Hab ich dir doch schon erzählt«, sagt Tim ungeduldig. »Will ist PR-Agent.«

»Ach ja, natürlich.« Ich versuche, mir eine schlauere Frage zu überlegen. »Und für wen?«

»Ich bin Pressechef bei Select FM.«

»Oh, das klingt aber interessant.« Es gelingt mir nicht mal, Tim einen verschwörerischen Seitenblick zuzuwerfen, weil er völlig damit beschäftigt ist, Will anbetend zu betrachten.

»Ja, es ist eine sehr verantwortungsvolle Aufgabe, und sie macht mir Spaß.«

»Und wie lange machst du das schon?« Jesses, das ist ja wie Zähne ziehen, nur noch zäher.

»Ich hab dort vor zwei Jahren in der Presseabteilung angefangen, und als der damalige Chef gegangen ist, kam offenbar kein anderer als ich für den Posten infrage.«

»Richtig, Select ist ja in letzter Zeit unglaublich angesagt, man liest nichts als Lobeshymnen über euer neues Image ...« So, jetzt habe ich aber dick genug aufgetragen. »Wie viele Mitarbeiter hast du denn in deinem Team?«

»Vier Leute aus verschiedenen Sparten, die mir alle direkt unterstellt sind.«

»Er ist ein wichtiger Mann«, sagt Tim mit stolzgeschwellter Brust, »nicht wahr, Schatz?«

Will zuckt die Achseln, zu sehr von seiner eigenen Wichtigkeit erfüllt, um zu antworten.

Tim beugt sich vor und nimmt sich noch eine Hand voll Sandwiches.

»Bedien dich«, ermuntere ich Will – wenn die verdammten Dinger nicht weggehen, sehe ich mich schon den ganzen Rest der Woche Gurkensandwiches essen.

»Danke, ich hab noch.« Will winkt verächtlich ab. Das Sandwich auf seinem Teller hat er nicht mal angerührt.

»Ogottogott«, ächzt Tim, »ich muss dir was gestehen, Cath, tut mir Leid, wir waren heute Mittag schon essen, darum bringt Will jetzt nichts mehr runter.«

Aha, hätte ich am liebsten gesagt, und wieso kann Will nicht für sich selbst sprechen? Doch ich weiß ja, dass Tim nur versucht, ihn in Schutz zu nehmen.

»Macht nichts« – lächele ich süßsauer – »kein Problem.« Und wieso schafft Tim es trotz des Mittagessens, sich derartig voll zu stopfen?

»Ach, übrigens«, wende ich mich Will mit neuem Interesse zu, »ich hab eine Bekannte, die bei Select arbeitet.« Tim blickt gespannt auf: Wenn ich dort Verbindungen habe, heißt das, dass er alles, was er wissen will, mit einem simplen Anruf herausfinden kann. »Alison Bailey.«

»Alison, natürlich«, nickt Will. »Und woher kennst du sie?«

»Na ja, wir waren früher mal Kolleginnen bei einer Werbeagentur, bevor sie die Seiten gewechselt hat und in den Vertrieb gegangen ist. Sie dürfte da jetzt wohl schon eine leitende Stellung innehaben, nehme ich an?«

Will stößt ein kurzes, bellendes Lachen aus. »Sie ist nur die *stellvertretende* Vertriebschefin, so großartig ist das auch wieder nicht.«

Ich wünschte, ich könnte berichten, dass es irgendwann besser wurde. Aber es wurde immer schlimmer. Selbst Tim schaute allmählich etwas betreten drein und nahm die erstbeste Gelegenheit wahr, mir in die Küche zu folgen.

»Du findest ihn grässlich, stimmt's?«

Seufzend blicke ich meinen lieben alten Freund an. Wenn ich doch wenigstens lügen könnte, aber das kann ich nicht. Noch weniger kann ich ihm allerdings meine ehrliche Meinung zumuten.

»Er scheint ganz nett zu sein«, murmele ich, wenn auch zähneknirschend.

»Ach komm, Süße, mach mir nichts vor. Sag mir, was du denkst.«

»Ehrlich?«

»Ehrlich.«

»Auch wenn's dir nicht gefällt?«

»Wenn ich mich nicht auf die Ehrlichkeit meiner besten Freunde verlassen kann, worauf dann?«

»Also gut.« Ich hole tief Luft. »Er kommt mir ein bisschen arrogant vor.« Ich halte inne, um zu sehen, wie Tim das aufnimmt. »Und du weißt ja, mit arroganten Typen hab ich's nicht so.«

»Aber er ist sonst ganz anders«, wispert Tim hastig, mit einem Blick zur Tür, um sicherzugehen, dass Will nicht überraschend hereingeplatzt kommt. »Ich schwör dir, Cath, so hab ich ihn noch nie erlebt.«

»Also musst selbst du zugeben, dass er sich wie ein Wichser aufführt?«

»Das habe ich nicht gesagt. Ich meine nur, er ist normalerweise viel entspannter.«

»Und das sagst du, weil du ihn ja so gut kennst.«

»Hey, wer ist hier jetzt biestig? Aber was ich dich eigentlich fragen wollte, wie gut kennst du diese Alison Bailey?«

»Mit anderen Worten, du willst wissen, ob ich sie gut genug kenne, um sie anzurufen, damit sie mir alles petzt, was in der Firma über deinen Freund Will gemunkelt wird.«

Tim streicht mit dem Finger über den Küchentisch und blickt angelegentlich zu Boden. »Mmm ... mag sein«, gibt er schließlich zu.

»Okay«, sage ich, worauf er mir prompt um den Hals fällt. »Ich ruf sie gleich an, wenn ihr weg seid.«

»Und krieg alles über ihn raus«, grinst Tim spitzbübisch. »Aber wirklich *alles.*«

»Cath? Du meine Güte, wir haben uns ja seit einer Ewigkeit nicht mehr gesprochen! Wie geht's dir denn?«

»Bestens. Und dir?«

»Ach, weißt du, ich bin immer noch dieselbe alte Alison.«

Ein verlegenes Schweigen tritt ein, denn so sehr ich Alison auch mag, wissen wir doch beide, dass ich nicht bloß für ein Schwätzchen anrufen würde. Ich kann jetzt entweder den indirekten Weg wählen und mich erst mal nach ihrer Familie erkundigen, nach ihrem Job, und falls vorhanden, nach dem Mann in ihrem Leben, oder ich kann direkt zur Sache kommen.

Ich komme direkt zur Sache.

»Ich hab dich angerufen, weil ich eben euren Pressechef zum Tee da hatte und gern wissen möchte, was du von ihm hältst.«

Nach einer kurzen Pause sagt sie: »Hab ich richtig gehört? Will Saunders war bei dir zum Tee?«

»Mhm. Wieso wundert dich das?«

Wieder eine Pause. »Weil er ein Kotzbrocken ist.«

Vor Verblüffung fällt mir fast der Hörer aus der Hand. Solch ein krasses Urteil hätte ich nicht erwartet, schon gar nicht von Alison, die eine der vernünftigsten Personen ist, die ich kenne.

»Soll das ein Witz sein?«

»Keineswegs. Und ich kann's gar nicht glauben, dass du den Kerl zu dir eingeladen hast. Du hättest mir Bescheid sagen sollen, dann wär ich vorbeigekommen und hätte Arsen in die Sandwiches getan.«

»Warum verabscheust du ihn denn so?«

»Wie lange hast du Zeit? Eins muss ich allerdings zugeben, Will Saunders kann die Liebenswürdigkeit in Person sein, wenn es ihm zum Vorteil gereicht. Ich nehme an, er hat dich mit seinem Charme hypnotisiert?«

»Nein, kann ich eigentlich nicht sagen, ich fand ihn eher arrogant, um es milde auszudrücken.«

»Er ist ein eitler, egozentrischer, selbstsüchtiger Widerling.«

»Hey, du hast scheinbar wirklich ein Problem mit ihm, was?«

»Jeder hier im Haus hat ein Problem mit ihm. Abgesehen von unserem Boss, der ihn anbetet, weshalb er den Job überhaupt bekommen hat. Zwei der Frauen in seinem Team sind gute Freundinnen von mir, und sie sagen beide, er führt sich auf wie ein Sklaventreiber. Eine von ihnen musste wegen eines Nervenzusammenbruchs drei Wochen zur Kur.«

»Warum sagen sie ihm nicht einfach, er soll ihnen den Buckel runterrutschen?«

»Geht nicht. Ich hab mit eigenen Augen gesehen, was er mit den Leuten macht. Erst tut er so, als sei er dein bester Freund, wickelt dich um den Finger, und dann peng, plötzlich ruft er dich jeden Abend zu Hause an, schreit, dass deine Arbeit nichts taugt, macht dich nach Strich und Faden fertig.«

Alison ist jetzt richtig in Fahrt.

»Und dann fängt er an, dich im Job vor den Kollegen runterzuputzen, systematisch, so wie es Caroline passiert ist.«

»Caroline?«

»Die Freundin mit dem Nervenzusammenbruch. Er hat ihr das Leben zur Hölle gemacht, und sie ist wirklich nicht zimperlich, aber er hat sie richtiggehend zermürbt. Er ist ein Frauenhasser und absolut paranoid, wenn er sich irgendwie bedroht fühlt. Caroline hat sich sonst nie den Schneid abkaufen lassen, aber nach dieser Erfahrung war sie total eingeschüchtert, traute sich nicht mehr, ans Telefon zu gehen, und wurde tatsächlich krank vor Stress. Ich hasse das Arschloch! Wie in aller Welt bist du bloß an den Kerl geraten?«

»Er hat offenbar was mit einem guten Freund von mir, und der hat ihn mit hergebracht«, entgegne ich vage, da ich lieber keine Namen nennen möchte.

»Also, dann sag deinem Freund, wer auch immer das ist, er soll sich vorsehen. Er hat sich da mit einem echten Charakterschwein eingelassen. Der Kerl ist nicht nur manipulativ und doppelzüngig, sondern auch ein zwanghafter Lügner. Und ein grässlicher Snob obendrein. Was eigentlich komisch ist, da er aus eher bescheidenen Verhältnissen stammt. Aber das ist wohl auch der Grund.«

»Ähm, du meinst also ...«

Sie seufzt. »Dass du deinen Freund ernsthaft davor warnen solltest, mit so jemandem befreundet zu sein.«

»Du liebe Güte, Alison, bin ich aber froh, dass ich dich angerufen habe! Jetzt muss ich mir nur noch überlegen, wie ich es ihm schonend beibringen soll.«

»Gern geschehen. Vorbeugen ist besser als heilen, sag ich immer.«

Aber wie soll ich es Tim sagen? Kaum habe ich aufgelegt, klingelt das Telefon schon wieder. Tim, natürlich.

»Na? Hast du sie schon angerufen?«

»Wo ist Will?« Ich versuche Zeit zu gewinnen, bis mir eine Ausrede einfällt.

»Nach Hause gegangen. Ich hab ihn unterwegs abgesetzt.«

»Also«, fange ich an zu schwindeln, »ich hab versucht, sie anzurufen, aber sie war nicht da. Ich konnte nur eine Nachricht hinterlassen, aber ich sag dir gleich Bescheid, sobald ich von ihr höre.«

»Okay.« Tim klingt enttäuscht. »Dann werde ich mich halt in Geduld fassen müssen.« Gott sei Dank hat er mich nicht gefragt, ob ich meine Meinung über Will geändert habe, ob ich nicht doch denke, dass sie gut zusammenpassen würden.

Ich blättere durchs Fernsehprogramm und setze Wasser für einen Nescafé auf, nur um dann festzustellen, dass ich keine Milch mehr dahabe. Schon in der Tür, drehe ich noch mal um, denn wie immer im englischen Sommer ist die Abendluft zu kühl, um im T-Shirt hinauszugehen.

Im Laden an der Ecke nehme ich mir gerade eine Milchflasche aus dem Regal, als ich hinter mir meinen Namen höre.

»Cath? Hi!«

Ich blicke über die Schulter und gewahre James, den Makler, der mich freudig anstrahlt. Fast hätte ich laut herausgelacht, denn er ist tatsächlich genauso angezogen, wie ich es mir bei unserem ersten Treffen vorgestellt habe, nur dass sein Pulli nicht schlabberig und handgestrickt ist, sondern aus feinster grauer Lambswool.

»Oh, hi, James, wie geht's?« Ich wundere mich, dass meine Stimme so normal klingt, denn ich hatte ganz vergessen, wie attraktiv dieser Mann ist und wie sehr es mich verunsichert, jemandem gegenüberzustehen, der Gefühle in mir wecken könnte, die ich für immer verschüttet glaubte.

»Danke, gut«, sagt er. Ich riskiere einen verstohlenen Blick in seinen Einkaufskorb: ein Päckchen Tortelloni, eine Zitrone, ein Stück Parmesan, Salat, eine Dose Cola. *Eine*

Cola? Interessant. Nicht, dass ich interessiert wäre, aber ich hätte James nie als Junggesellen eingeschätzt, und wenn mich nicht alles täuscht, beweist diese Coladose doch wohl, dass er allein zu Abend isst.

»Mein Abendessen«, sagt er lächelnd, als hätte er meine Gedanken erraten, und fährt sich mit einer Bewegung durchs Haar, die man nur als rührend unbeholfen bezeichnen kann. Und obwohl er ansonsten nicht schüchtern wirkt, macht ihn dieser Anflug von Verlegenheit nur noch sympathischer.

»Komisch ...« Ich lächele zurück. »Ich dachte immer, ihr Makler habt zu Hause massenweise Sushi in der Kühltruhe.«

»Du vergisst, dass ich gar kein richtiger Makler bin«, sagt er und setzt den Einkaufskorb vor seinen klobigen Wanderstiefeln ab, die, wie mir jetzt auffällt, über und über mit bunten Farbspritzern bekleckert sind. »Der brotlose Künstler in mir hat immer noch ein schlechtes Gewissen, zu viel Geld für Essen auszugeben«, fährt er mit einem entschuldigenden Achselzucken fort.

»Ich wusste, dass Lucy hier in der Gegend wohnt, aber du? Wo wohnst du denn?«

»St James' Mansions.« Ich sehe ihn fragend an, aber natürlich weiß James genau, wo es ist.

»Ah, da hab ich letzten Monat eine Wohnung verkauft. Fabelhaft erhaltene alte Bausubstanz, und das Beste daran ist natürlich die Höhe der Decken.«

Ich fange an zu lachen, und James hält abrupt inne.

»Was ist?«

»Entschuldige, aber jetzt klingst du wieder genau wie ein Makler.«

Er stöhnt auf. »O Gott, danke für den Hinweis. Wenn es noch mal vorkommt, reicht ein kurzer Tritt vors Schienbein.«

So stehen wir plaudernd in dem kleinen Eckladen, während die Leute sich an uns vorbeiquetschen, *sorry* murmeln und ins Kühlregal greifen, und obwohl es alles andere als eine passende Gelegenheit für eine Unterhaltung ist, macht sie mir richtig Spaß.

James ist angenehm normal und unaffektiert, schon allein daran merkt man, dass er nicht aus London stammt. Er hat so gar nichts von der coolen, abgebrühten, immer leicht naserümpfenden Distanziertheit seiner Berufsgenossen.

Er sieht aus, als würde er sich in alten Gummistiefeln auf einem Acker am wohlsten fühlen, und so überrascht es mich nicht, als sich im Laufe des Gesprächs herausstellt, dass er ursprünglich von einer Farm in Wiltshire kommt.

Nach einer Weile schaut James auf die Uhr, und es tut mir Leid, dass er schon gehen will, denn so gern ich auch manchmal abends vor dem Fernseher herumhänge, heute habe ich keine Lust dazu.

Tim ist im Moment aber auch keine geeignete Gesellschaft, da er kein anderes Thema als Will kennt, und Josh und Lucy sind noch nicht von ihrem Ausflug aufs Land zurück. In meiner Not hatte ich vorhin schon mein Telefonverzeichnis durchforstet auf der Suche nach irgendjemandem, mit dem ich mal reden kann, aber es gab einfach niemanden.

Doch dieser Zufallsplausch mit James jetzt ist wirklich ein Glückstreffer. Der Mann ist nicht nur interessant und sympathisch, sondern auch noch beängstigend attraktiv – ach, was sage ich da. Ist sonst gar nicht meine Art. Vergessen wir's lieber.

»Sollen wir irgendwo einen Kaffee trinken gehen?«, schlägt James plötzlich vor. »Ich meine nur, es ist doch blöd, hier den Leuten im Weg rumzustehen.«

»Ja, gern«, höre ich mich eifrig zustimmen.

James schmunzelt in sich hinein, und wir gehen zusammen zur Kasse, wo man uns schief ansieht, weil wir so lange den Durchgang blockiert haben. Lachend entwischen wir ins Freie.

»La Brioche?«, sagen wir beide gleichzeitig und machen uns auf den Weg, die West End Lane hinauf.

»Weißt du was«, meint James, »wenn wir uns, sagen wir mal, sechs Wochen später getroffen hätten, könnten wir in eurer Buchhandlung einen Kaffee trinken gehen.«

»Nicht um diese Uhrzeit! Wir hätten seit sieben schon zu.«

»Aber ihr werdet doch sicher auch Abendveranstaltungen haben? Autorenlesungen? Vielleicht sogar so etwas wie einen Leseclub?«

»Darüber haben wir uns noch keine Gedanken gemacht, aber du hast natürlich Recht, genau so was müssen wir anbieten.«

»Es hat sich nämlich schon rumgesprochen«, sagt James, während er mir die Cafétür aufhält. »Ich weiß nicht, wie, aber die Ladenbesitzer im Viertel wissen bereits, was für ein Geschäft da reinkommen soll.«

»Ach ja? Und wie ist die allgemeine Reaktion?«

James zuckt die Achseln. »Die meisten sind sehr angetan von der Idee, aber wie immer gibt es auch Miesmacher. In dem Fall sind es die Leute, die seit Jahren versucht haben, sich die Räumlichkeiten unter den Nagel zu reißen, und die sind jetzt wohl frustriert, dass sie's nicht geschafft haben.«

»Kann man ja auch verstehen.« Ich nicke bedächtig. »Bei der optimalen Lage ...«

»Und wie geht's Lucy so mit dem Projekt? Oh.« Die Kellnerin ist am Tisch aufgetaucht, um unsere Bestellung entgegenzunehmen. »Cappuccino?«

Ich nicke. »Sie ist natürlich schrecklich aufgeregt, aber weißt du, wir sind ja beide schon die reinsten Nervenbündel. Ich glaub, ich hab seit Wochen nicht mehr richtig geschlafen. Hier, siehst du diese Augenringe?« Aber James schüttelt nur den Kopf.

»Du siehst gut aus«, sagt er.

»Stimmt nicht, aber trotzdem vielen Dank. Ich liege Nacht für Nacht wach und überlege, in welcher Farbe wir die Wände streichen und womit die Böden lackiert werden sollen, solche Sachen eben. Im Kopf renoviere ich den Laden jede Nacht von oben bis unten, und morgens bin ich dann total geschafft, als hätte ich tatsächlich Schwerstarbeit geleistet.«

»Kein Wunder.« James lächelt. »Würde mir genauso gehen.«

»Erschöpft, aber glücklich«, fahre ich fort. »Das war das Beste, was ich je getan habe, meinen Job für das Projekt aufzugeben. Selbst wenn es nicht klappt, obwohl ich weiß Gott das Gegenteil hoffe, brauche ich wenigstens nie zu bereuen, es nicht versucht zu haben.«

»Ich weiß genau, was du meinst«, bestätigt James. »Was könnte es Schlimmeres geben, als mit siebzig auf sein Leben zurückzublicken und sich zu sagen: Wenn ich doch bloß mehr Mut gehabt hätte. Wir müssen uns unsere Träume erfüllen, und ich finde, du hast Glück, überhaupt einen Traum zu haben und ihn obendrein auch noch realisieren zu können.«

»Aber wenn es nun dein Traum ist, Künstler zu sein«, sage ich in dem Versuch, das Gespräch von mir abzulenken, »wie kommt es dann, dass du immer noch Makler bist, und das im reifen Alter von ... wie alt bist du eigentlich?«

James lacht. »Sechsunddreißig.« Ich falle fast vom Stuhl. »Ich weiß, ich weiß.« Er rollt die Augen, sichtlich bemüht, nicht allzu genervt dreinzuschauen, während er zum x-ten Mal wiederholt, was er wohl zu jedem sagt, der ihn auf sein Alter anspricht: »Ich sehe zehn Jahre jünger aus.« Lachend schüttelt er den Kopf. »Aber ich hab meine Zukunft genau geplant. Warum meinst du wohl, dass ich kein Vermögen für Anzüge und so 'n Zeug ausgebe? Ich lege jeden Penny auf die hohe Kante, damit ich mit vierzig alles hinschmeißen und für den Rest meiner Tage nur noch malen kann.«

Ich bin beeindruckt von seiner leidenschaftlichen Opferbereitschaft, beeindruckt von seiner Fähigkeit, so langfristig zu planen, beeindruckt von seiner Zuversicht, dass alles gut ausgehen wird.

»Ich würde gern mal deine Bilder sehen.«

»Wirklich?« Er scheint auf einmal ganz verlegen zu sein.

»Ja, wirklich. Ich nehme an, du malst noch immer.«

»Natürlich, die ganze Zeit. Mein Atelier war in all den Jahren mein einziger Luxus, weil ich nicht leben kann, ohne zu malen.«

Wie luxuriös wird so ein Atelier schon sein? Ich kann's mir schon vorstellen, ein farbbespritztes Kämmerchen voller Leinwände, in dem es nach Öl und Terpentin riecht. Eine Staffelei in der Mitte des Raums, ringsum alte Kaffeebecher voller Pinsel, aufgepflanzt wie Verkehrspolizisten.

In meiner Fantasie sehe ich das alles, aber ich möchte es *tatsächlich* sehen, denn ich muss gestehen, irgendwie fasziniert mich dieser Makler mit der Künstlerseele. Ich verstehe wenig von Kunst, aber ich wüsste gern, ob sein Traum sich verwirklichen lässt, ob er das Talent hat, es zu schaffen, obwohl es so klingt, als ginge es ihm nicht um Erfolg, sondern nur darum, seine Leidenschaft auszuleben.

»Du könntest mich ja mal besuchen. Vielleicht bringst du's sogar fertig, mich zum Kochen zu motivieren.« James runzelt besorgt die Stirn. »Natürlich nur, wenn du die Zeit findest. Du bist wahrscheinlich furchtbar eingespannt.«

Bei jedem anderen hätte ich gedacht, er wollte mich anbaggern, aber ich weiß mit absoluter Sicherheit, dass es hier nicht darum geht. Ich bin eindeutig nicht sein Typ. Was letztlich eine Erleichterung ist, denn so brauche ich mir keine Sorgen zu machen, muss mich gar nicht erst krampfhaft anstrengen. Er ist einfach nur ein interessanter Mann mit einem interessanten Hobby. Und ich wollte ja ohnehin neue Leute kennen lernen ...

9

»Ach, ich kann’s gar nicht erwarten, den Pinsel zu schwingen!« Voller Eifer steigt Lucy in ihren Maler-Overall, während George, der Schreiner, sie anschaut, als sei sie verrückt geworden.

»Sie wollen das doch nicht etwa alles allein machen? Das ist doch Männersache! Viel zu viel Arbeit für junge Damen.«

Was mich natürlich sofort auf die Palme bringt, obwohl ich weiß, dass George es nicht böse meint, aber trotzdem fühle ich mich aufgerufen, Lucy zu verteidigen: Was er da sage, sei völliger Unsinn, und gerade *junge Damen* wie wir könnten diese Arbeit viel besser leisten als irgendwelche grobschlächtigen, ahnungslosen Kerle.

Sam, der Elektriker, schmunzelt nur still in sich hinein, während Lucy und ich umherwandern und die Fortschritte der Renovierung begutachten.

»Ich kann’s immer noch nicht glauben.« Lucy streicht mit der flachen Hand über ein Teil der Küchenzeile, das zurzeit noch mitten im Caféraum steht. »Ist doch irre, oder? Wie hier Mitte Juni, als du deinen Job aufgegeben hast, noch alles öd und leer war, und jetzt, kaum zwei Monate später, schon genau zu sehen ist, wie wundervoll es wird?«

Wir blicken uns um, bewundern die Halogenspots an der Decke, die den Raum wie in hellem Tageslicht erstrahlen lassen, und die nagelneue Theke aus massivem Ahornholz mit ihrer dunkel glänzenden Granitplatte, hinter der Lucy als Kuchenkönigin Hof halten wird.

Nun ist das Werk fast vollbracht, die Küche weitgehend installiert, die Leitungen gelegt, die Regale abgeschliffen und gebeizt, und sobald die Malerarbeiten abgeschlossen sind, wird als Letztes der Boden gemacht. Der Tag der Eröffnung rückt in absehbare Nähe.

Und erst jetzt fängt es an, wirklich Spaß zu machen. Denn alles Vorherige war die Hölle. Alle hatten uns das schon vorausgesagt, aber Lucy und ich dachten ja, wir wüssten es besser. Die erste Mannschaft, die wir für die Renovierung organisiert hatten, trat jeden Morgen um Punkt sieben an, was wir ganz enorm fanden, bis uns aufging, dass sie alle Viertelstunde eine Teepause einlegten und mittags bereits wieder Feierabend machten.

Wir versuchten es erst eine Weile im Guten, indem wir abwechselnd in der Früh auftauchten, immer mit irgendeinem Grund, tatsächlich aber nur, um sie zu effizienterem Arbeiten zu bewegen. Was jedoch keinerlei Wirkung zeigte, wie Lucy zu Hause immer wieder unter ungläubigem Lachen erzählte. Selbst vor unseren Augen ließ der Vorarbeiter seine Leute alle fünfzehn Minuten die Werkzeuge aus der Hand legen, weil es angeblich Zeit für einen Tee sei. Hielt er uns wirklich für so blöd? Ich fürchte, ja, denn wir waren beide derart verdattert angesichts dieser Unverfrorenheit, dass wir nur dastanden und kein Wort herausbrachten.

Aber zum Glück fand Lucy dann George. Sie hatte ihn im Baumarkt um Rat gefragt, weil er aussah wie ein Mann, der weiß, wovon er redet. Und wie sich herausstellte, ist er nicht nur ein erstklassiger Handwerker, sondern verfügt auch noch über ein Team von Mitarbeitern, die allesamt fleißig, zuverlässig und freundlich sind.

Kurz und gut, George war ein Geschenk des Himmels – auch wenn er der steinzeitlichen Ansicht ist, die Männer als das starke Geschlecht müssen die Frauen beschützen, die ihrerseits möglichst weibchenhaft zu sein haben und vollkommen hilflos bei jeder anderen Tätigkeit außer Kochen, Putzen, Nähen und Kinder aufziehen.

George vergöttert Lucy natürlich, und obwohl er mir gegenüber erst ein wenig reserviert war, gab sich das schnell, nachdem ich oft genug in die Rolle des hilflosen Weibchens verfiel – so dämlich es klingt, es war einfach bequemer, ihn die Arbeit erledigen zu lassen.

Und wie wirkungsvoll diese simple Taktik war! Noch nie habe ich jemanden gesehen, der so in seiner Arbeit aufgeht wie George. Lucy musste ihn buchstäblich zwingen, sich ab und zu eine Pause zu gönnen, indem sie ihm jeden Tag riesige Stücke Kuchen und köstlich belegte Sandwiches mitbrachte.

»Also gut«, sagte er immer, während er die Leckerbissen vorsichtig auswickelte, um die Alufolie nicht einzureißen, »ich ess mal schnell einen Happen und heb mir den Rest für später auf.«

»Lucy, Sie beschämen jede Hausfrau«, schwärmte er dann, mit vollen Backen kauend, worauf Lucy kurzerhand abwinkte, das sei doch Unsinn, sicher sei Mrs. George eine ganz ausgezeichnete Köchin.

Und wie ist mir bei all dem zumute? Ich laufe den ganzen Tag mit Schmetterlingen im Bauch herum, kann es immer noch nicht richtig fassen, dass mein Traum jetzt wirklich wahr wird, und bin womöglich noch nervöser als zu dem Zeitpunkt, als ich meinen Job aufgab. Aber Lucy ist so zuversichtlich, so beruhigend, dass ich versuche, negative Gedanken gleich wieder zu verdrängen.

Heute also ist unser erster Maltag. Josh will später noch dazustoßen, und sogar Tim hat sich einen Overall angeschafft, um mitzuhelfen. Doch im Moment sind nur Lucy und ich da.

Sobald George und Sam auf ein wohlverdientes Bier in den Pub abgezogen sind, klauben wir die Deckel von den Farbeimern und legen los.

Eine Weile pinseln wir schweigend vor uns hin. Select FM leistet uns Gesellschaft, obwohl ich versucht bin, den Sender zu boykottieren, wegen dieses grässlichen Wills, der sich wie ein Keil zwischen Tim und mich geschoben hat – so scheint es mir wenigstens, da Tim seine ganze Zeit nur noch mit ihm verbringt.

Zugegeben, es ist bestimmt sehr egoistisch von mir, Will so heftig abzulehnen. Eigentlich sollte ich doch froh sein, dass Tim endlich jemanden gefunden hat, aber ich werde das Gefühl nicht los, dass Will ihm übel mitspielen wird – besonders seit dem Gespräch mit Alison –, und Tim hat echt etwas Besseres verdient. Zum Glück scheint er vergessen zu haben, dass ich Alison über Will ausfragen sollte, und nachdem das Thema jetzt schon einen Monat lang nicht mehr zur Sprache gekommen ist, stehen die Chancen gut, dass ich endgültig mit meiner Ausrede davonkomme.

Nach einer Stunde tut mir der Arm schon schrecklich weh. Lucy dagegen scheint immer noch voller Energie zu sein, und eine Wand ist beinahe fertig, also verkneife ich mir das Jammern, denn ich will nicht die Erste sein, die aufgibt.

Zwei Stunden später steige ich von der Leiter und recke die Arme, mit einem zufriedenen Grinsen, da Lucy das Gleiche tut.

»Cath?« Sie lehnt den Kopf an meine Schulter. »Wer von uns ist nur auf diese blödsinnige Idee verfallen?«

»Gott sei Dank!« Ich lache. »Und ich dachte schon, nur mir kommt das wie ein Albtraum vor!«

»Na ja, ein Albtraum vielleicht nicht gerade«, seufzt sie. »Aber es macht nicht halb so viel Spaß, wie's im Film aussieht.«

»Im Film?«

»Du weißt schon, in den Werbespots, wo junge Paare sich verliebt anlächeln, während sie das Babyzimmer streichen.« Dann prustet sie plötzlich los: »Sag mir, dass ich nicht so schrecklich aussehe wie du!«

»Was? Wieso?«

»Schau mal in den Spiegel.« Lucy schiebt mich in den kleinen Waschraum neben der Vorratskammer. Aus dem Spiegel starrt mir eine strubbelige Version von Cruella de Vil entgegen, die braune Mähne gelb gestreift, das Gesicht über und über mit gelben Tupfen bespritzt.

»Jetzt verstehe ich, was du meinst«, rufe ich zu Lucy hinaus, die immer noch so frisch und sauber wie bei ihrer Ankunft aussieht. »Ich bin ja die reinste Vogelscheuche!«

»Ich finde, es sieht lustig aus«, sagt Lucy. »Sollen wir nicht mal 'ne Pause einlegen?«

»Okay.« Ich greife nach meiner Tasche. »Ich hol uns zwei Kaffee vom Takeaway an der Ecke.«

»So kannst du nicht auf die Straße! Bleib lieber hier, und ich gehe.«

»Von mir aus.« Ich nicke achselzuckend.

Da es sonst nichts zu tun gibt, streiche ich inzwischen weiter und drehe mich nicht um, als ich fünf Minuten später die Tür höre.

»Stell meinen einfach auf den Tisch!«, rufe ich über die Schulter. »Ich komm gleich runter.«

»Lass dir nur Zeit«, antwortet eine Stimme, die eindeutig nicht die von Lucy ist.

Ich wende den Kopf und sehe James in der Tür stehen, obwohl ich ihn nicht gleich erkenne, weil ich ihn in den letzten Wochen immer nur in seinem blauen Anzug gesehen habe – nicht, dass wir jemals wieder zum Plaudern gekommen wären, dazu waren wir viel zu beschäftigt, wir winken uns nur manchmal im Vorbeigehen durchs Fenster zu.

Aber jetzt, in seinen Wochenendklamotten, sieht er wieder aus wie der Junge von nebenan. Diese Sachen stehen ihm viel besser als die Anzüge, in denen er immer ein bisschen verkleidet wirkt, wie ein kleiner Junge, der den Erwachsenen spielt – obwohl ich das vielleicht nicht sagen sollte, immerhin ist er ganze fünf Jahre älter als ich.

»Komme ich ungelegen?« Er scheint schon bereit, den Rückzug anzutreten, doch ich steige eilig von der Leiter und schelte ihn scherzhaft, er solle sich nicht lächerlich machen, wir seien doch bloß am Streichen.

»Das sieht man«, bestätigt er lachend, und ich lache mit, absolut unbekümmert darüber, wie schauderhaft ich aussehen mag. Klar, wenn ich an ihm als Mann interessiert wäre, wäre das natürlich etwas ganz anderes.

»Hey, hör mal« – ich deute mit meiner farbtriefenden Malerrolle auf ihn – »eigentlich solltest du uns deine Hilfe anbieten. Du kannst das hier bestimmt viel besser als ich.«

»Glaub ich kaum«, widerspricht er. »Nur würde ich wohl etwas weniger kleckern.«

»Na ja, noch mehr wär ja auch kaum möglich.« Erst jetzt bemerke ich, dass er irgendetwas unterm Arm trägt. »Was führt dich denn überhaupt hierher?«

»Ich bin vorhin vorbeigekommen und hab euch streichen sehen, und da ist mir eingefallen, dass ich noch was für euren Laden habe. Also dachte ich, ich schau mal kurz rein.«

»Für den Laden? Was denn?«

James reicht mir das Päckchen, als Lucy gerade zur Tür hereinkommt.

»James! Wie schön, dich zu sehen!« Sie stellt die Kaffeebecher ab und umarmt ihn herzlich, typisch Lucy eben, was ihn auch nicht weiter zu überraschen scheint.

»Oh, verflixt, jetzt haben wir nur zwei Kaffee! Warte, ich lauf schnell und hol dir noch einen.«

»Unsinn«, wehrt James hastig ab. »Ich muss eh gleich wieder los.«

»Echt?«

James nickt.

»Okay, aber komm bald zurück, damit du wenigstens etwas von dem Strudel abkriegst.«

»Strudel?« Ich horche auf.

»Meine neueste Kreation.«

Ich verdrehe die Augen zur Decke. Wie in aller Welt soll ich es schaffen, meine sinnenfrohe, aber noch normale Kleidergröße 42 beizubehalten, wenn Lucy mich unentwegt mit Leckerbissen eindeckt? Zumal das vermutlich später nur noch schlimmer wird! Wie werde ich dem je widerstehen können?

Ich kann nur hoffen, dass es mir so geht wie meiner Freundin Katy, die eine Schwäche für Schokolade hatte, bis sie mit jemandem zusammenzog, der geradezu süchtig danach war und das Zeug immer stapelweise vorrätig hatte. Sie schwor Stein und Bein, dass sie nach der anfänglichen Versuchung von der verdammten Schokolade bald völlig angeekelt war und nie wieder welche anrührte. Allerdings passt die gute Katy auch seit jeher in Größe 38.

Dies ist der letzte Strudel, den ich essen werde, gelobe ich mir, während mir beim bloßen Gedanken an Lucys feinen Blätterteig mit der duftenden Apfel-Zimt-Füllung schon das Wasser im Munde zusammenläuft. Ab morgen werden endgültig neue Saiten aufgezogen.

»Was glaubst du wohl, warum beehrt Master James unsere bescheidene Bleibe mit seinem Besuch?«, fragt Lucy listig, sobald er außer Hörweite ist.

Ich zucke die Achseln.

»Ob er vielleicht ein bisschen was für die reizende Cath übrig hat?«

»Weißt du, ich denke, du hast Recht«, sage ich trocken und mit meinem unschuldigsten Blick. »Welcher Mann würde mir nicht auf der Stelle verfallen, wenn er mich mit meiner kanariengelben Kriegsbemalung sieht?« Ich werfe meine farbstarrende Afromähne mit einer modelhaften Kopfbewegung zurück. »Ganz zu schweigen von meiner anmutig fließenden Lockenpracht.«

Lucy lacht, bis sie plötzlich das Päckchen entdeckt.

»Was ist denn das?« Sie hebt es hoch, dreht es prüfend hin und her.

»Das hat James mitgebracht. Für den Laden, sagt er.«

»Für den Laden? Aber das sieht doch wie ein Geschenk aus.« Während sie das Päckchen zwischen den Händen schüttelt, kommt James wieder herein, und Lucy lässt es schuldbewusst auf den Tisch zurückfallen.

»K-kalt erwischt«, stammelt sie errötend. »Entschuldige, James.«

»Warum?« Er lächelt. »Es ist doch für euch.« Er schaut erst Lucy, dann mich an, und Lucy zwinkert mir verstohlen zu. »Aber wenn es euch nicht gefällt«, fährt er fort, »müsst ihr's mir sagen.«

»Komm schon, Cath«, drängt Lucy und tut auf einmal sehr beschäftigt mit einem Farbeimer. »Pack du es aus.«

Ich wische mir die Hände am Overall ab und wickele vorsichtig das Umschlagpapier auf. Zum Vorschein kommt ein kleines Gemälde in einem schlichten Holzrahmen. Es ist ein unglaublich zartes, abstraktes Aquarell, intensives Königsblau, das zu Türkis verschwimmt, in überkreuzten Linien, die sich in sattem, transparentem Schimmer überlagern.

»Es ist wunderschön«, sage ich aus tiefstem Herzen.

»Bist du sicher?« James kann die Erleichterung in seiner Miene nicht verbergen. »Ich wollte euch gern was für den Laden schenken, als eine Art Glücksbringer, könnte man sagen. Ich fand die Farben so sommerlich leuchtend, und wenn ihr mögt, könnt ihr es ja vielleicht irgendwo aufhängen.«

Lucy lässt den Farbeimer stehen und japst verblüfft auf, als sie das Bild sieht.

»Mein Gott, was für ein wundervolles Gemälde, James, wo hast du das denn her? Sag bloß ... es ist doch nicht etwa ... von *dir*?«

Aber natürlich ist es von ihm. Und ich muss sagen, ich bin sprachlos. Weil ich ihm ein solches Talent nicht zugetraut hätte? Vielleicht. Aber ich bin auch sprachlos, weil es so unglaublich nett von ihm ist, uns, die er doch kaum kennt, ein derartiges Geschenk zu machen, als wären wir weit mehr als nur gute Geschäftspartner.

»Es gefällt euch tatsächlich?« James strahlt.

»Und wie!« Spontan gibt Lucy ihm einen Kuss, was bedeutet, dass ich ihm auch einen geben muss, nun gut, nur dass ich diese physischen Demonstrationen für gewöhnlich lieber meide, außer bei Tim, Josh und Lucy, die einem ohnehin dauernd um den Hals fallen, ob man Wert darauf legt oder nicht.

Doch was bleibt mir anderes übrig, ich überwinde meine Hemmungen und gebe James einen Kuss auf die Wange, um dann sofort einen Schritt zurückzutreten, weil mir die Situation so peinlich ist. Zum Glück bricht Lucy das Eis, indem sie mit beherztem Griff die Folie vom Strudel reißt und jedem von uns ein dickes Stück abschneidet.

»Schaut ja schon alles ganz fantastisch aus.« James dreht sich mit anerkennender Miene nach der Theke, den Regalen, dem Schaufenster mit dem eingravierten Schriftzug um. »Ehrlich, selbst der alte Harry Roberts wäre beeindruckt.«

»Na, das ist aber mal ein Kompliment«, sagt Lucy lachend. »Also, James, nachdem du offenbar nicht nur irgendein Sonntagsmaler, sondern ein wirklicher Künstler bist – wie wär's, wenn du hier bei uns mal ausstellen würdest?«

James schaut freudig überrascht drein, während Lucy fortfährt: »Wir können dir natürlich noch nichts versprechen, weil das erst reiflich überlegt sein will, aber selbst wenn wir die Bilder nicht im Laden aufhängen, möchte ich gern das eine oder andere für zu Hause kaufen.«

»Ich bin baff«, sagt James. »Du machst mich ganz verlegen! Es muss jetzt ja so aussehen, als wäre ich in der Absicht hergekommen, eine Ausstellung herauszuschinden, als solltet ihr euch irgendwie verpflichtet fühlen, weil ...«

»James«, unterbricht Lucy ihn sanft, »ich rede niemandem nach dem Maul, und ich mache auch keine Angebote, die ich nicht halten kann. Wenn ich etwas sage, dann meine ich es auch so.«

James nickt. »Okay.«

»Ich hab mir Folgendes gedacht«, fährt Lucy fort, während ich ein bisschen verdattert danebenstehe, denn ist das nicht die Art von weitreichender Entscheidung, die man mit dem Partner gemeinsam treffen sollte? Auch wenn James' Malerei fraglos bezaubernd ist, hätte Lucy doch wohl mit ihrem Vorschlag warten sollen, bis wir es unter vier Augen besprechen konnten?

Und was zum Teufel ist in sie gefahren, als sie jetzt sagt: »Cath und ich könnten ja heute Abend mal zu dir kommen und uns deine Bilder ansehen. Na, wie klingt das?«

James schluckt. »Heute Abend? Okay. Warum nicht? Gut, machen wir.«

»Oh, nein, Mist!«, stöhnt Lucy augenblicklich. »Heute kann ich ja nicht, wir sind bei irgendeinem langweiligen Kollegen von Josh zum Essen eingeladen! Verdammt, das hatte ich ganz vergessen. Aber Cath, es macht dir doch nichts aus, dir die Bilder allein anzusehen?«

»Nein, nein, warum sollte es mir etwas ausmachen? Ich kann ja *meine* Einladung zum Essen absagen.«

James schaut völlig betreten drein, während Lucy nur amüsiert schnaubt. »Das war 'n Scherz, James. Sie kommt dann ... sagen wir, um sieben zu dir?«

James nickt, und ich versuche, Lucys Blick aufzufangen, um sie wissen zu lassen, was für eine Abreibung ihr blüht. Aber sie sieht mich gar nicht an, sondern schwatzt munter auf James ein, erzählt ihm von unseren Plänen für den Laden, bis er schließlich aufsteht, um zu gehen.

»Sag mal, was hast du dir denn dabei gedacht?«, fahre ich sie ärgerlich an, sobald wir allein sind. Ich bin wirklich sauer auf Lucy, denn immerhin sind wir ja Partner in diesem Geschäft. Wie zum Teufel kommt sie dazu, ihm eine Ausstellung anzubieten, ohne mich nach meiner Meinung zu fragen? Und mich dann auch noch förmlich zu nötigen, James später zu besuchen, was mir alles andere als angenehm ist?

»Wieso?« Sie tut ganz unschuldig.

»Ich meine, Lucy – und jetzt leg gefälligst mal diese blöde Rolle hin und schau mich an –, erstens triffst du hier eigenmächtig Entscheidungen, ohne mich einzubeziehen, was ich echt beleidigend finde, und zweitens« – ich hole tief Luft – »zweitens schiebst du mir den schwarzen Peter zu, indem du mich seine Bilder begutachten schickst, wo ich die Verantwortung doch gar nicht allein übernehmen kann oder will. Ganz abgesehen davon, dass du über meinen Kopf hinweg eine Verabredung für mich arrangiert hast, als wäre ich deine unmündige Tochter! Dazu hattest du absolut kein Recht, und überhaupt, woher willst du denn wissen, ob ich nicht schon was vorhabe?«

»Hast du denn was vor?«

»Nein, aber darum geht's ja auch nicht.«

»Cath, Schätzchen«, sagt Lucy mit reumütiger Miene. »Es tut mir Leid, wenn ich dich überfahren habe, das wollte ich nicht, es ist mir bloß spontan eingefallen. Schau mal, ich hab dem lieben James schließlich gleich gesagt, dass es vielleicht nicht klappt, also hab ich uns doch eine Hintertür offen gelassen, nicht wahr? Aber glaub mir, ich wollte dich wirklich nicht verletzen.« Sie senkt den Kopf und scharrt mit ihrem Turnschuh über den Boden wie ein gescholtenes kleines Mädchen. »Aber ich kann mich nicht dafür entschuldigen, dass ich dich *genötigt* habe, wie du sagst, ihn heute Abend zu besuchen.«

Ich bin platt. »Was?«

»Nun sieh den Tatsachen doch ins Auge, Cath.« Lucy blickt auf und grinst mich verschmitzt an. »Er ist nicht nur ein Klassetyp, sondern eindeutig auch von dir angetan. Ich weiß jedoch, dass du ihn nie im Geringsten ermutigen würdest, und das war eben die einzige Möglichkeit, die mir einfiel, um euch beide mal für einen Abend zusammenzubringen. Ich hab nämlich gehört, dass er zurzeit solo sein soll – offenbar hat er eine neunjährige Beziehung hinter sich, die aber vor einem Jahr auseinander gegangen ist.«

»Er will doch überhaupt nichts von mir«, brummele ich mürrisch, obwohl mein Zorn schon merklich abflaut. »Du hättest es gar nicht darauf anzulegen brauchen, uns zu verkuppeln, er hat mich sowieso schon zum Abendessen eingeladen, und zwar in aller Freundschaft.«

»Ich weiß, aber keiner von euch hat es je zu einem konkreten Termin kommen lassen. Entschuldige die Einmischung, aber manchmal geht's halt nicht anders.«

»Du bist echt eine Plage«, sage ich kopfschüttelnd. »Was bringt dich bloß auf die fixe Idee, dass ich dringend einen Mann brauche? Ich bin doch bisher auch ganz gut ohne zurechtgekommen.« Seufzend blicke ich sie an. »Ich muss verrückt gewesen sein, mir ausgerechnet dich als Freundin auszusuchen.«

»Was redest du denn da?« Lucy grinst. »Du hast nicht *mich* ausgesucht, sondern ich *dich*.«

10

»DAS IST ÜBERHAUPT nicht witzig«, zische ich erbost ins Telefon, als Tim sich über Lucys Kuppeleimanöver kaputtlacht. »Ich krieg die verdammte Farbe nicht aus den Haaren.«

»Hast du nicht eben noch behauptet, es sei dir egal, wie du aussiehst?«

»Stimmt ja auch, aber muss ich deshalb unbedingt wie eine Vogelscheuche rumlaufen?«

Tim schnaubt schon wieder los. »Gott, das hätte ich Lucy echt nicht zugetraut! Erstaunlich, was sich hinter dieser Unschuldsmiene verbirgt. Also, was ziehst du an?«

»Das Übliche.« Lächelnd warte ich auf Tims vorhersehbare Reaktion.

»Jesses, nicht schon wieder das olle Schwarz! Gib dir doch mal ein bisschen Mühe. Bitte, mir zuliebe, ja?«

»Na gut«, brummele ich. »Braun, wenn's denn sein muss. Aber ich weiß nicht, wieso du dich da so reinsteigerst, Tim. Ich hab doch schon gesagt, das ist nicht *die* Art von Verabredung.«

»Noch nicht«, sagt er. »Aber mit der Zeit ...«

»Du und Lucy«, seufze ich, »ihr seid eine so schlimm wie der andere.«

Seltsam, von der Straße, in der James wohnt, hab ich noch nie was gehört, obwohl ich dachte, ich würde mich in West Hampstead schon recht gut auskennen.

»Es ist in der Sheriff Road«, hat er vorhin erklärt und mir die Adresse aufgeschrieben, während Lucy vor angestauter Aufregung fast explodierte. »Von vorn sieht es nach nichts aus, weil die Rückseite zur Straße hinausgeht, aber folg einfach dem Pfad ums Haus herum, dann siehst du schon die Eingangstür.«

Ich bin mit leeren Händen gekommen, unsicher, ob ich Wein mitbringen sollte, was ich sonst natürlich immer tue, wenn ich abends irgendwo eingeladen bin. Aber vielleicht könnte es den falschen Eindruck erwecken, als hätte ich wer weiß was für Absichten, und die Peinlichkeit möchte ich mir lieber ersparen.

Während ich den dunklen Pfad entlangtappe, fällt mir ein, dass ich bis auf das Stück Strudel vorhin noch nichts gegessen habe, und da nicht zu erwarten steht, dass eine Mahlzeit heute Abend irgendeine Rolle spielt, kann ich nur hoffen, dass James mich nicht zu lange aufhalten wird, damit ich mir auf dem Heimweg noch eine Kleinigkeit für den knurrenden Magen besorgen kann.

Er hat zwar tatsächlich mal etwas von einer Einladung zum Essen angedeutet, aber das Treffen heute ist so improvisiert, dass er kaum daran gedacht haben wird, etwas vorzubereiten. Ein einfacher Geschäftstermin, weiter nichts.

Hinter dem Haus ist es stockfinster, ich kann gerade noch erkennen, dass fast die gesamte Wand von einem riesigen Bogenfenster eingenommen wird, und daneben befindet sich die Haustür. Ich stolpere über einen Stein und taste am Türrahmen nach einer Klingel, aber noch ehe ich sie finde, geht die Tür auf, und James steht lächelnd auf der Schwelle.

»Du hast also hergefunden.«

»Wie du siehst.« Ein bisschen befangen erwidere ich sein Lächeln, bemerke den Korkenzieher in seiner Hand und bereue sofort, keinen Wein dabeizuhaben, denn auf einmal sieht es doch so aus, als wäre es das Richtige gewesen.

»Komm rein, komm rein«, sagt James mit einer einladenden Handbewegung, und ich beginne eine konfuse Entschuldigung zu stammeln, ich hätte ja Wein mitbringen wollen, aber ...

»Unsinn«, winkt James ab. »Ich hab jede Menge da. Möchtest du roten oder weißen?«

Im Begriff zu antworten trete ich ins Haus – und bleibe wie vom Donner gerührt stehen, sprachlos, denn ein solches Szenario hätte ich nicht mal in meinen kühnsten Träumen erwartet.

Ein riesiger Raum, mindestens doppelt so hoch wie normal, mit einer Decke ganz aus Glas, durch die man jetzt zwar nichts als samtene Schwärze sieht, doch am Tag muss sie ein wahrer Tummelplatz für die Sonne sein.

Der Raum scheint in drei Bereiche geteilt zu sein, von denen der vorderste offenbar das Atelier darstellt. Der weiß lackierte Dielenboden ist mit Farbspritzern übersät, und ringsum stehen Leinwände an die Wände gelehnt, manche bemalt, manche leer, dazwischen überall Farbtöpfe, Pinsel, verstreute Lappen und der unvermeidliche Terpentingeruch.

»Schau dich ruhig erst mal um«, sagt James, sichtlich erheitert von meiner Verblüffung. »Ach, und zieh die Schuhe aus, das ist vielleicht sicherer.« Er selbst trägt dicke rote Wollsocken.

Auf Strümpfen steige ich zwischen den Farbtöpfen hindurch und schaue absichtlich nicht nach den Bildern, um mir das Beste bis zum Schluss aufzuheben. Durch eine breite Öffnung in den Trennwänden betrete ich den mittleren Teil, eine offene Küche, die nach hinten ins Wohnzimmer übergeht.

Hier sind die hellen Holzdielen mit Sisalmatten ausgelegt, und ansonsten beherrschen große, knautschige Polstersofas den Raum. Ein rustikaler Lehnstuhl steht schräg vor einem breiten, steinernen Kamin. Das Ganze wirkt absolut spektakulär, wie aus einem Magazin für stilvolles Wohnen.

Als ich ihm das sage, nickt James ein bisschen geniert. »Es war tatsächlich schon mal in so 'ner Zeitschrift abgebildet«, gibt er zu. »Aber das war gleichzeitig auch das letzte Mal, ich musste eine Woche lang extra dafür aufräumen. Viel zu stressig.«

Ich lache. Kein Wunder, dass es mir hier so heimelig vorkommt. Denn trotz des Designer-Mobiliars ist es alles andere als ordentlich, mit zerfledderten Zeitungsstapeln in den Ecken, offenbar hastig außer Sichtweite geräumt und dennoch nicht zu übersehen.

In der Küche türmt sich in der Spüle der Abwasch, und auf dem Tisch glitzern verräterische Kaffeeringe.

James fängt meinen Blick auf. »Gott, ja, tut mir Leid«, seufzt er. »Ich bin einfach furchtbar schlampig. Ständig nehme ich mir vor, den Haushalt in den Griff zu bekommen, aber es hilft nichts, Ordnung ist nicht mein Ding. Du bist jetzt sicher entsetzt, was?«

»Ob du's glaubst oder nicht«, lache ich, »gegen meinen Saustall zu Hause ist das hier noch gar nichts.«

»Nein, wirklich?« In seiner Miene deutet sich zaghafte Erleichterung an.

»Wirklich.«

James lächelt. »Ist Rotwein okay?« Ich nicke, und er schenkt mir ein Glas ein, während ich zurück ins Atelier wandere.

»Wahnsinn, dieser riesige Raum.« Ich drehe mich zu ihm um. »Es ist genau die Art Wohnung, von der wir alle träumen und die sich keiner leisten kann.«

»Tja, das ist der einzige Vorteil des Maklerdaseins«, bestätigt James augenzwinkernd. »Man erfährt als Erster von den besten Objekten.« Er rückt einen Stuhl am Küchentisch vor, und ich setze mich, neugierig, mehr zu erfahren.

»Wie hast du das hier denn gefunden?«

»Das war vor etwa vier Jahren« – er kostet einen Schluck Wein, brummelt genießerisch und prostet mir aufmunternd zu – »weißt du, eine dieser verrückten Situationen, wo das Objekt schon ewig auf dem Markt ist und der Eigentümer allmählich verzweifelt. Er selbst wohnte längst nicht mehr hier, und das Haus verfiel zusehends. Jeder wusste davon, aber keiner wollte sich damit belasten. Es hatte sich rumgesprochen, dass es etliche Probleme gab, und so gammelte das alte Wrack still und langsam vor sich hin.«

»Bis du kamst und das Ruder herumgerissen hast?«

»So ungefähr«, sagt James grinsend. »Erst war ich natürlich auch abgeschreckt, aber dann hörte ich eines Tages ein paar Kollegen davon reden, und da dachte ich, was soll's, schau es dir wenigstens mal an.«

»Und es war Liebe auf den ersten Blick?«

»Ja und nein. Ich konnte sehen, was für ein Potenzial in dem Gebäude steckte. Aber es war grässlich heruntergekommen – rattenverseucht, die reinste Müllkippe, und der Gestank war kaum auszuhalten.« Er deutet zur Galerie hoch. »Da oben war alles morsch, man konnte nicht mal mehr die Treppe raufsteigen.«

»Aber du hast deine Chance gewittert.«

»Es war der schönste Raum, den ich je gesehen hatte.«

»Und du hast das Haus für einen Spottpreis erworben.«

»Genau.« Er grinst. »Und eine Woche später bot man mir schon das Doppelte dafür.«

»Du machst Witze!«

»Nein, echt. So ist das mit dem Wohnungsmarkt. Kaum zeigt jemand Interesse, kommen sie alle an wie die Geier.«

»Aber warst du da nicht versucht, es wieder abzustoßen?«

»Spinnst du? So etwas war immer mein Traumhaus. Und jetzt liebe ich es. Ich kann mir gar nicht mehr vorstellen, woanders zu wohnen. Möchtest du mal einen Rundgang machen?«

»Heißt das, es gibt noch mehr Zimmer?« Ich fühle, wie ich erröte, weil mir einfällt, dass ich nirgends ein Schlafzimmer gesehen habe. Irgendwie hat es etwas unangenehm Intimes, das Schlafzimmer eines fremden Typen zu besichtigen, und was könnte es sonst noch für Räume geben?

James steht auf und knipst links von dem großen Bogenfenster das Außenlicht an. Dann öffnet er die Fenstertür, und wir treten nach draußen.

Die Finsternis, durch die ich auf dem Herweg gestolpert bin, entpuppt sich nun als ein großer Garten, nicht besonders gepflegt, aber atemberaubend schon allein wegen seiner Ausdehnung.

»Ein bisschen verwildert, aber wenigstens kann ich meine eigenen Tomaten ziehen.«

»Das ist doch ein Witz, oder?«

»Nein, schau doch.« James zeigt auf ein Beet weiter hinten, wo ich gerade noch hohe schwarze Schatten erkennen kann, die offensichtlich Tomatenstauden sind. »Würdest du von einem Farmerssohn etwas anderes erwarten?«

Wir gehen wieder hinein. James schenkt mir noch mal nach – ich hatte gar nicht gemerkt, wie schnell ich das letzte Glas getrunken hatte – und bringt mich mit Geschichten zum Lachen, wie er betrunken mit dem Traktor herumkurvte und auf Veranstaltungen der Landjugend den Klauen wiehernder Pferdenärrinnen entkam. Als er mit einundzwanzig nach London zog, war es für ihn wie der Hauptgewinn im Lotto.

»Und wo hast du deinen Hinterwäldlerakzent gelassen?«, frage ich nach einer Weile.

»Hinterwäldlerakzent?« Er ahmt so perfekt den Dorfdeppen nach, dass ich vor Lachen in meinen Wein pruste. »Ich hatte schon in den ersten fünf Minuten kapiert, dass ich hier keinerlei Überlebenschancen habe, wenn ich mir den Akzent nicht schleunigst abgewöhne.«

»Hast du wirklich so komisch gesprochen?«

Er zieht eine Augenbraue hoch und grinst. »Tja, das wirst du nun wohl niemals wissen, nicht wahr?«

Er deutet zur Treppe. »Komm und schau dir den Rest des Hauses an!« Also folge ich ihm nach oben, wo er mir stolz zwei Schlafzimmer und ein Bad vorführt, und ich es ganz gut schaffe, jedweden lasziven Hintergedanken zu verdrängen.

Und dann sitzen wir wieder unten in der Küche, immer noch munter weiterplaudernd.

»Ich weiß ja nicht, wie's mit dir ist«, sagt James schließlich, »aber ich hab einen Bärenhunger. Du nicht auch?«

Ich nicke, aber ehrlich gesagt ist es nur noch ein Reflex, weil mein Hunger sich inzwischen verflüchtigt zu haben scheint und es mir völlig egal ist, ob wir was essen oder nicht.

»Wie du dir nach unserem Zusammentreffen beim Einkaufen sicher denken kannst, ist mein Kühlschrank nicht gerade der wohlbestückteste der Welt. Macht es dir was aus, wenn ich uns etwas Fertiges bestelle?«

»Ganz wie du möchtest. Mir ist alles recht.«

»Wie wär's mit einem Curry?«

»Geht in Ordnung.«

James zerrt einen Stapel bunter Papiere von der Küchentheke und blättert darin herum. Ich schaue ihm über die Schulter und fange an zu lachen: Es sind lauter Werbezettel von Essenslieferanten – diverse Inder, Chinesen, Vietnamesen, Thais, bis hin zum Pizza-Service.

»Du solltest dich schämen«, schelte ich ihn scherzhaft. »Sechsunddreißig Jahre bist du alt und kannst nicht kochen?«

»Es ist nicht so, dass ich's nicht kann«, verteidigt er sich, »sondern dass ich es einfach nicht tue. Um ehrlich zu sein, ich koche sogar ausgesprochen gern für andere.«

Ich hebe zweifelnd eine Augenbraue.

»Doch, ganz im Ernst. Nichts macht mir mehr Spaß, als meine besten Freunde zum Essen einzuladen, aber für mich allein kann ich mich einfach nicht aufraffen zu kochen.«

»Mhm. Das geht mir genauso.« Ich denke an meinen gähnend leeren Kühlschrank.

»Okay«, sagt James triumphierend. »Ich hab's gefunden. Also, was hättest du gern?« Er hält mir den Zettel hin.

»Was nimmst du denn?«

»Vielleicht ein Vindaloo. Und du?«

»Chicken Korma, glaub ich.«

»Alles klar. Reis dazu?«

Ich nicke, und er greift nach dem Hörer.

»Hallo, Mister Pinsel hier.« Ich verbeiße mir das Lachen über den albernen Spitznamen, den sie ihm offenbar verpasst haben, während James nur resigniert die Achseln zuckt. »Ich möchte eine Bestellung aufgeben. Nein, nein, nicht das Übliche ...«

Ich beobachte ihn mit gerührtem Lächeln, weil er wirklich der unmaklerhafteste Makler ist, der mir je begegnet ist. Nicht, dass ich schon viele getroffen hätte. Aber James ist so normal, so nett – schon lange habe ich niemanden mehr kennen gelernt, mit dem ich mich auf Anhieb so gut verstehe. Und obwohl ich keine voreiligen Schlussfolgerungen ziehen möchte, kommt es mir doch so vor, als sei James genau die Art von neuer Bekanntschaft, nach der ich gesucht habe.

Nicht nur, dass er gut zu mir zu passen scheint, sage ich mir, während ich ihm zusehe, wie er die Teller zum Anwärmen in den Ofen stellt. Er dürfte auch sehr gut zu meinen Freunden passen. Ich weiß, dass Lucy ihn bereits ins Herz geschlossen hat, und ich könnte mir denken, dass auch Tim von ihm begeistert wäre. Alles in allem wäre er vermutlich ein höchst willkommener Zuwachs in unserem kleinen Kreis.

»Onion Bhaji?« Er schaut mich fragend an, und ich nicke achselzuckend. »Ein Nan und ein Peshwari Nan. Ach ja, und noch etwas Gemüse dazu ...« Ich wundere mich im Stillen, wie viel er für uns bestellt, aber er ist wohl ein Mann mit gesegnetem Appetit.

Übrigens, nur um zu vermeiden, dass ein falsches Bild entsteht – ich meine alles, was ich soeben über James und unser Zusammenpassen gesagt habe, selbstverständlich rein platonisch, okay?

»Uff, mir tut der Bauch weh.« Ich rutsche auf dem Sofa nach vorn, bis mein Kopf hinten auf der Lehne liegt, öffne den Knopf am Hosenbund und reibe mir den überfüllten Magen.

»O Gott, mir auch«, sagt James grinsend.

»Das ist schon ein bisschen komisch, oder?« Ich leere das letzte Glas von unserer zweiten Flasche Wein. »Vor allem, wo ich dich kaum kenne, ist es doch komisch, dass ich mich entspannt genug fühle, um mich hier vor dir so schweinisch voll zu stopfen.«

»Heißt das, wenn du nicht entspannt wärst, hättest du nur sechs Reiskörner und eine Prise Hühnchen zu dir genommen?«

»Gut möglich.« Langsam merke ich, dass der Wein mir zu Kopf steigt und dass ich nahe daran bin, auf der Stelle einzuschlummern, wenn ich mich nicht wieder aufrecht hinsetze. Mit Schrecken fällt mir ein, dass dies hier eigentlich ein Geschäftstermin sein sollte.

»O Gott.« Ich rappele mich mühsam hoch. »Wir lassen's uns viel zu gut gehen. Schließlich bin ich doch rein geschäftlich hier.«

»Ach wirklich?« James schaut ganz verdattert, was auch kein Wunder ist, nachdem er sich genauso zugeschüttet hat wie ich. »Was für 'ne Art Geschäft denn?«

»Ich sollte mir doch deine Bilder ansehen.« Ich erhebe mich schwankend, versuche, so gut ich kann, die strenge Galeriebesitzerin zu mimen. »Wie du ja schon weißt, erwägen Lucy und ich, dir die Gelegenheit zu geben, deine Werke in unserem super angesagten neuen Büchercafé auszustellen. Tja, und« – ich lege eine dramatische Pause ein – »ich bin nun hier, um zu entscheiden, ob du eine Chance bekommst.«

»Alles klar.« James macht sich eilfertig auf den Weg ins Atelier, während ich hinter ihm her stolpere. »Schauen wir mal, was du davon hältst.«

Eine nach der anderen zieht er Leinwände hervor und reiht sie behutsam auf, um dann prüfend ein paar Schritte zurückzutreten. Mein Herz beginnt schneller zu klopfen.

»James«, sage ich schließlich, als fast zwanzig Gemälde vor mir stehen. »Warum zum Teufel verschwendest du deine Zeit überhaupt noch als Makler?«

»Wieso?«

»Na hör mal, diese Bilder sind doch unglaublich! Es sind die schönsten, subtilsten, wunderbarsten Gemälde, die ich seit langem gesehen habe. Und ich versteh noch nicht mal etwas davon.«

James blickt verlegen drein. »Heißt das, sie gefallen dir?«

»Gefallen?« Ich fange an zu lachen. »Meine Güte, James, ich *liebe* sie, oder wie Woody Allen sagen würde, ich bin verrückt nach ihnen! Wir nehmen sie.«

»Meinst du das ernst?«

Es kümmert mich absolut nicht, dass ich gerade genau das tue, was ich Lucy vorhin vorgeworfen habe, nämlich ohne Rücksprache eine Entscheidung treffe. Zum Teufel mit den Prinzipien.

»Weit ernster«, bestätige ich feierlich, »als ich im Leben je etwas gemeint habe.« Leider verderbe ich die Feierlichkeit zum Schluss durch einen Hickser, aber der Gehalt der Aussage bleibt derselbe.

Ich strecke ihm die Hand hin. »James, es ist mir ein Vergnügen, dich als Geschäftspartner zu gewinnen.«

»Und was zum Teufel hast du den ganzen Abend getrieben?«

»Sex, was sonst?« Ich horche auf das verblüffte Schweigen am anderen Ende der Leitung, bis ich es nicht mehr aushalte und lospruste.

»Hey, das sieht dir aber gar nicht ähnlich! Ich hoffe, du machst Witze.«

»Warum? Was wär denn so schlimm daran?«

»Na ja, schlimm wär's nicht gerade«, räumt Tim ein. »Eher so eine Art Weltwunder. Ich seh schon die Schlagzeile vor mir: Vogelscheuche vögelt wieder.«

»Tim! Das ist aber gar nicht nett. Na, jedenfalls, mit Vögeln war nichts. Ich war bei James.« Ich muss wohl einen etwas schweren Zungenschlag haben, der Tim natürlich nicht entgeht.

»James? Welcher James? Ach Gott, ja! Ich war derart mit mir selbst beschäftigt, dass ich das total vergessen habe.« Tim spielt das Unschuldslamm, und ich muss lachen, wohl wissend, dass er den ganzen Abend auf meinen Rückruf gewartet hat, zum Platzen gespannt auf die Neuigkeiten.

»Aber jetzt mal zur Sache«, fährt er fort. »Du, Catherine Warner, bist sternhagelvoll. Stimmt's, oder hab ich Recht?«

»Lass mich in Ruhe, Mami«, sage ich, den maulenden Teenager mimend. »Ich bin dir keine Rechenschaft schuldig.«

»Gütiger Himmel, es gibt doch noch Zeichen und Wunder. Soll das etwa heißen, Cath, du warst aus und hast endlich mal richtig einen drauf gemacht? Mit einem *Mann*? Bis ...« Er hält inne, offenbar, um auf die Uhr zu schauen. »Viertel vor zwölf?«

»Jawohl!«

»Also, dann erzähl mir mehr von diesem James. Ist er süß?« Tim schmatzt anzüglich. »Hast du ihn vernascht?«

»Unsinn, Tim«, sage ich lachend. »Er ist einfach nur ein netter Typ. Ein neuer Freund. Zuwachs zur Familie.«

»Familienzuwachs ist nicht genehmigt, bevor ich ihn nicht abgecheckt habe«, brummelt Tim. »Demnach werde ich diesen Wunderknaben wohl bald mal kennen lernen müssen. Und wie war der lange Abend mit dem muskulösen Makler, der heimlich für dich schwärmt? War er himmlisch?«

»Irgendwer hat hier in letzter Zeit zu viel mit Lucy geschwatzt. So muskulös ist James nun auch wieder nicht, und von Schwärmen keine Spur. Er ist einfach nur nett. Und ein wunderbarer Maler.«

»Mir scheint, die Dame protestiert zu sehr ...«

»Tim, jetzt reicht's aber!«

»Außerdem kannst du's mir nicht verübeln, wenn ich in letzter Zeit viel mit Lucy schwatze. Du bist ja nie da.«

Ich mag nicht zugeben, dass ich mich rar gemacht habe, weil ich bisher das Thema Will vermeiden wollte, aber nun, da der Wein mir die Zunge gelockert hat, kann ich vielleicht endlich ehrlich zu Tim sein, ihn warnen, sich vorzusehen.

»Tim, ich hab mit Alison Bailey gesprochen.«

»Mistvieh! Ich hab's geahnt. Wann? Das ist bestimmt schon wieder Wochen her, was?«

»Nein«, lüge ich routiniert, da die Wahrheit ihn zu sehr in Rage bringen würde. »Sie hat mich erst heute Morgen zurückgerufen.«

»Also, und was wusste sie von William dem Eroberer zu berichten?«

»Nun ja, er scheint nicht gerade die Herzen der Leute zu erobern, er zieht sich höchstens ihren Hass zu.«

Schockiertes Schweigen am anderen Ende. Offenbar bin ich zu weit gegangen.

»War 'n Witz, Tim.«

»Ach ja?«

»Natürlich«, seufze ich. »Aber sie hat gesagt, er sei ...« Ich halte inne, suche nach einer Möglichkeit, die Botschaft rüberzubringen, ohne dass es zu furchtbar klingt. »Er ist mit Vorsicht zu genießen.«

»Was soll das heißen?«

»Ich glaube, sie meint damit, er sei nicht unbedingt vertrauenswürdig. Man sollte sich lieber vor ihm in Acht nehmen, hat sie gesagt.«

»O Gott«, murmelt Tim. »Erst kannst *du* ihn nicht leiden, und jetzt soll ich mich auch noch in Acht nehmen. Wie kommt es nur, dass der erste wirklich liebenswerte Mann, den ich seit langem kennen gelernt habe, von allen gehasst wird?«

»Einfach Künstlerpech, nehme ich an.«

»Ha! Jetzt hab ich dich. Die Leute hassen ihn also tatsächlich, nicht wahr?«

»Ach, Tim, es tut mir so Leid. Ich finde, du hast echt was Besseres verdient.«

»So? Und wieso finde ich dann nichts Besseres?«

»Ich weiß es auch nicht, mein armer Schatz. Ich weiß nur, dass ich sofort was mit dir anfangen würde, wenn ich ein Kerl wäre.«

»Aber warum? *Warum* würdest du was mit mir anfangen wollen?« Ich merke, dass Tim mal wieder drauf und dran ist, in Selbstmitleid zu versinken. Normalerweise lese ich ihm dann streng die Leviten, aber heute braucht er dringend Mitgefühl, Streicheleinheiten fürs Ego.

»Weil du ein gut aussehender Typ bist. Und witzig. Und der zweitbeste Koch, den ich kenne.«

»Nach Lucy?«

»Genau.«

»Damit kann ich leben.«

Ein Schweigen tritt ein.

»Du hast noch was vergessen«, sagt Tim.

»Oh?« Ich lächele zärtlich. »Was denn?«

»Dass ich gut erzogen, zartfühlend und originell bin und Barbra Streisand hasse.«

»Was hast du denn gegen Barbra Streisand?«

»Gar nichts, aber ich kann's nicht ertragen, dem Klischee zu entsprechen.«

»Ach, Tim, ich liebe dich! Selbst wenn du nervst.«

»Ich liebe dich auch, Cath. Jetzt erzähl mir aber endlich was von James. Trägt er Boxershorts? Oder etwa solche schauderhaften Tangas?«

»Wenn sie von Calvin Klein sind, sind sie doch nicht schauderhaft«, entgegne ich. »Das hast du mir selbst beigebracht.«

»Stimmt«, gibt Tim zu. »Calvin ist immer korrekt. Aber was ist jetzt mit James?«

»Ich würde sagen, er ist eher der Boxershortstyp.«

»Du würdest sagen? Hast du's denn nicht rausgefunden?«

»Entschuldige, nächstes Mal durchwühle ich dir zuliebe seine Wäscheschublade.«

»Nächstes Mal ziehst du ihn gefälligst aus, und zwar dir selbst zuliebe! Wie ist seine Wohnung denn so?«

»Ach, Tim ...« Ich kuschele mich unter die Daunendecke, mache es mir für einen langen Tratsch gemütlich. »So was hab ich noch nie gesehen, sag ich dir. Es hätte dir bestimmt auch gefallen ...« Und schon bin ich nicht mehr zu bremsen.

11

»MANN, DU BIST echt unmöglich!« Ich verdrehe die Augen, während Tim das Autofenster runterlässt und rhythmisch hupt, um mich zur Eile anzutreiben.

»Mach schon, mach schon«, ruft er mir entgegen, was mich nur noch mehr nervt, aber trotzdem beschleunige ich den Schritt. Atemlos öffne ich die Tür des Käfers und lasse mich auf den Beifahrersitz fallen.

»Ist das nicht ein herrliches Wetter?« Er beugt sich herüber, um mir einen Kuss zu geben. »Kaum zu glauben, dass es schon September ist. An solchen Tagen wünscht man sich, man hätte ein Cabrio. Aber ich bin ja schon froh, Süße, dass du endlich mal wieder mit mir auf Shoppingtour fährst. Das haben wir nicht mehr gemacht, seit …«

»Seit ich dünn war?«, beende ich den Satz für ihn.

»Das hast *du* gesagt«, sagt er lachend. »Dazu möchte ich mich lieber nicht äußern.«

»Also, wohin geht's diesmal? Hoffentlich nicht wieder in die Bond Street?«

»Doch, aber keine Angst, ich schleppe dich nicht in die Luxusläden. Ich weiß ja, wie unwohl du dich dort fühlst.«

»Und keine Röcke, Tim. Bitte, bloß keine Röcke.«

»Und was ist mit hübschen sommerlichen Flatterkleidern?« Er sieht mich von der Seite an und versucht, sich das Koboldgrinsen zu verkneifen, während ich unzweideutige Würgelaute von mir gebe.

»Schon gut, schon gut«, sagt er. »Dann eben Hosen. Aber Cath, Liebes, du musst dich wirklich ganz auf mein Urteil verlassen. Bei der Eröffnungsparty für den Laden wollen wir schließlich eine gute Figur machen.«

Und obwohl Emporio Armani kein Laden ist, in den ich mich allein hinein wagen würde, muss ich zugeben, dass die Sachen, die sie da haben, tatsächlich nicht zu verachten sind. Tim hat mir eine Auswahl von Hosenanzügen zum Anprobieren gegeben, und der, den ich jetzt anhabe, ein schwarzer Samtanzug mit langer, schmal geschnittener Jacke und perfekt sitzender Hose, sieht ganz schön eindrucksvoll aus.

Tim pfeift anerkennend, als ich aus der Kabine trete.

»Himmel, Cath!« Er reibt sich tatsächlich die Hände vor Begeisterung. »Du siehst großartig aus. Wenn ich's nicht besser wüsste, würde ich sagen, du trägst Größe 38.«

Die sehr dünne, sehr schicke französische Verkäuferin war offenbar schon drauf und dran, ihm beizupflichten, doch jetzt wiegt sie bedenklich den Kopf. »Ja, ja«, sagt sie zögernd, »er schmeichelt der Linie, nicht wahr?«

»Das Gesäusel können Sie sich sparen«, knurre ich, wenn auch angesichts meines Spiegelbilds immer noch lächelnd, und sie schwirrt ab, als hätte sie am anderen Ende des Ladens etwas entdeckt, was dringend ihrer Aufmerksamkeit bedarf.

»Gar nicht so übel, was?« Ich drehe mich hin und her und kann gar nicht aufhören, mich zu wundern, wie geschickt die Jackenschöße meine doch ziemlich rubenshaften Schenkel kaschieren.

»Gar keine Frage, der Anzug ist wie für dich gemacht. Jetzt müsstest du mich nur noch deine Mähne bändigen lassen.«

»Mein guter Tim, selbst dir dürfte klar sein, dass du da deine Kompetenz überschreitest.«

»Okay, okay«, brummelt er. »Aber man wird ja wenigstens noch Vorschläge machen dürfen.«

Am Kassenschalter tippt die Verkäuferin den Preis ein und verkündet dann lässig: »Vierhundertfünfundfünfzig Pfund.«

Ich erbleiche, während Tim nach meinem Arm greift, um mich zu stützen.

»*Wie* viel?«, krächze ich heiser, doch ehe die Verkäuferin den Betrag wiederholen kann, zieht Tim mich beiseite. »Cath«, sagt er streng. »Tut mir Leid, aber für ein so himmlisches Outfit muss man nun mal so viel locker machen!«

»Kommt nicht in die Tüte, Tim.« Ich schüttele den Kopf. »Ich geb doch nicht über vierhundert Pfund für ein bisschen schwarzen Samt aus, wenn ich woanders genau das Gleiche für hundertfünfzig haben kann! Vergiss es.«

»Gut«, sagt Tim, sehr zu meiner Überraschung. »Dann lass uns mal die Kaufhäuser durchkämmen und sehen, was wir da finden.«

Gesagt, getan. Wir begeben uns auf die Odyssee durch die Konsumtempel, Top Shop, Miss Selfridge (neuerdings in *Spirit* umbenannt, was anscheinend mehr hermacht), H&M, French Connection, wacker die Fluten der samstäglichen Massen durchpflügend, bis hin zu Oasis.

Nach drei Stunden landen wir wieder im ersten Laden und schleichen mit betretenem Grinsen an die Kasse, wo die Verkäuferin sich wortlos lächelnd hinter die Theke bückt und den zurückgelegten Samtanzug hervorholt.

»Wie meine Großmutter zu sagen pflegte, wer nichts auslegt, der nichts gewinnt.«

»Ach, was wir da alles anprobiert haben, war auch nicht schlecht.« Ich versuche, den Kaufhäusern Gerechtigkeit widerfahren zu lassen.

»Ich sag ja gar nicht, dass es schlecht war.« Tim schaut zu, wie ich mit schmerzlich verzogener Miene meine Visacard zücke. »Ich sage nur, dass du nichts annähernd so Schickes mehr findest, nachdem du dieses Teil anprobiert hast.«

»Gott, ist das ätzend, es zugeben zu müssen ...« Ich schüttele den Kopf.

»Aber?«

»Aber leider hast du Recht.«

»*Wie* viel?« Lucy reagiert genauso entsetzt wie ich, ihr Kreischen schallt unüberhörbar aus Tims Mobiltelefon.

»Vierhundertfünfundfünfzig«, wiederholt Tim genüsslich.

»Lass mich mal mit ihr reden.« Tim reicht mir das Handy. »Ich fasse es nicht!« Lucy kichert. »Nie hätte ich gedacht, dass du es fertig bringst, so viel Geld für einen Anzug auszugeben! Gratuliere, Schätzchen, das ist ja großartig!«

»Na ja, er ist schließlich auch was Besonderes.«

»Und du wirst wie eine Prinzessin darin aussehen«, sagt sie entschieden. »Jeder Mensch verdient es, sich von Zeit zu Zeit mal was zu gönnen.«

»Was wirst du denn tragen, Lucy?« Ich trete Tim vors Schienbein, während er spöttisch die Augen verdreht.

»Weiß der Himmel«, sagt Lucy. »Sicher hab ich genau das Richtige im Schrank, ich muss nur die Zeit finden, es rauszusuchen.«

»Bist du auch schon so aufgeregt wie ich?«

»Kann ich nicht sagen, hier geht's so drunter und drüber, dass ich gar nicht weiß, wo mir der Kopf steht. Na, auf jeden Fall, Augen zu und durch. Aber kommt bitte vorher noch zu uns, ihr beide, denn Josh und ich können das ganze Zeug unmöglich allein transportieren. Wir haben uns gedacht, zur Feier des Tages gibt's bei uns erst mal 'ne Runde Schampus und Probierhäppchen. Aber denk dran, wir müssen eine Stunde vor der Party schon im Laden sein. Also, bis nachher, okay?«

Während ich Tim berichte, was sie gesagt hat, bremst er auf einmal scharf vor einer italienischen Herrenboutique.

»Wieso hältst du hier an?«

»Wer sagt denn, dass Aschenbrödel die Einzige ist, die sich ein neues Outfit für den Ball zulegen darf?«

»Hi, ich bin Laura, die Babysitterin.« Tim hebt fragend die Augenbrauen, während er zurücktritt, um Laura hereinzulassen, und setzt zugleich ein verbindliches Lächeln auf.

»Lucy ist in der Küche.« Er zeigt ihr den Weg, dreht sich dann zu mir um und murmelt: »Wozu brauchen sie denn einen Babysitter? Sie haben doch Ingrid.«

Ich zucke die Achseln. »Vielleicht hat die heute gerade Ausgang.« Wir schauen ins Wohnzimmer, wo Josh sich vor dem Spiegel über dem Kamin den Schlips bindet.

»Wo ist denn Ingrid heute Abend?« Tim lässt sich aufs Sofa fallen und angelt sich eine winzige Frühlingsrolle von der Platte auf dem Couchtisch.

»Wieso? Die kommt mit auf die Party«, sagt Josh zerstreut, den Blick auf seinen Schlipsknoten geheftet. »Wollt ihr noch mehr Schampus?« Ich schüttele den Kopf und gehe Lucy in der Küche helfen.

»Cath, sei bitte so lieb und pack das in Frischhaltefolie ein.« Sie reicht mir eine Schüssel mit Ricotta-Spinat-Törtchen. »Und könntest du die Kühlboxen hier ins Auto tragen? Max!«, ruft sie. »Komm und sag Laura guten Tag!«

Prompt ist ein Poltern auf der Treppe zu hören, und Max kommt hereingetobt, mit einer Holzgabel, die er mir gegen die Knie haut, ehe er sie Laura auf den Schenkel klatscht.

»Hallo, Max!« Laura lächelt ihn mit zusammengebissenen Zähnen an. »Erinnerst du dich an mich? Letztes Mal haben wir uns zusammen *König der Löwen* angeschaut.«

Max starrt sie verständnislos an, schlägt schnell noch mal zu und rennt aus der Küche, während ich vor mich hin schmunzele, dankbar, dass ich nicht die Einzige bin, der es so ergeht.

Lucy seufzt. »Er ist im Moment unmöglich. Entschuldigt bitte.«

»Macht doch nichts«, sagt Laura. »Soll ich mal sehen, was er spielt?« Lucy nickt erleichtert, und Laura folgt Max nach oben. Wir tun unser Bestes, das Geplärr zu überhören, das gleich darauf ausbricht, als es Max dämmert, dass wir alle ohne ihn ausgehen werden.

Ich hole die Männer zu Hilfe, und wir fangen an, die Autos mit Partyproviant zu beladen, bis sie beide unter dem Gewicht fast zu Boden sacken. Nach vollbrachter Tat lassen wir uns rund um den Küchentisch auf die Stühle fallen und prosten uns mit Champagner zu.

»Und was macht denn nun die hübsche Ingrid tatsächlich heute Abend?«, fragt Tim.

»Sie kommt natürlich mit auf die Party«, antwortet Lucy. »Ich konnte doch nicht umhin, sie einzuladen, nachdem sie schon all die Vorbereitungen mitbekommen hat.«

»Sehr großzügig von dir«, sage ich gerade, als Ingrid höchstselbst in die Küche gesegelt kommt, woraufhin mir vor Staunen die Kinnlade herunterklappt. Normalerweise läuft unsere naturblonde skandinavische Bilderbuchschönheit ja in T-Shirt, ausgebleichten Jeans und Turnschuhen herum, aber heute hat sie sich in Schale geworfen. Sogar Lucy starrt verblüfft wie wir alle auf diese atemberaubende Erscheinung im schwarzen Ledermini, tief ausgeschnittenem Jäckchen und superhohen Plateausandalen, die in einem Sadomaso-Bordell weit weniger fehl am Platz gewirkt hätte.

Ingrid dagegen schaut völlig entspannt drein, während sie ihre sagenhaften Hufe durch die Küche schwingt und sich ein Glas Wasser eingießt. Lucy schluckt und sieht mich hilflos an.

»Ingrid«, sagt sie schließlich mit bewundernswerter Gelassenheit, »Sie sehen ja umwerfend aus! Wie bringen Sie es bloß fertig, in diesen hohen Schuhen zu *laufen*?«

»Bin's gewöhnt«, entgegnet Ingrid lässig. Da kommt Max hereingerannt, wirft sich ihr zu Füßen und umklammert ihre Waden. Sie hebt das Bein an, und eine glückselige Sekunde lang hoffe ich schon, sie würde ihm mit ihrem Mörderschuh einen ordentlichen Tritt verpassen, doch sie schüttelt ihn nur ab wie ein ekliges Insekt – was er ja wohl auch ist, von einem gewissen Standpunkt aus betrachtet.

»Ingriiiiiid«, plärrt Max und klammert sich erneut fest. »Geh nicht weg! Bleib hier bei mir!«

»Nein, Max«, sagt Ingrid, setzt sich in Bewegung und schleift Max über den Küchenboden mit, während Lucy die beiden einfach ignoriert und Laura mit einem Gesicht in der Tür steht, als wäre sie überall lieber als hier. »Ich gehe heute Abend auf die Party.«

»Das ist nicht zu übersehen«, wispert Tim und dreht sich nach ihr um, als sie die Treppe hinauf verschwindet.

»Sapperlott!«, sagt Josh grinsend. »Unsere gute alte Ingrid! Wer hätte gedacht, dass die sich mal so als Sexmieze aufbrezelt?«

»Sexmieze?«, prustet Tim los. »Billige Nutte, meinst du wohl.«

»WAS IST EINE NUTTE?«, gellt Max' Stimme durchs Haus, und wir sehen uns alle entgeistert an – offenbar ist es Ingrid gelungen, sich gleich hinter der Küchentür von ihm loszumachen.

»Mein Gott«, stöhnt Lucy und vergräbt das Gesicht in den Händen. »Ich wusste, dass es eines Tages so weit kommen würde. Scht, Max, schrei bitte nicht so.«

»ABER WAS IST EINE NUTTE?« Kaum hat er kapiert, dass er das Wort nicht sagen soll, kräht er es natürlich umso lauter. Wir anderen tragen nicht gerade dazu bei, die Situation zu retten, indem wir uns vor Lachen auf den Stühlen biegen. Da baut Max sich vor Tim auf und verkündet lauthals: »DU BIST EINE NUTTE!«

»Maximilian, man hat mich in meinem Leben ja schon alles Mögliche genannt, aber *das* höre ich wirklich zum ersten Mal.« Mit nachsichtigem Lächeln nimmt er Max auf den Schoß, setzt ihn aber ziemlich schnell wieder ab, da das Aufmerksamkeit heischende Geplärre kein Ende nehmen will.

»Oje, oje.« Josh bringt die kleine Nervensäge endlich mit einer Hand voll Schokolade zum Schweigen. »Meint ihr, sie hat das gehört?«

»Na wenn schon«, schnaubt Tim. »Selbst schuld, wenn sie so rumläuft!«

»Ach, sie ist halt jung, weiter nichts«, sagt Lucy versöhnlich. »Das scheint wohl gerade Mode zu sein.«

»In schwedischen Pornos vielleicht«, spottet Tim.

Hastig stopft Josh noch mehr Schokolade in Max' Mund und schleppt ihn ins Wohnzimmer, um ihn mit dem *Mulan*-Video abzulenken, ehe Max den epochalen Kriegsschrei loslassen kann: »WAS IST EIN PORNO?«

»Gott sei Dank.« Lucy verdreht die Augen. »Endlich Ruhe. Jetzt zu dir, Tim.« Sie dreht sich zu ihm um. »Wieso bist du allein hier? Kommt dein neuer Freund später noch, und wenn nicht, warum nicht?«

Tim deutet mit dem Kinn zu mir hin und zieht eine Grimasse. »Cath hasst ihn, also hab ich ihn gar nicht erst gefragt.«

»Tatsächlich?« Lucy sieht mich entsetzt an, und ich zucke betrübt die Achseln. »Na ja, hassen ist zu viel gesagt, er ist mir halt bloß nicht besonders sympathisch.«

»Beurteile ein Buch nie nach dem Umschlag.« Josh legt die Arme um Lucy und gibt ihr einen Kuss auf die Wange.

»Und was soll das nun wieder heißen?« Sie zieht ihm spielerisch eins mit dem Küchenhandtuch über.

»Gar nichts«, wiegelt er schnell ab, »nur dass man Leute nach eigenem Ermessen einschätzen sollte, nicht nach dem, was man über sie hört.«

»Verlass dich auf deinen eigenen Eindruck.« Tim nickt. »Ganz genau.« Er wirft mir einen vorwurfsvollen Blick zu.

»Meine Güte, das ist doch nicht meine Schuld!«, begehre ich auf. »Von mir aus hättest du ihn ruhig einladen können. Ist ja lächerlich, mir hier den schwarzen Peter zuzuschieben!«

»Oha, jetzt hab ich aber ein schlechtes Gewissen«, sagt Tim grinsend. »Ehrlich gesagt wollte ich dich nur ein bisschen auf die Schippe nehmen. Ich hab ihn eingeladen, aber er meinte, er hätte schon was anderes vor.«

»Was denn?«

Tim zuckt die Achseln. »Hat er nicht gesagt.«

»Und du hast auch nicht nachgefragt?«

»Nee. Ist doch sowieso viel lockerer, wenn wir unter uns bleiben. Ich weiß nicht, ob ich mich so wohl fühlen würde, wenn er jetzt hier wäre. Nicht, dass ich fürchte, ihr würdet ihn nicht mögen« – er zwinkert boshaft zu mir hin –, »bis auf Cath, natürlich …«

»Aber trotzdem«, fährt er fort, »ich würde mir dauernd Gedanken darüber machen, was ihr wohl von ihm haltet, und wie er euch wohl findet, und ehrlich gesagt möchte ich heute einfach nur Spaß haben und mich gehen lassen. Und natürlich auch« – er tritt hinter Lucy und legt ihr die Arme um die Schultern – »euch beiden mit all meiner ungeteilten Liebe und Unterstützung zur Seite stehen.«

»Hört, hört.« Ich schüttele den Kopf. »Du meine Güte, ich kann's immer noch nicht glauben, dass wir heute schon die Eröffnungsparty feiern. Was meinst du, Lucy, glaubst du, es wird alles gut gehen?«

»Sag du's mir, Schatz.« Lucy lächelt. »Du bist doch sonst immer für die optimistischen Parolen zuständig gewesen.«

»Ich weiß schon.« Seufzend winke ich ab. »Die Kraft des positiven Denkens und dieser ganze Schmonzes. Aber jetzt, wo's endlich so weit ist, hab ich weiche Knie.«

»Hier, das muntert dich auf.« Lucy schiebt mir ein frittiertes Gamba-Spießchen in den Mund. »Das Essen ist 1A, der Laden sieht klasse aus, und die ganze Nachbarschaft ist schon eine einzige Fangemeinde. Wart's nur ab, *Leselust* wird ein Riesenerfolg.« Sie nimmt die Schürze ab und geht nach oben, um sich frisch zu machen.

»Oh, Scheiße«, fluche ich leise, sobald sie aus dem Raum ist, und spucke die Gamba in meine Hand. »Ich bin doch allergisch gegen Krabben.«

Als wir das Haus verlassen, möchte ich mich am liebsten selbst in den Hintern treten, um mir klar zu machen, dass es kein Traum ist. Ich kann's einfach nicht glauben – im April war das alles noch pure Fantasterei, und im August, vor nur einem Monat, waren wir noch bei der Renovierung, aber jetzt eröffnen wir tatsächlich unser eigenes Geschäft!

Und die Wahrheit ist, es war alles gar keine Mühe. Viel Arbeit natürlich, aber angenehme Arbeit, weil es für uns selbst war. Wir haben zwei junge Leute angestellt, Bill und Rachel, die uns im Laden helfen werden – Bill an der Kasse, Rachel bei der Küchenarbeit und der Warenbestellung.

Alle vier haben wir uns krumm gelegt, um den Laden rechtzeitig fertig zu bekommen. Da Lucy und ich es nicht richtig hinbekamen, haben Bill und Rachel es übernommen, die Buchhandlung in Abteilungen zu gliedern: Belletristik, Biographien, Kochbücher, Reiseliteratur, Kinderbücher, Gartenbücher, Lyrik und Drama, Humor, Ratgeber zum Thema Gesundheit und Familie und auch ein bisschen Esoterik, für alle Fälle.

Die ganze letzte Woche haben wir mit Kistenauspacken zugebracht, Lucy und ich immerzu kichernd, weil wir's schier nicht fassen konnten, wie alles auf einmal Gestalt annahm.

Die Bestellungen liefen ausschließlich über Großhändler – so musste ich mich wenigstens nicht mit tausend verschiedenen Rechnungen von einzelnen Verlagen befassen, was mir vermutlich den Rest gegeben hätte.

Es gibt noch viel zu lernen, aber wir lernen schnell, und zum Glück hat Bill während seines Studiums im Sommer immer bei Waterstone's gejobbt, sodass er sich wirklich fabelhaft auskennt.

Berufsbedingt war ich früher ziemlich oft auf Partys, und meistens war das kein besonderer Spaß. Selbst die »angesagten« Feten in der Medienbranche erschöpften sich gewöhnlich in trivialem Blabla, und vor ein paar Jahren entschied ich dann, dass ich gegen diese Art von Unterhaltung immun geworden war.

Aber hier bei uns, das ist natürlich ganz etwas anderes. All die Leute, die sich bis in die letzten Winkel des Raums zusammenquetschen! Das fröhliche Stimmengewirr, das immer lauter wird, je mehr der Champagner die Zungen löst!

Und wie verzückt sie aufstöhnen, wenn sie in Lucys Canapés beißen – diese köstlichen Appetithäppchen, die buchstäblich auf der Zunge zergehen! Wie glückstrahlend Lucy sich durch die Gästemenge windet, glühend vor Stolz und Hitze!

Ein paar lokale Autoren sind ebenfalls erschienen und werden nacheinander vom Reporter der Stadtteilzeitung *Ham & High* interviewt – allesamt begeistert von der Initiative, ein Büchercafé zu gründen, wundern sie sich nur, wieso eigentlich nicht schon längst jemand auf die Idee gekommen sei.

Tim scheint sich völlig mit seiner Rolle als Kaffeekoch aus der TV-Serie *Ellen* zu identifizieren und läuft ständig mit einem Tablett herum, auf dem er schäumenden Vanillecappuccino anbietet. Als Lucy versucht, es ihm abzunehmen, schüttelt er sie unwirsch ab. »Wie soll ich denn sonst mit netten Männern ins Gespräch kommen?« Und schon steuert er zielstrebig auf einen hübschen Blonden in der Ecke zu.

»Cath?«

Ich drehe mich um und sehe James vor mir, mit einem etwas befangenen Lächeln. Er trägt seinen dunkelblauen Anzug und eine Krawatte, die mit lauter kleinen bunten Büchern gemustert ist.

»James!« Ich gebe ihm einen Kuss, nicht im Geringsten verlegen, da der Schampus meine Hemmungen beträchtlich aufgelockert hat.

»Toller Schlips!«, schreie ich, um den Stimmenlärm zu übertönen.

»Danke.« Seine Lippen streifen mein Ohr, als er sich dicht zu mir vorbeugt, um sich verständlich zu machen, und ich erschauere. »Ich hab ihn selbst bemalt. Passend für die Gelegenheit, hab ich gedacht.«

Lachend hake ich mich bei ihm ein und ziehe ihn etwas schwankend zu Lucy hin.

»Lucy! Sieh mal, wer da ist!«

Lucys Gesicht leuchtet auf, und sie pflanzt ihm ohne Umstände einen dicken Schmatz auf die Wange, während Tim hinter ihr erscheint.

»Hal*loo*«, sagt er gedehnt, mustert James von Kopf bis Fuß und zieht dann die Augenbrauen fast bis zum Haaransatz hoch, als er mich bei ihm eingehakt sieht. Schnell ziehe ich den Arm weg und stelle sie einander vor.

»Oh«, sagt Tim. »Von dir hab ich schon einiges gehört.«

James schaut verdutzt drein, aber da zerrt Lucy Tim schon eilig fort. »Völliger Blödsinn!«, ruft sie über die Schulter zurück. »Er weiß absolut nichts von dir, er hat bloß einen Schwips.«

»Sorry«, sage ich automatisch, unsicher, worüber man reden könnte, aber dann fallen mir seine Bilder ein. »Schau mal!« Ich strecke den Arm in einer weit ausholenden Geste aus. »Machen sie sich nicht ganz wunderbar hier? Ich glaube, wir haben sogar schon eins oder zwei verkauft.«

»Wirklich?« James strahlt. »Das ist ja wunderbar! Zeigst du mir mal, welche?«

Ich nicke glücklich, als James mich ganz plötzlich mit neuen Augen anzublicken scheint. Er tritt einen Schritt zurück und schüttelt den Kopf. »Mein Gott, Cath, du siehst ja fantastisch aus!«

»Tatsächlich? Ich meine, Unsinn, stimmt doch gar nicht, aber trotzdem vielen Dank.« Ich habe so lange keine Komplimente mehr bekommen, dass ich ganz vergessen habe, wie man darauf reagiert.

»Komm.« Ich hake mich wieder bei ihm ein, allein schon, um nicht vor Glück umzukippen – welch ein Kompliment! Welch ein Mann! Langsam schieben wir uns durch die Menge in Richtung der ausgestellten Bilder.

Ich kann mich nicht erinnern, mich je zuvor so gut amüsiert zu haben. Ich bin berauscht vom Schampus und vom Leben. Mein Traum ist wahr geworden, und obendrein ... Gott, ja, ich flirte auf Teufel komm raus mit James, und es macht mir ungeheuren Spaß.

»Cath, hast du Josh gesehen?« Ich drehe mich um und sehe Ingrid vor mir aufragen.

»Nee, hab ich nicht.« Ich wedele mit einer lässigen Handbewegung in die Runde. »Aber er muss ja hier irgendwo rumschwirren.«

»Hallo.« Ingrid streckt James plötzlich die Hand hin. »Ich bin Ingrid.«

»Hallo«, erwidert er und nimmt ihre endlosen Beine, ihre Wespentaille und ihren üppigen Busen in Augenschein. »Ich bin James.«

»Nett, dich kennen zu lernen, James«, gurrt sie in bester Marilyn-Monroe-Manier.

»Mmm, ja, ganz meinerseits.«

»Was treibt dich denn hierher, James?«, säuselt Ingrid weiter, und ich gebe auf. Meine schillernde Seifenblase ist zerplatzt, und als ich mich zurückziehe, bemerken sie es nicht einmal, so fasziniert sind sie voneinander.

Wie kann man nur so schnell vom siebten Himmel in den tiefsten Keller stürzen? Wenn das hier nicht unsere Party wäre, das Eröffnungsfest, von dem ich immer geträumt habe, würde ich sofort heimgehen und mich ins Bett verkriechen. Aber natürlich kommt das nicht infrage, also greife ich auf die einzige Alternative zurück, die mir noch bleibt. Trinken.

Ich trinke und trinke, bis Lucy herüberkommt und mir mit strenger Miene das Champagnerglas wegnimmt, ehe sie mich einem unserer künftigen Kunden vorstellt, den es zu hofieren gilt. Ich werfe ihr einen dankbaren Blick zu, denn ausgerechnet heute ist es wirklich nicht angebracht, sich danebenzubenehmen. Und obwohl ich schon deutlich Schlagseite habe, ist es Lucy in letzter Minute gelungen, mich vor einer totalen Blamage zu bewahren.

Irgendwann bekomme ich in meinem benebelten Zustand noch mit, dass Tim mich sanft in den Lagerraum zu bugsieren versucht. Ich blicke über seine Schulter und glaube zu träumen, denn wer da auf einmal des Weges kommt, sieht ganz nach Portia aus.

»Hallo, Cath«, sagt sie ungerührt, während ich vor Schreck fast in die Knie gehe. »Lange nicht gesehen, was?«

12

ES IST SCHON recht eigenartig, jemanden nach zehn Jahren wiederzusehen. Eigenartig, zu sehen, in welcher Weise die betreffende Person sich verändert hat.

Ich erinnere mich, wie ich vor zwei Jahren drei meiner früheren Klassenkameradinnen wieder traf. Ich hatte sie zwölf Jahre nicht mehr gesehen, und sie waren alle ein wenig gekränkt, als ich sagte, sie hätten sich überhaupt nicht verändert, was aber stimmte. Sicher, sie sahen älter aus und besser frisiert als früher, doch ich hätte sie überall sofort wieder erkannt.

Portia dagegen *hat* sich verändert, sogar mehr, als ich erwartet hätte. Ihr Gesicht wirkt kantiger, und obwohl sie immer noch bildschön ist, perfekter gestylt denn je, hat sie etwas seltsam Sprödes an sich. Wir stehen uns gegenüber und mustern uns mit vorsichtigem Lächeln, beide unsicher, wie wir uns nach all dieser Zeit begrüßen sollen.

Und obwohl ich es mir nicht anmerken lasse, bin ich höllisch aufgeregt, mein Herz klopft wie verrückt. Ich kann nur hoffen, dass meine Stimme vor lauter Nervosität nicht völlig atemlos klingt.

»O mein Gott!« Tims Aufschrei bricht den Bann, und ehe sie noch etwas sagen kann, drückt er Portia ungestüm an sich. Sie lacht und befreit sich sanft aus seiner Umarmung, beugt sich vor und gibt mir einen Kuss auf die Wange.

»Aber wie hast du …? Woher weißt du …?« Tim ist genauso verblüfft wie ich, und mir wird klar, dass er das hier nicht als Überraschung für mich eingefädelt haben kann.

»Frag lieber nicht«, sagt sie lächelnd. »Ich hab deine Nachricht erhalten, aber du hast ja keine Telefonnummer hinterlassen. Na ja, und als ich heute von dem Event hier in der Zeitung las, dachte ich, ich könnte mal vorbeikommen und hallo sagen.«

»Du siehst großartig aus«, entfährt es mir, ich kann mir nicht helfen, es ist einfach so, sie sieht aus wie den Seiten eines Hochglanzmagazins entstiegen. Eines *teuren* Hochglanzmagazins. Das mahagonibraune Haar fällt ihr wie ein schimmernder Seidenvorhang über die Schultern, ihre Augen blicken hellwach und klar, und in ihrer Stimme schwingt eine kühle Selbstsicherheit mit, die sich im Laufe der Jahre offenbar noch zehntausendfach verstärkt hat.

Sagen wir mal so: Wenn man Portia auf der Straße begegnen würde, ohne zu wissen, wer sie ist, würde man sie auf den ersten Blick für einen hochkarätigen Medienstar halten, eine erfolgsverwöhnte Powerfrau, die immer genau das bekommt, was sie will.

»Danke!« Sie lächelt. »Und ich bin erleichtert zu sehen, dass du noch ganz die Alte bist. Die gute alte Cath, wahrscheinlich immer noch so wenig modebewusst wie eh und je, obwohl« – sie befingert interessiert meine Jacke – »kann es sein, dass ich hier einen Hauch von Emporio entdecke?«

Tim japst vor Begeisterung auf. »Na bitte!« Er stupst mich in die Seite. »Hab ich dir doch gesagt, dass es das Geld wert ist. Ich tu wirklich, was ich kann, Portia« – er sieht sie achselzuckend an – »aber du kennst ja unsere Cath. Das hier ist das erste anständige Outfit, das sie sich in den letzten zehn Jahren angeschafft hat.« Seltsam, wie es ihm gelingt, einen solch unbeschwerten, vertraulichen Tonfall zu finden. Als sei es höchstens eine Woche her, dass wir Portia zuletzt getroffen haben.

»Du siehst aber auch gut aus«, sagt sie zu Tim. »Es ist schon ein komisches Gefühl, zu sehen, dass ihr alle noch genauso befreundet seid wie damals und auch noch genauso ausseht.«

»Weil du uns in den letzten Jahren immer nur in deiner Fantasie gesehen hast?«

Portia schaut ein klein wenig betroffen drein, ist aber gewandt genug, keine Verlegenheit erkennen zu lassen. Sie hebt nur fragend die Augenbrauen.

»Ich müsste ja eigentlich sauer auf dich sein, aber ich fühl mich eher geschmeichelt, weil Steen echt ein netter Typ ist.«

»Wie meinst du das?«

»Na, gib's schon zu, das sind doch *wir* in deiner Serie!«

Portia lacht. »Ach, du glaubst ja gar nicht, wie oft ich zu hören kriege, dass Leute sich darin wieder erkennen! Es tut mir Leid, dich zu enttäuschen, Tim, aber die Figuren sind einzig und allein meiner Fantasie entsprungen.«

»Portia, uns brauchst du doch nichts vorzumachen«, wende ich behutsam ein, denn ich will sie ja nicht verprellen – was, wenn wir uns geirrt haben? Obwohl ich mir ziemlich sicher bin, dass dem nicht so ist.

»Nein, wirklich, das ist alles rein fiktiv«, beharrt sie standhaft, zweifellos fürchtend, man könne sie womöglich verklagen.

»Wie auch immer«, entgegne ich munter, »deine Serie ist ein voller Erfolg. Wir hatten lange keine Ahnung, dass du dahintersteckst.«

»Danke«, sagt sie lächelnd. »Ich muss zugeben, es läuft soweit alles recht gut.« Sie schaut in die Runde. »Ist Josh auch da? Ich würde ihn gern wiedersehen.«

»Und Lucy, du hast Lucy ja noch gar nicht kennen gelernt.« Tim wirft mir einen warnenden Blick zu. »Du wirst sie bestimmt mögen. Komm, wir gehen sie mal suchen.«

Seit jeher fasziniert mich das Phänomen der Erinnerung. Jahrelang kann man es vermeiden, an die Vergangenheit zu denken, und doch genügt irgendein zufälliger Auslöser, um einen in Zeiten zurückzuversetzen, von denen man glaubte, dass sie für immer vergessen seien.

Während ich Portia durch den Raum zu Lucy und Josh bringe, fällt mir Elizabeth wieder ein. Ich erinnere mich, wie Portia damals Josh umgarnte, nur um ihn dann grausam fallen zu lassen. Und mit einem plötzlichen Angstgefühl sehe ich Lucys arglos strahlende Miene vor mir, ihre glücklich leuchtenden Augen.

Gott sei Dank, denke ich, sind inzwischen zehn Jahre vergangen, und Portia hat es gewiss nicht mehr nötig, sich ihre Verführungskünste zu bestätigen. Außerdem sind Josh und Lucy das einträchtigste Paar, das man sich nur vorstellen kann.

Gott sei Dank? Erst viel später, als ich im Bett lag, wurde mir bewusst, dass es ein Stoßgebet gewesen war.

13

Bis wir drei auf der anderen Seite des Raums angekommen sind, ist es schon wesentlich leerer geworden. Die meisten Leute waren nur da, um uns wie angekündigt ihrer Unterstützung zu versichern, und sind nun schon wieder gegangen, um zu Hause die Familie abzufüttern oder ein Restaurant in der Nachbarschaft aufzusuchen oder gleich per Taxi ins West End zu brausen und in irgendeinem In-Lokal stilgerecht weiterzutrinken.

Doch obgleich die Menge sich spürbar gelichtet hat, wird deutlich, dass Portia keine Unbekannte ist. Ich sehe einen der verbliebenen Journalisten mit einem Seitenblick zu ihr hin einer Kollegin etwas ins Ohr wispern, und auch andere stupsen sich tuschelnd an, während wir vorbeigehen.

Wie kommt es bloß, dass wir das alles nie mitbekommen haben? Bei mir ist es noch verständlich, so eingespannt, wie ich war, und bei Lucy und Josh erst recht, aber Tim? Wie konnte ihm Portias Berühmtheit all die Zeit entgangen sein?

Lucy hockt an der Theke und unterhält sich angeregt mit Keith, einem Reporter vom *Kilburn Herold*, zieht mich aber prompt am Arm zu sich herüber, als ich vorbeikomme.

»Das ist Cath«, sagt sie, »und das hier ist Keith, der versprochen hat, ganz wunderbare Dinge über uns zu schreiben, stimmt's, Keith?«

Keith lächelt höflich und verschwindet, um sich einen neuen Drink zu holen.

»Lucy!« Ich drehe mich zu Portia um. »Hier ist jemand, den ich dir gern vorstellen möchte.«

Lucy zwinkert Tim über meine Schulter hinweg zu. »Was? Ich dachte, ich hätte mittlerweile jeden im Raum kennen gelernt.«

»Noch nicht jeden.« Portia tritt einen Schritt vor, und Lucy strahlt sie an, schüttelt ihr die ausgestreckte Hand.

»Ich bin Portia.«

»Also das ist wahrhaftig eine Überraschung«, sagt Lucy fröhlich. Einladend klopft sie auf den Barhocker neben sich, und Portia nimmt fügsam Platz. Ihre anmutige Haltung, ihre elegant gekreuzten Beine lassen Lucy im Kontrast rundlicher und hausbackener denn je aussehen, doch Lucy kümmert das nicht im Geringsten, sie blickt nur gespannt auf diese Erscheinung aus der Vergangenheit, die sie bisher noch nicht kannte.

»Und wie findest du unsere Buchhandlung, Portia? Meinst du, sie wird Erfolg haben?«

»Aber sicher. Ich bin total begeistert, auch wenn ich mich noch gar nicht richtig umschauen konnte, nur gerade genug, um Cath und Tim zu entdecken und nun dich. Ich muss sagen, du bist anders, als ich erwartet habe.«

Klugerweise fragt Lucy nicht nach, was Portia denn wohl erwartet hat. Sie lächelt nur milde. »Und du, Portia, bist in Wirklichkeit noch viel schöner. Hat mein lieber Josh dich schon entdeckt? Nein? Na, der wird Augen machen! Ich wette, es verschlägt ihm glatt die Sprache. Sollen wir ihn mal suchen gehen?« Lucy steht auf, hakt sich bei Portia ein und zieht sie mit sich, während Tim und ich ihnen mit offenem Mund nachblicken.

»Was hältst du davon?«, murmelt Tim.

»Wie meinst du das?«

»Führt sie was ihm Schilde, oder nicht?«

»Du meine Güte, Tim, warum musst du denn immer gleich so negativ und pessimistisch sein, wenn es um Portia geht?« Zugegeben, das ist vielleicht nicht ganz fair, weil es zehn Jahre her ist, seit wir sie zuletzt gesehen haben, doch nach dem Debakel damals mit Elizabeth hat ihr keiner von uns mehr recht trauen können.

Er setzt zum Sprechen an, schüttelt dann aber den Kopf, als wolle er den Gedanken verscheuchen. »Komm, schauen wir uns mal das rührende Wiedersehen an.«

Wir durchqueren den Raum und finden Lucy glückstrahlend neben Josh, der, wie erwartet, total verdattert aussieht. Offensichtlich fehlen ihm die Worte, was Lucy anzuspornen scheint, die Konversation für sie beide in Gang zu halten.

»Wisst ihr, was schön wäre?«, sagt sie gerade, mit einem aufmunternden Blick in die Runde. »Eine richtig zünftige Wiedersehensfeier. Wir sind doch alle gespannt darauf, zu erfahren, was du all die Jahre gemacht hast, und ich würde dich sehr gern besser kennen lernen. Möchtest du nicht demnächst mal zu uns zum Abendessen kommen, Portia?«

Portia nickt, und ich habe das Gefühl, dass sie wahrscheinlich nicht recht weiß, wie sie mit Lucy umgehen soll, denn selbst in dieser kurzen Zeit dürfte ihr schon klar geworden sein, dass Lucy sich von absolut niemandem einschüchtern lässt, nicht einmal von Portia.

Und genau das, erinnere ich mich, war für Portia immer selbstverständlich gewesen – eine besondere Wirkung auf Leute, die ihr stets eine gewisse Überlegenheit verlieh. Portia konnte früher genauso backfischhaft herumalbern wie wir anderen, aber das war nicht ihre natürliche Wesensart, und ganz plötzlich schaltete sie dann wieder auf cool, eine Haltung, die viel besser zu ihr zu passen schien.

Aber wie könnte sie nicht von Lucy eingenommen sein? Lucy ist so herzlich, so entgegenkommend, dass auch Portia sich ihrem Charme nicht entziehen kann. Und so nimmt sie die Einladung natürlich dankend an. Sie könne es selbst gar nicht glauben, sagt sie, dass schon zehn Jahre vergangen seien, man habe ja so viel aufzuholen.

Josh sagt noch immer nichts, was auch nicht nötig ist, und kaum hat Lucy Portia ihre Telefonnummer gegeben, worauf Portia ihr eine elfenbeinfarbene Visitenkarte überreicht, schüttelt Josh ihr unbeholfen die Hand und murmelt etwas von einem baldigen Wiedersehen, um sich dann schleunigst mit der Ausrede zu verdrücken, er müsse aufräumen helfen.

Portia wendet sich Tim zu.

Tim hat sich das alles angesehen wie ein Theaterstück. Nun stupst Portia ihn in die Seite. »Na, und du? Wie ist es dir denn so ergangen? Erzähl mal.«

Aufatmend lassen wir drei uns auf eins der gerade frei gewordenen Ledersofas sinken, während Tim beginnt, Portia von seiner Arbeit zu erzählen. Sie ist fasziniert, und es dauert nicht lange, bis sie entdecken, dass sie bei Film und Fernsehen gemeinsame Bekannte haben. Tim entschuldigt sich immer wieder, dass er nicht schon längst mitbekommen habe, wie *bekannt* sie in der Branche sei.

So reserviert er bisher auch gewesen ist, jetzt taut er auf, geht aus sich heraus, erwärmt sich für sein Thema, und je mehr er redet, desto konzentrierter hört Portia ihm zu, sodass man tatsächlich glauben könnte, sie hätte in ihrem ganzen Leben noch keinen interessanteren Gesprächspartner getroffen als Tim.

»Und wie ist es um dein Liebesleben bestellt?«, fragt sie schließlich, worauf Tim ihr ausführlich von seiner Beziehung zu Will berichtet und es sich trotz meiner vorangegangenen Warnungen nicht nehmen lässt zu betonen, dass es diesmal endlich der Richtige sein könnte.

»Und wie ist das bei dir?«, fragt er sie dann. »Du siehst nicht verheiratet aus, und« – er hebt prüfend ihre rechte Hand hoch – »einen Ring trägst du auch nicht. Gibt es nicht wenigstens ein paar hoffnungsvolle Anwärter im Hintergrund?«

»Gott, nein«, seufzt sie. »Die einzigen Männer, die mir heutzutage begegnen, sind alle verheiratet und höchstens scharf auf einen Seitensprung. Ich komm gar nicht mehr mit dem Zählen nach, wie oft ich auf ›einen schnellen Drink nach der Arbeit‹ eingeladen worden bin.«

»Und gehst du jemals mit?«

Portia lacht. »Früher schon – bevor ich meine eigene Serie hatte, als ich noch naiv und verzweifelt darauf aus war, den Durchbruch zu schaffen. Bis ich begriff, dass ein schneller Drink nach der Arbeit nichts anderes heißen sollte als ein Quickie in der schäbigen Absteige um die Ecke.«

»Oh.« Ich bin sprachlos und insgeheim damit beschäftigt, mir Portia in irgendeiner Form von schäbigem Ambiente vorzustellen, doch es will mir einfach nicht gelingen.

»Sie hätten ja wenigstens eine Suite im Claridge buchen können«, schnieft Tim entrüstet.

»Genau!« Portia lacht. »Das hab ich auch gesagt, als ich auf dem Absatz kehrtmachte und den Typen stehen ließ!«

»Du hast also nicht ...« Typisch Tim, noch mal extra nachzuhaken.

»Nein! Selbstverständlich nicht!«

»Und was ist das nun für ein Gefühl, so erfolgreich zu sein?«, will ich wissen. »Genießt du es? Hat es dein Leben verändert?«

»Und wie.« Sie sieht mich nachdenklich an. »Es ist wundervoll, aber auch sehr seltsam. Ich dachte immer, dass ich mehr als alles andere auf der Welt berühmt sein wollte. Ich träumte davon, Filmstar zu werden – oder eigentlich gleichgültig, was, Hauptsache, von allen anerkannt und vergöttert.«

Ich fange Tims Blick auf und weiß sofort, was er denkt. Dass Portia sich natürlich nach Ruhm sehnen musste, weil sie glaubte, das Einzige, was ihr Sicherheit geben würde, wäre die Verehrung von Fremden. Und dass man sich nur wundern konnte, wieso sie noch nicht in Hollywood gelandet war.

»Nicht, dass ich schon berühmt wäre«, sagt sie schnell. »Aber doch einigermaßen *bekannt*. Früher, als Journalistin, konnte ich die Leute mit Fragen löchern, alles und jeden nach Belieben verreißen. Aber in meiner heutigen Position bin ich selbst verletzlich, ein Objekt der Begierde für die Reportermeute, und ich weiß nicht, ob mir das gefällt.«

»Aber ich hätte gedacht, genau das gefällt dir am allerbesten!« Tim spricht aus, was ich denke. »Du hast dich wohl doch mehr verändert, als es den Anschein hat.«

»Glaub ich nicht«, sagt sie lächelnd. »Ich hab mich bestimmt nicht verändert, aber ich hab auch nicht erwartet, dass ich mich so ausgeliefert fühlen würde. Man weiß nie, was alles von einem erwartet wird. Am Anfang, als die Serie so richtig einschlug, wollten plötzlich alle ein Interview mit mir, und ich dachte, die Chance darf ich mir nicht entgehen lassen. Also ließ ich die Leute in meine Wohnung, öffnete ihnen vertrauensvoll meinen privaten Bereich, gab mich so ehrlich und aufrichtig, wie ich nur konnte, nur um dann eine Woche später die Zeitung aufzuschlagen und zu sehen, dass sie mich total in die Pfanne gehauen hatten. Ich wusste ja, früher hatte ich es mit meinen Interviewpartnern ganz genauso gemacht, aber da dachte ich eben, das sei nun mal der Preis, den man für seinen Ruhm zahlen muss, und nicht persönlich gemeint. Falsch gedacht, meistens ist es das eben doch.«

»Jesses.« Tim pfeift durch die Zähne. »Klingt ja wie der reinste Albtraum. Ich glaub, ich würde mir da jeden Tag die Pulsadern aufschneiden.«

»Nein, nein, man entwickelt schon erstaunlich schnell seine Abwehrmechanismen. Aber es tut natürlich trotzdem weh. Man versucht, das Negative zu ignorieren, weil es einen ohnehin nur runterziehen würde. Es ist ja nicht so, dass sich irgendwer um konstruktive Kritik bemühen würde – sie zerfetzen einen einfach aus purer Missgunst, und weil sie die Macht dazu haben.«

»Aber es gibt doch auch positive Aspekte? All die Partys und Premieren und glanzvollen Gala-Abende, wo man jede Menge Stars treffen kann?«

»Manchmal schon.« Portia zuckt die Achseln. »Aber so aufregend ist das nun auch wieder nicht. Gott, ja, wenn man darauf aus ist, bei dem Spiel mitzumischen, geht man zu zwei oder drei Veranstaltungen pro Abend, tauscht Luftküsschen mit immer den gleichen Leuten aus, zieht sich ein bisschen Koks rein, um nicht abzuschlaffen, und ergeht sich in demselben leeren Geschwätz wie am Abend zuvor.«

»Hey, wenn du mal Begleitung brauchst, ich hab fast immer Zeit.« Tim grinst und hebt beschwichtigend die Hände in meine Richtung. »Jetzt guck nicht so, war nur 'n Scherz.«

»Also, meiner Meinung nach«, werfe ich ein, »müsste es doch reichen, wenn man sich ansonsten mit Leuten umgibt, denen man vertrauen kann. Einfach mit ein paar richtig guten Freunden. Dann kann man ruhig auf diese Partys gehen, obwohl man weiß, dass es alles nur Schau ist, und die echte Freizeit verbringt man mit echten Freunden, die mit der hohlen Glitzerwelt nichts zu tun haben.«

Portia nickt bedächtig. »Theoretisch hast du völlig Recht, Cath. Nur leider war ich so beschäftigt mit meiner Karriere, dass ich nie dazu gekommen bin, die Art von Leuten kennen zu lernen, mit denen ich mich gern umgeben würde.« Sie blickt für eine Weile schweigend vor sich hin. »Eigentlich hab ich diese Art von Leuten seit der Zeit an der Uni nicht mehr kennen gelernt.« Sie sieht erst mich an, dann Tim, und ich spüre, wie mir die Schamröte ins Gesicht steigt, denn schließlich waren wir es ja, die den Kontakt zu ihr abgebrochen haben, die ihre Anrufe damals nicht mehr erwiderten.

Will sie damit etwa sagen, dass sie uns vermisst hat, dass ihr unsere einstige Freundschaft am Herzen lag, dass es vielleicht nicht zu spät ist, sie wieder aufleben zu lassen, und dass sie sich deshalb heute Abend hier bei uns eingefunden hat?

»Gott, ich langweile euch sicher mit meinem Gejammer!« Portia legt mir die Hand auf den Arm. »Cath, du kannst dir gar nicht vorstellen, wie gut es tut, euch nach all der Zeit endlich wiederzusehen. Jetzt bist du aber dran. Komm, erzähl mal!« Was ich dann in aller Ausführlichkeit tue.

Eine halbe Stunde später, vielleicht sind aber auch schon Stunden vergangen, kommt Lucy mit einem Tablett voller dampfender Caffellattes herüber, will sich aber nicht zu uns setzen, da es immer noch eine Hand voll Gäste zu betreuen gibt.

»Ach, verdammt, das hab ich ja ganz vergessen.« Schon wieder auf dem Sprung, dreht sie sich noch einmal nach mir um. »Der gute James hat nach dir gesucht.«

»Tatsache?« Ich blicke ermuntert auf, und Portia hebt fragend die Brauen.

»Der gute James? Ich dachte, es gibt keinen Mann in deinem Leben?«

»Gibt's auch nicht«, sage ich schnell, während Lucy fröhlich lachend über die Schulter zurückruft: »Noch nicht, aber immerhin einen gar nicht so heimlichen Verehrer!«

»Blödsinn«, murmele ich verlegen, die Schlappe von vorhin noch frisch im Gedächtnis, doch es ist tröstlich, zu hören, dass er mich wenigstens noch gesucht hat.

»Wie sieht er denn aus?«, fragt Portia.

»Sexy«, schmunzelt Tim. »Wuschelhaare, Grübchenlächeln, ganz der knackige Naturbursche.«

»So ähnlich wie der da?« Sie deutet zur Tür, während ich mit einem flauen Gefühl ins Sofa zurücksinke. Wie hatte ich nur so vermessen sein können, mir Hoffnungen zu machen?

»Ja.« Düster beobachte ich, wie James Ingrid hinausbegleitet, wie ihre Miene in untypischer Weise aufleuchtet, als sie den Kopf zu ihm hinwendet und über irgendetwas lacht, was er gesagt hat. »Genau wie der.«

Ich hatte weiß Gott nicht vor, mich gestern Abend zu betrinken. Und ich muss sagen, eigentlich habe ich ja auch ganz wacker durchgehalten. Erst bewahrte Lucy mich davor, über die Stränge zu schlagen, dann tauchte überraschend Portia auf, was mich fast wieder nüchtern werden ließ, und zu guter Letzt musste ich noch damit fertig werden, dass mein vermeintlicher Verehrer sich den Teufel um mich scherte.

Aber kaum waren die letzten Gäste gegangen – darunter auch Portia, von Lucy noch einmal strikt beordert, am nächsten Samstag zum Essen zu kommen (Josh war inzwischen schon nach Hause entschwunden, um den Babysitter abzulösen) – kaum blieben also nur noch Lucy, Tim und ich übrig, ließ ich alle Zurückhaltung sausen.

Bill und Rachel versuchten, das Chaos aufzuräumen, aber Lucy drückte beiden noch eine Flasche Schampus in den Arm und scheuchte sie heim, was wir bald bereuten, als wir sahen, in was für einem Zustand die Buchhandlung war.

Unser frisch gebohnerter Dielenboden war übersät mit Zigarettenstummeln und Weinpfützen, und unsere schönen blanken Kaffeetischchen sahen jetzt genauso ramponiert aus wie die abgewetzten Ledersofas. Bücher waren aus den Regalen genommen und irgendwohin zurückgesteckt worden, wo sie offensichtlich nicht hingehörten, und der ganze Raum stank nach abgestandenem Rauch und zu vielen dicht zusammengepferchten Leibern. Aber ich muss zugeben, das war die Sache wert gewesen.

Wir warfen einen Blick in die Runde und beschlossen, das Aufräumen auf den nächsten Tag zu verschieben, froh, dass wir so voraussehend gewesen waren, die eigentliche Eröffnung der Buchhandlung erst für den folgenden Montag anzusetzen.

Ich war fix und fertig, aber Lucy und Tim, total überdreht vom Erfolg der Party, drehten den CD-Spieler voll auf und tanzten so ausgelassen auf der Theke, dass ich gar nicht anders konnte als mitzumachen – zumal Lucy in weiser Voraussicht noch ein paar Flaschen Schampus im Vorratsraum gebunkert hatte.

Also ließen wir die Korken knallen, tanzten und tranken nach dem Motto, jetzt erst recht. Eigentlich konnte ich es ja kaum erwarten, mit Tim die Portia-Episode durchzuhecheln, aber als Lucy mit dem Schampus ankam, schob ich alle Fragen beiseite und stieß wieder und wieder mit ihr auf gutes Gelingen an.

Einigermaßen klar erinnere ich mich noch daran, wie Tim versuchte, uns Salsa beizubringen. Tim und ich konnten nicht mehr aufhören, über Lucys Tollpatschigkeit zu kichern, und als sie ihm zum vierten Mal auf die Füße trampelte, flippten wir vor Albernheit derartig aus, wie man nur ausflippen kann, wenn man total besoffen oder bekifft ist. Wir hingen über der Sofalehne und lachten Tränen.

Zur Erholung legten wir dann eine Abba-CD auf, zu der Tim und ich eine reichlich torkelige Nachahmung von Frieda und Agnetha zum Besten gaben. Wobei Tim natürlich die Blonde war, wer denn sonst.

Irgendwann kam Josh herein, wohl ziemlich schockiert, Lucy und mich Kopf an Kopf auf der Theke liegen zu sehen, während Tim versuchte, uns Haselnuss-Sirup in die Münder zu kippen. Tim meinte zwar, dafür bräuchte man eigentlich Tequila, aber da wir keinen hatten, musste eben der Sirup herhalten, der sonst zur Aromatisierung des Kaffees verwendet wurde.

Der gute Josh schien allerdings nicht sehr erbaut davon, Lucy über und über mit Sirup beschmiert vorzufinden.

»Also das ist wirklich das Ekelhafteste, was ich je gesehen habe«, sagte er missbilligend. »Schaut euch doch nur mal an, wie schweinisch ihr beide zugerichtet seid.«

Lucy rappelte sich hoch, kletterte von der Theke und wankte in den Waschraum, während ich mich neben Tim aufs Sofa fallen ließ.

»Du bist ein alter Spielverderber!«, beschimpfte ich Josh.

»Jawohl, ein oller Miesmacher!«, sekundierte Lucy aus dem Hintergrund.

»Wieso kannst du nicht mal fünfe gerade sein lassen und ein bisschen Spaß haben?« Tim nahm einen Schluck aus der letzten Champagnerflasche und hielt sie Josh hin, der sie prompt in der Spüle ausleerte.

»Nicht, dass ich mich gern als Spielverderber aufführe«, sagte er, »aber einer von uns muss doch vernünftig sein. Das Aufräumen morgen wird schon fürchterlich genug, und wenn ihr nicht vor habt, den Tag mit einem Bombenkater im Bett zu verbringen, solltet ihr jetzt endlich heimgehen.«

»Leute, ich geb's ja ungern zu, dass mein langweiliger alter Ehegatte Recht hat, aber ich glaube, wir sollten auf ihn hören«, sagte nun auch Lucy, und sosehr wir auch murrten, heute könnte ich Josh dafür um den Hals fallen, dass er so streng mit uns war. Es kam mich schon hart genug an, in aller Frühe aufzustehen, um gegen sieben wieder im Laden zu sein, doch wenn Josh uns die ganze Nacht hätte weiter feiern lassen, wäre meine Leber heute Morgen wohl zusammengeklappt.

So aber begleitete Tim mich nach Hause, was ein bisschen lächerlich war, da er sich ja selbst kaum noch auf den Beinen halten konnte. Er kam dann noch mit zu mir rauf in der Absicht, drei Flaschen Wasser zu leeren, weil er mal irgendwo gelesen hatte, wenn man hinterher ebenso viel Wasser in sich hineinschüttete, wie man vorher an Alkohol konsumiert hatte, würde man keinen Kater bekommen.

Leider schafften wir aber beide nur zwei Gläser, und nachdem sein Taxi gekommen war, ließ ich meine Kleider in einem Haufen auf den Boden fallen und sank ins Bett.

Am Morgen reißt mich die Türklingel aus dem Schlaf, das heißt, im Traum hatte es an der Tür geklingelt, dann war es das Telefon, aber schließlich ist es doch die Tür. Wer zum Teufel betätigt sich hier am heiligen Sonntagmorgen als Ruhestörer, und wieso hört er nicht damit auf?

Ich stolpere mit dröhnendem Kopf aus dem Bett und haste in den Flur. »Moment!« Meine eigene Stimme gellt mir schmerzhaft in den Ohren. »Komm ja schon!« Und zum Glück ist endlich Ruhe.

Auf Zehenspitzen schleiche ich ins Schlafzimmer zurück und schnappe mir den Bademantel vom Haken an der Tür, wobei ich mir vormerke, ihn endlich mal zu waschen, denn in Ermangelung eines sauberen Handtuchs hab ich ihn wer weiß wie lange tagtäglich benutzt, und entsprechend angegraut sieht er auch aus.

»Wer ist da?« Meine Stimme klingt wieder normal, ich wünschte nur, der Rest würde sich auch wieder normal anfühlen. Meine Augen kommen mir vor wie Stecknadeln, meine Kehle ist trocken wie Sandpapier, und als ob das Kopfweh nicht schon schlimm genug wäre, nähern sich alle paar Sekunden Wellen von Übelkeit, sodass ich zögere, ob ich zur Sicherheit nicht erst noch ins Bad rennen soll, ehe ich an die Tür gehe.

»Blumenlieferung«, tönt es von draußen, und tatsächlich, durch das Milchglasfenster kann ich verschwommen einen riesenhaften Blumenstrauß erkennen. Seltsam. Wer zum Teufel könnte mir Blumen schicken? Ich vergesse ganz, dass *niemand* einem sonntags Blumen schickt, weil da gar keine geliefert werden.

Also öffne ich die Tür, in der Hoffnung, dass keiner aus dem Haus mich zu so früher Stunde sehen wird, denn ich brauche nicht erst in den Spiegel zu blicken, um zu wissen, dass ich schauderhaft aussehe.

»Danke«, murmele ich und greife achtlos nach dem Strauß, doch zu meinem Entsetzen taucht dahinter keineswegs irgendein anonymes Lieferantengesicht auf. Wie gelähmt bleibe ich mit ausgestrecktem Arm auf der Schwelle stehen.

»Hi!« James' Begrüßungslächeln gefriert, sobald er mich erblickt. »Ähm, ich hab dich doch nicht etwa geweckt?«

»Was? Was willst du?« Ich bin sonst nicht so unhöflich, aber was zum Teufel wird hier gespielt? Gestern Abend ist er noch mit Ingrid abgezogen, zweifellos, um ihr sein fabelhaftes Atelier vorzuführen und sie dann nach allen Regeln der Kunst flachzulegen, während mir nichts anderes übrig blieb, als mich bei Abba-Gehampel dem Suff zu ergeben. Und jetzt soll ich auf einmal erfreut sein, ihn zu sehen?

»Lass mich in Ruhe.« Ohne mich um seine verdatterte Miene zu scheren, drücke ich ihm den Strauß in die Hand zurück, schlage ihm die Tür vor der Nase zu und stöhne auf, als der Knall in meinem armen pochenden Schädel widerhallt.

Oh, Mist. Mit weichen Knien wanke ich ins Bad, sinke vor der Kloschüssel zu Boden und stecke mir den Finger in den Hals. Sobald ich mich übergeben habe, geht's mir schon etwas besser. Wenigstens hat sich die Übelkeit gelegt. Hastig werfe ich gleich drei Nurofen-Tabletten ein, damit's auch wirklich hilft, schaffe es wieder nicht, so viel Wasser zu trinken, wie vielleicht nötig wäre, lasse den Bademantel fallen und gehe wieder ins Bett, nicht ohne unterwegs noch die Telefonklingel leise zu stellen. Aufatmend ziehe ich mir die Decke über die Ohren.

Aber die Frage bleibt: *Was wird hier gespielt?* Und warum beschäftigt es mich so? Was geht es mich an, ob James und Ingrid zusammen im Bett waren? Wieso macht es mich wütend? Genug, das reicht jetzt. Schwamm drüber.

Diesmal werde ich nicht eher aufwachen als bis mein Kopf, mein Herz und mein Leben alle wieder im Lot sind, basta!

14

»ICH KANN MICH nicht rühren, und die Augen krieg ich auch nicht auf«, stöhne ich ins Telefon neben mir auf dem Kopfkissen. »Lass mich in Frieden. Ich bin heut früh schon von diesem verflixten James aus dem Bett geholt worden, und jetzt auch noch du. Kannst du nicht einfach wieder auflegen?«

»Nee.« Tim klingt nicht weniger verkatert als ich. »Ich fühl mich auch grässlich, aber wir müssen unbedingt noch die Party durchhecheln, und zwar bevor wir den Laden aufräumen gehen. Ich meine, wieso *reden* wir denn nach all den Jahren überhaupt noch mit jemandem wie Portia, wenn wir uns dann nicht zusammensetzen können und uns das Maul über sie zerreißen, sobald sie wieder weg ist?«

Seine Stimme gewinnt jetzt merklich an Festigkeit. »Und außerdem möchte ich doch gern wissen, was mit Junker James los ist, unserm allseits geschätzten Malermakler. Also, mein Mädchen, was wir beide jetzt brauchen, um auf die Beine zu kommen, ist ein anständiges Katerfrühstück: Spiegeleier, Pommes, schöne fette Bratwürstchen, Bohnen in Tomatensoße ...« Noch ehe er den Satz beendet hat, bin ich schon aus dem Bett gesprungen und ins Bad gerannt, um wieder einmal den Kopf über die Kloschüssel zu hängen.

Ich stütze mich aufs Waschbecken und starre in den Spiegel. So schlimm verkatert war ich schon seit Jahren nicht mehr, und ganz sicher habe ich am Morgen danach noch nie so fürchterlich ausgesehen. Mit bebenden Fingern versuche ich, mir die verlaufene Wimperntusche unter den Augen wegzuwischen, plantsche mir kaltes Wasser ins Gesicht und kann gar nicht genug davon kriegen, so gut tut es.

Zurück im Schlafzimmer, höre ich gedämpftes Quaken aus dem Telefon. Ich hebe verwundert den Hörer hoch.

»Sag bloß, du bist immer noch dran!«

»Ich lege nicht eher auf, als bis du mir versprichst, mit mir zu frühstücken. Hab schon kapiert, das mit dem Katerfrühstück lassen wir besser, aber ein Kaffee tut's ja auch. Ich hab mit Lucy ausgemacht, dass ihr euch heute Mittag im Laden trefft, du siehst also, es bleibt dir gar nichts anderes übrig, du *musst* aufstehen.«

Was kann man da machen? Ich gebe mich geschlagen.

Eine Stunde später hocke ich in einem kleinen Café an der High Street vor einem Becher schwarzen Kaffee, und mein Kopf hämmert immer noch ganz gemein.

Als ich Gebell auf der Straße höre, schaue ich aus dem Fenster und sehe Tim an straff gespannter Leine hinter dem Ungetüm Mouse her auf einen Yorkshire Terrier zuschlittern. »Neiiin«, kreischt er, als Mouse sich nun auch noch um einen Laternenpfahl verheddert. »Pfui!« Schließlich schafft er es, das Durcheinander von Hund und Leine zu entwirren, und bindet ihn an einem Gitterzaun vor dem Café fest. »Sitz!« Mouse beschließt offenbar, seinen Überschwang fürs Erste zu mäßigen, sinkt ergeben aufs Pflaster und glubscht Mitleid heischend zu Tim hoch, der aber schon ins Café geeilt kommt, um sich zu mir an den Tisch zu setzen.

Als er Platz nimmt, scharren die Stuhlbeine über den Boden, und ich halte mir die schmerzenden Ohren zu.

»Sorry.« Tim beugt sich vor und gibt mir einen Kuss.

»Was soll denn das mit Mouse?«

»Ich hatte ganz vergessen, dass ich ihn heute hüten muss. Es macht dir doch nichts aus, oder? Will und ich gehen nachher mit ihm spazieren.«

»Kommt Will etwa auch her?«

»Keine Angst, das bleibt dir erspart, ich treffe ihn an der U-Bahn. So, und jetzt bestell ich uns erst mal 'ne Cola.« Er beginnt weitschweifig zu erklären, wieso Cola am besten gegen Kater hilft, und obwohl mir überhaupt nicht danach ist, nippe ich brav an meinem Glas, worauf es mir erstaunlicherweise gleich etwas besser geht.

Nach einer halben Stunde kann ich mich sogar schon mit dem Gedanken an ein Katerfrühstück anfreunden. Wir nehmen beide das Gleiche, Rührei mit Schinken, gebratene Tomaten und Toast. Tim überlegt hin und her, ob er nicht besser Vollkornbrot bestellen soll, »da es ja so viel gesünder ist«, aber wir einigen uns darauf, das Ganze heute mal nicht so wichtig zu nehmen. Wenn Schwarzbrot und Weißbrot den gleichen Nährwert hätten, würde man doch jederzeit Weißbrot wählen, also was soll's.

»Das ist wie bei diesen Dickmadams, die im Restaurant eine Riesenportion Spaghetti mit extra viel Parmesan und Knoblauchbaguette bestellen, aber dann Cola light trinken«, sagt Tim lachend, worauf eine ziemlich füllige Frau am Nebentisch ihr Mandelhörnchen hinlegt, nach ihrem Cola light greift und Tim einen giftigen Blick zuwirft.

»Nun denn, Punkt eins: James«, sagt Tim, und ich berichte ihm, was gestern Abend geschah, bis hin zu dem Moment, als ich James mit Ingrid weggehen sah.

»Aber ich dachte, du wärst nicht an ihm interessiert«, drängt Tim mich prompt in die Defensive.

»War ich auch nicht. Ich meine, *bin* ich nach wie vor nicht. Nur waren alle so überzeugt, dass er an *mir* interessiert sei, und um ehrlich zu sein, es hat mir enorm geschmeichelt. Er ist ja wirklich ein netter Typ. Das heißt, so schien es mir bis gestern Abend, und jetzt komme ich mir ganz schön blöd vor, irgendwie abserviert.«

»Aber du weißt ja gar nicht, ob tatsächlich was zwischen den beiden vorgefallen ist«, gibt Tim zu bedenken.

»Na hör mal, du hast Ingrid doch gestern selbst gesehen! Du glaubst doch nicht im Ernst, er hat sie einfach bloß nach Hause gebracht?«

Tim überlegt für einen Moment und zuckt dann entschuldigend die Achseln. »Ich bin wohl nicht besonders geeignet, das zu beurteilen. Ich bin schwul, Herrgott noch mal, woher soll ich wissen, wie Ingrid auf Heteros wirkt?«

»Red keinen Scheiß, Tim. Die sah gestern aus, als wär sie zu allem bereit, da kann doch kein Mann widerstehen.«

»Stimmt, aber wenn er wirklich so ein korrekter Typ ist, wie du glaubst, dann geht er nicht gleich am ersten Abend mit ihr ins Bett.«

»Nicht ›glaube‹, sondern ›glaubte‹ muss das heißen. Jetzt glaube ich nur noch, dass ich mich geirrt habe.«

»Ich fasse es nicht.« Tim schüttelt lachend den Kopf. »Ist das noch meine gute alte Cath, die eingefleischte Junggesellin, die nichts mehr von Männern wissen wollte, seit der Enttäuschung mit Martin?«

»Ich bin immer noch Junggesellin«, knurre ich, »falls dir das entgangen sein sollte.«

»Alles klar, aber ich find's trotzdem seltsam«, sagt er nachdenklich. »Erst gestern Abend ist Portia wieder in unser Leben getreten, und schon gerät die ganze Stabilität ins Wanken.«

»Wie meinst du das?«

»Na ja, zum Beispiel, dass wir hier sitzen und über Männer reden, wie wir's seit Collegezeiten nicht mehr getan haben, wenn ich mich recht erinnere. Ich hab das Gefühl, als wären wir alle plötzlich um zehn Jahre zurückversetzt. Hast du Joshs Gesicht gestern Abend gesehen? Wenn ich's nicht besser wüsste, würde ich sagen, er sah aus wie ein verliebter Student. Ich hab schon fast erwartet, dass Portia sich wieder wie eine Schlange um ihn winden und ihm die Zunge ins Ohr stecken würde.«

»Himmel! Stell dir vor, genau das ist mir auch durch den Kopf gegangen. Und dabei hatte ich seit Jahren nicht mehr an die Geschichte gedacht.«

»Meinst du, ich?«, entgegnet Tim säuerlich. »Aber es ist doch komisch, dass es gleich das Erste ist, was uns einfällt, sobald Portia wieder auftaucht. Und selbst im Vollrausch hab ich noch gemerkt, dass Josh gar nicht gut drauf war, als er dann wiedergekommen ist. Da fragt man sich doch unwillkürlich, was sich plötzlich wohl noch alles ändern wird.«

»Tim, findest du das nicht ein bisschen übertrieben? Sie ist doch bloß auf die Party gekommen, weil wir sie angerufen haben. Wenn man dich so hört, möchte man meinen, sie hätte die letzten zehn Jahre nur Rachepläne geschmiedet und sei finster entschlossen, uns nun unsere Männer abspenstig zu machen. Lächerlich.«

»Du glaubst also nicht, dass sie wiedergekommen ist, um zu beweisen, dass sie Josh immer noch rumkriegen kann?«

»Unsinn, wozu denn? Die Sache mit Josh damals war doch nach einer Nacht schon wieder vorbei, obwohl sie ihn für immer hätte haben können. Aber sie wollte ihn ja nicht, und ich kann mir echt nicht vorstellen, wieso das jetzt auf einmal anders sein sollte.«

»Vielleicht, weil er als Einziger von uns allen glücklich verheiratet ist? Eine wunderbare Frau und ein süßes Kind hat? Meinst du nicht, das könnte ihre Eifersucht anstacheln?«

»Hey, höre ich recht? Was bitte soll an dem kleinen Teufelsbraten süß sein?«

Tim grinst.

»Schau mal, wenn wir nicht den Kontakt zu ihr gesucht hätten, wäre sie nie zu der Party erschienen. Das haben wir doch alles selbst in die Wege geleitet, und du, mein Lieber, interpretierst viel zu viel dort hinein. Josh war gestern bloß vergrätzt, weil wir so besoffen waren.«

Tim wiegt zweifelnd den Kopf. »Also, ich weiß nicht ... Ich kann nur hoffen, dass ich mich getäuscht habe. Wir werden ja sehen, wie sich die Dinge entwickeln, wenn sie nächste Woche zu Josh und Lucy zum Essen kommt. Aber zurück zu Junker James. Was hat er denn heute Morgen bei dir gewollt, oder hast du mir da noch was verschwiegen?«

Eine halbe Stunde später überredet mich Tim, ihn zu seinem Treffen mit Will zu begleiten.

»Du musst ja nicht bleiben«, bettelt er. »Bitte, bitte! Mir zuliebe! Dafür lade ich dich dann auch zu meiner Party ein.«

Wie kann ich mich da noch sträuben? Ich betone aber extra noch mal, dass ich nur kurz hallo sagen und dann gleich wieder verschwinden werde.

Der herrliche Sonnenschein von gestern ist einem kalten, windigen Herbstwetter gewichen. Ich bin froh, dass ich mich in meinen Schal wickeln kann, so angegriffen, wie ich mich ohnehin schon fühle. Langsam stapfen wir den Hügel hoch und entschuldigen uns immer wieder bei Passanten, denen Mouse an seiner Leine um die Beine wuselt.

Mein Atem bildet kleine Dampfwolken in der frostigen Luft, und Tim klemmt sich die Hände unter die Achseln, um sie zu wärmen, während ich meine tief in den Manteltaschen vergrabe.

»Ach, ich liebe dieses Wetter«, sagt Tim und schnauft mit zufrieden schmunzelnder Miene tief ein und wieder aus.

»Ist das dein Ernst? Also, ich hab den Sommer lieber, wenn man mit kurzen Ärmeln rumlaufen kann und alle sich gut gelaunt im Freien aufhalten.«

»Nee, nee.« Tim schüttelt den Kopf. »Ich mag es ganz gern kalt und winterlich, aber am allerbesten gefällt mir diese Jahreszeit jetzt, diese frische Herbstluft, wo man sich schön warm einmummeln muss. Durch raschelnde Blätter durch den Wald laufen und sich dann zu Hause gemütlich vor dem Kaminfeuer in dicke Decken kuscheln ...« Er seufzt genüsslich.

»Und gleich wirst du mir auch noch was von schmelzenden Marshmallows und sahnigem heißem Kakao vorschwärmen.« Ich lache ihn aus.

»Ganz recht, warum auch nicht?« Tim setzt eine gekränkte Miene auf. »Was wären denn Winterträume ohne heißen Kakao?«

»Himmel, was bist du doch für ein alter Romantiker. Kein Wunder, dass es dir so schwer fällt, den Mann fürs

Leben zu finden. Wer kann so hohe Erwartungen denn schon erfüllen? Wer würde freiwillig wie in einem endlosen Hollywoodfilm leben wollen?«

Tim überlegt einen Moment. »Rupert Everett«, sagt er schließlich und leckt sich lasziv die Lippen. »Mmmh! Der wär genau der Richtige.«

Wir erreichen die U-Bahn-Station mit fünf Minuten Verspätung, doch von Will ist weit und breit nichts zu sehen. Tim macht sich sofort Sorgen, dass er schon wieder fort ist, weil er vielleicht dachte, Tim käme nicht.

»Mach dich doch nicht verrückt«, sage ich. »Er hat sich bestimmt selbst verspätet.«

Und obwohl es viel zu kalt ist, um in einer zugigen U-Bahn-Station herumzustehen, warten wir noch eine halbe Stunde lang. Wie die Vollidioten.

»Er hat doch ein Handy, oder?«, frage ich schließlich, und Tim nickt. Also geht es jetzt wieder den Hügel hinab zur nächsten Telefonzelle, da Tim vergessen hat, sein Handy aufzuladen. Ich lehne draußen und versuche, Mouse im Zaum zu halten, während Tim telefoniert.

Am liebsten hätte ich natürlich gehorcht, aber da ich nicht aussehen will, als ob ich horche, zerre ich Mouse zu einem Schuhgeschäft hinüber und versuche so zu tun, als sei ich fasziniert von der Auslage, was zwar nicht sehr glaubwürdig ist, aber etwas Besseres fällt mir nicht ein.

Endlich kommt Tim mit niedergeschlagener Miene aus der Zelle.

»Hättest du nicht doch Lust, mit uns spazieren zu gehen?«

»Uns?«

»Mit Mouse und mir.«

Ich werfe einen Blick auf die Uhr und zucke bedauernd die Achseln, weil ich nun wirklich in den Laden muss. Tim begleitet mich wieder den Hügel hinauf zur U-Bahn, in düsterem Schweigen, bis es schließlich in einem tiefen Seufzer aus ihm hervorbricht: »Er hatte es vergessen.«

»Was?« Ich traue meinen Ohren nicht.

»Er hockt mit Freunden irgendwo in einem Lokal und sagt, er habe unsere Verabredung total vergessen.«

»So ein Mistkerl!«

Tim zuckt nur stumm die Achseln, also ergreife ich die Gelegenheit, eine richtige Schimpfkanonade loszulassen, die wahrscheinlich etwas übers Ziel hinausschießt, da ich den Kerl ja kaum kenne, aber ich kann mich nicht mehr bremsen. Was für eine bodenlose Frechheit, Tim so zu behandeln! Als ob er austauschbar sei!

»Okay, okay.« Tim winkt ab. »Hab schon kapiert.«

»Heißt das, du hast eingesehen, dass der Typ nichts für dich ist?«

»Ich weiß nicht. Sagen wir mal, ich fange an, die Sachlage etwas klarer zu sehen.«

»Tim.« Ich versuche es mit einer sanfteren Tonart. »Erinnerst du dich noch, was du mir immer gepredigt hast? Dass ich nur das Beste verdiene und wann ich denn endlich genug Selbstbewusstsein hätte, um zu begreifen, dass ich einfach gehen muss, wenn jemand mich nicht zu schätzen weiß?«

Tim nickt unglücklich.

»Und? Meinst du nicht, du bist alt genug, um langsam mal deine eigenen Ratschläge zu befolgen? Weil – wie du mir oft genug gesagt hast – du nicht darauf zu warten brauchst, dass jemand dich wieder und wieder schlecht behandelt. Einmal reicht, und wenn du es ihm diesmal durchgehen lässt, weiß er, dass er so weitermachen kann, und schon sind die Weichen für die Zukunft gestellt.«

»Hässlich genug, hast du vergessen zu sagen.«

»Was?«

»Dass ich nicht nur alt genug, sondern auch hässlich genug bin.«

»Ich dachte, das versteht sich von selbst.« Ich knuffe ihn mit liebevollem Spott in die Seite, und er greift nach meiner Hand.

»Danke, Cath. Du bist der beste Kumpel, den man sich nur wünschen kann.«

Wieder zu Hause, ziehe ich mir meine lumpigsten Sachen an, schnappe mir einen Eimer mit Putzkram und eile zum Laden.

Lucy ist bereits in der Küche zugange, und sie macht uns beiden einen starken Cappuccino, bevor wir uns an die Arbeit begeben. Wir setzen uns an einen der weniger schmutzigen Tische und schwatzen über den Vorabend.

Und dann aber – Himmel, legen wir uns ins Zeug. Wir fegen, wischen, schrubben und wienern, bis der Laden so blitzblank ist, dass man ihm nichts mehr davon ansieht, welche Menschenmassen sich dort gestern noch zusammendrängten.

Als wir schließlich fertig sind, fragt mich Lucy augenzwinkernd: »So, und was steht für heute Abend auf dem Programm?«

Ich zucke die Achseln, denn tatsächlich habe ich nichts Spannenderes vor, als ein heißes Schaumbad zu nehmen und früh ins Bett zu gehen, um für den großen Tag morgen fit zu sein.

»Bevor du dich in die Badewanne verziehst« – Lucy lächelt, ganz so, als erriete sie meine Gedanken – »könnte ich dich wohl noch zu einem leichten Käsesoufflé mit Salat verführen, und einem Glas Rotwein dazu?«

»Gern, aber den Wein vielleicht lieber ein andermal.«

Lucys Küche ist noch unordentlicher als sonst. Der Mülleimer quillt über, und ringsum haben sich schon ein paar voll gestopfte Plastiktüten angesammelt.

Im Spülbecken türmt sich das Geschirr, daneben auf der Abtropffläche stapeln sich Merkzettel, Briefumschläge und Zeitungsschnipsel, alle mit Lucys unleserlicher Handschrift voll gekritzelt. Unzählige weitere Zettel sind mit Magnetstickern an die offensichtlich als Pinnwand genutzte Kühlschranktür geheftet.

Eins von Max' Videos erschallt aus dem Wohnzimmer, und selbst in der Küche ist der Lärm kaum weniger ohrenbetäubend, zumal Max hier auch noch mit einem Plastikflieger herumrast und laut brummende Motorengeräusche von sich gibt.

Du lieber Gott, ich weiß ja, dass ich meine Wohnung in den letzten Wochen mehr denn je vernachlässigt habe, aber dieses Chaos hier sprengt wirklich alle Dimensionen.

Doch wie immer bleibt Lucy völlig ungerührt von all dem Durcheinander, sie ignoriert es ganz einfach mit der ihr eigenen segensreichen Gelassenheit. Sie setzt sich an den Küchentisch und fängt an, Tomaten zu schneiden, direkt auf der Platte, was dem alten, ramponierten Fichtenholz gleich noch ein paar Kerben mehr beschert.

Max klettert auf ihren Schoß und schnappt nach dem Messer, doch Lucy schiebt ihn lächelnd beiseite.

»Sei nicht albern, Schätzchen«, sagt sie ruhig, »du weißt doch, dass Messer nichts für dich sind.« Wieder einmal kann ich mich nur wundern, wie sie es schafft, in all diesem Krawall nicht die Nerven zu verlieren. »Lauf zu Ingrid und sag ihr, sie soll dich ins Bett bringen, und du Cath, mach doch schon mal den Wein auf«, fährt sie fort, während sich mir bei der bloßen Erwähnung von Ingrids Namen die Nackenhaare aufstellen.

Max rennt hinaus und schreit nach ihr, und nach ein paar Minuten kommt sie die Treppe herunter, mit der gleichen knurrigen Miene wie sonst. Forschend spähe ich ihr ins Gesicht, ob ihr vielleicht noch etwas von ihren nächtlichen Ausschweifungen anzusehen ist – obwohl ich gar nicht weiß, wie sich so etwas feststellen ließe. Von irgendeinem postkoitalen Nachglühen, das doch als verräterisches Zeichen gelten soll, ist jedenfalls nichts zu erkennen. Zwar glaube ich nicht, dass ich solch ein Nachglühen schon je mit eigenen Augen gesehen habe, aber sicher würde es mir auffallen, wenn ich nur aufmerksam genug hinschaue.

Ich erinnere mich, dass ich vor Jahren mal mit Portia darüber gesprochen habe.

Wir waren einer Bekannten über den Weg gelaufen, die ungewöhnlich guter Laune zu sein schien, und im Weitergehen drehte Tim sich noch mal nach ihr um und behauptete mit wissender Miene: »Also, *die* ist heute Nacht aber auf ihre Kosten gekommen.« Uns anderen war völlig schleierhaft, woran er das denn wohl bemerkt haben wollte. Nicht lange darauf verbrachte ich eine leidenschaftliche Nacht mit jemandem, der ansonsten nicht weiter interessant war, und am nächsten Morgen lief ich schnurstracks heim, platzte bei Portia ins Zimmer und schnappte mir ihren Handspiegel von der Kommode.

»Na?« Ich hockte mich auf ihre Bettkante und starrte in den Spiegel. »Siehst du es jetzt?«

»Hmmm.« Sie nahm mein Kinn und drehte mein Gesicht ins Licht. »Soll ich ehrlich sein?«

»Ja, klar, ich seh es nämlich nicht, aber Tim hat ja auch gemeint, an sich selbst sieht man es niemals.«

»Du siehst total fertig aus.«

»Ach, weiter nichts?« Ich war nicht im Mindesten enttäuscht, als Portia nickte. »Na gut.« Ich stand auf, um ins Bad zu gehen. »Vielleicht ist es ja bloß *das*, wovon immer alle reden.«

Und hier mustere ich nun Ingrids Gesicht, während sie in die Küche marschiert kommt und sich vor Lucy aufbaut, die linke Hand aggressiv in die Seite gestützt. Lucy blickt mit gutmütigem Lächeln auf.

»Ich hätte gern gewusst, wo Max' blauer Pyjama ist«, nölt sie, und Lucy zuckt die Achseln.

»In der Wäsche?«, schlägt sie hoffnungsvoll vor, doch Ingrid schüttelt den Kopf. »Im Bügelkorb?« Ingrid schüttelt wieder den Kopf und zieht die rechte Hand hinterm Rücken vor. »Hier ist er«, sagt sie streng. »Ich hab ihn eben aus der Schmutzwäsche gefischt, wo er schon seit über einer Woche vergraben war.«

Mit einer schnellen Grimasse zu mir hin beginnt Lucy, sich bei Ingrid zu entschuldigen, die kalt entgegnet: »Es ist Ihr Sohn und Ihre Schuld, wenn er heute in seinen Kleidern schlafen muss.« Dann geht sie zum Kühlschrank und holt sich einen Joghurt heraus, was vermutlich erklärt, wie sie es schafft, so gertenschlank zu bleiben.

Ich starre sie immer noch an, nun aber nicht mehr prüfend, sondern schlicht entsetzt, weil sie sich ihrer Arbeitgeberin gegenüber einen derartigen Ton erlaubt. Als sie sich umdreht, fängt sie meinen Blick auf und durchbohrt mich nun ihrerseits mit den Augen.

Sie steht da, reißt den Joghurtdeckel ab, hebt ihn langsam zum Mund und schleckt ihn ab, während sie mich unverwandt ansieht, offenbar in der Absicht, mich in Verlegenheit zu bringen. Ich gebe als Erste auf und schlage die Augen nieder, woraufhin sie abfällig grinsend die Küche verlässt.

»Also ...« Ich trete an den Herd und setze Teewasser auf, um meinen Gesichtsausdruck zu verbergen. »Was hältst du denn von der Geschichte mit James und Ingrid?«

Lucy schaut komplett verdutzt drein. »Was? Wieso?«

»Na, die sind doch gestern zusammen abgezogen. Ich nehme an, sie ist die ganze Nacht weg geblieben?«

Lucy lacht laut auf. »Aber Cath, Süße, glaubst du vielleicht, Josh wäre gekommen, um uns vor dem totalen Absturz zu retten, wenn Max allein zu Hause gewesen wäre?«

Warum hatte ich daran nicht gedacht? Gott sei Dank.

»Aber sie sind doch zusammen von der Party weggegangen. Und James hat ausgeschaut, als sabbere er praktisch schon vor Lüsternheit.« Letzteres ist zwar ein bisschen geflunkert, da ich sein Gesicht beim Hinausgehen gar nicht gesehen habe, doch ich bin mir trotzdem sicher, dass er so ausgeschaut haben muss. »Das sah doch ein Blinder, dass die beiden scharf aufeinander waren«, sage ich entschieden.

»Wirklich? Ich kann sie mir einfach nicht zusammen vorstellen. Und ich glaube auch nicht, dass Ingrid James' Typ ist. Viel zu auffällig für ihn.«

»Genau das macht mir aber Sorgen«, rutscht es mir unwillkürlich heraus, und ich schlage mir die Hand vor den Mund, denn in Wirklichkeit kümmert mich das alles ja überhaupt nicht.

Lucy legt lächelnd das Messer hin. »Heißt das, du gibst endlich zu, dass du vielleicht doch etwas für den guten James empfindest?«

»Absolut nicht. Wir sind einfach nur Freunde. Oder waren es zumindest.« Nun fängt das Wasser an zu kochen, und ich widme mich hingebungsvoll der umständlichen Aufgabe, eine Tasse Tee zu bereiten.

15

Bill steht an der Kasse, Lucy verteilt Körbchen mit frischen Croissants auf dem Tresen, Rachel und ich laufen im Laden herum und vergewissern uns noch mal, dass alle Bücher am richtigen Platz und alle Sofas im rechten Winkel stehen.

»Ist das zu glauben!« Ich drehe mich überrascht zur Tür um, wo bereits zwei Leute stehen und an der Klinke rütteln, obwohl das »Geschlossen«-Schild noch dahängt, auf dem deutlich zu lesen steht, dass wir erst in zehn Minuten aufmachen werden.

»Sicher ein gutes Omen!« Lucy lacht.

»Was meinst du?« Ich blicke auf die Uhr. »Sollen wir sie jetzt schon reinlassen?«

Die beiden Frauen draußen machen nicht den Eindruck, als würden sie so schnell aufgeben, also schnappe ich mir den Schlüssel von der Theke und sperre ihnen die Tür auf, mit einem extra strahlenden Begrüßungslächeln, das meine flatterige Aufregung so weit wie möglich kaschieren soll. Unsere allerersten Kunden! Was sie wohl denken werden? Ob sie tatsächlich etwas kaufen? Oder wenigstens auf einen Kaffee bleiben? Wird es ihnen bei uns gefallen?

Ich fange Lucys Blick auf, und sie reckt ermutigend den Daumen in die Höhe. Ich lasse die Tür weit aufschwingen und wünsche den Frauen einen guten Morgen.

»Entschuldigen Sie, dass wir so früh kommen«, sagt eine von ihnen und stellt ihre Einkaufstüten ab.

»Wir konnten's nicht mehr erwarten«, sagt die andere. »Seit Wochen beobachten wir schon, wie's hier vorangeht, wir sind ja so gespannt darauf, uns hier endlich umzusehen! Du lieber Gott, sind wir etwa Ihre ersten Kunden?«

Ich nicke, wobei mir auffällt, dass wir alle vier wie die Honigkuchenpferde grinsen.

»Was meinst du, Shirley?« Die Kleinere dreht sich zu ihrer Freundin um. »Erst mal einen Kaffee, oder?«

Shirley bläht schnüffelnd die Nüstern, mit einem Blick zur Theke hinüber, hinter der Lucy sie anlächelt.

»Wir haben hausgemachtes Hefegebäck da, noch ofenwarm«, sagt Lucy verlockend, und prompt erliegen die beiden Lucys Lächeln und nehmen an einem der Cafétische Platz.

»Ich muss sagen«, sagt Shirley anerkennend nickend, »Sie haben den Raum großartig hergerichtet. Wie gemütlich das alles ist! Und so sonnig! Genau das, was in der Gegend hier gefehlt hat.«

»Das dachten wir uns auch«, sagt Lucy. »Hoffentlich empfinden das alle so wie Sie.«

Shirley zwinkert ihrer Begleiterin zu. »Solange ich vor lauter Gemütlichkeit nur nicht vergesse, *Die Asche meiner Mutter* mitzunehmen. Erinnere mich dran, Hilary. Ich wollte es schon seit einer Ewigkeit endlich mal lesen.« Auf das Stichwort hin eile ich sofort zu den Stapeln mit Biographien und Memoiren, die auf dem Tisch vorn ausliegen, suche den Bestseller von Frank McCourt heraus und trage ihn zu Hilary hinüber.

»Oh, was sind Sie für ein Engel«, sagt Shirley. »Ich wünschte, andere Läden würden sich an Ihnen ein Beispiel nehmen.« Von tiefer Befriedigung erfüllt, gehe ich zu Bill an die Kasse zurück.

Eine Stunde später haben sich schon sechs weitere Kunden hereingewagt. Vier davon sind noch da und blättern still versunken in Buchseiten, zwei auf den Sofas und zwei im Café. Die anderen kamen nur eilig hereingestürmt, um neue Titel zu kaufen.

Doch alle scheinen Shirleys Meinung zu teilen, oder vielleicht äußern sie sich auch nur aus Höflichkeit so lobend. Jedenfalls wirken sie ehrlich beeindruckt von der Atmosphäre, die wir hier geschaffen haben. Am Ende des Tages stellen wir hoch erfreut fest, dass wir einundzwanzig Taschenbücher und sechzehn Hardcover verkauft haben, und vier Bestellungen von Titeln notiert, die wir nicht im Sortiment haben – alles in allem, wie Bill meinte, »gar nicht so schlecht für den Anfang«.

Ganz abgesehen davon, dass Lucys selbst gebackene Kuchen und Teilchen samt und sonders verputzt worden sind und dass der Laden den ganzen Tag über keine Minute leer war.

»Weißt du was?« Ich wende mich zu Lucy um, während ich die Ladentür zusperre. Zur Feier des Tages haben wir schon mit Bill und Rachel eine Flasche Wein geleert. »Ich glaube, wir haben hier einen Volltreffer gelandet.«

»Als ob es da je einen Zweifel gegeben hätte!«, sagt Lucy lachend. »Ach, Cath, was machst du dir auch immer für unnötige Sorgen. Du wirst schon sehen, es wird alles auch genauso fabelhaft weiterlaufen.« Sie legt mir den Arm um die Schultern und drückt mich fest an sich.

Ich gehe durch den Laden, sammle herumliegende Bücher ein und stelle sie wieder an ihren Platz und kann gar nicht aufhören zu staunen, dass all dies hier meins ist. Unser eigenes Unternehmen! Und als Lucy den Mopp hervorholt und anfängt, den Boden zu wischen, verstehe ich zum ersten Mal, dass sie mit ihrer Zuversicht vollkommen Recht hatte.

Aber dass sie Recht hat, heißt nicht, dass sie nicht auch total verrückt ist. Zwei Wochen später ist sie schon eifrig dabei, das versprochene Festessen für Portia zu organisieren. Jeder normale Mensch (ich, zum Beispiel) wäre (und *ist*, was mich betrifft) doch längst am Ende seiner Kräfte, aber

Lucy ist so aufgedreht, dass sie nicht länger als fünf Sekunden still sitzen kann.

Zum Schlafen kommt sie natürlich auch kaum noch, unsere hyperfleißige Superfrau. Gestern ist sie schon wieder in aller Frühe aufgestanden, um zwei Stunden lang ihre berühmte Hühnerkasserole zu kochen, und das wohlgemerkt noch vor Ladenöffnungszeit.

Und der Laden? Nun, wie alle vorhergesagt haben, scheint er so weit recht gut zu laufen. Nach dem anfänglichen Kundenandrang ist es mittlerweile natürlich etwas ruhiger geworden, und es gab durchaus den einen oder anderen zähen Nachmittag. Es ist also, laut Josh, nicht unbedingt ein Massenerfolg, was man bei einer Buchhandlung aber auch nicht erwarten kann.

Was uns zugute kommt, ist der Neugier-Effekt. Die Leute kommen herein, um zu sehen, was an dem ganzen Gerede eigentlich dran ist, und bleiben dann viel länger hängen, als sie beabsichtigt hatten. Besonders die alten Ledersofas haben es der Kundschaft angetan, und letztes Wochenende sind etliche Stammgäste aus dem *La Brioche* zu uns herüber gewechselt und frönten fast den ganzen Sonntag lang mit ihren Caffellattes auf unseren Sofas der *Leselust*.

Wie ich in einem ziemlich peinlichen Interview mit dem *Ham & High* verlauten ließ, können wir nicht mit dem großen Books Etc. in der Nachbarschaft konkurrieren, aber das haben wir ja auch gar nicht vor. Unser Geschäft war von vorneherein als Kommunikationszentrum angelegt, wo Leute sich treffen, schwatzen und einen kleinen Imbiss genießen sollen, um dann im Hinausgehen vielleicht noch mal innezuhalten, wenn ihnen ein interessantes Buch ins Auge fällt.

Und das Beste daran ist, dass die Partnerschaft zwischen Lucy und mir sehr gut funktioniert, trotz aller Bedenken, die Tim anfangs vorgebracht hatte.

Es ist ein wunderbares Gefühl, sich jeden Morgen beim Aufwachen schon auf die Arbeit zu freuen, weil es genau der Job ist, den ich mir immer erträumt hatte – ein Geschäft, das ich in eigener Verantwortung führe. Gewiss, es gibt noch eine Menge zu lernen, und es wird wohl noch eine Weile dauern, bis ich mich wirklich sicher dabei fühle, aber ich bin jetzt schon überzeugt, dass es mir gelingen wird. Uns beiden zusammen.

Lucy tut das, was sie am besten kann – kochen, backen, die Gastgeberin spielen, und sie ist noch immer hellauf begeistert. Sie ist den ganzen Tag auf den Beinen, was mir immer ein bisschen Schuldgefühle bereitet, da ich eher dazu neige, hinter der Kasse zu sitzen oder im Lagerraum. Auf jeden Fall zu sitzen.

Josh hat Lucy ein Fußmassagebad als Glückwunschpräsent gekauft, was Tim und ich etwas knauserig von ihm fanden – Tim meinte, Brillantohrringe wären angebrachter gewesen –, aber Lucy war überglücklich, da ihre Füße, wie sie sagte, sich am Abend immer wie Bleigewichte anfühlen. Aber das mache ihr nichts aus, lachte sie, der Spaß sei ihr die wehen Füße allemal wert.

Und nun ist der Abend des Festessens gekommen. Ich habe Portia nur noch einmal letzte Woche gesprochen. Sie rief mich an, nachdem Lucy sie eingeladen hatte, und sagte, ich solle doch vorher kurz auf ein Glas bei ihr vorbeischauen. Sie freue sich so darauf, mich nach all den Jahren mal ohne die anderen zu sehen, mal wieder ungestört mit mir reden zu können.

Merkwürdig, nach jenem Telefongespräch fühlte ich mich ganz genauso wie damals zu Collegezeiten. Ich fühlte mich *geehrt* von Portias Interesse.

Wenn Portia mich so behandelte, als wäre ich jemand Besonderes, kam es mir vor, als ob mich ein warmer Sonnenstrahl beschiene. Und obwohl ich es genossen habe, mich im Laufe der letzten zehn Jahre von Portia zu befreien, fühlt es sich irgendwie sehr vertraut, sehr geborgen an, in diese alte Rolle zurückzufallen, und ich frage mich, ob ich vielleicht nicht doch im Schatten glücklicher bin.

»Was ist denn jetzt eigentlich mit dem guten James?«, fragte mich Lucy letzten Dienstag, als wir den Laden absperrten und noch schnell den Großhändler anriefen, um ein paar Bestellungen durchzugeben. »Ich würde ihn gern einladen, und ihr beide habt euch doch so gut verstanden. Kann ich ihn nicht zu unserem Festessen bitten, Cath? Ach bitte, sag ja!«

»Nein!«, bellte ich und ließ beinahe den Bücherstapel fallen, den ich gerade vom Lagerraum hereinschleppte.

»Weißt du«, sagte sie behutsam, »da läuft echt nichts zwischen ihm und Ingrid.«

»So?« Ich muss zugeben, ich horchte auf, obwohl ich die ganze Zeit versucht hatte, ihn mir aus dem Kopf zu schlagen, und ihn seit dem Debakel mit den Blumen auch nicht mehr gesprochen hatte – trotz meines schlechten Gewissens –, sodass es von Tag zu Tag schwerer wurde, ihn doch noch anzurufen.

»Nein, wirklich. Ich hab sie gefragt.«

»Du hast sie *gefragt*? Was hat sie gesagt?«

»Na ja, es war eigentlich recht komisch. Sie stand da und guckte völlig verdattert, und da merkte ich plötzlich, dass sie keine Ahnung hatte, wovon ich redete.«

»Vielleicht ist es so schauderhaft gewesen, dass sie es lieber verdrängt hat.«

»Komm schon, Cath. Ehrlich, ich hab sie erst dran erinnern müssen, dass sie mit ihm zusammen die Party verlassen hat, und dann hab ich sie noch mal geradeheraus gefragt, ob sich was zwischen ihnen abgespielt habe und ob sie an ihm interessiert sei.«

»Und?« Ich versuchte, so zu tun, als ob mich das alles nichts anginge.

»Und sie hat mich angeschaut, als ob ich verrückt geworden sei, und dann hat sie sich fast totgelacht.«

»Du meine Güte!« Ich war entsetzt. »Was bildet die sich denn ein? James ist vielleicht nicht gerade Mr. Universum, aber sie könnte doch wirklich von Glück sagen, wenn sie so jemanden abkriegen würde.«

»Ich weiß.« Lucy nickte. »Ich meine, ich konnte ja nichts sagen, aber James ist einfach ein Klassetyp. Auch wenn er nicht *ihr* Typ sein mag, ist das kein Grund, so hysterisch zu lachen.«

»Lucy, wann wirst du endlich einsehen, dass dieses Weibsbild unmöglich ist?«

»Cath, so lange Max mit ihr glücklich ist, hab ich nichts an ihr auszusetzen. Diese Au-pairs bleiben einem sowieso nie lange erhalten. Erst gestern hat mir eine Kundin erzählt, dass sie fünf in drei Monaten hatte. Die Erste ließ heimlich ihren Freund bei sich übernachten, die Zweite wusch sich nicht, die Dritte war okay, aber sie fand ihr Zimmer zu klein, die Vierte ist nach drei Wochen ohne Erklärung abgehauen.«

»Und die Fünfte?«

»Die Fünfte ist anscheinend eine Perle. Fragt sich nur, wie lange es diesmal halten wird.«

»Wann hat sie denn dort angefangen, diese Fünfte?«

»Am Montag. Jedenfalls meinte die Kundin – Ann heißt sie –, dass ich mit Ingrid das große Los gezogen hätte und dass ich bloß alles tun sollte, um ihr das Leben so angenehm wie möglich zu machen, weil gute Au-pairs ungefähr so selten sind wie Goldstaub auf den Straßen von London.«

Zum Glück hatte Lucy sich gerade gebückt, um eine herumliegende Zeitschrift aufzuheben, sodass sie meine höhnische Miene nicht sah. »Ich nehme an, du wirst sie von jetzt an mit kleinen Geschenken verwöhnen?«

»Zufällig hab ich ihr gestern schon ein kleines Geschenkset mit Badeölen und Parfümseife mitgebracht. Es hat so himmlisch geduftet, ich konnte einfach nicht daran vorbeigehen nach dem, was diese Frau mir erzählt hat.«

»Mach dich darauf gefasst, dass sie jetzt wahrscheinlich verduften wird.« Ich kicherte boshaft. »Sie denkt bestimmt, du wolltest ihr durch die Blume sagen, dass sie stinkt, und sie wird so beleidigt sein, dass sie schon verschwunden ist, wenn du nach Hause kommst.«

»O Gott«, stöhnte Lucy. »Glaubst du wirklich?«

»Ich könnte mir Schlimmeres denken.«

»Na, wie auch immer, Cath, auf jeden Fall ist nichts zwischen den beiden vorgefallen, also sag doch bitte, bitte, dass du nichts dagegen hast, wenn ich ihn einlade.«

»Herrje, Lucy, wie kannst du mich bloß so schamlos erpressen?«

»Heißt das, ich darf ihn einladen?«

»Na gut«, knurrte ich. »Aber das heißt nicht, dass ich dir meinen Segen gegeben habe.«

»Wunderbar«, sagte sie strahlend, während sie die Ladentür aufschloss und ich ihr hinausfolgte. »Ich ruf ihn gleich an, sobald ich heimkomme.«

Wie man weiß, ist es mir ja nie besonders wichtig gewesen, was ich anziehe, doch irgendwie, glaube ich, bin ich es James schuldig, mir diesbezüglich ein bisschen Mühe zu geben – nach dem Anblick, den ich am Morgen nach der Party geboten habe.

Jedes Mal, wenn ich daran denke, wie ich die Tür öffnete und ihn da stehen sah, und vor allem, wie er *mich* sah – mit meiner Hottentottenmähne, verlaufener Wimperntusche und verquetschter Visage –, könnte ich vor Scham im Boden versinken.

Vielleicht ist das ja auch wieder ein Symptom des Portia-Effekts, wie Tim es nennt, denn um ehrlich zu sein, ist es wohl schon an die zehn Jahre her, seit ich mich das letzte Mal bewusst um ein gepflegtes Äußeres bemüht habe.

Aber heute Abend will ich James beweisen, dass ich durchaus ansprechend aussehen kann, und wenn ich mich wirklich anstrenge, gelingt es mir vielleicht, jene morgendliche Horrorvision aus seinem Gedächtnis zu tilgen und durch ein weit positiveres Bild zu ersetzen.

Also leistete ich mir heute zum ersten Mal seit Jahren einfach einen freien Tag – was nur möglich war, weil Tim schon lange eifersüchtig danach drängte, bei uns im Laden mitzumischen, und nur zu gern die Gelegenheit ergriff, mich zu vertreten – und nahm um zehn Uhr morgens den Bus zur Oxford Street, um mich ins samstägliche Gewühl zu stürzen, auch wenn ich keine Ahnung hatte, wonach ich eigentlich suchte.

Doch schon im ersten Konsumtempel fand ich eine graue Flanellhose, auf die sogar Tim stolz gewesen wäre, und nur ein paar Meter die Straße hinauf entdeckte ich ein so verlockend dekoriertes Schaufenster, dass ich prompt Lust bekam, mich in dem Laden umzuschauen.

Ich ging weiter, zögerte, kehrte um und fing den Blick eines Verkäufers auf, der mich lächelnd zum Eintreten ermutigte.

»Kann ich Ihnen helfen?«, fragte er, und ich deutete zur Auslage hin.

»Diese Pullover da, was kosten die denn?«

Geschickt umging er meine Frage und holte gleich eine Auswahl der herrlichsten, pastellfarbenen Pullover aus dem Regal, die so zart und weich aussahen, dass es mir fast Leid tat, wie er den perfekt geordneten Stapel in Unordnung brachte, indem er einen nach dem anderen entfaltete und vor mir ausbreitete.

»Probieren Sie doch einfach mal einen an.« Er hob den hoch, an dem ich gerade herumfingerte – ein Luxustraum in flauschigem Babyrosa, sicher der schönste Pullover, den ich je gesehen hatte. Obwohl ich mir doch sonst gar nichts aus Pullovern mache.

Wie hypnotisiert ging ich in die Umkleidekabine, und kaum hatte ich ihn angezogen, musste sogar ich zugeben, dass es wahrscheinlich das Schönste war, was ich je im Leben getragen hatte. In dieser zarten, schmeichelnden Wolle fühlte ich mich weich und feminin wie nie zuvor, und sogar mit den abgetragenen schwarzen Leggings darunter sah das Teil schlicht zum Verlieben aus.

»Haben Sie passende Hosen dazu?«, erkundigte sich der Verkäufer, ohne erst zu fragen, ob ich den Pullover nehmen würde. Es schien ihm offenbar selbstverständlich, so gut, wie er mir stand.

Ich zeigte auf meine Tasche und erklärte, ich hätte eben welche gekauft, und er bestand darauf, sie sich anzusehen.

»Schauen wir mal, wie es zusammen wirkt«, insistierte er, und es fühlte sich eigenartig vertraut an, hier von einem hübschen jungen Mann herumkommandiert zu werden, der einen weit besseren Geschmack besaß als ich – ganz so, als hätte ich Tim an meiner Seite. Wie hätte ich da widerstehen können?

Natürlich sah es fantastisch aus, und sogar der nette Verkäufer zeigte sich beeindruckt, was beinahe mehr war, als ich zu hoffen gewagt hatte. Ich konnte kaum glauben, wie teuer dieser schlichte Pullover war, aber das war mir die Sache auf jeden Fall wert. Denn, Hand aufs Herz, wie sollte ich mich als Phönix aus der Asche offenbaren, wenn ich immer noch in demselben ausgebeulten schwarzen Pulli steckte, den ich die letzten fünf Jahre fast täglich angehabt hatte?

Um es mit Julius Cäsar zu sagen: Ich kam, sah – und zahlte. Und ich hatte wirklich die Absicht, unverzüglich heimzukehren, als mich ein junges, peppig gestyltes Mädchen auf der Straße anhielt und mir einen Werbezettel in die Hand drückte.

»Wir haben heute ein Spezialangebot bei Snippers«, verkündete sie munter. »Alles zum halben Preis, und die Stilberatung ist gratis.«

An jedem anderen Tag hätte ich den Werbezettel gleich zusammengeknüllt und in den nächsten Mülleimer geworfen, aber heute blieb ich stehen und las ihn aufmerksam durch. »Langweilt Sie Ihre Frisur?«, hieß es da. »Suchen Sie nach einem neuen Look? Bei Snippers finden Sie ein erfahrenes Team, das Ihnen mit Fingerspitzengefühl Ihr neues Image zaubert!«

Tja, was soll man machen, wenn man solch einen Tipp bekommt, nachdem man nun schon eine Woche hin und her überlegt, wie man seinen ungebärdigen Krausschopf zähmen könnte? Umgehend begab ich mich zu Snippers und in die Hände eines – hoffentlich – erfahrenen Coiffeurs namens Pezz.

»Mmmm, ja«, sagte er, fuhr mir durchs Haar und hob mit wenig erbauter Miene ein Lockenbüschel nach dem anderen hoch. »Ich seh schon. Ist wohl ziemlich schwer zu bändigen, nicht wahr?«

Ich nickte ergeben.

»Sie hätten's lieber glatt und seidig?«

Ich zuckte die Achseln, sah aber, dass das die falsche Antwort war, und verlegte mich auf eifriges Nicken.

»Keine Sorge, das kriegen wir schon hin. Wir machen Ihnen Haare wie Jennifer Lopez«, sagte er triumphierend. »Vielleicht möchten Sie auch die Farbe ändern, hmmm?«

Darüber hatte ich mir noch keine Gedanken gemacht. Selbst die grauen Haare, von denen täglich mehr hinzuzukommen schienen, hatten mich nie sonderlich gestört. Doch Pezz schien da anderer Ansicht zu sein.

»Ich würde sagen, wir nehmen eine Tönung auf schonender Pflanzenbasis, ja? Ein schönes, warmes Kastanienbraun mit einem kleinen Rotstich?«

Ich füge mich seinem weisen Rat, nehme das Angebot eines Cappuccinos an, verputze in Sekundenschnelle die kleinen Mandelkekse auf der Untertasse und lehne mich dann im Stuhl zurück, mit einem Stapel knallbunter Klatschmagazine, die ich nie woanders als beim Friseur lesen würde.

Zwei Stunden später – Himmel, komme ich mir dekadent vor! – blicke ich in ein Spiegelbild, das aussieht wie ich, nur in unglaublich idealisierter Version.

Nie hätte ich mir träumen lassen, dass mein Haar einmal seidig, glatt, ja sogar *glänzend* sein könnte! Unfassbar, wie es glänzt! Pezz hat wahrhaft Wunder gewirkt und mir eine gleichmäßig schulterlange, in gepflegtem Kastanienbraun schimmernde Haarpracht beschert.

Ich kann gar nicht mehr aufhören, mich im Spiegel anzulächeln. Das einzige Problem dabei ist, wie mir nun allmählich auffällt, dass es genauso aussieht wie bei Portia. Oje, wie schaffe ich es nur, das als Zufall auszugeben?

Aber bis ich nach Hause komme, sonne ich mich zunächst einmal in purer Selbstzufriedenheit. Ich bekomme sogar ein paar bewundernde Blicke ab. Von Männern. *Ich*! Nun ja, nicht gerade so viele, dass ich damit gleich in die Schlagzeilen käme, aber – und ich dachte zuerst, ich bilde mir das nur ein – zwei Männer haben mir im Vorbeigehen weit länger in die Augen geblickt, als es unbedingt nötig gewesen wäre.

In der U-Bahn sitze ich leicht vorgebeugt, sodass ich mich in der schwarzen Scheibe spiegeln kann, und auch wenn ich bisher keine eitle Person war, ist es ja noch nicht zu spät, sich zu ändern, und ich kann's einfach nicht glauben, wie gut ich aussehe!

Ich liebe meine neuen Haare. Ich kann's nicht lassen, sie zu streicheln, mich über ihre Glätte zu wundern. Zum ersten Mal fühlen sie sich wie *Haare* an und nicht wie Schamhaar, das aus Versehen an der falschen Stelle gelandet ist.

Und nun werde ich zu spät bei Portia aufkreuzen, weil ich zu Hause zu lange in den Spiegel gegafft habe. Mir ist jedes Zeitgefühl abhanden gekommen. Sobald ich meine neuen Sachen angezogen und meine Haare zum Schluss noch mal ein bisschen ausgeschüttelt hatte, fiel mir auf, dass jetzt nur noch ein Hauch Make-up fehlte, doch ich hatte so lange keins mehr getragen, dass ich nicht mal mehr wusste, ob ich überhaupt noch Schminksachen dahatte.

Zum Glück fand sich ganz hinten im Badezimmerschrank noch ein alter brauner Eyeliner und ein Lipglosspröbchen, das wohl einem der Hochglanzmagazine entstammte, die ich vor Ewigkeiten mal gekauft hatte.

Mit dem Eyeliner umrandete ich mir die Lider, aber leider so unbeholfen, dass die Striche viel zu dick ausfielen, und mich eine ziemlich verschlampte Kleopatra unsicher aus dem Spiegel anstarrte. Ich schnappte mir einen Wattebausch, rubbelte damit über die verunglückten Lidstriche, und siehe da, verwischt waren sie gar nicht mehr so übel. Ich war verblüfft, wie groß meine dunkel umschatteten Augen plötzlich wirkten.

Hmmm. Was konnte man sonst noch mit dem Eyeliner anfangen? Ich beschloss, mir die Lippen damit nachzuziehen, dann wandte ich wieder den Wattebauschtrick an und legte eine Schicht Lipgloss auf.

Ich lächelte mein Spiegelbild an, und da ich weder Wimperntusche noch Rouge hatte, tat ich das, was wir als elfjährige Schulmädchen immer taten, wenn wir versuchten, uns wie richtige Teenager herauszuputzen. Ich kniff mir in die Backen, bis sie rot waren, dann feuchtete ich meine Finger an und strich die Wimpern nach oben, versuchte, ihnen eine leichte Krümmung zu geben. Der Effekt war nicht gerade überwältigend, aber durchaus sichtbar.

Als ich dann nach meinem Mantel griff und zur Tür hinausrannte, war ich schon eine Viertelstunde zu spät dran, aber was machte das schon? Ich sah so gut aus wie seit zehn Jahren nicht mehr, und das schien mir das Einzige zu sein, worauf es im Augenblick ankam.

16

»CATH, DU SIEHST ja wundervoll aus!« Portia lässt mich eintreten, küsst mich auf beide Wangen und führt mich durch einen geräumigen, luftigen Flur in ein riesiges Wohnzimmer mit einer breiten Fensterfront, die auf den Kommunalpark an der Sutherland Avenue hinausblickt.

Ein paar Duftkerzen erfüllen den Raum mit dem süßen Parfüm von Orangen und Zimt. Auf dem gläsernen Couchtisch, neben einer großen Kugelvase mit weißen Lilien, steht eine schon geöffnete Flasche Champagner mit zwei Gläsern.

Im ganzen Raum ist keine einzige Farbe zu sehen, und alles sieht wahnsinnig teuer aus. Die Sofas sind so weiß, dass ich es kaum wage, mich hinzusetzen, für den peinlichen Fall einer plötzlichen Periodenblutung oder so, was einem natürlich nur dann passieren würde, wenn man auf einem blütenweißen Sofa sitzt.

Hier sieht es exakt so aus, wie ich es mir bei Portia vorgestellt hätte, ein Ambiente, wie man es gewöhnlich nur in Luxusmagazinen sieht. Mein ganzes Leben lang habe ich noch nie einen Fuß in solch eine Wohnung gesetzt.

Portia schenkt mir ein Glas Champagner ein und lässt sich graziös neben mich aufs Sofa gleiten, die langen Beine von dem engen Rock raffiniert zur Geltung gebracht, wozu die edlen, hochhackigen Riemchensandaletten noch einiges beitragen.

Portia wirkt wie der Inbegriff von Reichtum, und das mit der größten Selbstverständlichkeit. Neben ihr fühle ich mich trotz meiner neuen Flanellhose, meines Kaschmirpullis und meiner seidigen Haarpracht fast noch hausbackener als heute Morgen vor meiner mühseligen Verwandlung.

Und das ist genau der Punkt. An Portias Erscheinung wirkt alles unangestrengt, nichts aufgesetzt. Bei näherem Hinsehen merkt man, dass sie Make-up trägt, und sogar eine ganze Menge, aber, aus normalem Abstand betrachtet, schaut sie einfach natürlich schön aus – als wäre sie nur kurz mit der Bürste durch die Haare gefahren und hätte höchstens noch einen Hauch Lippenstift aufgelegt.

In ihrem schmalen, knielangen Rock, ihrem engen Brokattop, das an den Rändern mit dünnen Samtstreifen und Spitzenborten abgesetzt ist, in den Sandaletten, die sich mit zarten Lederriemchen um ihre Füße schmiegen, sieht sie aus wie der *Vogue* entstiegen. Alles superteuer, kleidet es sie doch so unauffällig wie eine zweite Haut. Mit einem Wort, das perfekte Understatement.

Lächelnd prostet sie mir zu, nippt an ihrem Glas und lehnt sich aufseufzend zurück. Ein Anblick wie in einer Filmszene oder wenigstens wie in einem Werbespot.

Ich blicke mich um. »Deine Wohnung ist eine Wucht. Unglaublich, wie hoch diese Decken sind!«

»Ich weiß. Als ich sie zum ersten Mal anschauen kam, war es ein strahlender Vormittag, die Sonne strömte durch die Fenster, und ich hab mich sofort in diesen Raum hier verliebt. Soll ich dich mal rumführen?«

Ich nicke, und sie zeigt mir die Küche, das Esszimmer, die Terrasse hinten, das Schlafzimmer – alles bildschön und makellos. An der letzten Tür zögert sie kurz, ehe sie den Messingknauf herumdreht.

»Dies hier«, sagt sie, »ist mein wahres Ich. Das Zimmer führe ich sonst keinem vor, weil es so unaufgeräumt ist, aber bitte.« Sie öffnet die Tür. »Mein Arbeitsraum.«

Kein Wunder, dass der Rest der Wohnung wie aus dem Ei gepellt ist. Ihren Papierkram, ihre Bücher, ihr ganzes privates Sammelsurium bewahrt sie hier auf. Die Wände sind mit Regalen bedeckt, alles bis in den letzten Winkel voll gestopft. Ein riesiger Schreibtisch nimmt eine ganze Seite des Raums ein, und auch dort drohen Stapel von Papieren, Briefen und Manuskripten den Computer jeden Moment unter sich zu begraben.

»Das ist mein eigentliches Zuhause«, sagt sie lächelnd. »Das einzige Zimmer, in dem ich mich richtig wohl fühle.«

Was mich natürlich nicht überrascht, denn der Rest der Wohnung wirkt wie ein Museum. Portia lässt sich auf das dunkelblaue Sofa mit den verknautschten Kissen fallen.

»Mein Lieblingsplatz«, schmunzelt sie. »Hier redigiere ich meine ganzen Texte.« Für eine Sekunde erhasche ich einen Blick auf die wahre Portia, auf die, die sie war, bevor sie meinte, sie müsse in der Rolle der erfolgreichen Frau von Welt aufgehen. Weltgewandt war sie natürlich immer schon, aber am College damals fehlte noch der letzte Schliff. Man wusste, dass sie aus wohlhabenden Kreisen stammte, aber es sprang noch nicht so ins Auge.

Jetzt trägt sie ihre Geschliffenheit wie eine Rüstung – und ich sage mir, wenn ich an ihrer Stelle wäre, wenn ich mich der Welt in solch einer Rüstung präsentieren müsste, würde ich wohl auch den Kontakt zu Freunden suchen, die ich zehn Jahre nicht gesehen habe. Weil sie die Einzigen wären, bei denen ich mich endlich mal gehen lassen könnte.

Zurück im Wohnzimmer, frage ich sie ganz unverblümt, ob sie diese Rolle eigentlich gern spielt, und für einen Augenblick scheint sie etwas betroffen, doch sie fängt sich schnell wieder mit einem leichten Lachen.

»Ach, weißt du, die Rolle war mir doch immer schon vorherbestimmt. Mein Gott, es gibt wirklich Schlimmeres! Lieber Single und Partygirl als Hausfrau und irgendwo auf einem maroden Landsitz versauernd, mit nichts als Kindern, Hunden und Pferden um sich herum.«

Sie wirft mir einen prüfenden Blick zu. »Was für eine Rolle ist das denn deiner Meinung nach, die ich spiele?«

»Oje, tut mir Leid, Portia, ich wollte dich nicht kränken. Es ist bloß, weil alles an dir so perfekt ist, und niemand, den ich kenne, lebt so ... so wie in einem Bilderbuch. Wenn das hier meine Wohnung wäre, dann wären diese Sofas längst grau, und nichts würde zusammenpassen, in der Küche würde schmutziges Geschirr rumstehen ... Es kommt mir halt einfach vor, als würde es ziemlich harte Arbeit bedeuten, so zu leben wie du.«

Sie zuckt die Achseln. »Ist es aber gar nicht. Man gewöhnt sich dran, zumal wenn man davon ausgeht, dass das von einem erwartet wird.«

»Wie meinst du das?«

»Nun ja, wenn mal wieder jemand einen Artikel über die neue Liga alleinstehender Powerfrauen rausbringen will, bin ich meist eine der ersten, die für ein Interview infrage kommen, und dann wollen sie mich immer zu Hause ablichten und in meinen Kühlschrank spähen, und ehrlich gesagt möchte ich sie da nicht enttäuschen.«

»Was hat eine alleinstehende Powerfrau denn so in ihrem Kühlschrank?«

Portia lacht. »Schau doch selbst nach.«

Was ich prompt tue. »Mein Gott, Portia! Lucy würde einen Anfall kriegen, wenn sie jetzt hier wäre.« Denn in dem Kühlschrank ist so gut wie nichts Essbares zu entdecken – nur Champagner, Weißwein, Mineralwasser, sowohl stilles als auch sprudelndes, und ganz hinten ein paar flache Dosen, die sich – was auch sonst – als Kaviardosen entpuppen.

Zurück im Wohnzimmer, schüttele ich verwundert den Kopf. »Sag mal, wovon ernährst du dich eigentlich, Portia?«

»Ich esse meistens auswärts. Und manchmal nehme ich mir unterwegs was Fertiges mit, wenn ich von der Arbeit komme.«

»Und wenn du Leute zum Essen dahast? Du lädst doch sicher mal jemanden ein, wozu hast du sonst so einen großen Esstisch?«

»Herrje, Schätzchen!« Sie fixiert mich mit spöttischer Miene. »Schon mal was von Partyservice gehört?«

Ich lache, aber dann fällt mir noch etwas ein. »Portia, ich kann ja verstehen, wieso man dich als alleinstehende Powerfrau porträtiert, aber wieso bist du denn überhaupt allein?«

Kommt es mir nur so vor, oder schaut Portia plötzlich ein wenig unbehaglich drein? »Ich hab eben noch nicht den Richtigen gefunden«, sagt sie kess, doch irgendwie glaube ich ihr das nicht. Andererseits ist das mal wieder typisch Portia. Sicher hat sie eine herzzerreißende Enttäuschung hinter sich, gegen die mein Geplänkel mit Martin ein Kinderspiel ist, aber wenn Portia nicht mit der Sprache rausrücken will und dichtmacht, hat man keine Chance.

Sie schenkt uns beiden noch Champagner nach, lehnt sich zurück, sieht mich über ihr Glas hinweg an und wechselt geschickt das Thema.

»Wie ist es euch allen denn so ergangen in diesen Jahren? Du und Tim habt mir neulich ja schon einiges erzählt, aber was ist mit Josh? Ist er glücklich? Ich muss sagen, Lucy scheint ja geradezu ... *reizend* zu sein. Vielleicht nicht ganz das, was ich erwartet hätte, aber offenbar funktioniert die Beziehung, oder?«

»Zwischen Josh und Lucy, meinst du? Weißt du, die sind unglaublich. Ein Herz und eine Seele. Du wirst es ja nachher selbst sehen. Ich weiß, was für einen Typ Frau du an Joshs Seite erwartet hättest – solche, wie er sie früher dutzendweise abgeschleppt hat. All diese austauschbaren Blondinen, diese Serenas und Jessicas, die Josh unbedingt in Daddys Firma einschleusen wollten.«

»In diese Kategorie passt Lucy allerdings nicht«, versetzt Portia trocken. »Und wie ist er dann bei ihr hängen geblieben?«

Ich denke an die Geschichte zurück, wie Josh und Lucy sich kennen und lieben lernten, und fühle, wie sich unwillkürlich ein Lächeln auf meinem Gesicht ausbreitet. Auch nach all den Jahren ist die Erinnerung immer noch herzerwärmend.

Josh und Lucy, erzähle ich Portia nun, sind felsenfest überzeugt, dass sie füreinander bestimmt sind, dass das

Schicksal sie zusammengebracht hat und nicht etwa der Zufall, als sie sich in der Schihütte begegneten.

Natürlich lasse ich die Einzelheiten weg, erzähle Portia nur, dass Lucy dort damals jobbte und dass Josh mit einer schrecklichen Klette namens Venetia zusammen war. Dann werfe ich einen Blick auf die Uhr und stoße einen Schreckensschrei aus. Wir bestellen schleunigst ein Taxi.

Die ganze Fahrt lang löchert Portia mich mit Fragen über Josh, über Lucy, über Max, und ich weiß auch nicht genau, warum ich ihr immer widerstrebender antworte. Vielleicht ist mir ihr Interesse ein bisschen suspekt. Vielleicht glaube ich langsam, Tim liegt gar nicht so falsch mit seinem Verdacht, dass sie irgendetwas im Schilde führt.

17

Wie üblich öffnet Tim uns bei Josh und Lucy die Tür und heißt uns willkommen. Als er sich vorbeugt, um mir einen Kuss zu geben, erstarrt er plötzlich.

»O mein Gott!«

Ich lächele.

»O mein Gott, o mein Gott, o mein Gott!«

Lucy kommt aus der Küche angelaufen und Josh aus dem Wohnzimmer, und nun starren mich alle drei mit offenen Mündern an.

»Darf ich's mal anfassen?«, wispert Tim ehrfürchtig, streckt die Hand aus und streichelt meinen Kopf wie eine Katze, während Portia mit amüsierter Miene zuschaut.

»Fabelhaft siehst du aus, Cath!« Lucy strahlt voller Stolz. »Das reinste Topmodel! Diese fantastischen Haare, und dieser Pullover dazu! Meine Güte, Cath, von jetzt an muss Rosa aber deine Farbe werden.«

»Wirklich großartig, Cath«, sagt nun auch Josh, nachdem er sich von dem Schock erholt hat. Er fängt Portias Blick auf und geht sofort auf sie zu, um sie zu begrüßen.

Ich sehe, dass Tim sie aus dem Augenwinkel beobachtet, während sich Josh zu ihr vorbeugt. Und statt nur die Luft zu küssen, wie sie es bei uns anderen getan hat, drückt Portia ihre Lippen sanft, aber doch unverkennbar auf seine Wange. Ich werfe Tim einen alarmierten Blick zu, und er zieht viel sagend die Brauen hoch.

»Hey, du hast ja Lippenstift an der Backe«, sagt Lucy lachend, als sie mit meinem Mantel über dem Arm an Josh vorbeikommt. Sie wischt ihm schnell den Fleck vom Gesicht, während er ganz zart errötet.

Wir gehen ins Wohnzimmer, und weil wir uns so verspätet haben, bin ich mir sicher, dass James schon da sein muss. Umso bestürzter bin ich, als sich stattdessen nur der abscheuliche Will vor dem Bücherregal umwendet und mir sein falsches Schlangenlächeln zuwirft.

»Hallo, Catherine.« Er streckt mir die Hand hin, die ich widerwillig schüttele und mich dabei frage, wie ein Mensch nur so kalte Augen haben kann. »Nett, dich wiederzusehen.«

»Gleichfalls«, sage ich, ziehe meine Hand zurück und bedenke Tim mit einem bösen Blick, weil er mich nicht vorgewarnt hat. »Das ist Portia, und das ist Will.« Ich versuche der Höflichkeit Genüge zu tun, indem ich sie einander vorstelle, um mich dann unauffällig aus der Tür zu stehlen.

Ich kann sehen, dass Will von Portia beeindruckt ist, weil er sie plötzlich mit einem entwaffnenden Lächeln anstrahlt. Zum ersten Mal geht mir auf, was Alison Bailey gemeint hat, als sie sagte, er könne der Charme in Person sein, wenn er es darauf anlegt.

Aber ich lasse mich nicht davon täuschen.

»Mich kann der nicht zum Narren halten«, zische ich Tim zu, während ich in die Küche gehe, um herauszufinden, was mit James ist.

»Reiß dich zusammen«, zischt Tim warnend zurück. »Es ist doch nur für einen Abend, und ich wusste ja, wenn ich's dir gesagt hätte, wärst du nicht gekommen.«

»Doch.«

»Lüg nicht.«

»Nein.«

»Hör mal, Süße.« Tim blickt mich ernst an. »Ich weiß, du magst ihn nicht, aber bitte versuch wenigstens, dir Mühe zu geben. Du musst ihn ja nicht lieben, aber er wird mir wohl noch eine Weile erhalten bleiben, und ich wäre so froh, wenn ihr euch irgendwie freundschaftlich einigen könntet. Nicht unbedingt als Freunde, nur so, dass ein Mindestmaß an höflichem Umgang möglich ist.«

»Okay«, brummele ich, und Tim umarmt mich dankbar. »Ist James in der Küche?«

»Nein, warum?«

»Ach, nur so.« Ich gehe in die Küche und ignoriere den bohrenden Blick in meinem Rücken.

Lucy reicht mir eine Schüssel mit indonesischen Chips, die ich ins Wohnzimmer bringen soll. Auf der Türschwelle blicke ich mich kurz um und frage wie nebenbei: »Wo bleibt denn eigentlich James?«

»Oh, verdammt!« Lucy schlägt sich gegen die Stirn. »Ich wusste doch, dass ich was vergessen hatte!« Sie vergräbt das Gesicht in den Händen und blickt dann schuldbewusst zu mir auf.

»Oh, Cath, es tut mir so Leid! Kannst du mir noch mal verzeihen?« So betreten sie auch dreinschaut, ich bin trotzdem sauer. Das ist doch wieder mal typisch für sie, so schusselig zu sein! Genau das hatte Tim gemeint, als er mich davor warnte, mich in eine geschäftliche Partnerschaft mit ihr einzulassen. Ich meine, wie zum Teufel kann man denn vergessen, jemanden zum Essen einzuladen?

»Oh, Mist, und ausgerechnet heute, wo du so hinreißend aussiehst, ich kann's nicht glauben, dass mir das passiert ist!« Die Arme ist so verzweifelt, dass ich gar nicht anders kann, als ihr zu verzeihen. Es ist ja keine Katastrophe, ich bin halt nur enttäuscht.

»Weißt du, ich wollte gerade auf seinen Anrufbeantworter sprechen, da bekam ich selbst einen Anruf, und dann hab ich total vergessen, ihn anzurufen ...« Ihre Augen leuchten plötzlich auf. »Aber vielleicht ist es noch nicht zu spät!«

»Nein.« Als sie zum Hörer greift, lege ich ihr entschieden die Hand auf den Arm. »Mir wär's lieber, du würdest es lassen, wenn du nichts dagegen hast.«

»Oh, Cath, wie kann ich das nur wieder gutmachen?«

»Ach, ist doch halb so schlimm.« Am liebsten würde ich jedoch den Kopf auf die Arme legen und in tiefen Schlaf versinken. Ich bin nicht mal mehr ärgerlich, nur erschöpft. Erschöpft von diesem ganzen Beziehungskrampf. Obwohl ich ja erst einen kleinen, zaghaften Schritt zurück in die Höhle des Löwen getan habe, merke ich allmählich, wie sehr es mir hier an Wagemut fehlt.

Ich bin gern allein. Seit jeher. Doch es ist nicht die Gegenwart, die mir Sorgen macht, sondern die Vorstellung, auch die nächsten fünfzig Jahre noch allein zu bleiben, wenn es so weitergeht, und darüber mag ich gar nicht nachdenken. Aber inzwischen bin ich an meine eigene Gesellschaft gewöhnt. Jahrelang habe ich mich um niemand anderen mehr kümmern müssen.

Zugegeben, seit ich James kennen gelernt habe, seit alle Welt mir ständig etwas von meinem gar nicht so heimlichen Verehrer vorschwatzt, ist das Leben wieder spannender geworden. Ich hatte vergessen, dass ich mich mit niemandem mehr einlassen wollte, weil es den Schmerz nicht wert ist. Das schmeichelhafte Gefühl, jemandem etwas zu bedeuten, lenkte mich von dem Schmerz ab, der garantiert schon hinter der nächsten Ecke lauerte, und natürlich hat der Schmerz mich am Ende doch erwischt, wie immer.

Ich bringe die Schüssel mit den Chips ins Wohnzimmer und lasse mich niedergeschlagen aufs Sofa fallen, während Josh mich mit besorgter Miene ansieht und dann hinausgeht, wohl um Lucy zu fragen, was los ist.

Portia und Will sind eifrig ins Gespräch vertieft, und so bizarr es klingen mag, es sieht fast so aus, als ob er mit ihr flirtet. Bizarr, wohlgemerkt, weil ich ihn für einen ausgemachten Frauenhasser hielt, aber vielleicht bezog sich das auch nur auf mich. Vielleicht hat er nur etwas für Frauen wie Portia übrig.

Tim versucht ein paar Mal erfolglos, sich an der Unterhaltung zu beteiligen, und setzt sich schließlich mit einem entschuldigenden Lächeln zu mir.

»Die scheinen sich ja prächtig zu verstehen.«

»Nicht wahr? Gott sei Dank scheint ihn endlich mal jemand zu mögen.«

»Wieso? Haben Josh und Lucy etwa auch etwas gegen ihn?«

»Noch nicht.« Er verzieht das Gesicht. »Aber ich hab irgendwie das komische Gefühl, dass der Abend nicht allzu gut laufen wird.«

»Ach Gott, du und deine komischen Gefühle«, sage ich lachend, und nun kommen auch Josh und Lucy herein, nachdem sie endlich das Essen im Ofen, die Gläser auf dem Tisch und den Teufelsbraten im Bett haben.

»Will ...« Josh schenkt ihm Wein nach. »Tim hat uns erzählt, dass du in Clerkenwell wohnst. Wie gefällt's dir denn da?«

»Großartig«, sagt Will. »Ich hab dort ein Loft, nach dem sich ganz London die Finger lecken würde, und in der Gegend ist immer was los.«

»Will hat sich allerdings schon überlegt, ob er nicht nach Soho umziehen soll«, wirft Tim in seiner typischen Ehehälftenmanier ein.

»Tatsächlich? Warum?«

»Na ja, überlegen ist zu viel gesagt, aber Clerkenwell ist halt doch etwas abgelegen, und ich vermisse das urbane Flair der Innenstadt. Geht es euch hier nicht auch so?«

Mir sträuben sich schon wieder die Haare, aber zum Glück ist die Bemerkung an Lucy gerichtet, und so überlasse ich es ihr, darauf zu antworten.

»Hier? Warum soll es uns *hier* so gehen?«

»Na, in der Vorstadt eben.«

»Wir sind hier nicht in der Vorstadt«, entgegnet Lucy spitz. »West Hampstead ist doch praktisch Innenstadt.«

»Ja, *praktisch*!«, spottet Will. »Eine Hauptstraße mit ein paar verpennten Cafés und Ethno-Restaurants, und ansonsten nur jede Menge junge Familien wie ihr, mit durchschnittlich 2,4 Kindern und ihren fetten Kombiwagen vor der Tür.«

Ich würde nur zu gern dazwischenfahren, aber ich habe Angst, dass der Schaden dann nicht mehr wieder gutzumachen wäre. Und schließlich habe ich Tim gerade erst versprochen, mich nicht mit Will anzulegen.

»Soll das ein Witz sein?«, fragt Lucy ruhig, doch ihrer Stimme ist anzuhören, dass sie sich ärgert, was bei ihr wirklich eine Seltenheit ist. »Erstens darf ich dich daran erinnern, *Will*, dass West Hampstead nur eine Viertelstunde Fahrt vom West End entfernt ist, und dass man in zehn Minuten mit der U-Bahn in die City kommt, was wohl kaum der gängigen Definition von Vorstadt entsprechen dürfte. Und zweitens: Was ist denn deiner Ansicht nach verkehrt an einem Viertel, das einen adäquaten Lebensraum für junge Familien bietet?«

Will zuckt herablassend die Achseln. »Ach weißt du, schaut euch doch an, ihr kommt euch alle so cool vor mit euren Edelstahlküchen und euren Alessi-Korkenziehern, und dabei seid ihr nichts anderes als die Neunzigerjahre-Version von stinknormalen Vorstadtspießern.«

»Ich weiß nicht genau, worauf du eigentlich hinaus willst«, sagt Lucy eisig, »aber ich bin mir sicher, dass ich dir nicht zustimme. Was spielt es denn für eine Rolle, ob man Alessi-Korkenzieher und Kombiwagen hat ...« Sie holt tief Luft, aber da greift Portia ein und wechselt geschickt das Thema.

»Apropos Kombi«, sagt sie gelassen, »was ich mir wirklich gern mal anschaffen würde, wäre ein Jeep. So schön hoch über dem Verkehr zu thronen, das wär genau das Richtige für mein Ego.«

Alle lachen, und die angespannte Stimmung löst sich in Luft auf. Ich frage mich, wie ich das hatte vergessen können – diese berühmte Fähigkeit von Portia, die Kontrolle zu übernehmen, die Wellen zu glätten, wenn ein Streit zu eskalieren droht. Einen Moment lang bin ich Portia unendlich dankbar dafür, dass sie wieder bei uns ist, denn ich bin mir sicher, wenn das noch ein paar Minuten so weitergegangen wäre, hätte ich Will eins aufs Maul gegeben.

Doch nun schaffen wir es irgendwie, zu harmlosem Smalltalk überzugehen, und Tim hockt sich neben Will, offensichtlich bestrebt, ihn heute Abend in Schutz zu nehmen. Ich sehe, wie er ihn mit großen, anbetenden Augen von der Seite anschaut, und leider muss ich gleichzeitig feststellen, dass Will ihn kaum eines Blickes würdigt.

Wohlwollend betrachtet, könnte man sagen, dass Will sich solche Mühe gibt, seinen Fauxpas von vorhin wieder gutzumachen, dass er Tim darüber zeitweilig vernachlässigt. Aber mir kommt es eher so vor, als sei er einfach nicht sonderlich an Tim interessiert. Oje, ich kann nur hoffen, dass der Schein trügt.

Schließlich erheben wir uns und gehen ins Esszimmer hinüber, was allein schon deshalb ein festliches Ereignis ist, weil wir sonst immer in der Küche essen. Ich finde mich neben Josh am Kopfende platziert, glücklicherweise mit Tim zu meiner Linken.

Auf dem Weg zu seinem Platz kommt Will an meinem Stuhl vorbei, beugt sich kurz herab und berührt meinen Ärmel. »Sehr kleidsam«, sagt er, nur um hinzuzufügen, als ich ihm schon für das unerwartete Kompliment danken will: »Schade, dass es kein reines Kaschmir ist.«

Portia sitzt an Joshs anderer Seite, mir gegenüber, und in dem allgemeinen Stühlerücken, als alle ihre Plätze einnehmen, beugt Tim sich herüber und wispert: »Wetten, dass sie den ganzen Abend mit Josh flirten wird?« Ich schaue auf und begegne prompt Portias beobachtendem Blick, werfe ihr ein verlegenes Lächeln zu und tue so, als hätte ich nichts gehört.

Aber Tim irrt sich, denn Josh und Portia finden gar keine Gelegenheit zum Flirten, ob sie's nun gewollt hätten oder nicht. Will hat offenbar beschlossen, dass Portia als Einzige am Tisch seiner Aufmerksamkeit würdig ist, und nimmt sie ganz für sich in Beschlag, sobald sie sich hingesetzt hat.

Wir anderen verfallen in unseren üblichen lockeren Plauderton, unterhalten uns über die Buchhandlung, und ich bringe sie alle mit Anekdoten von kauzigen Kunden zum

Lachen. Schon dreimal ist es mir passiert, dass mich jemand, weil wir ein bestimmtes Buch nicht auf Lager hatten, gefragt hat, ob es denn bei Waterstone's zu haben sei.

Lucy kicherte im Hintergrund, während ich den Leuten mit offenbar etwas verkniffener Miene zu verstehen gab, dass sie das schon selbst herausfinden müssten, woraufhin sie sich allen Ernstes erkundigten, in welcher Abteilung sie das Buch denn finden könnten, in welchem Stockwerk?

Das Gespräch erstirbt, als Lucy die Hühnerkasserole aufträgt, und wir geben alle die entsprechenden Laute des Wohlbehagens von uns, als Lucy den Deckel lüpft und köstlicher Duft den Raum erfüllt.

Das heißt, alle bis auf Will. Er sagt nichts, bis sein Teller gefüllt ist, und während wir alle zu essen beginnen und vor Genuss aufstöhnen, mümmelt Will einen Bissen, legt dann Messer und Gabel auf den Teller und schiebt ihn von sich. Wir anderen halten inne und starren ihn an.

»Irgendwas nicht in Ordnung?«, fragt Lucy.

Will verzieht abschätzig das Gesicht. »Könnte man sagen. Gehe ich recht in der Annahme, dass das hier ein River-Café-Rezept sein soll? Es kommt mir irgendwie bekannt vor.« Lucy nickt mit besorgter Miene, und Will fährt fort: »Ich weiß nicht genau, aber irgendetwas stimmt da nicht. Hast du vielleicht andere Kräuter reingetan, oder so?«

Lucy schaut jetzt schon sehr betreten drein, wenn auch nicht ganz so niedergeschmettert wie Tim.

»Nun ja«, sagt sie unsicher, »ich halte mich eigentlich nie genau an die Rezepte, ich verwende sie eher als Improvisationsbasis. Schmeckt's dir denn nicht?«

»Sagen wir mal so ...« Will nimmt sein Messer zur Hand und deutet damit auf das Essen. »Ungenießbar wäre fast noch geschmeichelt.«

Tim und ich wechseln einen entsetzten Blick, und alles scheint in peinlichem Schweigen zu gefrieren, als Josh plötzlich aufsteht. Die Stille, die auf der Tischgesellschaft lastet, wird nun geradezu Unheil verkündend.

»Genug«, sagt Josh langsam, und alle Köpfe wenden sich zu ihm hin. »Will, verlass auf der Stelle mein Haus.«

Ich würde gern berichten können, dass ich dasaß und zufrieden grinste, aber in Wahrheit war ich so schockiert, als Josh diesem fürchterlichen Kerl endlich die Tür wies, dass mir nur der Mund aufklappte, und ich merkte bald, dass es den anderen genauso ging.

»Das ist doch wohl 'n Witz.« Mit schiefem Grinsen greift Will nach seiner Gabel und stochert in den Hühnchenstücken auf seinem Teller herum.

»Leg. Die. Gabel. Hin.« Josh ist so zornig, wie ich ihn noch nie im Leben gesehen habe. Ich wusste gar nicht, dass er überhaupt zu solchem Zorn fähig ist. Portia schaut nicht weniger verdattert drein als ich, und Lucy und Tim halten den Blick auf ihre Teller gesenkt.

»Ich habe dich als Gast in meinem Haus willkommen geheißen, aber du hast dich den ganzen Abend so benommen, dass es mir Leid tat, dich je über die Schwelle gelassen zu haben. Du hast meine Frau, meine Freunde und mich beleidigt. Du bist hier nicht länger willkommen. Ich möchte, dass du jetzt aufstehst und gehst.«

Endlich scheint Will zu begreifen, dass Josh nicht im Scherz spricht. Tim ist vor Verlegenheit dunkelrot angelaufen, und als Will seinen Stuhl zurückschiebt, steht auch er auf, doch er kann keinem von uns ins Gesicht sehen.

»Na, von mir aus«, sagt Will auf dem Weg zur Tür, während Tim ihm demütig folgt, um ihre Mäntel zu holen. »Ich war hier ja sowieso nur geduldet.« Ich ziehe den Kopf ein und starre aufs Tischtuch, aus Angst, dass er auf mich losgeht, falls er meinen Blick auffängt, und das wäre mehr, als ich ertragen kann, denn dieser Mann, das schwöre ich, ist ein Teufel.

Will knallt zum Abschied heftig die Haustür zu, und wir zucken zusammen – immerhin schläft oben ein Kind. Tim bleibt noch im Flur zurück, um sich bei Josh zu entschuldigen, der ihm versichert, er könne ja nichts dafür, er solle sich doch ruhig wieder zu uns gesellen, obwohl wir es natürlich alle verstehen würden, wenn er lieber gehen möchte.

Und was macht der gute, liebe, unsichere Tim? Er geht. Doch sobald die Haustür leise hinter ihm ins Schloss gefallen ist und wir alle endlich aufatmen, ertönt plötzlich ein leider nur zu vertrautes Schritteklappern auf der Treppe.

»Lucy!« Ingrid steht hoch aufgerichtet auf der Schwelle. »Wieso knallen hier die Türen, wenn Max schlafen soll?«

»Du liebe Güte, Ingrid, es tut mir Leid«, entschuldigt Lucy sich hastig. »Es war einer unserer Gäste, er war wohl etwas in Eile.« Versöhnlich setzt sie hinzu: »Möchten Sie nicht was essen, Ingrid? Wir haben noch so viel Hühnchen übrig.«

»Und es ist wirklich lecker«, sekundiere ich, nur für den Fall, dass da irgendein Zweifel bestünde.

»Nein«, sagt Ingrid mit einem kühlen Blick in die Runde. »Ich hab schon gegessen.«

»Cath kennst du ja«, sagt Lucy, was Ingrid mit einem kaum merklichen Kopfnicken quittiert. »Und das ist Portia, eine alte Freundin von Josh.« Lucy versucht offenbar, Ingrid mit einzubeziehen, und ich warte nur darauf, dass sie ihr anbietet, sich zu uns zu setzen. Doch zum Glück kann sie sich bremsen. *Ein* Stimmungskiller pro Abend ist wirklich genug. »Portia, das ist Ingrid, unser wunderbares Au-pair-Mädchen.«

Portia lächelt Ingrid zu, und – nicht zu fassen, ist der Charme dieser Frau denn unwiderstehlich? – Ingrid lächelt zurück. Wenn man sie so sieht, könnte man sie glatt für das liebreizendste Wesen der Welt halten.

»Können wir irgendetwas für Sie tun, Ingrid?«, fragt Josh, und ich wundere mich wieder einmal, wie zuvorkommend die beiden sich um sie bemühen, ganz so, als hätte *sie* hier im Haus das Sagen.

»Ich hätte gern ein bisschen Ruhe, damit ich lesen und Max schlafen kann«, sagt Ingrid und dreht sich auf dem Absatz um, macht aber noch einmal kehrt. »Nett, Sie kennen zu lernen, Portia. Ich hoffe, Sie verbringen einen schönen Abend.« Und damit marschiert sie wieder nach oben ab.

»Du bist unglaublich«, sage ich staunend zu Portia, sobald Ingrid gegangen ist.

»Wieso?«

»Du bist wie einer dieser indischen Schlangenbeschwörer. Du wickelst einfach alle um den Finger.«

Portia lacht. »Wie meinst du denn das?«

»Ach, komm schon.« Sogar Josh lacht jetzt wieder. »Sie hat vollkommen Recht. Erst hast du diesen schrecklichen Will für dich eingenommen, und nun auch noch« – er senkt vorsichtig die Stimme – »die Furcht einflößende Ingrid.«

»Ist sie denn wirklich so Furcht einflößend?«, wispert Portia.

»Und wie. Frag, wen du willst. Zum Beispiel Cath.«

Lucy nickt Portia lächelnd zu, die abwartend zu mir hinblickt.

»Nein«, wispere ich, »wenn ich ganz ehrlich bin, muss ich sagen, sie ist absolut Grauen erregend.«

»Apropos«, unterbricht Lucy unser kindisches Kichern über die Tatsache, dass wir erwachsene Menschen hier um den Tisch herumsitzen und aus Angst vor einem Au-pair-Mädchen flüstern, »wie Grauen erregend findet ihr es denn, dass Tim anscheinend bis über beide Ohren in diesen ... *Scheißkerl* verknallt ist?«

»Ich hab's dir ja gesagt«, klage ich, »aber du wolltest mir ja nicht glauben, dass er so ein Kotzbrocken ist.«

Portia schaut peinlich berührt drein. »Also, ganz so schlimm fand ich ihn nun auch wieder nicht.« Mir klappt der Kiefer herunter.

»Na hör mal«, sagt Josh verblüfft. »Du beliebst wohl zu scherzen!«

»Nein«, sagt sie ernst. »Ich kenne zu viele Leute wie ihn. Hinter so einer arroganten Fassade verbirgt sich meist eine enorme Unsicherheit. Mir gegenüber hat er sich vorhin gleich damit aufgespielt, er habe sich heute Nachmittag bei den Firmenwagen umgesehen und erwäge, sich einen Porsche Boxster zuzulegen, was ich ihm keine Sekunde geglaubt habe, aber *er* glaubt, damit stehe er besser als alle anderen da.«

»So ein Arschloch«, knurrt Josh, und wir nicken alle zustimmend.

»Aber wisst ihr«, sagt Lucy, während sie uns noch einmal auftut, was nur Portia dankend ablehnt, »ich bin mir nicht sicher, ob Unsicherheit wirklich als Ausrede für solch ein Benehmen reicht. Unsicher sind wir doch alle mehr oder weniger, und ich finde, er ist alt genug, um die Gründe für seine Unsicherheit herausgefunden zu haben und etwas dagegen zu unternehmen.«

»Schätzchen«, sagt Josh liebevoll, »nicht jeder ist ein begeisterter Hobbypsychologe. Ihm sind die Gründe für sein Charakterdefizit wahrscheinlich ziemlich egal.«

»Ich wette, ich kann euch ein paar davon nennen«, wirft Portia ein.

»Dann schieß mal los.« Ich bin fasziniert.

»Ich beobachte die Leute immer, das gehört schließlich zu meinem Job, und da sind mir ein paar deutliche Indizien aufgefallen. Erstens drückt er sich sehr gewählt aus – zu gewählt, aber wenn man genau hinhört, erkennt man doch eine nordenglische Klangfarbe. Also hab ich ihn gefragt, wo er herkommt, und er hat – nur ungern – zugegeben, dass er aus Yorkshire stammt.«

Wir sind alle schwer beeindruckt.

»Vorher hatte er behauptet, sein Vater sei ein hohes Tier bei einer der Citybanken, aber schnell das Thema gewechselt, als ich ihn fragte, bei welcher. Und nach einer Weile kam heraus, dass er seit zehn Jahren in London wohnt und ab und zu am Wochenende nach Hause fährt, um seinem Dad bei den Abrechnungen zu helfen. Also arbeitet sein Vater eindeutig nicht in der City. Vermutlich ist er Zahnarzt oder so, in irgendeinem verschlafenen Kaff in der Gegend von Leeds, und Will glaubt, um mit der Londoner Schickeria mithalten zu können, was er offenbar anstrebt, muss er einen Haufen Lügen erfinden, um den Leuten zu imponieren.«

»Das ist das Dumme am Lügen«, sagt Lucy. »Man weiß nie genau, was man schon alles erzählt hat.«

»Du bist wirklich erstaunlich«, sagt Josh, und Portia lächelt selbstzufrieden.

»Nein. Es ist erstaunlich, was man über Leute erfahren kann, wenn man richtig hinhört.«

»Aber trotzdem, selbst wenn er aus bescheidensten Verhältnissen stammt, würde ihm das nicht das Recht geben, sich so überheblich aufzuführen«, werfe ich ein.

»Stimmt.« Portia nickt. »Aber ich glaube, er hat einfach Angst, man könnte dahinter kommen, wer er wirklich ist.«

»Okay, du Schlauberger.« Ich lächele sie herausfordernd an. »Wenn du schon diesen Röntgenblick besitzt, kannst du uns sicher auch vorhersagen, ob Tim mit ihm zusammenbleibt.«

»Ich hab so ein Gefühl«, seufzt sie, »dass wir das alle nur zu bald erfahren werden.«

18

Obwohl sie so ungünstig begonnen hatte, war die Dinnerparty bei Josh und Lucy dann doch noch ein voller Erfolg. Tim und ich sind dort ja sowieso häufige Gäste, aber jemand Neues bringt eben frischen Wind herein, und so wurde es schließlich einer der anregendsten Abende seit langem. Genauer gesagt, der netteste Abend seit ... nun ja, seit meinem Abend damals mit James.

Das Einzige, was mir Sorgen macht, ist Tim, und obwohl ich erst gegen ein Uhr morgens nach Hause komme, greife ich sofort zum Telefon, um zu hören, ob alles in Ordnung ist.

Natürlich bin ich nicht überrascht, dass nur sein Anrufbeantworter anspringt, und hinterlasse ihm eine kurze Nachricht, er könne mich, wenn nötig, jederzeit zurückrufen – in der stillen Hoffnung, dass Will ihm inzwischen nicht die Hölle heiß gemacht hat.

Doch er meldet sich erst am nächsten Vormittag, mit ziemlich kleinlauter Stimme.

»Hallo, ich bin's.«

»Weiß ich«, antworte ich, überrascht, dass er so lange mit dem Anruf gewartet hat. »Wie geht's denn so?«

»Nicht besonders«, gesteht er. »Ich will eigentlich Josh und Lucy anrufen, um mich zu entschuldigen, aber ich weiß nicht recht, was ich sagen soll.«

»Wieso willst *du* dich auch noch für diesen Mistkerl entschuldigen? Kann er das nicht selbst tun? Und bevor du wieder anfängst, ihn in Schutz zu nehmen. Er hat sich doch wirklich unverschämt benommen.«

»Ich weiß.« So zerknirscht hat Tim noch nie geklungen. »Aber er will sich nicht entschuldigen. Er hält es für unnötig, da er euch ja sowieso nie wiedersehen wird.«

»Wie reizend. Ich nehme an, er fand uns genauso toll wie wir ihn.«

»Mindestens. Außer Portia, von der hat er die ganze Nacht geschwärmt, aber sie ist ja auch eine Art Medienstar, und so was törnt ihn halt an.« Tims Stimme klingt ein wenig bitter.

»Aha, es ist wohl nicht alles rosig im Garten Eden?«

»Gott, ich weiß auch nicht, Cath.« Er seufzt tief auf. »Ich dachte, es liegt nur an dir, dass du ihn nicht leiden kannst, aber gestern Abend hab ich Will von einer ganz neuen Seite gesehen. Ich bin dann noch mit zu ihm gefahren, aber er hat mich die ganze Nacht mit Verachtung gestraft. Außerdem war ich wirklich entsetzt von seinem Benehmen bei Josh und Lucy. Ich versteh's einfach nicht.«

»Du meinst, du hast nicht mal versucht, mit ihm darüber zu reden? Das sieht dir aber gar nicht ähnlich, Tim.«

»Es ging nicht. Er war sowieso schon so mies drauf, da hab ich lieber den Mund gehalten, und dann sind wir schlafen gegangen.«

»Tim, warum gibst du dich überhaupt mit dem ab?«

»Ach, weißt du, Cath, er hat ja auch seine guten Seiten, er kann so lieb sein, wenn er will ...« Wieder ein tiefer Seufzer.

»Es ist also noch immer nicht aus?«

»Das will ich doch hoffen!« Ich sehe förmlich, wie er traurig vor sich hin lächelt, als wir uns verabschieden.

Als ich am Abend heimkomme, finde ich eine Nachricht von Lucy vor, eine von Portia, drei von Tim, und schließlich, als ich höchstens noch die vierte von Tim erwarte, höre ich plötzlich James auf dem Band.

»Hallo Cath, ähm, hier ist James, also, ich weiß nicht, was ich getan habe, um dich zu verärgern, auf alle Fälle tut es mir wirklich Leid. Wenn du vielleicht trotzdem zurückrufen könntest ...« Er hinterlässt vorsorglich seine Nummer. Könnte es sein, dass sich da noch irgendetwas Unterschwelliges verbirgt? Ich spiele die Nachricht mehrmals ab, finde aber nichts.

Ich kicke die Schuhe in die Ecke und gehe in die Küche, setze Wasser auf und schaue im Kühlschrank nach, ob noch etwas halbwegs Essbares vorhanden ist. Na, immerhin ein Glas Kichererbsenmus und eine offene Packung Scheibletten, von denen nur die oberste vertrocknet ist. Im Regal entdecke ich eine angebrochene Rolle Reiskräcker – keine Ahnung, wie die da gelandet sind, ich selbst kaufe mir nie solchen Diätkram –, und dann gehe ich noch mal an den Kühlschrank, nur für den Fall, dass ich dort irgendeine ungeahnte Köstlichkeit übersehen haben könnte.

Fehlanzeige. Ich mache mir einen Kaffee und setze mich ins Wohnzimmer, um zu überlegen, ob ich James zurückrufen soll. Das Problem, sage ich mir, während ich in den alten, gummiartigen Reiskräcker beiße, ist ja gerade, dass ich James so gut leiden mag.

Und wenn ich mir überhaupt vorstellen könnte, mich noch einmal ernsthaft mit jemandem einzulassen, dann wäre James wohl genau der Mann, den ich mir dazu aussuchen würde.

Aber genau da liegt das Problem – ich *kann* mich nicht mehr auf den ganzen Herzschmerz einlassen. Ich bin nicht mehr bereit, den ganzen Mist durchzumachen, den Tim jetzt mit Will durchmacht – diesen Stress, jemanden meinen Freunden vorzustellen und darauf angewiesen zu sein, dass er gut bei ihnen ankommt und sie bei ihm. Obwohl sich das in James' Fall ja wohl schon erledigt hat.

Da liege ich nun also träge auf meinem Sofa, glotze eine dämliche Comedyserie, die anzusehen ich nie zugeben würde, und mampfe trockene Reiskräcker mit lappigem Schmelzkäse und einem ordentlichen Batzen Kichererbsenmus obendrauf (das ich, wohlgemerkt, mit den Fingern aus dem Glas schaufele). Ich schlürfe meinen Kaffee, weil er zu heiß ist, und das alles kann ich nur so ungeniert tun, weil ich allein bin.

Ich weiß noch, wie ich mit Martin zusammen war, oder in den ersten Jahren nach der Collegezeit sporadisch mit anderen Typen – was für eine elende Mühe es war, immer nett und ansprechend aussehen zu müssen. Was für eine Mühe, zu verbergen, dass man ganze Abende damit verbringt, faden Mist in sich reinzustopfen, weil man zu faul ist, die drei Minuten bis zum Eckladen zu gehen, um sich etwas Anständiges zum Essen zu kaufen.

Nie könnte ich mich so gehen lassen, wenn ich mit James zusammen wäre. Oder mit sonst jemandem. Und selbst wenn ich es täte: Das Risiko, verletzt zu werden, die Verlustangst wäre immer da. Und jetzt bin ich glücklich, so wie ich bin. Ich will nicht, dass jemand kommt und mir das verdirbt.

»Auch nicht, wenn du dann vielleicht tausendmal glücklicher sein könntest?«, hat Lucy mich einmal gefragt.

»Wie denn?«, fragte ich lachend zurück, »wo ich doch euch alle schon habe!«

»Aber du kannst dich menschlich nicht weiterentwickeln«, sagte sie, ohne auf meinen Scherz einzugehen, »wenn du dich emotional abkapselst. Schön und gut, du vermeidest Schmerz, indem du Beziehungen vermeidest, aber was ist mit all den wunderbaren Dingen, die du dir dadurch versagst? Die Freude und die Geborgenheit und das Vertrauen, das du jemandem schenken kannst, den du liebst?«

»Aber das alles finde ich doch auch bei meinen Freunden«, gab ich zurück. »Und was mir erspart bleibt, ist diese ewige bange Unsicherheit und der Verlust meiner selbst. So brauche ich mich wenigstens nicht dauernd zu verbiegen, um jemandem zu gefallen. Glaub mir, Lucy, ich bin auch so glücklich.«

»Wer nicht wagt, der nicht gewinnt«, schniefte Tim, aber das war nichts Neues, denn gleichgültig, wie oft ich zu erklären versuche, was ich im Hinblick auf Männer und Beziehungen empfinde, Tim kann das einfach nicht verstehen.

Was wohl auch der Grund ist, weshalb er jetzt mit Will zusammen ist. Tim hat sich immer mit dem Zweitbesten zufrieden gegeben, mit Partnern, die ihn ausnutzen. Denn seiner Ansicht nach ist das immer noch besser, als allein zu sein, obwohl er selbst das so nicht sagen würde. Tim glaubt immer, er könne die Typen ändern. Je mieser sie ihn behandeln, desto größer die Herausforderung, und eins muss ich Will lassen: Von allen stellt er sicher die größte Herausforderung dar, der Tim jemals begegnet ist.

Die Reiskräcker sind verputzt, und ich gehe noch mal an den Kühlschrank, nur für den Fall, dass sich da doch noch etwas findet, aber nein, nach wie vor nur dasselbe gammelige Gemüse wie vor einer halben Stunde. Aha! Das Tiefkühlfach! Ich danke Gott und danke Tim, dass zwischen gefrorenen Erbsen und Spinat das Einzige versteckt liegt, was mir garantiert den Abend retten kann.

Ein dänischer Hefezopf, den Tim mal eines Sonntags mitgebracht hatte, den zu essen wir unerklärlicherweise aber nie Gelegenheit fanden. Ich lecke mir schon im Voraus die Lippen, während ich ihn zum Auftauen in die Mikrowelle schiebe, und alsbald erfüllt ein süßer Duft nach Zimt und Mandeln die Küche.

Zu ungeduldig, um auf das »Ping« zu warten, hole ich den Zopf zehn Sekunden zu früh heraus und reiße schon ein dickes Stück davon ab, ehe ich ihn überhaupt auf dem Teller habe. O Gott, ist das lecker, der weiche Teig und die Marzipanfüllung schmelzen förmlich auf der Zunge. Ich lege mich wieder aufs Sofa, den Teller auf dem Schoß. Aber nur die Hälfte, gelobe ich mir, dann ist Schluss!

Zehn Minuten später stöhne ich vor Abscheu, schlecke mir aber trotzdem noch die Finger und picke auch noch die letzten Krümel auf. Ich habe tatsächlich das ganze Ding verdrückt, und es war köstlich, und bereuen tue ich es auch nicht. Jedenfalls nicht sehr.

Denn, mal ehrlich, könnte ich mir solch einen Genuss jemals gönnen, wenn ich mit einem Mann zusammen wäre? Aber James ist ein netter Kerl. James könnte ein guter Freund sein. Ich brauche ja nichts weiter als einen brüderlichen Freund, und Tim hat diese Rolle stets aufs Beste ausgefüllt. Doch nun, da Will in sein Leben getreten ist, wird es vielleicht Zeit, dass ich mich nach jemand anderem umsehe. Nicht, um Tim zu ersetzen, weil das gar nicht möglich wäre. Aber seit er Will kennt, kommt er nie mehr spontan auf einen gemütlichen Schwatz vorbei. Ich kann ihn nicht mehr einfach mal abends zum Kino bestellen, wenn es mir gerade passt.

Mag sein, dass ich mich ein bisschen einsam fühle, seit Tim mit Will zusammen ist. Natürlich gibt es auch noch Portia, sage ich mir. Doch so nahe wir uns einst gewesen sind – inzwischen sind doch zu viele Jahre vergangen, als dass wir so leicht wieder an die alten Zeiten anknüpfen könnten.

Sicher, ich sehe noch die Portia von damals, wenn ich sie anschaue, spüre noch Reste der alten Verbundenheit, doch es lässt sich nicht leugnen, dass wir uns in den letzten zehn Jahren ziemlich auseinander gelebt haben, dass unsere Lebensweisen jetzt zu verschieden sind, als dass wir jemals wieder so eng miteinander befreundet sein könnten wie früher.

Keine Frage, James wäre absolut ideal als Freund. Ich beschließe, ihn zurückzurufen, aber nicht gerade jetzt, wo ich mich so voll gefressen und lethargisch fühle. Morgen.

Der Fernseher läuft für den Rest des Abends, allerdings mit gedrosselter Lautstärke, als ich Portia und Lucy anrufe und Tim eine Nachricht auf Band spreche. Und dann, mitten in einem richtig fesselnden Krimi, klingelt es plötzlich an der Tür.

Mist. Nun bin ich zwar zu dem Schluss gekommen, dass James der ideale Freund wäre, aber es ist gerade die spannendste Stelle, an der herauskommen wird, ob das Alibi des Hauptverdächtigen nicht doch getürkt war, und diese Angewohnheit von James, unangemeldet aufzukreuzen, geht mir allmählich mächtig auf den Keks.

Mürrisch rappele ich mich vom Sofa hoch. Ich hätte nicht übel Lust, dem Kerl mal ordentlich die Meinung zu sagen. Andererseits will ich ihn aber auch nicht für immer verscheuchen, nachdem ich eben erst beschlossen habe, ihn mir als Freund warm zu halten.

Mit gezwungenem Lächeln öffne ich die Tür, und wer steht draußen?

»Tim! Ich hab gerade an dich gedacht! Was für eine schöne Überraschung!« Ich falle ihm um den Hals, und Tim bricht in Tränen aus.

»O Scheiße.« Ich schiebe ihn zum Sofa, setze mich neben ihn und rubbele ihm den Rücken, bis der Anfall halbwegs abgeklungen ist. »'ne Tasse Tee?« Ich weiß, das Angebot wird ihn aufheitern, weil er immer frotzelt, in all diesen Seifenopern könne niemand mit Gefühlsausbrüchen umgehen, denn alles, was denen in solchen Momenten einfiele, wäre eine Tasse Tee anzubieten.

Er lächelt schwach, verdreht die Augen und heult wieder los. Nach einer Weile frage ich, ob es wegen Will ist, und er nickt schluchzend. Ob es aus sei, frage ich, und wieder nickt er unter einem neuerlichen Tränenschwall.

Schließlich beruhigt er sich so weit, dass er wenigstens den Tee trinken kann, den ich ihm inzwischen aufgebrüht habe, und seltsamerweise scheint es tatsächlich zu helfen, wenn auch nur, weil er die Schluchzer zurückdrängen muss, um ein paar Schlucke zu trinken. Dieserart gestärkt, beginnt er zu erzählen, was vorgefallen ist.

Will hatte Tim heute bei der Arbeit angerufen, und irgendetwas an seinem Tonfall, sagt Tim, sei ihm gleich sonderbar vorgekommen. Tim hatte dann gefragt, ob sie sich am Abend sehen könnten, und Will sagte, er sei ab acht zu Hause.

Also ging Tim zur verabredeten Zeit hin, um sich mit Will auszusprechen, um ihm zu erklären, wie wichtig ihm seine Freunde seien und wie viel einfacher doch alles wäre, wenn Will versuchen würde, mit ihnen auszukommen. Er könne ja verstehen, wollte er sagen, dass seine Freunde vielleicht nicht so ganz nach Wills Geschmack seien, aber in einer Beziehung müsse man doch manchmal auch Rücksicht auf den anderen nehmen.

Doch die Gelegenheit zu einer Aussprache ergab sich gar nicht erst. Will öffnete ihm die Tür, drehte sich einfach um und ging zurück ins Wohnzimmer. Und dort, auf dem Sofa, saß Steve – ein Typ, den sie zwei Wochen zuvor in einem Pub kennen gelernt hatten.

Steve war genau die Art von Mann, um die Tim immer einen weiten Bogen macht – ein hübsches, hochnäsiges Kerlchen. Genau wie Will, setzte ich im Stillen hinzu, außer dass dieser Steve sich offensichtlich keine Mühe gab, einen auf charmant zu machen.

Will hockte sich dicht neben Steve, und die beiden süffelten weiter ihre Bierchen, steckten kichernd die Köpfe zusammen und taten so, als ob Tim Luft wäre.

Tim saß wie auf Kohlen und schaute ihnen eine Weile beim Flirten zu, in der verzweifelten Hoffnung, das alles wäre nur ein böser Traum, als Will plötzlich aufblickte und ganz überrascht tat: »Was, du bist immer noch da?«

Schockiert stand Tim auf, während Steve losprustete und Will sich demonstrativ an seine Schulter schmiegte.

»Keine Lust mehr«, hörte Tim ihn sagen, als er zur Tür stolperte. »Du bist ein Langweiler, deine Freunde sind Spießer, und was deine Leistungen im Bett betrifft ... *schnarch*!« Er hörte sie noch lachen, als er die Tür hinter sich zuschlug.

Es sei ein Wunder, schnieft Tim, dass er auf dem Rückweg keinen Unfall gebaut habe. Will sei vielleicht nicht die Liebe seines Lebens, aber diese Demütigung sei kaum zu ertragen. Erst wie ein dummer Junge dazusitzen, und dann auch noch solch eine höhnische Abfuhr zu erhalten.

»Ich ertrage es nicht«, krächzt Tim mit gebrochener Stimme. »Ich halte diese Ablehnung nicht aus. Warum muss so was immer mir passieren? Was hab ich denn getan?«

Tja, was kann man in solch einem Fall sagen? »Er war nicht mal gut genug, deine Schuhe zu lecken«, murmele ich hilflos.

»Sehr wahr«, sagt Tim, was wohl schon als Durchbruch zu werten ist. »Aber darum geht's ja gar nicht. Er war nicht gut genug für mich, und doch hat er das letzte Wort gehabt und mich mit einem Fußtritt abserviert.«

»Weißt du was?« Ich bekomme langsam eine Stinkwut. »Alison Bailey hat ihn damals am Telefon schon als einen ausgemachten Mistbock bezeichnet. Sie sagte, er fährt darauf ab, Leute niederzumachen. Im Job lässt er anscheinend keine Gelegenheit dazu aus, und sie meinte, sie würde jedem raten, ihm aus dem Weg zu gehen.«

Tim hört interessiert zu, und da ich den Eindruck habe, es kann ihm nur gut tun, füge ich noch ein paar eigene Ausschmückungen hinzu. »Sie sagte, er hat Spaß daran, mit anderen seine sadistischen Spielchen zu treiben, sie mit der Psychomasche unter Druck zu setzen, um zu sehen, wann sie zusammenbrechen.« Auch wenn sie das nicht wortwörtlich gesagt hat, bin ich mir doch recht sicher, dass es den Tatsachen entspricht.

»Ich schwör dir, Tim, auch wenn es jetzt weh tut, du bist noch mal glimpflich davongekommen.«

»Hat sie das alles wirklich gesagt?«

Ich nicke.

»Er war auch verdammt gemein zu Josh und Lucy, nicht?«

»Unverschämt.«

»Du glaubst also nicht, dass es an mir liegt?«

»Tim, du bist ein Klassetyp. Und er ist bloß ein Arsch.«

»Meinst du, eines Tages wird jemand das mal merken?«

»Hundertprozentig.«

»Danke, Schatz.« Er lächelt jetzt beinahe zuversichtlich, und ich drücke ihn fest an mich, bis er wieder anfängt zu schniefen und mich warnt, nicht zu lieb zu ihm zu sein, sonst müsse er wieder losheulen.

»Weißt du, was mir jetzt ein echter Trost wäre?« Er zwinkert mich verschmitzt an. »Der Hefezopf, den ich dir neulich mal mitgebracht habe.«

»Ah.« Ich suche fieberhaft nach einer Ausrede, aber ich kann nicht behaupten, ich hätte letzte Woche eine Teeparty gegeben, da Tim die Schwindelei sofort durchschauen würde. So peinlich es mir auch ist, ich muss mit der Wahrheit herausrücken. Aber es muss ja nicht gleich die *ganze* Wahrheit sein.

»Er ist hier drin.« Ich deute auf meinen Bauch.

»Was? Der ganze Zopf?«, schreit Tim entsetzt auf, und ich schüttele lachend den Kopf.

»Sei nicht albern. Ich hatte ihn eine Woche lang im Kühlschrank liegen und hab ihn so nach und nach weggefuttert, gerade heute noch das letzte Stück.«

»Und jetzt ist wirklich gar nichts mehr übrig?«

»Tut mir Leid.«

»Na, wenn das so ist ...« Er steht auf und greift nach seinem Mantel. »Komm, steig in die Schuhe, wir gehen in die Eisdiele.«

An jedem anderen Abend hätte ich mich strikt geweigert, so spät noch in die Kälte hinauszugehen, aber heute muss ich freundschaftliche Solidarität beweisen, also ziehe ich ein Paar Stiefel an und begleite Tim hinaus.

Eine halbe Stunde später sitzen wir an einem zugigen Fensterplatz bei Häagen-Dazs, der Regen pladdert an die Scheibe, und meine schönen seidigen Haare sind in der Nässe wieder zu dem üblichen Cath-Mopp verkrusselt.

Tim löffelt einen riesigen Erdbeerbecher aus, und ich sehe ihm dabei zu, das Kinn in die Hand gestützt, ein Mineralwasser vor mir und ein flaues Gefühl im Magen.

»Bist du sicher, dass du nicht wenigstens den letzten Löffel Eis willst?«

»Ganz bestimmt nicht.« Ich schüttele heftig den Kopf. Der Hefezopf droht mir jeden Moment hochzukommen. »Aber wirklich lieb von dir, dass du's mir anbietest.«

19

»CATH, LIEBES, GLAUBST du, irgendwer außer uns kann verstehen, was der freie Sonntag für uns bedeutet? Ich weiß nicht, wie's dir geht, aber ich bin total erledigt.« Lucy schleudert die Schuhe von sich, streckt die Arme zur Decke und rollt seufzend die Schultern.

»Und wir dachten, *Leselust* würde wenig Arbeitsaufwand erfordern.«

»Na, *wenig* ja nun nicht gerade«, sagt sie lächelnd. »Aber du meine Güte, ich wünschte, jemand hätte mir vorher gesagt, wie viele Stunden pro Tag wir zu schuften haben würden.«

»Aber denk doch mal an all die Vorteile ...«, wende ich begütigend ein, just als die Haustür krachend ins Schloss fällt. Die Ruhe ist dahin. Ingrid und Max sind aus dem Park zurück.

»Mummmmmmmyyyyy!« Max kommt hereingestürzt und springt Lucy auf den Schoß. Sie streicht ihm zärtlich übers Haar und überschüttet ihn mit Küssen, und so sehr er mir auch immer auf die Nerven gegangen ist, jetzt rührt es mich doch, wenn ich sehe, wie sehr er seine Mutter vermisst hat.

»Was hast du denn da, mein Liebling?« Lucy löst sich sanft aus seiner Umklammerung, um ihm das Blatt Papier abzunehmen, das er fest in der Faust hält.

»Schätzchen, das hast du aber schön gemalt. Bist du das,

mit Mummy und Daddy? Aber wieso hab ich denn blonde Haare?«

»Nä«, kräht Max, »das bin ich mit Daddy und Ingrid. Ich wollte dich malen, aber Ingrid spielt ja viel mehr mit mir.« Und damit klettert er von ihrem Schoß, zu jung, um zu begreifen, wie sehr er Lucy verletzt hat, doch ich sehe natürlich, wie sie schmerzlich zusammenzuckt. Sie wartet, bis er nach oben gerannt ist, und reibt sich dann seufzend die Schläfen.

»Siehst du?«, sagt sie schließlich und blickt zu mir auf. »Ich kann's ihm nicht verdenken, er kriegt mich ja kaum noch zu sehen. Gott, Cath, ich will ja nicht behaupten, dass für dich alles leichter ist, aber es ist echt herzzerreißend, wenn man nicht mehr genug für die Familie da sein kann. Ich hatte gedacht, ich könnte immer schön früh nach Hause kommen und Max ins Bett bringen und für Josh und mich das Abendessen machen, aber stattdessen bin ich jeden Tag bis acht oder neun im Laden, und das auch nur, wenn wir keine Veranstaltung eingeplant haben. Meinen Sohn sehe ich kaum noch, und Josh und ich rauschen aneinander vorbei wie Schiffe in der Nacht. Wir sehen uns gerade mal morgens in der Küche, wenn ich Kaffee mache und er sich seinen Aktenkoffer schnappt und zur Tür rausrennt, und wenn ich Glück habe, finden wir abends noch Zeit für ein paar Worte, ehe ich ins Bett falle.«

»Aber Lucy, das klingt ja schrecklich! Ich weiß nicht, was ich sagen soll, denn ich hab ja niemanden, um den ich mich kümmern muss, außer mir selbst. Und ganz ehrlich, ich genieße es, derart eingespannt zu sein. Das lenkt mich wenigstens von der Einsamkeit ab.« Und es stimmt wirklich, ich war in meinem ganzen Leben noch nie so glücklich wie in diesem letzten Monat, seit wir die Buchhandlung eröffnet haben.

Es ist schön, so viele Leute aus dem Viertel kennen zu lernen, denn obwohl ich hier schon seit Jahren wohne, hatte ich bisher nie Kontakt zur Nachbarschaft. Es macht mir Spaß, mit den Stammkunden zu plaudern, ihnen Bücher zu empfehlen, die sie interessieren könnten, und dann nach ein, zwei Wochen zu hören, dass sie ihnen gefallen haben. Und es macht mir überhaupt nichts aus, bis spät abends zu arbeiten, auch wenn ich dadurch praktisch keine Gelegenheit mehr zum Ausgehen habe.

Lucy sieht mich schmunzelnd an. »Ausgehen? Du kommst doch sowieso immer zu uns!« Sie lacht. »Weißt du, ich will mich ja gar nicht beklagen, ich liebe unser Büchercafé, und ich find's großartig, wieder ein eigenständiger arbeitender Mensch zu sein, nicht bloß Ehefrau und Mutter. Ich arbeite unheimlich gern mit dir zusammen, lerne gern jeden Tag neue Leute kennen. Ist doch ein tolles Gefühl, aktiv in der Gemeinschaft mitzumischen, Cath! Ich hatte ganz vergessen, wie es ist, seinen eigenen Platz in der Welt zu haben.«

»Glaubst du denn, du kriegst das Zeitdilemma irgendwie auf die Reihe?« Ich bin nicht ernstlich besorgt, weil ich weiß, dass Lucy nach wie vor voller Begeisterung ist. So schwierig es im Moment auch sein mag, sie wird gewiss durchhalten, und wir werden schon eine Möglichkeit finden, es besser zu organisieren, auch wenn es vielleicht noch eine Weile dauert.

»Also, bei den seltenen Gelegenheiten, wenn ich Josh mal zwischen Tür und Angel erwische, sagt er immer, das seien nur Eingewöhnungsprobleme. Wir müssten halt zusehen, dass wir bald mehr Mitarbeiter einstellen können, dann bräuchten wir nur noch zu den normalen Öffnungszeiten im Laden zu stehen. Ich hoffe nur, er hat Recht, denn ich bin mir sicher, er leidet auch darunter, dass ich kaum noch zu Hause bin.« Plötzlich leuchten ihre Augen wieder auf. »Jetzt haben wir aber genug von mir und meinen langweiligen Problemen geredet. Ich war so auf mich fixiert, dass ich dich noch gar nichts gefragt habe. Wie ist es denn nun, hast du dich endlich mit dem guten James verabredet?«

Jawohl, ich habe James zurückgerufen. Statt mich lang und breit dafür zu entschuldigen, dass ich ihm die Tür vor der

Nase zugeschlagen hatte, nahm ich mir vor, einfach so zu tun, als ob gar nichts Außergewöhnliches vorgefallen sei. Natürlich ging ich damit das Risiko ein, dass er mich für vollkommen meschugge hielt, aber das war mir immer noch lieber, als ihn wissen zu lassen, dass ich wegen Ingrid eifersüchtig war.

Er klang zunächst etwas reserviert, aber ich brachte ihn gleich zum Lachen, indem ich ihm von dem Skandal bei der Dinnerparty erzählte, zu der er eigentlich hätte kommen sollen, und von da an ging alles glatt.

Er wunderte sich, wie Lucy nur vergessen haben konnte, ihn einzuladen, und das führte zu weiteren Anekdoten über Lucys Schusseligkeit, wie zum Beispiel, dass sie auf der Hochzeitsreise vergessen hatte, ihren Pass mitzunehmen, dass sie zwei Jahre hintereinander versäumt hatte, ein Geburtstagsgeschenk für Josh zu besorgen, und dass sie kein Nachthemd eingepackt hatte, als sie zur Niederkunft in die Klinik kam.

James versucht, noch eins draufzusetzen, indem er mir von seiner Mutter erzählt, die kein Rezept nachkochen konnte, ohne eine wichtige Zutat auszulassen, sodass sie der Familie mitunter Coq au vin ohne Huhn, Entenbrust in Orangensoße ohne Orangen oder Irish Stew ohne Kartoffeln vorsetzte.

Im Nu ist eine halbe Stunde mit heiterem Geplauder verstrichen, und ganz plötzlich lädt er mich ein, nächste Woche mit ihm essen zu gehen, und ich sage spontan ja, was wohl bedeutet, dass ich tatsächlich mal wieder eine Verabredung habe.

Wahnsinn! Wieso bin ich bei dem Gedanken daran schon so aufgeregt wie ein Backfisch? Das muss ich sofort jemandem erzählen, meine Freude mit irgendwem teilen.

Nun wäre Tim natürlich der beste Ansprechpartner gewesen, nur hat er sich zurzeit in sein Schneckenhaus verkrochen, wie immer, wenn er Liebeskummer hat. Erst kommt er zu mir, um sich auszuheulen, dann begibt er sich in eine Art Winterschlaf und ist nicht mehr erreichbar. Früher fühlte ich mich verprellt, wenn er sich so verhielt, aber inzwischen bin ich daran gewöhnt, und ich weiß, ich muss ihn seinem Selbstmitleid überlassen, geduldig abwarten, bis er auf einmal wieder auftaucht und verlangt, dass ich ihn in irgendein Musiklokal oder Kabarett begleite.

Doch während er Trübsal bläst, muss man sich damit begnügen, ihm Nachrichten aufs Band zu sprechen, obwohl man weiß, dass er zu Hause ist, und ihn inständig bitten, ans Telefon zu gehen, was er natürlich nicht tut.

Als gute Freundin ging ich also los und kaufte ihm die Videos von *Harold und Maude* und *Seltsame Begegnung* und schickte sie ihm per Fahrradkurier, zusammen mit einer Riesenschachtel Pralinen, dem traditionellen Balsam für wunde Seelen.

Seine Abschottungsphasen können bis zu einem Monat dauern, aber da er ja nicht lange mit Will zusammen war und trotz aller Vernarrtheit wohl von Anfang an wusste, dass Will nicht der Mann fürs Leben war, nehme ich an, dass er sich diesmal schon bald in alter Frische zurückmelden wird.

Gut, aber wen kann ich denn sonst anrufen? Wem dieses euphorische Kribbeln mitteilen? Es fühlt sich verdächtig nach Schmetterlingen im Bauch an – obwohl es so lange her ist, seit ich etwas Derartiges empfunden habe, dass ich mich auch irren könnte.

Aber was immer es für ein Gefühl sein mag, ich muss mit jemandem darüber reden. Tim ist verschollen, Lucy ist zu beschäftigt, und Josh? Josh wirkt in letzter Zeit immer etwas zerstreut. Offenbar ist er gerade dabei, eine gigantische Transaktion abzuschließen, die ihm endlose Überstunden im Büro abverlangt, weshalb Lucy, wie sie sagt, auch kein übermäßig schlechtes Gewissen hat, dass sie selbst jeden Abend so spät nach Hause kommt.

Also bleibt da wohl – abgesehen von Bill und Rachel, doch meine Angestellten mag ich grundsätzlich nicht mit privaten Dingen behelligen – nur noch Portia.

»Treffen wir uns doch einfach zu einem gemütlichen Weibertratsch beim Mittagessen«, sagt sie, als ich sie zwei Tage später anrufe, unter dem Vorwand, zu erfahren, wie es ihr geht, in Wirklichkeit aber, um über James zu reden. Ich habe tapfer versucht, es für mich zu behalten, aber zwei Tage sind eine lange Zeit. »Ich lad dich ein«, setzt sie hinzu.

Wie könnte ich da widerstehen?

Punkt eins finde ich mich am Kensington Place ein und bekomme einen Fenstertisch zugewiesen. Ich setze mich und blicke auf die Uhr. Wann Portia wohl auftauchen wird?

Um zehn nach eins bestelle ich ein Glas Weißwein, um viertel nach fange ich an, die Speisekarte zu studieren.

Um zwanzig nach eins, als ich die Hoffnung bereits aufgegeben habe, schaue ich von der Karte hoch und sehe, dass Portia mir von draußen zulächelt. Ich lächele zurück und lasse entspannt die Schultern sinken, weil sie endlich da ist – obwohl sie dann noch ganze fünf Minuten braucht, bis sie an den Tisch kommt, denn sie scheint hier wirklich *jeden* zu kennen.

Alle paar Schritte bleibt sie stehen, um Luftküsschen auszutauschen oder Hände zu schütteln, und mein Lächeln wird immer verkrampfter, doch ich nippe an meinem Wein und tue so, als ob es mir nichts ausmacht, eine halbe Stunde warten zu müssen.

Schließlich erreicht sie meinen Tisch, umarmt mich und entschuldigt sich für die Verspätung. »Ich war mitten in einem Skript für die neue Serie«, sagt sie, »und da hab ich vor lauter Schaffensrausch doch glatt die Zeit übersehen.«

»Macht nichts«, murmele ich und verzichte auf den Hinweis, dass meine Mittagspause fast schon vorüber ist, zumal ich extra den ganzen Weg nach Kensington hinausgefahren bin.

Sie bestellt ein Mineralwasser, zieht eine Schachtel Silk Cut aus der Handtasche und zündet ihre Zigarette mit einem kleinen Platinfeuerzeug an. So etwas Edles kann auch nur ihr gehören. »Also«, sagt sie. »Du siehst wundervoll aus.«

»Du Lügnerin«, sage ich lachend, denn meine Haare haben sich längst wieder in den alten Hottentottenschopf zurück verwandelt, und ich trage mein übliches schwarzes Zeugs, da ich die neuen Sachen für die Verabredung schonen will.

»Nein, ernsthaft«, erwidert sie. »Neulich bei Josh und Lucy warst du natürlich fabelhaft gestylt, aber es sah nicht wirklich nach dir selbst aus.« Ich mache wohl ein langes Gesicht, denn sie setzt eilig hinzu: »Jetzt sei nicht gleich gekränkt, ich mein ja bloß, dies hier, mit den Kräusellocken und ungeschminkt, das ist doch die Cath, wie wir sie alle kennen und lieben.«

»Also wie, schlägst du vor, soll ich mich denn nun für meine Verabredung mit James herrichten?«

»Gar nicht. Sei einfach du selbst. Make-up und Friseur sind mal ganz nett für besondere Gelegenheiten, aber das hier bist *du*, die Cath, die ihm von Anfang an gefallen hat. Warum willst du denn daran irgendetwas ändern?«

Ich schüttele lachend die Mähne zurück. »Portia! Du hast gut reden, schau dich doch an, wie immer vollkommen makellos!«

»Tja, aber das ist auch was anderes.« Sie verdreht die Augen. »Hab ich dir nie erzählt, dass meine Mutter immer sagte, ich sei schon mit Stöckelschuhen und Lippenstift auf die Welt gekommen? Die Hebamme in St. Mary's hat den Schock anscheinend bis heute nicht verwunden.«

Ich lache mit ihr, aber sie kann mir ansehen, dass mir trotzdem nicht ganz wohl in meiner Haut ist. So aufgeregt und beklommen, wie ich bei der Aussicht auf den Abend mit James bin, habe ich die ganze Zeit das Gefühl, am Rande eines Abgrunds zu stehen, ohne zu wissen, ob ich wirklich bereit bin, den Sprung zu wagen.

»Was bedrückt dich denn?«

Ich seufze ein bisschen vor mich hin und versuche zu erklären, wie mir zumute ist. Wie ich es bislang geschafft habe, mich abzusichern, indem ich mich mit Leuten umgebe, denen ich vertrauen kann, während alles außerhalb meines engsten Kreises mir bedrohlich erscheint, mir regelrecht Angst einjagt, und wie wenig ich mich dagegen gewappnet fühle.

»Das versteh ich sehr gut«, sagt sie lächelnd. »Besser, als du vielleicht glaubst. Ich weiß, wie es ist, wenn man etwas schrecklich gern möchte, aber sich nicht traut, einfach drauflos zu gehen, weil es gefährlich sein könnte. Ach Cath, ich brauche dir nicht zu sagen, was du eventuell verpasst, wenn du jetzt kneifst! Bestimmt hast du das alles schon von Lucy gehört.«

Ich muss lächeln, weil sie natürlich wieder Recht hat.

»Aber weißt du, falls dir das hilft, ich hab immer gedacht, nichts würde ich mehr bereuen, als später im Alter auf mein Leben zurückzublicken und mir sagen zu müssen: ›Was wäre gewesen, wenn ich dies oder das gewagt hätte? Wenn ich damals meinem Herzen gefolgt wäre? Wenn ich diese oder jene Liebesaffäre nicht so schnell beendet hätte?‹ Und selbst jetzt, mit einunddreißig, bedaure ich schon so einiges, Dinge, von denen ich wünschte, ich hätte sie getan, als noch Zeit war« – ihr Blick wird nun beinahe wehmütig – »und manches, was ich besser nicht getan hätte.«

»Aber es ist doch noch nicht zu spät! Du bist schließlich *erst* einunddreißig, Portia«, sage ich lachend, um die Stimmung ein wenig aufzulockern, im Bewusstsein, dass ihre Worte fast wie ein Echo dessen klingen, was James schon mal zu mir gesagt hat.

»Ich weiß nicht«, seufzt sie, ehe sie sich ein kleines Lächeln abringt. »Ich kann die Uhr nicht zurückdrehen, aber ich hoffe, ich kann ein paar Dinge wieder gutmachen, hier und da vielleicht doch noch eine Art Happyend zustande bringen ...«

Nach längerem Schweigen raffe ich schließlich all meinen Mut zusammen. »Portia, apropos Dinge wieder gutmachen: Wir haben eigentlich nie über die Zeit damals geredet.«

»Welche Zeit damals?«

»Als wir noch an der Uni waren, diese Nacht mit Josh, du weißt schon, und wie wir dann so seltsam auseinander gedriftet sind.«

Sie lacht. »Ach das. Das war gar nichts. Ich war bloß ein kleines Dummerchen, das Beachtung erheischen wollte, da gibt's doch nichts weiter zu bereden.«

Ich fühle mich auf einmal unendlich erleichtert. »Stell dir vor, ich hab jahrelang darüber nachgegrübelt, ich hatte immer Schuldgefühle, dass ich mich nicht mehr bemüht habe, mit dir in Kontakt zu bleiben.«

»Cath, das ist doch ewig lang her, ich kann mich kaum noch daran erinnern! Du brauchst dich wirklich nicht zu entschuldigen. Es ist vorbei, vergessen.«

»Aber dann haben wir diesen Typ getroffen, der dich kannte …« Ich halte inne. Es hat keinen Zweck. Wenn Portia einem unbehaglichen Thema ausweichen will, hört sie einfach nicht mehr zu, genau wie jetzt.

Sie lächelt achselzuckend, und ich weiß noch von früher, dass das Thema damit erledigt ist, und dabei hätte ich doch zu gern nachgefragt, was es mit diesem ominösen Happyend auf sich hat, ob sie damit ihren abservierten Exfreund Matt meint. Aber der ist doch längst über alle Berge.

»Wie läuft's denn in der Buchhandlung?«, fragt Portia.

»Fantastisch. Wirklich unglaublich. Mir macht das alles riesigen Spaß, aber die arme Lucy schuftet sich hinter ihrer Theke schier zu Tode. Und dann findet sie zu Hause zu allem Übel auch noch so eine Vater-Mutter-Kind-Zeichnung von ihrem bösartigen Sprössling vor, aber mit Ingrid statt Lucy darauf.«

Portia lacht. »O Gott, tut mir Leid«, sagt sie, als sie sieht, dass ich nicht mitlache. »Das ist sicher schrecklich für sie, zumal Ingrid ja so bildhübsch ist. Ich verstehe diese Frauen nicht – wollen sie sich absichtlich Ärger einhandeln, indem sie solch ein sexy Schwedenmädel als Au-pair einstellen? Vor allem, wenn sie immer erst so spät von der Arbeit heimkommen. Ich könnte mir vorstellen, dass es für den lieben Ehegatten nichts Leichteres gäbe, als sich an den langen, einsamen Abenden mit dem Au-pair-Mädchen zu trösten, besonders, wenn es so aussieht wie Ingrid.«

»Keine Chance.« Ich schüttele den Kopf. »Auch wenn man's ihr vielleicht nicht ansieht, Ingrid ist eine richtige Kratzbürste.« Portia zieht überrascht die Brauen hoch. »Doch, wirklich, der reinste Albtraum. Das einzig Gute an ihr ist, dass Max sie so gern hat. Und außerdem ist Josh über jeden Verdacht erhaben, ob du's glaubst oder nicht, er *vergöttert* Lucy.«

»Tatsächlich?«

So sehr es mich auch juckt, ihr weiterzutratschen, dass Lucy und Josh sich nur noch wie Schiffe in der Nacht begegnen, wäre es Lucy gegenüber nicht fair, und ich beschließe, mein loses Mundwerk unter Kontrolle zu halten, selbst wenn es schwer fällt.

»Und wie! Er kann kaum die Finger von ihr lassen, es ist schon beinahe lächerlich, ich meine, nach all den Jahren müsste die Leidenschaft doch mal abflauen, aber bei denen scheint es eher umgekehrt zu sein.«

Ich weiß nicht, warum ich so dick auftrage, doch mein Instinkt sagt mir, dass es richtig ist, also übertreibe ich lieber ein bisschen, damit die Botschaft ankommt.

»Komisch, mir kamen sie nicht gerade wie Turteltauben vor«, wundert sich Portia. »Sie mögen ja eine ganz gut funktionierende Beziehung haben, aber *mein* Eindruck war eher, dass es mit der Leidenschaft nicht mehr so weit her ist. Nun ja, so kann man sich täuschen.«

»Allerdings. Lucy hat mir gestern noch erzählt, dass er's kaum erwarten kann, sie ins Bett zu zerren, wenn sie völlig erschöpft von der Arbeit heimkommt.« Ich hatte eigentlich nicht vor, noch mehr zu schwindeln, aber zu spät, jetzt ist es mir schon rausgerutscht.

Portia sieht mich etwas ungläubig an, dann lächelt sie plötzlich. »Ich mag Lucy sehr, weißt du. Auch wenn sie ganz und gar nicht so ist, wie ich erwartet habe. Ich bin selbst überrascht, dass ich sie so sympathisch finde.«

»*Alle* finden Lucy toll. Sie ist ein Engel.«

»Hmmm.« Portia lehnt sich zurück, als uns nun endlich unser Rucola-Parmesan-Salat gebracht wird. »Und was für eine wunderbare Köchin! Das Essen war wirklich erstklassig. O Gott, ich hab noch gar nicht gefragt, wie's Tim geht. Ist er schon über die Trennung hinweg?«

»Ich schätze, sehr lange wird er nicht mehr brauchen, bis er aus seiner Isolation hervorkommt und sich wieder unter die Menschheit mischt.«

»Was hältst du davon, wenn wir das dann alle mit einem Abendessen bei mir feiern?«

»Sag bloß, du willst kochen!«, frotzele ich.

»Sei nicht albern. Partyservice, selbstverständlich.«

»Na, dann kann man ja unbesorgt zusagen«, sage ich, und sie lacht. Selbst wenn Portia mir niemals Tim ersetzen kann, fühle ich mich hier wohl mit ihr, viel entspannter, als ich erwartet hatte, und als sie zum Schluss sagt, wir sollten das öfter machen, stimme ich ihr von Herzen zu.

»Ich bin wieder zurück!«

»Aha. Von wo? Ibiza? Mallorca? Dem sonnigen Süden?«

»Ha-ha. Aus dem Tal der Tränen und des Selbstmitleids. Übrigens, vielen Dank für die Videos, absolut klischeehaft, aber ganz wunderbar, um sich noch mal richtig schön auszuheulen.«

»Ach, Tim, ich hab dich so vermisst.«

»Ich weiß, Liebes, ich dich auch. Also erzähl, was ist in der Zwischenzeit alles passiert? Ist Portia schon mit Josh durchgebrannt?«

»Tim! Wie kannst du so was sagen!«

»War nur 'n Witz.« Kurze Pause. »Und? Ist sie mit ihm auf und davon?«

»Gott, Tim, du bist unverbesserlich. Natürlich nicht. Obwohl ...«

»Obwohl was?«, drängelt er, nur für den Fall, dass ich ihm irgendwelche wichtigen Neuigkeiten vorenthalte.

»Tja, als ich sie letzte Woche zum Lunch getroffen hab, meinte sie, sie würde sich nicht wundern, wenn Josh was mit *Ingrid* hätte! Stell dir das mal vor! Ingrid!«

»Nun, das war vermutlich nur so eine Art Versuchsballon, um zu schauen, ob Josh es überhaupt in sich hat, untreu zu sein. Mit dem Au-pair-Mädchen zu flirten, wär immerhin schon mal ein Anfang.«

»Aber Josh ist doch gar nicht der Typ dafür!«

»Nicht mit Ingrid, nein.«

»Was soll das heißen?«

»Falls Portia hinter Josh her ist – und ich denke, damit muss man immer noch rechnen – dann hätte sie auf jeden Fall leichteres Spiel, wenn er sich in seiner Ehe schon den einen oder anderen Seitensprung geleistet hat.«

»Also, ich glaub das alles nicht. Bei unserem Treffen hat sie mir erzählt, dass sie einiges von früher bedauert und hofft, es wieder gutmachen zu können. Vielleicht doch noch ein Happyend zustande zu bringen oder so.«

»Hm. Klingt irgendwie seltsam, finde ich. Was meint sie denn mit wieder gutmachen?«

»Das hab ich mich auch gefragt. Der Einzige, dem sie damals übel mitgespielt hat, ist, so weit ich sehe, Josh, aber das ist alles so lange her, sicher ist das längst vergeben und vergessen.«

»Wer weiß. Und was ist mit Matt? Hey, das wär doch echt der Hammer«, sagt Tim, »wenn der auf einmal wieder aus der Versenkung auftauchen würde!«

»Vielleicht hat sie ja sogar noch Kontakt zu ihm? Ich vergesse jedes Mal, sie das zu fragen.«

»Nee, nee, sonst hätte sie das bestimmt schon erwähnt. Aber nun zu uns, Süße, wie wär's heute Abend mit Kino?«

»Oh, Tim, nichts lieber als das, nur heute geht's leider nicht.«

»Ach? Und wieso nicht? Sag bloß, du hast die drei Wochen meiner Abwesenheit dazu genutzt, endlich ein geselliges Leben zu beginnen?«

»Wie nett, offenbar hat der Rückzug in die Stille deiner

scharfen Zunge nicht geschadet. Nein, um ehrlich zu sein, ich hab so 'ne Art Verabredung ...«

»Waaas?«

»Na ja, nichts Weltbewegendes, ich geh bloß mit James essen.«

»O mein Gott! O mein Gott!« Ich höre Tim am anderen Ende der Leitung einen kleinen Freudentanz vollführen. »Wie? Wann? Wo?«

»Ach, er hat mich halt mal angerufen, und ich hab dann zurückgerufen, wir haben ein bisschen geklönt, und er hat vorgeschlagen, zusammen essen zu gehen.«

»Großartig, und wo? Wann holt er dich ab? Er holt dich doch ab, oder? Was ziehst du an? O mein Gott! Was ziehst du an?«

Ich fange an zu lachen.

»Weißt du was«, fährt Tim aufgeregt fort, »am besten, ich komm gleich mal rüber und helf dir, dich schön zu machen. Ich werd auch ganz diskret sein, Ehrenwort, und falls ich noch nicht weg bin, wenn er kommt, versteck ich mich im Bad.«

»Ich weiß nicht, das ist doch wohl ...«

»Bin in zehn Minuten bei dir!«, jubiliert er und knallt den Hörer auf.

»Jesus!« Als ich die Tür öffne, wankt er mit ausgebeulten Tragetaschen beladen über die Schwelle.

»Nicht direkt, aber es könnte sein, dass auch ich Wunder wirke«, sagt er grinsend, offensichtlich wieder ganz der Alte. Er lässt die Taschen fallen, streicht sich übers Kinn und mustert mich mit einem manischen Funkeln in den Augen wie ein verrückter Professor. »Wenn ich mich recht entsinne, hattest du doch vor nicht allzu langer Zeit noch seidig schimmernde Locken, aber ich wusste ja, das würde nicht lange halten, und darum ...« Er bückt sich und zieht etwas aus einer der Taschen. »Bitte sehr, ein Frisierstab und das neueste Haarserum zum Entkrausen!«

»Kommt nicht infrage.« Ich schüttele den Kopf. »Tim,

du bist ein Schatz, und ich weiß, du meinst es nur gut, aber ich hab das schon mit Portia besprochen, und sie sagt, ich soll dieses ganze Styling lieber lassen und einfach nur im Naturzustand gehen, weil James mich so kennt und offenbar auch so mag. Warum also vorgeben, anders zu sein, als ich bin?«

»Blödsinn!« Tim quetscht sich an mir vorbei, zieht den Stecker meiner Nachttischlampe heraus und stöpselt stattdessen den Frisierstab ein. »Sie ist bloß eifersüchtig, weil sie nicht glücklich ist, und wenn *sie* nicht glücklich ist, dann gönnt sie's auch keinem anderen. So war sie schon immer. Du hast wunderschön ausgesehen bei der Dinnerparty, und genauso kriegen wir das jetzt auch wieder hin.«

Ich blicke ihn unsicher an. »Glaubst du wirklich?«

»Absolut, verlass dich drauf. Reich mir doch mal die grüne Tasche, da ist das Schminkzeug drin.«

»Schminkzeug? Wo hast du das denn her?«

»Erinnerst du dich noch an Angel, den Transvestiten? Ich dachte, ich hebe das Schminkzeug als kleines Andenken auf. Ich wusste, dass sich eines Tages schon eine Verwendung dafür finden würde.« Und mit dämonischem Grinsen schickt er mich zum Gesichtwaschen ins Bad.

20

»ACH KOMM SCHON, James«, sage ich verlegen. »So verändert seh ich nun auch wieder nicht aus.« Er steht an der Tür und starrt mich sprachlos an.

»James?«

Er schüttelt den Kopf. »Entschuldige, Cath.« Dann späht er mir prüfend ins Gesicht. »Du bist doch Cath, oder?«, fragt er grinsend.

»Die neue Cath«, bestätige ich lächelnd. »Nur ein bisschen aufpoliert.«

»Du siehst gar nicht mehr nach dir selbst aus«, sagt er unsicher, und mein Lächeln gefriert, als mir klar wird, dass Portia doch Recht hatte. Warum zum Teufel hab ich nicht auf sie gehört? Ich unterdrücke den Impuls, ins Bad zu rennen und mir die ganze Tünche wieder vom Gesicht zu schrubben, und so stehen wir uns auf der Türschwelle mit verlegenen Mienen gegenüber.

»Weißt du« – James gibt sich schließlich einen Ruck – »du siehst echt wunderbar aus, ich muß mich nur erst mal dran gewöhnen.« Uff! Erleichtert bitte ich ihn herein, obwohl ich insgeheim hoffe, dass er ablehnen wird, denn Tim lauert, wie abgesprochen, im Badezimmer.

»Na gut, aber nur auf ein paar Minuten«, sagt er. »Wir sollten lieber nicht allzu spät aufbrechen, wegen der Tischreservierung.«

»Wo soll's denn hingehen?«

»Lass dich überraschen.« Er zuckt erschreckt zusammen, als plötzlich die Toilettenspülung rauscht. Mist. Ich hätte mir ja denken können, dass Tim es nicht schafft, sich unsichtbar zu machen, bis wir weg sind. Und tatsächlich kommt er jetzt ganz unverfroren aus dem Bad geschlendert und tut auch noch überrascht, als er uns im Wohnzimmer sieht.

»Oh, ich dachte, ihr wärt schon weg!« Mich kann er mit seiner Unschuldsmiene nicht zum Narren halten. »Schön, euch noch anzutreffen! Mögt ihr vielleicht was trinken?«

»Tja, eigentlich wollten wir gerade gehen«, sagt James, und ich eile dankbar ins Schlafzimmer, um meinen Mantel zu holen.

»Was soll denn das?«, zische ich Tim zu, der mir gefolgt ist. »Ich schwör dir, das ist das letzte Mal, dass ich dich habe herkommen lassen, wenn ich eine Verabredung habe.«

»Ist das der Dank dafür, dass ich Aschenputtel geholfen habe, sich für den Ball herauszuputzen?«, schmollt Tim.

»Na los, du verschwindest jetzt auch. Aber die Taschen bleiben da.« Ich habe nämlich keine Lust, mir deswegen auch noch eine Ausrede einfallen zu lassen. Soll Tim sie doch morgen abholen.

»Viel Spaß, Kinder!«, ruft Tim, während er in seinen Käfer steigt. »Und tut nichts, was ich nicht auch tun würde!« Er lässt den Motor aufheulen und braust davon.

Wir fahren durch London und plaudern friedlich zur Begleitmusik der Scheibenwischer im heftig pladdernden Oktoberregen. Ich setze mich ein bisschen schräg, um James' Profil anschauen zu können. Seltsam, wie vertraut sich das alles immer noch anfühlt, obwohl ich schon jahrelang keine richtige Verabredung mehr hatte. Doch das Szenario ist immer noch das gleiche wie zu meiner Teenagerzeit.

Ich weiß noch, wie ich mich früher genauso im Sitz umdrehte, um mit dem Typen neben mir zu plaudern – dieses Gefühl, zu zweit in einem dunklen Auto zu sitzen, so angespannt, erwartungsvoll, aufgeregt, voller Ungewissheit, was der Abend wohl bringen wird ...

Wir fahren in den Westen der Stadt, über Hammersmith und Putney, und parken schließlich in Barnes vor einem kleinen französischen Restaurant.

»Hoffentlich war das die richtige Wahl«, sagt James hastig. »Ich hab überlegt, ob wir nicht in eins dieser typischen In-Lokale gehen sollen, aber da versteht man ja sein eigenes Wort nicht, und hier bin ich oft gewesen, als ich noch in Hammersmith wohnte. Ich wollte schon immer mal wieder hingehen, denn die Küche ist ausgezeichnet.«

Mir wird klar, dass er wie ein Wasserfall redet, weil er nervös ist, ebenso nervös wie ich. Prompt fühle ich mich schon etwas entspannter und lächele zustimmend, als wir das Lokal betreten.

Wir bekommen einen diskreten Ecktisch zugewiesen, und obwohl Barnes weit von dem trendigen Epizentrum des Londoner Nachtlebens entfernt liegt, macht die Klientel hier einen erstaunlich geschniegelten Eindruck, und ich bin Tim unendlich dankbar, dass er solche Kunststücke an mir vollführt hat – wie eingeschüchtert würde ich mich jetzt fühlen, wenn ich nicht so perfekt frisiert und geschminkt wäre!

»Ist das okay?«

Ich strahle James an. »Okay ist gar kein Ausdruck. Es ist wunderbar. Ehrlich gesagt, meide ich die großen In-Lokale wie die Pest. Tim schleppt mich da ab und zu mal hin, aber so was wie das hier ist viel mehr nach meinem Geschmack. Allein schon, weil man sich nicht so anschreien muss.«

»Gut. Ich würde dir ja gern Champagner bestellen, aber irgendwie scheinst du mir kein Champagnertyp zu sein. Was möchtest du trinken?«

»Wie meinst du das, kein Champagnertyp? Was für ein Typ denn sonst? Ein paar Humpen Bier?«

»Nein, nein«, wehrt er schnell ab. »Das wollte ich damit nicht sagen. Kein Bier. Höchstens ein gepflegtes Pils.« Wir lachen beide, und von dem Moment an beginne ich wirklich, mich zu entspannen.

Beim zweiten Glas Wein fühle ich mich schon rundum wohl. Nicht, dass ich mich vorher unwohl gefühlt hätte, aber der Alkohol lässt meine Hemmungen verfliegen, und je mehr wir reden, je häufiger James mich anlächelt, desto attraktiver komme ich mir vor.

Obwohl attraktiv noch viel zu harmlos ist. Hier in dem weichen Kerzenlicht mit James, der über all meine dämlichen Witze lacht, fühle ich mich allmählich geradezu hinreißend.

Und plötzlich begreife ich, was Lucy und Portia gemeint haben. So wie jetzt habe ich mich seit Jahren nicht gefühlt. Vielleicht überhaupt noch nie. Ich weiß, ich bin so witzig wie schon lange nicht mehr, es funkt zwischen uns, was mir vielleicht auch vorher schon vage bewusst war, aber erst jetzt scheint es eine Flamme in mir zu entfachen.

Und es gibt ja so viel zu sagen! Wir können gar nicht mehr aufhören zu lächeln, vor Aufregung verhaspeln wir uns, fallen einander ins Wort, und ich bin so aufgedreht, dass ich am liebsten auf den Tisch springen und einen flotten kleinen Stepptanz hinlegen würde.

Das ist es also, was Glück bedeutet, *das* ist es, was ich so lange verpasst habe. Und, du lieber Gott, so sehr ich Tim, Josh und Lucy auch liebe, *das* hier ist etwas ganz anderes.

Ich erzähle James gerade, warum man Zwillingen nicht trauen kann, und er lacht, obwohl er schon zugegeben hat, dass er die Sternzeichendeuterei für Humbug hält, als die Tür des Restaurants aufgeht, und ich durch das beschlagene Glas des Eingangsbereichs jemanden den Mantel abgeben sehe, und während ich weiter rede, tritt dieser Jemand ins Restaurant – und es ist Portia.

Ich unterbreche mich mitten in meiner Geschichte, und James wendet den Kopf, um zu sehen, wohin ich starre. »Ich glaub's nicht«, sage ich, schon im Begriff, meinen Stuhl zurückzuschieben, um sie herüberzurufen. »Da ist meine Freundin Portia.«

Die Tür geht wieder auf, und Portias Begleiter schüttelt die Regentropfen von seinem Schirm. Ich schmunzele in mich hinein, hoch beglückt, auf diese Weise endlich mal etwas über Portias Privatleben zu erfahren, das sie ja immer so sorgsam abgeschirmt hält.

Der Wirt begrüßt sie überschwänglich. Portias Begleiter hat den Arm um ihre Schulter gelegt, und sie macht eine scherzhafte Bemerkung, woraufhin sie sich zärtlich anlachen.

Als er sie anblickt, als er dadurch in unsere Richtung blickt, sacke ich wie vom Schlag getroffen auf meinen Stuhl zurück, denn der große Unbekannte, der Portia dort so liebevoll im Arm hält, ist Josh.

»O Scheiße«, wispere ich, ohne sie aus den Augen zu lassen, bis sie in Begleitung des Wirts im Hinterzimmer verschwinden. »Hat Tim also doch Recht gehabt.«

Unfassbar, wie die ganze Magie im Bruchteil einer Sekunde verfliegen kann. Wir beide hatten uns doch so wunderbar unterhalten, aber kaum habe ich Portia und Josh zusammen gesehen, ist mir der Abend gründlich verdorben.

Der arme James, es ist ja nicht seine Schuld. Ich versuche, es ihm zu erklären, aber es ist zu schwierig, und es tut zu weh, und der Einzige, mit dem ich jetzt noch reden möchte, ist Tim, denn der hat das Debakel ja von Anfang an vorausgesehen.

Das war es also, was sie mit Happyend gemeint hatte! Das war der Grund, weshalb sie mich andauernd nach Josh und Lucy ausgefragt hat. Aber Josh? Ich kann es einfach nicht glauben, dass Josh zu so etwas fähig ist. Ich kann nicht glauben, dass er Lucy hintergeht. Und wenn sogar eine derart glückliche Ehe wie die ihre schief laufen kann, was zum Teufel bleibt uns anderen dann noch für eine Hoffnung?

»Keine Sorge, ich verstehe schon«, sagt James, als ich ihn dränge, wir müssten sofort aufbrechen, und obwohl ich nicht sage, warum, kann er sehen, dass ich weiß wie die Wand geworden bin.

Er lässt sich die Rechnung geben, und ich bin so erpicht darauf, möglichst schnell zu verschwinden, dass ich völlig das Dilemma vergesse, ob ich mich beteiligen soll oder nicht und das Zahlen einfach ihm überlasse, in Gedanken schon ganz woanders.

In der Tür dreht sich James noch mal um, und ich kann sehen, dass er Portia und Josh entdeckt hat und dass er tatsächlich versteht, was los ist. Er blickt mich mitfühlend an, während ich versuche, mit der lähmenden Angst fertig zu werden, die sich meiner bemächtigt hat.

Gott, wie trostlos der Rückweg ist, verglichen mit der freudigen Spannung auf der Herfahrt! James versucht tapfer, das Gespräch aufrechtzuerhalten, aber ich bin mit dem Herzen nicht mehr dabei, und so gibt er schließlich auf und schaltet das Radio an.

Vor meinem Haus angekommen, ist mir klar, dass ich ihn wenigstens zu einem Kaffee heraufbitten sollte, nachdem der Abend nun schon so in die Binsen gegangen ist. Doch ich kann es nicht erwarten, mich ans Telefon zu hängen und Tims Rat einzuholen, denn er ist der Einzige, der wissen wird, was zu tun ist.

»Wird's denn gehen?«, fragt James besorgt. »Du wirst doch nichts Überstürztes tun, wie zum Beispiel Lucy anrufen?«

»Himmel, nein! Ich muss das alles erst mal in Ruhe überdenken.«

»Weißt du, es könnte ja auch ganz anders sein, als es aussieht. Vielleicht haben sie sich bloß so zum Essen getroffen.«

»James, sie haben sich in *Barnes* verabredet, obwohl sie beide in Nord-London wohnen, das kann doch nur heißen, dass sie vermeiden wollten, auf irgendwelche Bekannte zu treffen! Außerdem hab ich gesehen, wie sie sich anhimmelten – da gibt's doch gar keinen Zweifel mehr!« Ich bin unwillkürlich laut geworden vor Zorn und hole tief Luft, versuche, mich zu beruhigen, quäle mir James zuliebe sogar ein Lächeln ab.

»Ich weiß, das klingt jetzt unglaubhaft, nach dem, wie der Abend leider geendet hat, aber es war wirklich schön mit dir.«

»Ich wette, das sagst du zu allen«, spöttelt James. »Nächstes Mal könnte es noch viel schöner sein …« Aber ich kann nur noch an Josh und Portia denken und steige schon aus dem Wagen, winke James zerstreut zu und beeile mich, in meine Wohnung zu kommen, ans Telefon.

»Tim, ich bin's!«

»Und was machst du so früh schon wieder zu Hause? Es sei denn« – er senkt verschwörerisch die Stimme, obwohl er doch mit Sicherheit allein ist –, »es sei denn, der gute James ist bei dir im Schlafzimmer und entledigt sich gerade seiner Boxershorts.«

»Wir haben sie gesehen, Tim! Josh und Portia! Du hattest Recht!«

Erschrockenes Aufjapsen am anderen Ende, gefolgt von Schweigen.

»Waaas?«

»Ich weiß. Mir ist kotzübel. Ich kann's nicht glauben!«

»Wie denn, ihr habt sie gesehen? Wo? Was haben sie gemacht?«

»Wir waren in einem kleinen französischen Restaurant in Barnes …«

»Wieso hat er dich denn extra nach Barnes geschleppt?«

»Genau das könnte man auch Josh und Portia fragen, nicht wahr? Nur wäre die Antwort bestimmt nicht die gleiche. James hat das Lokal wegen der Gemütlichkeit ausgesucht, nicht, weil es so abgelegen ist. Auf jeden Fall, wir saßen also da, und die Tür ging auf, und Portia kam rein …« Als ich ihm den ganzen Vorfall schließlich geschildert habe, merke ich an seinem Schweigen, dass er genauso schockiert ist wie ich.

»Herrje, Tim, sag doch was! Du warst doch derjenige, der immer schon gewusst hat, dass sie hinter Josh her ist.«

»Ja, aber ich dachte nicht, dass sie ihn rumkriegt. Ich meine, Josh *liebt* Lucy doch! Was zum Kuckuck ist bloß mit ihm los?«

»Das hab ich mich auch gefragt. Aber jetzt mal zur Sache, Tim, was sollen wir *tun*?«

»Ich weiß nur, was wir garantiert *nicht* tun können, nämlich Lucy einweihen.«

»Aber wir können auch nicht einfach tatenlos zuschauen, wie die Ehe unserer besten Freunde kaputtgeht. Das ist doch unerträglich!«

»Und wenn wir erst mal mit Josh reden?«

»Ich glaub, das kann ich nicht. Du vielleicht?«

»O Gott, nein, ich hasse solche Konfrontationen. Hör zu, am besten, wir überschlafen das Ganze erst mal. Vielleicht fällt uns morgen was Konstruktives ein.«

Aber natürlich fällt uns am nächsten Morgen auch nichts ein, obwohl ich die ganze Nacht kaum ein Auge zugetan habe vor lauter verzweifeltem, fruchtlosem Grübeln.

Und das Schlimmste ist – ich wage es kaum auszusprechen, so sehr komme ich mir dabei wie eine Verräterin vor –, das weitaus Schlimmste ist: Als sie da gestern hereinkamen, wirkten sie wie ein ideales Paar. Sie sahen viel besser zusammen aus als Josh und Lucy, obwohl es weiß Gott schmerzt, das einzugestehen. Sie sahen aus, als *gehörten* sie zusammen.

Aber das werde ich nie jemandem sagen, nicht einmal Tim. Nachdem wir von acht Uhr morgens an stundenlang telefoniert haben, ohne auf eine zündende Idee zu kommen, sage ich ihm, wir sollten jetzt lieber aufhören, bevor noch jemand Lunte riecht. Das ganze Fiasko hat in mir ein starkes Bedürfnis geweckt, Lucy zu schützen, ich möchte ihr nahe sein, sie irgendwie abschirmen, und ich folge ihr den ganzen Nachmittag lang mit den Augen, um sicherzugehen, dass mit ihr alles in Ordnung ist, obwohl wir bei dem Hochbetrieb im Laden kaum dazu kommen, ein paar Worte zu wechseln.

»Entschuldigen Sie ...« Ich blicke vom Sortieren der neuen Lieferung auf und sehe eine Frau um die Fünfzig vor mir stehen, die mich mit arroganter Miene mustert. Ich lächele sie an, und ohne zurückzulächeln fragt sie: »Können Sie mir sagen, wo ich das neue Buch von Dava Sobel finde?«

»Sicher, das müsste da vorn auf dem Tisch l…« Doch die Frau hat sich schon ohne ein Wort des Danks abgewandt. Bill, der an der Kasse steht, fängt meinen Blick auf und verdreht die Augen. »Ich hasse es, wenn die einen so behandeln«, sagt er, und ich seufze.

»Besser, du übernimmst sie gleich, wenn sie wieder nachfragen kommt.« Zähneknirschend beobachte ich, wie sie prompt auf den falschen Tisch zusteuert und zwischen den Biographien herumschnüffelt. »Ich glaube, für die Sorte reicht meine Geduld heute nicht.«

»Kein Problem.« Bill tritt vor, als die Frau zur Theke zurückkommt und nölt: »Da ist es aber nicht!«

»Ich zeig's Ihnen.« Freundlich lächelnd führt er sie weg, und ich beuge mich wieder über meinen Bücherstapel. Ich wünschte, ich wäre besserer Laune, denn normalerweise machen mir solche kleinen Widrigkeiten nichts aus, aber heute ist offensichtlich kein normaler Tag.

»Cath, Liebes!« Atemlos vor Geschäftigkeit schwirrt Lucy hinter der Theke herum, und für einen Augenblick will es mir fast scheinen, als wäre das gestern nur ein Albtraum gewesen. Es wirkt alles so irreal, wo Lucy doch noch ganz genauso klingt wie immer. »Ist das zu glauben, wir hatten heute noch keine Sekunde Zeit zum Reden! Hilf mir mal kurz mit den Tassen hier, dann kannst du mir haarklein erzählen, wie der Abend mit James gelaufen ist.«

»Ich komme.« Ich versuche, mich so unbekümmert zu geben wie möglich. »Aber erzählen werde ich später mal in Ruhe.«

»Ich hab 'ne bessere Idee«, sagt sie. »Josh ist heute Abend wieder bei einer Besprechung, also bin ich allein zu Haus – komm doch einfach mit, ich hab zwar keine Energie mehr zum Kochen, aber wir können uns ja eine Pizza bringen lassen, und dann erzählst du mir alles. Na, wie klingt das?«

Grauenhaft, natürlich, denn der Gedanke an Josh und Portia wird den ganzen Abend wie ein Damoklesschwert über mir hängen. Doch das Bedürfnis, mich außerhalb des Ladens mit Lucy zu unterhalten, mich von der vertrauten Atmosphäre bei ihr irgendwie trösten zu lassen, ist weit stärker als die Angst. »Gut.« Ich nicke. »Und den Wein besorge ich.«

»Wunderbar. Hey, Bill ruft nach dir, vielleicht gibt's da ein Problem mit deiner Bestellung von gestern.« Oder aber mit einer weiteren Nervensäge von Kundin.

Schließlich gehe ich dann doch erst mal nach Hause, weil ich heute Morgen vergessen hatte, die Heizung aufzudrehen, und wenn ich eins hasse, dann ist es das: in einer eiskalten Wohnung ins Bett zu gehen und stundenlang nicht einschlafen zu können. Also sage ich zu Lucy, ich käme in einer halben Stunde zu ihr nach.

Es ist ja wirklich albern, dass die Aussicht, den Abend allein mit Lucy zu verbringen, mich noch mehr aufregt als die Verabredung mit James, zumal ich ja schon den ganzen Tag mit ihr im Laden zusammen war, aber das ist nicht dasselbe. Bei der Arbeit hat jede ihren eigenen Bereich, man würde uns dort nie ansehen, wie eng befreundet wir sind.

Es heißt ja immer, man sollte Arbeit und Freundschaft voneinander trennen, aber wir haben tatsächlich einen Weg gefunden, das hinzukriegen. Nicht, dass wir uns im Laden absichtlich aus dem Weg gehen, nur beschränken wir uns dort eben weitgehend auf ein geschäftsmäßiges Miteinander, da Bill und Rachel ja meistens auch dabei sind. Und so haben wir in den letzten sechs Wochen eine Routine entwickelt, die offenbar reibungslos funktioniert.

Für gewöhnlich sind Lucy und ich als Erste da, so gegen neun, eine Stunde, bevor der Laden öffnet, um uns erst mal Raum zum Atmen zu gönnen. Lucy wirft die Kaffeemaschine an, während ich überprüfe, was wir am Tag zuvor verkauft haben, und unter frustriertem Gemurre versuche, meine eigene Sauklaue zu entziffern.

Dann bringt Lucy mir einen Kaffee herüber, und ich rufe bei den Großhändlern an, um die verkauften Exemplare nachzuordern und Bestellungen für die Kunden durchzugeben, die etwas suchten, was wir nicht auf Lager haben.

Gestern kam ein Mann und fragte nach dem *Führer durch die Pflanzenwelt der Äußeren Mongolei.* Ich schaute im Computer nach, da er mir nicht der Typ zu sein schien, der sich mit einem simplen »Haben wir leider nicht« zufrieden geben würde, und als ich sagte, ich könne es für ihn bestellen, schnauzte er mich wutentbrannt an, ob wir denn nun eine Buchhandlung wären oder nicht. Ich versuchte ihm zu erklären, wir könnten unmöglich jedes Buch im Sortiment haben, schon gar nicht derart obskure Titel – oha! Da platzte ihm aber endgültig der Kragen.

»Obskur? Was heißt hier obskur?«, polterte er los, um sich dann in allen Einzelheiten darüber auszulassen, wie dieses epochale Werk vor zwanzig Jahren sein Leben verändert habe. Rachel fing an zu kichern, was mich beinahe angesteckt hätte, und schließlich schickte ich ihn aus purer Bosheit zu Books Etc., wohl wissend, dass sie es auch nicht vorrätig haben würden. Ha! Sollte sich doch die Konkurrenz mit dem Quatschkopf herumärgern!

Aber selbst wenn die Kundschaft mitunter spinnt – ich liebe diese Arbeit. Wie die anderen auch. Und obwohl der Laden vorerst noch keinen Profit abwirft, wird es Josh zufolge nicht mehr lange dauern, bis wir so weit sind. Es sieht ganz so aus, als hätte ich letztlich doch die richtige Wahl getroffen.

Ich stehe vor Lucys Tür, presse die Hand auf mein heftig pochendes Herz und drücke auf die Klingel. Ich höre Schritte näher kommen, und Ingrid macht mir auf, mit Max an ihrer Seite.

»Hallo, Cath«, begrüßt sie mich mit einem verdächtig warmen Lächeln. Was ist denn auf einmal in das Mädchen gefahren? Ich spähe sie misstrauisch an, verkneife mir die Frage, ob mit ihr alles in Ordnung sei, und lächele höflich zurück.

»Lucy ist kurz noch einkaufen gegangen. Sie wollte bis halb neun zurück sein. Wie geht es Ihnen?«, sagt sie über die Schulter, während ich ihr in den Flur folge und versuche, nicht über Max zu stolpern, der wie ein Kobold vor mir herumhopst.

»Gut«, entgegne ich zögernd. »Ähm, und Ihnen?«

»Oh, bestens«, sagt sie munter. »Möchten Sie ein Glas Wein? Wir haben schon einen aufgemacht.«

Wir? Wieso wir? Ich trete hinter ihr in die Küche, und ich schwöre, das Herz springt mir vor Schreck fast zum Hals raus, denn am Küchentisch sitzt – mit der unschuldigsten Miene der Welt – niemand anderes als Portia.

Wie erstarrt bleibe ich in der Tür stehen. Soll ich gleich wieder kehrtmachen? Oder hineingehen und so tun, als ob nichts vorgefallen sei? Obwohl, so entsetzt, wie ich hier nach Luft schnappe, dürfte es mir wohl ziemlich schwer fallen, die Ahnungslose zu mimen.

Was zum Teufel macht sie hier? O nein, nur das nicht, sie wird doch nicht etwa vorhaben, Lucy die Augen zu öffnen, sie mit der grausamen Wahrheit zu konfrontieren? Herrgott, lass sie verschwinden! Lass *mich* verschwinden!

Doch dann fällt mir auf, dass Portia genauso kühl und gefasst ausschaut wie immer. Es scheint ihr nicht das Geringste auszumachen, dass sie hier am Küchentisch im Haus ihres Liebhabers sitzt. Wahrscheinlich beabsichtigt sie also doch keinen Showdown mit Lucy, sondern wartet hier einfach auf Josh, um ihn zu einer leidenschaftlichen Nacht in ihre Wohnung abzuschleppen.

Himmel, ich könnte sie umbringen.

Ich meine, muss sie es denn gleich so deutlich zur Schau stellen? Allein schon, wie sie uns allen hier ihr tiefes Dekolleté präsentiert, was zum Teufel bildet sie sich eigentlich ein?

»Hi, Cath«, sagt sie warm – das Luder – und steht auf, um mir einen Kuss zu geben, während ich wie eine Salzsäule an Ort und Stelle verharre. »Ich wollte gerade gehen.«

»Du hast wohl Josh erwartet?« Das ist mir einfach so unbedacht herausgerutscht, und der sarkastische Unterton ist nicht zu überhören. Portia sieht mich seltsam an, aber wie dem auch sei, sie soll ruhig wissen, dass ich es weiß, denn ich werde ihr Spielchen nicht mitspielen, ich werde sie nicht decken.

»Wie bitte?«, fragt sie vorsichtig, sie kann sich wohl nicht vorstellen, dass ich ihr auf die Schliche gekommen bin. Einen Moment lang scheint sie etwas verunsichert, aber nein, Portia ist viel zu beherrscht, um sich leicht aus dem Konzept bringen zu lassen. »Ich war zufällig in der Gegend und dachte, ich schau eben mal rein, ob Lucy da ist«, sagt sie. »Ich hab ihr das italienische Kochbuch mitgebracht, von dem ich ihr erzählt hatte.«

Ha, eine ganz schön faule Ausrede! Und das Verrückte dabei ist, man hört ja oft genug von untreuen Ehemännern, die ihren Frauen überraschende Geschenke machen, wenn sie eine Affäre haben. Doch seit wann tut das die Geliebte? Auf jeden Fall aber ist es das klassische Zeichen, dass etwas im Busch ist, oder etwa nicht? Der Ehemann, der seine Frau sonst kaum beachtet, kommt plötzlich mit Rosen oder Juwelen heim, angeblich als Entschuldigung dafür, dass er immer so lange im Büro bleibt, in Wirklichkeit aber nur zur Linderung seiner nagenden Schuldgefühle.

Nun ja, vermutlich ist die Geliebte normalerweise nicht mit der Ehefrau befreundet. Wenn aber doch, verhält sie sich vielleicht genauso wie Portia. Vielleicht kreuzt sie dann auch mit Kochbüchern auf.

Oder sie lässt sich irgendeine faule Ausrede einfallen, nur um dem Ehemann auf den Pelz zu rücken. Zum Glück ist Josh heute Abend nicht da, sodass sie mit Ingrid vorlieb nehmen musste, eine Strafe, die ich nicht mal meinem ärgsten Feind wünschen würde. Außer, dass mir ein ganzes Leben mit Ingrid in diesem Fall als die einzig angemessene Vergeltung erscheint.

»Soso«, sage ich gedehnt, um Portia merken zu lassen, dass ich sie durchschaut habe.

»Tja« – sie nickt mit einem freundlichen Lächeln zu Ingrid hin und einem deutlich kühleren zu mir – »jetzt muss ich aber los. Hab noch einiges vor heute.«

»Kann ich mir denken«, versetze ich. Sie starrt mich kurz an und schüttelt dann den Kopf, als ob *ich* es wäre, die nicht mehr ganz bei Verstand ist. Ingrid begleitet sie zur Tür, und ich kann die beiden draußen wispern hören. Herrje, ich fasse es nicht, dass Portia jetzt auch noch mit der verdammten Au-pair-Zicke über mich tuschelt, aber es ist mir schnuppe, zumindest habe ich meine Würde gewahrt.

»Ist auch bestimmt alles in Ordnung mit Ihnen?« Ingrid kommt wieder in die Küche, nachdem die Haustür zugeschlagen ist, und gießt für Max ein Glas Orangensaft ein.

»*Mich* brauchen Sie das nicht zu fragen«, sage ich spitz, und Ingrid geht achselzuckend hinaus, um Max zu rufen. Gott sei Dank höre ich endlich den Schlüssel in der Tür, und kaum ist Lucy eingetreten, wird sie fast von Max umgerannt, der ihr in die Arme springt.

»War das Portia, die ich da eben hab wegfahren sehen?«

»Ja. Sie hat dir das Kochbuch da vorbeigebracht.« Ich deute auf den Tisch, und Lucy fängt sofort begeistert an zu blättern.

»Ach, sie ist ja so ein Engel! Dass sie sich daran noch erinnert hat! Ich darf nicht vergessen, sie anzurufen und mich zu bedanken. Ehrlich, Cath, ich kann dir gar nicht sagen, wie froh ich bin, dass Portia wieder in euer Leben getreten ist und jetzt auch zu meinem gehört. Wir können uns wirklich glücklich schätzen, weißt du.« Sie drückt Max fest an sich, überschüttet sein Gesicht mit Küssen, und er schlingt ihr krähend die Arme um den Hals.

O Scheiße, denke ich im Stillen, wenn du wüsstest.

21

Eine Woche später. Lucy hält mich inzwischen wohl für ziemlich übergeschnappt. Gestern hat sie mich immer wieder dabei ertappt, wie ich sie mit besorgtem Blick beobachtete. Doch jedes Mal, wenn sie mich fragte, was denn los sei, habe ich nur seufzend abgewinkt.

Kurz vor sechs fange ich an, die Leute im Laden darauf hinzuweisen, dass wir gleich schließen, aber wie üblich scheinen sie alle plötzlich taub geworden zu sein, wobei fünf schwerhörige *Leselust*-Kunden natürlich immer noch viel besser sind als gar keine.

»Tut mir Leid, aber wir machen gleich zu.«

»Tut mir Leid, aber ich muss Sie jetzt wirklich bitten zu gehen.«

»Tut mir Leid, aber wir sind morgen auch wieder da, wenn Sie dann kommen und das Buch fertig lesen wollen ...«

All das selbstverständlich mit dem höflichsten Lächeln. Sobald die Kundschaft dann glücklich hinauskomplimentiert ist, räumen Bill, Rachel und ich die Bücher wieder an ihren richtigen Platz in die Regale, da sich am Ende eines jeden Tages stets das erstaunlichste Kuddelmuddel eingeschlichen hat.

Bill und Rachel gehen heim, und eine halbe Stunde nach Ladenschluss kann ich endlich nachschauen, wie es Lucy geht. Sie wischt gerade noch die Tische ab, zwinkert mir zu und kommt nach ein paar Minuten mit zwei großen Milchkaffees, einem Riesenstück saftigen Karottenkuchens und zwei Gabeln aus der Küche zurück.

Sie bindet die Schürze ab, lässt sich auf einen Stuhl fallen und lächelt müde. »Nun, Liebes, alles klar so weit? Hast du heute Abend schon was vor? Triffst du James wieder, oder ist es noch zu früh?«

»Viel zu früh. Ich hab mich noch nicht mal für das Essen letzte Woche bedankt. Verdammt, ich wollte ihn doch heute anrufen!«

»Warum tust du's nicht gleich?«

»Ach nein, das hat Zeit, bis ich zu Hause bin.«

Lucys Lächeln verblasst ganz allmählich, während sie abwesend vor sich hin starrt. Arme Lucy. O Gott, ob sie es wohl schon weiß?

»Lucy? Alles in Ordnung?«

Sie lächelt mich an und nickt, doch mit einem traurigen Ausdruck in den Augen.

»Bist du sicher?«

»Na ja, eigentlich nicht«, sagt sie, und ich mache mich schon auf das Schlimmste gefasst. Wenn sie mich jetzt fragt, ob ich etwas weiß, werde ich sie anlügen müssen. Und dabei bin ich solch eine miserable Lügnerin. Mein Gesicht, pflegt Tim immer zu sagen, ist wie ein offenes Buch.

Ich werde rot, ich stammele, ich bringe es nicht fertig, meinem Gegenüber in die Augen zu sehen. Völlig untauglich, wenn's ums Flunkern geht. Bitte, lieber Gott, verschone mich, lass sie jetzt bloß nichts fragen.

»Was ist denn los?« Als ob ich das nicht längst wüsste!

»Nichts, das ist es ja. Zwischen Josh und mir ist nichts mehr los.« Ihr Lächeln ist jetzt ganz verschwunden, und mir fällt auf, dass ich Lucys Gesicht kaum jemals derart unbewegt gesehen habe. Sie ist sonst immer so sprühend, so lebhaft, dass sie mir nun auf einmal wie erloschen vorkommt, was wohl auch kein Wunder ist, wenn sie etwas herausgefunden hat.

»Es ist einfach nicht mehr so, wie es sein sollte«, fährt sie nach einer langen Pause fort und blickt auf, um zu sehen, ob ich noch zuhöre.

»Ich weiß ja, dass es nicht mehr wie früher sein kann, wo ich nun immer so lange arbeite und Josh auch gerade so eingespannt ist. Da bleibt uns eben nicht mehr viel Zeit füreinander. Aber Josh scheint das irgendwie persönlich zu nehmen, und je weniger er zu Hause ist, scheint mir, desto weniger *will* er überhaupt noch zu Hause sein.«

»Hast du versucht, mit ihm darüber zu reden?«, frage ich, wie immer, wenn mir sonst nichts einfällt. Außerdem ist es das, was Lucy mich in solch einem Fall auch immer fragt.

»Ja, wie denn? Es ist doch wirklich lächerlich, da hab ich neulich erst diesen Kurs in Familienberatung absolviert – und bin selbst mit einem Mann verheiratet, der total zumacht, sobald ein Problem auftaucht. Normalerweise schaffe ich's ja, ihn zum Reden zu bringen, aber es ist wie verhext: Ich hab so ein schlechtes Gewissen, weil ich in letzter Zeit kaum noch zu Hause bin, dass es mit meiner Kommunikationsfähigkeit auch nicht mehr weit her ist.«

»Ach, Lucy«, murmele ich bedrückt und streichele ihr über den Arm.

»Ich weiß, es klingt verrückt, aber man könnte fast glauben, er hat heimlich ein Verhältnis.«

Ich kann ein erschrecktes Aufjapsen nicht unterdrücken, aber zum Glück ist Lucy so in sich selbst versunken, dass sie es gar nicht mitbekommt.

»Jeden Abend Überstunden, im Büro nicht zu erreichen« – sie lächelt kläglich – »sind das nicht die klassischen Anzeichen für eine Affäre?«

»Hältst du es denn für möglich, dass er 'ne Affäre hat?«

»Josh? Nee, absolut nicht.« Sie fängt an zu lachen. »Aber glaub nicht, ich hätte nicht darüber nachgedacht. Es ist nur so gar nicht seine Art, obwohl ich es ihm weiß Gott nicht übel nehmen könnte, so, wie es zurzeit um unser Liebesleben bestellt ist. Ich kann mich nicht mal mehr erinnern, wann wir das letzte Mal miteinander geschlafen haben. Es ist schrecklich, Cath, aber ich bin einfach immer viel zu kaputt.«

Sie blickt schräg zu mir hoch. »Weißt du, tagsüber hätte ich ja oft Lust, wenn ich so daran denke, und dann sage ich mir, was für ein Glück, dass ich abends zu einem Mann nach Hause komme, auf den ich immer noch richtig scharf bin, und freu mich schon den ganzen Tag darauf, mit ihm ins Bett zu gehen.«

»Und?«

»Und wenn ich dann endlich zu Hause bin und mich mit Max beschäftigt und was gegessen und ein heißes Bad genommen habe, bin ich so fertig, dass ich mich gerade noch ins Schlafzimmer schleppen kann, die Decke zurückschlage und ins Bett krieche. Damit ist dann auch der letzte Rest an Energie verbraucht, und ich schlafe ein, kaum dass mein Kopf auf dem Kissen liegt.«

»Lucy, falls dich das irgendwie tröstet, mir geht es ganz genauso. Es ist eben unheimlich anstrengend, ein eigenes Geschäft zu führen, und ich bin auch schon total urlaubsreif. Aber glaubst du nicht, dass die Vorteile letztlich doch überwiegen?«

»In deinem Fall, sicher. Versteh mich nicht falsch, Liebes, aber du hast eben keine Familie. Doch was mich betrifft ...« Sie seufzt tief auf. »Nein, das wollte ich nicht sagen, natürlich überwiegen die Vorteile immer noch, man muss nur die richtige Balance finden.«

Ein längeres Schweigen tritt ein, und ich versuche, einen leichteren Ton anzuschlagen. »Nun ja, es heißt doch immer, man hat sowieso keinen Sex mehr, wenn man verheiratet ist. Ihr bestätigt damit nur die Regel.«

»Aber Josh und ich hatten immer so großartigen Sex! Oh, Cath, ich hoffe, es ist dir nicht peinlich, wenn ich davon rede? Ich muss einfach mal mit jemandem darüber sprechen, sonst explodiere ich – oder implodiere, was noch viel schlimmer ist.« Sie lächelt.

»Das ist schon in Ordnung. Ich wünschte nur, ich wüsste, was ich dazu sagen soll.«

»Josh und ich haben immer gesagt, was für ein Glück wir doch haben, dass unser Liebesleben nach all der Zeit noch so wunderbar ist. Aber jetzt ...«

»Würdest du es ihm denn wirklich nicht übel nehmen, wenn er eine Affäre hätte?«

»Doch, natürlich«, seufzt sie. »Ich wäre am Boden zerstört. Aber Cath, auch wenn ich im Moment nicht mehr ein noch aus weiß, ich glaub ehrlich nicht, dass er so etwas tun würde. Ich denke ... also, ich *hoffe*, wir machen nur gerade eine schwierige Phase durch.«

»Alle Ehen haben ihre Höhen und Tiefen.« Ich nicke weise und bete im Stillen, dass Portia dieser Phase bald überdrüssig werden und sich anderweitig umsehen möge.

»Ich weiß«, sagt sie traurig. »Nur haben wir bisher noch nie solch ein Tief erlebt, und obwohl wir da bestimmt auch wieder rauskommen werden, ist es doch ganz schön trostlos, wenn man mittendrin steckt.«

»Wie wär's, wenn du mal die ganz große Verführungsnummer abziehst?«, schlage ich vor, während Lucy mich verwirrt anblickt. »Sexy Unterwäsche, Strapse, all dieses Zeugs. Man liest doch ständig von Frauen, die auf diese Weise ihre Ehe wieder aufpeppen. Warum solltest du das nicht auch mal versuchen?«

»Spinnst du?« Lucy lacht. »Ich würde in diesem Outfit wie ein zusammengeschnürtes Suppenhuhn aussehen!«

»Bestimmt nicht.« Die Idee gefällt mir immer besser. »Du würdest hinreißend aussehen! Was hältst du davon, wenn Tim und ich dich demnächst mal auf Shoppingtour mitnehmen? Falls es sonst nichts bringt, hätten wir wenigstens was zu lachen, und das können wir weiß Gott alle brauchen.«

»Ich weiß nicht, ich würde mir affig vorkommen.« Lucy kichert geniert, aber ich sehe schon, dass ihr Widerstand nachlässt. »Und überhaupt, was soll ich denn da eigentlich kaufen?«

»Nun ja«, sage ich schmunzelnd, »vielleicht ein schnuckeliges Zofen-Outfit? Oder eine Schwestern-Uniform, das scheint die Männer immer anzumachen.«

»Gott, nee!«, erwidert Lucy. »Wie unglaublich beknackt!«

»Aber sexy«, ergänze ich augenzwinkernd, und wir prusten vor Lachen in unsere Kaffeetassen.

»Kommt gar nicht infrage«, sagt Tim, als ich ihm von unserem Plan erzähle.

»Was? Findest du die Idee etwa nicht gut?« Ich bin ganz verdattert von seiner ablehnenden Reaktion.

»Süße, ich finde sie wundervoll. Es wird Lucy sicher Spaß machen, und das allein wäre im Moment schon ein Erfolg.«

»Aber was kommt dann nicht infrage?«

»Ann Summers' Damenwäsche. Wenn wir's schon machen, dann richtig, und da gibt es nur eine ernst zu nehmende Adresse, nämlich Agent Provocateur.«

»Uiii!«, quietsche ich aufgeregt wie ein kleines Mädchen. »Ist das nicht der Laden, wo es diese puscheligen Marabupantöffelchen gibt?«

»Und noch tausend andere Sexy-Hexi-Accessoires.«

»Nichts wie hin!« Es reißt mich vor Begehrlichkeit fast vom Sitz. »Heute? Morgen? Ich will diese Pantöffelchen, und ich will sie *jetzt.*«

»Sieh an, wer hätte gedacht, dass unsere gute Cath sich doch noch mal zu einer Brigitte Bardot mausern würde?«

»Wohl kaum.« Ich lache auf. »Von diesen Pantöffelchen träume ich schon, seit ich fünf Jahre alt war. Können wir bald hingehen? Bitte bitte!«

»Nur, wenn du versprichst, mir einen Leopardenstring zu kaufen.«

»Abgemacht.«

Ein langer Seufzer am anderen Ende. »Jetzt mal ernsthaft, Cath, glaubst du wirklich, das bringt was?«

»Keine Ahnung, aber ich werde diese Ehe nicht kampflos scheitern lassen.«

»Ich weiß«, sagt er sanft. »Mir geht's genauso. Aber nun mal zurück in die Wirklichkeit. Hast du den Wunderknaben James denn schon angerufen, um dich zu entschuldigen, dass du letztes Mal so schnell abgeschwirrt bist?«

»O Gott«, ächze ich, »ich hab so 'n schlechtes Gewissen deswegen ... Moment, da wartet wer in der Leitung, lässt du mich eben mal ...?«

»Kein Problem, ich ruf später wieder an.« Er haucht einen Kuss in den Hörer und hängt ein, während ich die Umschalttaste drücke und »Hallo« sage.

»Cath?«

Wenn man vom Teufel spricht – es ist James. »Ich hab mir Sorgen um dich gemacht, und ich dachte, ich frag mal nach, wie's dir geht.«

»James, ich hab solche Schuldgefühle! Ich wollte dich die ganze Woche schon anrufen und mich für den schönen Abend bedanken, aber es war immer so viel los, dass ich einfach nicht dazu gekommen bin.«

»So schön war er ja wohl auch wieder nicht«, entgegnet James, »zumindest nicht am Ende, oder?«

»Na ja, das Ende war ein bisschen traumatisch, aber der Anfang war wunderbar, und wenn dieses Malheur nicht passiert wäre, hätte es auch wunderbar weitergehen können.«

»Lieb von dir, das zu sagen«, murmelt James, und dann tritt ein verlegenes Schweigen ein. Ich frage mich, ob er mich wohl noch einmal einladen wird, ob ich wohl noch eine Chance bekomme, einen richtig gelungenen Abend mit ihm zu verbringen, von Anfang bis Ende.

Aber Cath, die unerfahrene Gans, kann das natürlich nicht aussprechen, und so sitze ich nur da und bete im Stillen, dass er mich fragen möge, und nach einer Weile sagt er dann, er sei froh, dass es mir gut gehe, und verabschiedet sich. Ich lege den Hörer auf und fühle plötzlich eine tiefe Leere – was wirklich albern ist, wo ich ihn doch kaum kenne. Es war bloß ein nettes Abendessen, weiter nichts, keine physische Anziehung, aber ich muss sagen, ich hatte mich darauf gefreut, ihn besser kennen zu lernen.

Und ich bin selbst überrascht, wie schnell ich es diesmal geschafft habe, mir alles wieder zu verderben. Nun, da gibt's nur eins – massenweise Buttertoast und eine halbe Packung Schokokekse.

22

»Tim kann Portia wohl nicht besonders gut leiden, wie?« Es ist ein paar Tage später, im Laden tut sich gerade nicht viel, und Lucy hilft mir beim Aufräumen der Lagerbestände. Sie tut so, als hätte sie die Frage nur nebenbei gestellt, aber ich weiß, dass mehr dahinter steckt, denn Tims finstere Miene, die er jedes Mal aufsetzt, wenn Portias Name fällt, würde nur einem Blinden nicht verdächtig vorkommen.

»Was meinst du damit?«

»Ach hör schon auf, Cath! Das sieht doch jeder, dass da was nicht stimmt!«

Alle Farbe weicht mir aus dem Gesicht, und ich schwöre, mein Herz setzt tatsächlich einen Schlag lang aus.

»Wie meinst du das?«, wiederhole ich tonlos, so bemüht, meine Stimme vom Zittern abzuhalten, dass sie ganz gepresst klingt.

»Also erstens wirst du immer geisterhaft blass, sobald jemand Portia erwähnt, und Tim sieht aus, als wolle er wen umbringen, wahrscheinlich Portia. Was in aller Welt hat sie euch denn getan?«

O Gott, was soll ich machen? Soll ich's ihr beichten? Immerhin ist sie meine beste Freundin, wäre es da nicht loyaler von mir, ihr endlich von Joshs Untreue zu erzählen?

Was, wenn die Rollen vertauscht wären? Würde ich es wissen wollen? Wenn ich, sagen wir, mit James zusammen wäre, und Tim oder Lucy hätten herausgefunden, dass er mich betrügt, würde es mich da nicht erst recht kränken zu erfahren, dass sie es die ganze Zeit wussten und es mir nicht gesagt haben?

Aber es heißt ja, dass es immer der Bote ist, auf den sich der Zorn über die schlechte Nachricht entlädt, und vielleicht geht es mich im Grunde auch nichts an. Vielleicht ist es besser, einfach nur zu hoffen, dass sich die Geschichte irgendwie von selbst erledigt.

Ich hole tief Luft und blicke Lucy in die Augen, und sofort ist mir klar, dass ich es ihr nicht sagen, ihr diesen Schmerz nicht zufügen kann.

»Wieso? Was sollte Portia uns getan haben?« Ich versuche, Zeit zu gewinnen.

»Das frage ich dich. Habt ihr drei euch vielleicht gestritten, oder was?«

Meine Erleichterung ist geradezu mit Händen zu greifen.

»Ist doch wirklich lächerlich, erst wart ihr so froh, sie nach all der Zeit wiederzusehen, und jetzt ist sie auf einmal *persona non grata*. Das versteh ich nicht.«

Ich zucke die Achseln. »Ach weißt du«, improvisiere ich, »was Konkretes ist eigentlich nicht vorgefallen. Ich glaube, Tim und ich haben einfach gemerkt, dass zehn Jahre doch eine lange Zeit sind. Man verändert sich sehr in zehn Jahren, und wir haben irgendwie nicht mehr viele Gemeinsamkeiten mit ihr, was natürlich ziemlich enttäuschend ist.«

Lucy setzt zu einer Erwiderung an, doch da geht die Tür auf, und Tim kommt hereingewankt, die Hand an die Stirn gepresst, mit höchst theatralischer Schmerzensmiene.

»Danke, mir geht's auch gut«, sage ich lachend. »Schön, dich zu sehen.«

»Schscht!«, zischt er. »Hab 'n Kater.«

»Lass mich raten – schon *wieder* Turnmills?«

Er nickt.

»Was natürlich erklärt« – ich schaue auf die Uhr – »dass du dich um fünf vor vier Uhr nachmittags immer noch wie durch den Wolf gedreht fühlst. Hoffentlich war's das wenigstens wert.«

Tim blickt mit einem schwachen Grinsen auf.

»Oho!«, bemerkt Lucy. »Hoffentlich war *er* es wert.«

»Tja, wie heißt es doch so schön?« Tim klingt so gut gelaunt wie seit langem nicht mehr. »Am besten kommt man über jemanden weg, indem man sich jemand Neuen anlacht.«

»Nein! Schon?«

»Ach wo, nichts Ernstes.« Tim winkt ab. »Bestimmt nichts für eine feste Beziehung, aber sooo süß! Sagen wir einfach mal, jeder ist auf seine Kosten gekommen. Und wo wir gerade davon reden, wie ist es der neuen Sexy-Lucy denn Freitagnacht ergangen?«

Sie seufzt. »Sexy-Lucy war Fehlanzeige.«

»Was? Ich hör wohl nicht recht!«, empört sich Tim.

»Ich hab's ja versucht, und wie, aber er wollte nichts davon wissen ...«

»Oh, Lucy.« Ich streichele ihren Arm, und schließlich, mit Unterstützung von Cappuccino und Karottenkuchen, kommt die ganze traurige Geschichte heraus.

Josh rief am Freitagnachmittag an und sagte, er hätte noch eine Besprechung, würde aber gegen halb neun zu Hause sein. Also lief Lucy gleich in den Schönheitssalon um die Ecke, um sich die Beine enthaaren zu lassen, obwohl sie es gar nicht nötig hatten. Sie wollte nur kein Detail auslassen. Dann weiter zu Waitrose, wo sie vergnügt durch die Regalreihen wanderte und sich wie eine Hausfrau aus den Fünfzigerjahren vorkam, die ihrem Mann mitten am Tag etwas zum Abendessen einkauft, während zu Hause im Schrank die Reizwäsche bereitlag, mit der sie ihn später zu verführen gedachte.

Sie ging heim und klatschte sich eine Gurkenmaske aufs Gesicht, und beim Gemüseputzen schaltete sie das Radio an und tanzte durch die Küche, in der berauschenden Vorfreude, endlich mal wieder etwas Schönes in Aussicht zu haben.

Um sechs, als die Kasserole im Ofen war und die Tarte Tatin backfertig in der Kuchenform, schüttete Lucy vier

Deckelkappen voll von duftendem und sündhaft teurem Schaumbad in die einlaufende Wanne und ließ sich hineingleiten. Sie fühlte sich sinnlich, erwartungsvoll und vollkommen entspannt.

Max benahm sich zur Abwechslung einmal musterhaft, und nach dem Essen und einer Gutenachtgeschichte kuschelte er sich artig ins Bett und schlief sofort ein, sodass Lucy ihre Vorbereitungen in aller Ruhe beenden konnte.

Sobald ihre Haare trocken waren, beugte sie sich vor, besprühte sie mit Haarspray und warf den Kopf zurück, um wild und sexy auszusehen, so, wie Josh es am liebsten hat, obwohl sie sich heutzutage nur noch selten die Mühe macht.

Sie stand vor dem Badezimmerspiegel, eine aufgeschlagene Zeitschrift mit einer Lippenstiftreklame neben sich, und versuchte ihre Unerfahrenheit im Schminken mit dem ihr eigenen kreativen Talent auszugleichen, indem sie das Make-up auf dem Foto so exakt wie möglich kopierte, Pinselstrich um Pinselstrich, Linie um Linie.

Sie warf ihren alten, leicht angeschmuddelten Bademantel ab und zog behutsam die neue Unterwäsche aus der Tüte, faltete anschließend das Seidenpapier zusammen und schob es wieder in die Tüte zurück, um die luxuriöse Verpackung aufzubewahren.

Dann stieg sie in ihre hochhackigen Stöckelschuhe, klappte die Schranktür so weit auf, wie es ging, und musterte sich eingehend in dem langen Spiegel an der Innenseite.

»Hey, Big Boy«, gurrte sie in lasziver Mae-West-Manier, »komm mich doch irgendwann mal besuchen.«

Tim lacht auf, der Bann ist gebrochen, und sogar Lucy muss jetzt lachen. »Du hast sicherlich umwerfend ausgesehen«, sagt er.

»Weißt du was?« Plötzlich strahlt sie wieder. »Das stimmt tatsächlich, obwohl ich kein bisschen mehr nach mir selbst aussah. Was mich da aus dem Spiegel anblickte, war ein aufregendes, kurvenreiches Glamourgirl.«

»Und wieso sah es nicht nach dir aus? Du *bist* ein aufregendes, kurvenreiches Glamourgirl!«

»Ach, Tim, ich liebe dich. Nein, das bin ich nicht, und ich würde es normalerweise auch gar nicht sein wollen, aber ich hatte nicht gedacht, dass ich überhaupt noch so aussehen könnte.«

»Nun sag schon, wie ging's dann weiter?«, drängele ich ungeduldig.

Lucy schlüpfte in ihr kleines Schwarzes und ging hinunter, um sich ein Glas Champagner einzuschenken, was sie immer in romantische Stimmung bringt. Der Tisch – heute mal kein Essen in der Küche! – schimmerte mit den blanken Kristallgläsern und Silberleuchtern verheißungsvoll im Kerzenlicht. Alles war einfach perfekt.

Um zwanzig nach acht holte Lucy die Kasserole aus dem Ofen und schob die Tarte Tatin auf den Rost. Sie lief schnell noch mal nach oben, um sich die Nase nachzupudern und die sexy Lippen mit einem Hauch Lipgloss zu betonen. Dann stellte sie den Eiskübel mit dem Champagner ins Esszimmer.

Sie zündete eine Ylang-Ylang-Duftkerze an, legte Nina Simone in gedämpfter Lautstärke auf und betrachtete sich im Spiegel, während sie wartete, dass die Haustür aufging.

Nach einer Viertelstunde nahm sie eine Zeitschrift vom Couchtisch und begann müßig darin herumzublättern. Was ist schon eine Viertelstunde, sagte sie sich. Wie sollte man denn genau vorhersehen können, wann solch eine Besprechung zu Ende war?

Das Gleiche sagte sie sich nach einer Dreiviertelstunde. Und noch mal um zehn Uhr.

Aber um Viertel nach zehn hörte sie auf zu warten. Sie schleuderte die Schuhe von den Füßen und ließ die – längst kalt gewordene – Kasserole im Kühlschrank verschwinden. Die leere Champagnerflasche flog in den Mülleimer, und die Tarte Tatin – Joshs Lieblingsdessert – gleich hinterher.

Und gerade, als sie den Tisch fertig abgeräumt hatte, langsam und schwerfällig vor Enttäuschung, beduselt von zu viel Champagner, ging die Haustür auf.

»Tut mir Leid, dass ich so spät komme.« Josh gönnte ihr kaum einen Blick. »Diese verdammte Besprechung hat wieder ewig gedauert. Ich bin völlig erledigt.« Er zog sich den Schlips schon ab, während er seinen Aktenkoffer im Flur abstellte. Dann sah er Lucy endlich an, wie sie in ihrem kleinen Schwarzen dastand, auf Strümpfen, den Lippenstift abgeleckt, die Haare mit einem Gummiband zurückgezerrt. Für einen kurzen Moment schwoll ihr das Herz.

»Du hast doch nichts dagegen, wenn ich gleich ins Bett verschwinde?«, fragte Josh, der sie zwar anschaute, jedoch ohne sie wirklich zu sehen.

Lucy seufzte niedergeschlagen, zuckte die Achseln und trug die Champagnerkelche in die Küche, um sie dort mit einem gezielten Wurf gegen die Gartentür zu schmettern.

»Himmel, was war das denn?« Josh kam die Treppe wieder herabgepoltert und starrte auf den Scherbenhaufen. »Meine Güte, kannst du nicht besser aufpassen? Komm, lass es liegen, Ingrid fegt das morgen schon zusammen. Ich geh schlafen. Nacht.« Er küsste sie zerstreut auf die Stirn und trollte sich dann ins Bett.

»Wisst ihr, wie ich mich da gefühlt habe?« Lucy blickt zwischen mir und Tim hin und her. »Erleichtert war ich, bloß noch erleichtert, dass er nichts gemerkt hatte, denn wenn er gesehen hätte, was ich anhatte, was für Mühe ich mir gegeben hatte, wär es mir nur noch peinlich gewesen. Ich hätte mich unerträglich geschämt. Und so ungern ich das zugebe, es sieht ganz so aus, als wäre meine Würde das Einzige, was mir momentan von dieser vermasselten Ehe noch übrig bleibt.«

»Gott, Lucy, das klingt ja furchtbar!« Ich greife nach ihrer Hand, während sie sich mit der anderen die Augen reibt, als wolle sie die Erinnerung ausradieren.

»Eigentlich ist es beinahe komisch, wie in einem schlechten Film.«

»Stimmt, das klingt wirklich wie aus einem schlechten Film.« Tim schmunzelt. »Und ich nehme an, als du dann schließlich auch ins Bett gegangen bist, lag Josh mit dem Rücken zu dir und hat geschnarcht wie ein Riesenbaby.«

»Ich weiß, dass du dich mit Filmen auskennst«, sagt sie traurig. »Aber musst du deswegen immer Recht haben?«

Danach breitet sich erst einmal bedrücktes Schweigen aus, denn obwohl Lucy sich so tapfer ihren Humor bewahrt, ist ihr doch anzusehen, dass sie viel mehr leidet, als sie zugibt.

»Wir können immer noch zu Plan B übergehen«, sagt Tim nach einer Weile.

»Und wie lautet Plan B?«

Tim zuckt die Achseln. »Weiß der Geier, aber gebt mir fünf Minuten, dann fällt mir schon irgendetwas ein.«

Lucy steht auf und geht zur Toilette, und sobald sie außer Hörweite ist, beuge ich mich zu Tim vor. »Ich glaube, du solltest mal mit ihm reden.«

»Ich? Wieso denn nicht du? Josh hat doch immer auf dich gehört.«

Das stimmt allerdings. Ich weiß auch nicht, warum, vielleicht, weil ich immer einen ordentlichen Job hatte (im Gegensatz zu Tims eher sporadischen Kreativitätsschüben). Weil er weiß, dass ich unabhängig bin, hat er mir stets vertraut. Auch wenn Tim nur versucht, den schwarzen Peter an mich weiterzureichen, könnte es tatsächlich sein, dass Josh sich von mir noch am ehesten etwas sagen lässt. Und ich kann nicht länger nur dasitzen und zuschauen, wie seine Ehe auseinander bröckelt.

Seit ich ihn mit Portia gesehen habe, herrscht praktisch Funkstille zwischen uns. Wenn er im Laden anruft, dann nur, um Lucy zu sprechen, und selbst wenn ich den Hörer abhebe, hat er nie Zeit für ein Gespräch. Ich kann mich gar nicht mehr erinnern, wann er mich das letzte Mal zu Hause angerufen hat. Andererseits habe ich mich ja auch nicht bei ihm gemeldet.

Aber vielleicht ist es trotzdem richtig, was Tim sagt, überlege ich. Und da er mich schon an der Angel hat, beeilt er sich, mit weiteren Argumenten nachzuhaken: Ich sei es Lucy schuldig, betont er, zumal ich ja diejenige gewesen sei, die mit Portia wieder Kontakt aufgenommen hätte, also sollte ich nun auch die Verantwortung dafür übernehmen, sie wieder loszuwerden.

»Tim! Das ist nicht fair. Ich konnte doch nicht wissen, dass sie sich gleich wieder an Josh hängen würde! Und außerdem hast du ja selbst auch andauernd von ihr geredet.«

»Ich weiß, ich weiß, entschuldige, so hab ich das nicht gemeint, aber ich werd halt das Gefühl nicht los, dass es irgendwie unsere Schuld ist. Wenn wir sie damals nicht angerufen hätten, wäre das alles nicht passiert.«

»Nein, das lass ich nicht auf mir sitzen. Letztlich ist es doch Joshs Entscheidung gewesen, sich wieder mit ihr einzulassen, daran hat keiner von uns Schuld. Im Prinzip sollten wir uns auch raushalten, aber ich habe Josh und Lucy zu gern, um das Problem zu ignorieren, also werde ich das Einzige tun, was möglich ist.«

»Nämlich?«

»Josh sagen, dass wir Bescheid wissen, und ihn daran erinnern, was er verlieren würde, wenn er sich von Lucy trennt.« Allein schon der Gedanke verursacht mir Übelkeit.

»Und wenn er nun sagt, Portia sei seine große Liebe, ansonsten sei ihm alles scheißegal?«

»Also erstens, Tim, sei nicht immer so negativ, und zweitens, ich kann mir nicht vorstellen, dass Josh so etwas sagen würde.«

Lucy kommt an den Tisch zurück, mit einer Flasche Schampus aus unserem Geheimvorrat, den wir für alle Fälle im Lagerraum gebunkert haben.

»Was steckt ihr denn so verschwörerisch die Köpfe zusammen? Wenn ich es nicht besser wüsste, würde ich meinen, ihr verabredet gerade ein heimliches Rendezvous.«

»Da liegst du gar nicht so falsch.« Tim steht auf, um die Gläser zu holen. »Aber mehr darf ich im Moment nicht verraten.« Der Korken knallt, der Schampus schäumt, und wir prosten uns augenzwinkernd zu.

23

Gott sei Dank ist mein Leben wieder einigermaßen ins Gleichgewicht gekommen. Die ganze Sache mit Lucy und Josh war wirklich aufwühlend. Selbst dann, wenn ich versuchte, mich nur auf das Nächstliegende zu konzentrieren und alles andere zu vergessen, war ich ständig in Unruhe, als könnte jeden Moment etwas Schreckliches passieren, etwas, vor dem es kein Entrinnen gab.

Ich glaube, es ging schon damit los, dass Portia auf einmal wieder aufgetaucht war. Unabhängig von der Tatsache, dass sie dann auch noch diese Affäre mit Josh begonnen hat, ist es auf jeden Fall beunruhigend, wenn jemand Neues in deine wohlgeordnete kleine Welt hineinplatzt und alles aus dem Lot bringt.

Sie hat mich ein paar Mal angerufen und Nachrichten hinterlassen. Ich habe Bill und Rachel angewiesen, ihr zu sagen, ich sei gerade nicht da (Lucy geht ohnehin nie ans Telefon, da sie die ganze Zeit im Café umherschwirrt), und zu Hause verschanze ich mich hinter dem Anrufbeantworter. Tim, der als Einziger weiß, wieso ich sie meide, findet diese Ausweichmanöver blödsinnig, aber es ist einfach viel leichter, mich der Freundschaft zu entziehen, als mich auf eine Konfrontation einzulassen.

Ich weiß ja selbst, dass es feige ist. Mein Gefühl sagt mir, dass ich es Lucy schuldig bin, einfach mal bei Portia aufzukreuzen und Zeter und Mordio zu schreien, aber ich war seit jeher schon von ihr eingeschüchtert, und selbst jetzt noch, als erwachsener, unabhängiger Mensch, werde ich in ihrer Gegenwart wieder zu dem unsicheren jungen Ding, das ich damals war. Wenn ich ganz ehrlich bin, muss ich sagen, ich habe ein bisschen Schiss vor ihr.

Also gehe ich in Deckung. Außerdem geht es mich auch nichts an, was sie treibt, nur dass es mir eben keine Ruhe lässt, weil sie jemandem wehtut, den ich über alles liebe. Doch wie Tim nie müde wird zu betonen, ist sie ja nicht der einzige Übeltäter in diesem Szenario. Gut, ich weiß, dass immer zwei dazugehören, aber ich kann mich nicht des Gefühls erwehren, dass Josh, so clever er sonst sein mag, in gewisser Weise auch schwach ist. Ich hätte zwar nie gedacht, dass er der Versuchung so schnell erliegen würde, aber da habe ich mich offensichtlich geirrt. Trotzdem kann ich es ihm nicht in dem Maße übel nehmen, wie ich es Portia übel nehme, dass sie ihn verführt hat.

Ich möchte ihm böse sein, aber ich kann es nicht.

Vielleicht ist es meine Wut auf sie, die mich daran hindert, Portia entgegenzutreten. Vielleicht habe ich solche Angst davor, was ich ihr womöglich an den Kopf werfe, dass es mir besser scheint, mich zurückzuhalten und zu hoffen, alles würde sich von selbst wieder einrenken.

Seltsamerweise wirkt Lucy seit einer Woche schon wieder viel fröhlicher, und ich kann nur beten, dass es nicht verfrüht ist, dies schon als erstes Anzeichen einer Entspannung der Lage zu deuten.

Ich würde nicht so weit gehen zu sagen, dass es zwischen Josh und Portia bereits aus ist, denn er kommt immer noch spät heim und redet sich auf lange Arbeitszeiten heraus – was, wie jeder weiß, die klassische Lüge fremdgehender Ehemänner ist. Und ich merke ihm immer noch an, dass er, der sich Lucy gegenüber doch stets so aufmerksam und liebevoll verhielt, jetzt die meiste Zeit zerstreut und abwesend wirkt. Lucy meint allerdings, es sei schon besser geworden, und damit scheint sie sich vorerst zufrieden zu geben.

Heute Morgen brachte sie mich zum Lachen, als sie von Ingrid erzählte, die offenbar immer verrückter wird. Lucy kam also gestern Abend heim und hörte den Anrufbeantworter ab, der keine Nachricht von Josh enthielt – was einerseits gut war, da er demnach nicht wieder im Büro festgehalten wurde, andererseits aber auch schlecht, da er nicht ankündigte, er würde rechtzeitig zum Essen zu Hause sein.

Sie schenkte sich einen Whisky ein, setzte sich an den Küchentisch und zog die Schuhe aus, um dann, als Ingrid hereinmarschiert kam und sich ihren Schlüsselbund vom Tisch griff, verdattert aufzublicken.

Diesmal, sagte Lucy kichernd, hatte sich Ingrid tatsächlich selbst übertroffen. Sie steckte in einem knallroten Vinyl-Catsuit, der ihre Figur auf atemberaubende Weise zur Geltung brachte, und die Haare hatte sie zu einem straffen Pferdeschwanz zurückgezurrt.

»Gehen Sie in einen SM-Club?«, spöttelte Lucy, was sonst gar nicht ihre Art ist, aber sie sei halt einfach zu müde gewesen, sagte sie, um die gute alte britische Zurückhaltung zu wahren.

»Nein«, entgegnete Ingrid mit einem zuckersüßen Lächeln, das so gar nicht zu ihrem aggressiven Outfit passen wollte. »Zu einem heißen Rendezvous. Es macht doch nichts, wenn ich heute Nacht mal weg bleibe?«

»Ähm, nein, natürlich nicht, kann ich also die Haustür absperren?«

»Tun Sie das ruhig«, sagte Ingrid, winkte ihr lässig zu und schwebte von dannen, während Lucy noch blinzelte, um sich zu vergewissern, dass sie nicht träumte.

»Du meine Güte«, sagte ich lachend, »mit wem hat die sich denn verabredet? Wollen wir hoffen, dass es den Aufwand lohnt.«

»Ach, du bist doch bloß neidisch«, meinte Lucy. »Ich wette, du wünschtest, du würdest in rotem Vinyl auch so gut aussehen!« Dann wurde sie plötzlich ernst und senkte befangen den Blick. »Ich weiß, das klingt jetzt albern«, sagte sie zögernd, »weil ich ja wirklich nicht glaube, dass Josh ein heimliches Verhältnis hat, aber glaubst du nicht ...« Sie brach ab, während ich mit aller Macht versuchte, mein Herzklopfen zu bezähmen.

»Ich meine, Ingrid wirkt plötzlich so viel glücklicher, sie trifft sich offensichtlich mit jemandem, und glaubst du nicht, dass ... nun ja, vielleicht Josh und Ingrid ...?«

»Gott, nein!«, schrie ich ihr förmlich ins Gesicht. »Nie im Leben!«

Lucy seufzte erleichtert auf. »Also gut, wenn du dir da so sicher bist ... Übrigens war Josh gestern Abend ganz besonders lieb zu mir. Er kam mit einem riesigen Blumenstrauß an und hat mich zu Julie's ausgeführt.«

Offenbar ist es ihr erster normaler Abend seit einer halben Ewigkeit gewesen. Josh hatte Laura zum Babysitten engagiert, und sobald sie im Restaurant saßen, redeten sie mal wieder richtig miteinander. Nicht über die Buchhandlung, nicht über Max, sondern über sich.

Sie schwelgten in Erinnerungen an das erste Mal, als sie im Julie's waren, ja, sie lachten sogar. Wundervoll sei es gewesen, erzählte Lucy strahlend, wundervoll gerade deswegen, weil es so *normal* war. Nicht romantisch, nicht aufregend, es führte auch nicht zu leidenschaftlichem Sex oder so, aber sie fühlte sich endlich wieder verheiratet. Und geborgen.

Tim rief vorhin an, und ich erzählte ihm von Lucys Abend, und er fand, das sei ein gutes Zeichen. Sicher noch kein Grund aufzuatmen, aber immerhin viel versprechend, was die Hoffnung betrifft, dass die beiden sich wieder näher kommen. Obwohl das noch lange nicht heißt, dass Portia aus dem Rennen ist.

Aber ich bin mir insgesamt nicht mehr so sicher. Vielleicht war es doch nur eine vorübergehende Affäre und genauso plötzlich zu Ende wie die Episode damals am College. Auf jeden Fall steht außer Zweifel, dass etwas passiert ist, gleichgültig, ob es nun immer noch passiert oder nicht.

»Glaubst du, Portia weiß, dass wir es wissen?«, fragte Tim mich. Nun, sie müsste andernfalls schon überaus begriffsstutzig sein, obwohl es merkwürdig ist, dass sie zwar Tim und mich nicht mehr anruft, wohl aber Lucy.

Und das ärgert mich weiß Gott am meisten. Sie scheint irgendeinem inneren Zwang zu unterliegen, aber ich hätte erwartet, dass sie sich subtiler verhält. Es soll ja Fälle geben, wo die Geliebte der Ehefrau nachspioniert, um sich ein Bild von ihr machen zu können – aber doch nicht, wenn sie die Ehefrau sowieso schon kennt! Das ist doch pervers! Oder provokativ. Vielleicht ist es ja ein Teil von Portias Plan für ihr Happyend. Wenn sie will, dass Lucy von der Sache Wind bekommt, muss sie nur geschickt hier und da mal eine Bemerkung fallen lassen, bis Lucy schließlich zwei und zwei zusammenzählt und Josh freigeben muss.

Denn im Moment möchte ich keine Wette darüber eingehen, für wen Josh sich im Zweifelsfall entscheiden würde. Wenn man mich fragt – was Tim oft genug tut –, scheint er mir hochzufrieden zu sein, das Beste von beiden zu haben: Lucy, die für ihn kocht und ihn bemuttert und ihm ein gemütliches Heim bietet, in dem er kaum einen Finger zu krümmen braucht, und Portia für den Sex, ein paar Abende pro Woche.

Aber würde er Lucy wirklich verlassen? Wenn er sich zu einer Entscheidung gezwungen sähe, würde er all das aufgeben, um mit Portia zu leben? So ein Yuppiedasein mag zwar glanzvoll sein – ich selbst habe Portia schon oft darum beneidet –, aber würde Josh sich tatsächlich diesem Lebensstil anpassen wollen?

Wäre er glücklich damit, jeden Abend auszugehen, mit Medienfuzzis im Soho House herumzuhängen, andauernd Sushis zu schlabbern und nur noch zum Schlafen nach Hause zu kommen, und sogar das nur zwischen makellosen Leintüchern, die niemals zu knittern scheinen?

Ich habe schließlich schon mal auf Portias feinem Sofa gesessen, und das regt einen nicht gerade dazu an, die Schuhe von den Füßen zu schleudern und es sich mit der Fernbedienung und einer Tüte Chips gemütlich zu machen, was Joshs bevorzugte Art der Abendgestaltung ist.

Nun sind manche Frauen ja bereit, ihr ganzes Leben für einen Mann umzukrempeln, aber Portia gehört mit Sicherheit nicht dazu. Vielleicht wäre sie früher bereit gewesen, das eine oder andere Opfer zu bringen, aber mittlerweile ist sie hart geworden wie ein Kerl.

Sie ist so an ihre Unabhängigkeit gewöhnt, dass ein Mann, der in ihr Leben treten wollte – und die meisten würden sich wohl nach der anfänglichen Hingerissenheit davor fürchten –, dies nur zu Portias Bedingungen oder überhaupt nicht tun dürfte.

Für eine Weile könnte Josh es vielleicht spannend finden. Er würde sich vorkommen wie in einem Film – aber würde er auf Dauer in einem Film glücklich werden? Wohl kaum. Und so bete ich denn weiter, dies möge nur eine vorübergehende Affäre sein. Wahrscheinlich musste er Portia auf diese Weise ein für alle Mal aus seinem Herzen exorzieren, um dann sein Leben an Lucys Seite fortzusetzen.

Eine Woche später glaube ich schon fast, dass es mit Portia wirklich vorbei ist, denn seit dem Abend im Julie's sind Josh und Lucy wieder ganz die alten. Heute Morgen hat Lucy sogar angerufen und gefragt, ob wir uns nicht am Sonntag zum Brunch treffen sollen, zur üblichen Zeit am üblichen Tisch. Und ganz spontan, ohne nachzufragen, ob Tim auch kommen will, sagte ich ja.

Sobald ich eintrete, verschwindet das Gefühl von Ungewissheit, das mich all die Wochen gepeinigt hat, denn dort hinten am Ecktisch ist die alte Clique versammelt, und die Szene wirkt so vertraut, so anheimelnd, dass es wie eine Rückkehr in den Mutterleib ist.

Die Kaffeekanne macht sich auf dem Tisch den Platz mit einem Stapel Zeitungen streitig, und ich weiß genau, welche Zeitungen da liegen, und wer welche mitgebracht hat, denn es ist jede Woche das Gleiche, und obwohl wir die Routine für eine Weile unterbrochen hatten, wird sie sich doch nie ändern. Ich weiß, dass Josh die *Sunday Times* abonniert hat und den *Observer* immer noch unterwegs am Zeitungsstand besorgt und dass Tim stets die Boulevardblätter mitbringt, um sich dann mit Lucy über den Klatsch und Tratsch zu amüsieren, während Josh so tut, als sei er ganz in seine seriöse Lektüre versunken und könne unsere Albernheiten nur missbilligen, um dann doch in das Gekicher einzustimmen.

Ein Korb Croissants thront mitten auf dem Tisch. Josh ist hinter dem Finanzteil der *Times* verschwunden. Tim verschlingt ein gebuttertes Croissant und deutet grinsend auf die Bilder im *News of the World*-Magazin, während Lucy an ihrem Kaffee nippt und über seine frechen Kommentare lacht.

Ich lege Schal und Jacke ab, reibe mir die Hände, die in der frostigen Novemberluft fast blau gefroren sind, setze mich und genehmige mir erst mal einen Schluck von Tims frisch gepresstem Orangensaft. Lucy bedeutet der Kellnerin, noch mehr Kaffee und eine zusätzliche Tasse zu bringen, und sagt ihr, wir seien jetzt bereit zu bestellen – obwohl mir unbegreiflich ist, warum sie so lange gewartet haben, da jeder von uns ohnehin immer das Gleiche bestellt.

Tim nimmt zuerst einen Obstsalat, vielleicht, weil er sich die Spiegeleier dann mit besserem Gewissen schmecken lassen kann. Josh nimmt ein englisches Frühstück mit allem Drum und Dran. Lucy und ich begnügen uns mit Schinken und Rührei – den Schinken knusprig, bitte, das Ei nicht zu sehr durchgebraten –, und dazu gibt's Toast bis zum Abwinken.

Nicht selten dehnt sich solch ein üppiges Sonntagsfrühstück bis auf drei Stunden aus. Tim beherrscht wie kein Zweiter die Kunst, die Warteschlange an der Tür mit hochmütigen Blicken in Schach zu halten, und für gewöhnlich sind es nur meine Schuldgefühle, die uns schließlich veranlassen, den Tisch dann doch für die müden, dankbaren Spätankömmlinge zu räumen.

»Also«, sagt Tim, sobald ich die ersten Schlucke Kaffee getrunken habe. »Hast du schon den neuesten Klatsch gehört?«

»Lass mich raten. Premierminister mit Meg Ryan durchgebrannt? Queen wieder schwanger?«

Tim zieht spöttisch die Brauen hoch. »*Richtigen* Klatsch, Süße. Ingrid hat sich offenbar, so unglaublich es klingt, einen Liebhaber angelacht.«

»Ach, Tim!« Lucy versetzt ihm einen scherzhaften Klaps. »Du bist immer so gemein zu der armen Ingrid! Ich wünschte, ich hätte den Mund gehalten.«

»Und was gibt's sonst noch Neues?« Ich zucke die Achseln. »Nun ja, sie ist im feuerroten Nutten-Outfit zu einer Verabredung gegangen und die ganze Nacht weggeblieben – na und?«

»Och, nichts weiter«, sagt Tim lässig, »nur, dass es sich jetzt bestätigt hat. Sie fährt nächstes Wochenende mit ihm weg.«

»Hast du ihn schon gesehen?«, frage ich Lucy. »Wie ist er denn so?«

Lucy schüttelt den Kopf. »Na, du weißt doch, wie verschlossen sie ist. Sie hat nur gesagt, ihr neuer Freund will sie übers Wochenende nach Paris ins George V mitnehmen – ob's mir was ausmacht, wenn sie vier Tage wegbleibt.«

»Und was hast du geantwortet?«

»Na, was wohl? Natürlich hab ich ja gesagt.«

»Aber bist du denn nicht fast geplatzt vor Neugier?« Tim reibt sich vergnügt die Hände. »Das George V ist das beste Hotel von Paris! Ich wette, das ist ein steinreicher Geschäftsmann mit fetischistischen Neigungen, Lack-Leder-Gummi und so. Wahrscheinlich zückt er im Hotel gleich die Peitsche.«

»Sag mal«, frage ich Lucy, »bedeutet diese neue Liebe denn, dass die gefürchtete Ingrid nun ein netterer Mensch geworden ist?«

Lucy lacht. »Netter vielleicht nicht gerade, höchstens etwas umgänglicher. Ich hab immer noch Bammel vor ihr und behalte sie nur wegen Max, aber zumindest wirkt sie jetzt nicht mehr ganz so mürrisch, und das macht das Leben schon angenehmer.«

»Na ja, so lange sie dich nicht beklaut ...«

»Soll das ein Witz sein?« Tim blickt mich entsetzt an.

»Absolut nicht. Eine Kollegin hat mir damals mal von ihrem Kindermädchen erzählt, das ihnen immer das Kleingeld gestohlen hat. Der Mann dieser Kollegin hatte nämlich die komische Angewohnheit, die losen Münzen aus seinen Taschen jeden Abend in eine große Ketchupflasche zu werfen.«

»Iiih, klingt ja eklig!« Tim schüttelt sich.

»Sei nicht albern, Tim, die war natürlich ausgespült. Jedenfalls merkten sie dann eines Tages, dass nur noch Kupfermünzen drin waren. Sie muss sich im Laufe der Zeit Hunderte von Pfund herausgeangelt haben.«

»Haben sie das Mädchen denn nicht zur Rede gestellt?«

»Offenbar haben sie versucht, ihr aufs Höflichste zu kündigen, aber sie hat sich so aufgeregt, dass sie es dann lieber gelassen haben, und nach ein paar Tagen hat sie gesagt, sie könne nach so einer Anschuldigung nicht mehr für sie arbeiten, und ist beleidigt abgerauscht.«

»Vermutlich unter Mitnahme der Kücheneinrichtung?« Tim grinst.

»Lach nicht, so was passiert immer wieder.« Josh lässt die Zeitung sinken und beugt sich vor. »Ich hab auch so einen Kollegen, Peter, dem fehlten andauernd Socken. Er konnte sich gar nicht erklären, wo die alle blieben, und kaufte sich ständig neue, solche italienischen Seidensocken, die man nur bei Harrods kriegt, fürchterlich teuer, versteht sich. Dann schaute sich seine Frau irgendwann mal im Zimmer ihres Au-pairs um, und in der untersten Schublade der Kommode fand sie die ganzen vermissten Socken wieder.«

»Na so ein Luder, dieses Au-pair«, tut Tim entrüstet, während Lucy und ich loskichern. Josh lehnt sich leicht gekränkt im Stuhl zurück.

»Es geht ja nicht bloß um die Socken«, rechtfertigt er sich. »Es geht ums Prinzip.«

»Genau«, bestätigt Tim. »Verflixte Sockendiebe, man sollte sie alle aufhängen! Geschieht ihm aber ganz recht, dem Typen, was muss er sich auch so teure Socken kaufen!«

»Mein Gott, hört euch doch nur mal an, worüber wir uns unterhalten!« Mir ist auf einmal gar nicht mehr zum Lachen zumute. »Socken, Au-pairs ... Wir klingen ja schon wie alte Leute! Was ist nur mit uns passiert?«

Einen Moment lang herrscht betretenes Schweigen, doch zum Glück kommt die Kellnerin nun mit dem Essen. Lucy schnüffelt genüsslich.

»Wunderbar«, seufzt sie. »Ich kann euch gar nicht sagen, wie gut es tut, wenn man zur Abwechslung mal nicht selbst kochen muss. Aber Cath, eins wollte ich doch noch anmerken, apropos Au-pair ... Obwohl du natürlich Recht hast, das Thema ist alles andere als aufregend. Aber weißt du, wir können uns echt glücklich schätzen, dass wir Ingrid haben. Sie ist zwar ein bisschen sonderbar, doch wenigstens nicht unehrlich oder unzuverlässig, und außerdem liebt Max sie über alles.«

»Der Junge hat wirklich keinen Geschmack«, bemerkt Tim mit säuerlicher Miene. »Darin schlägt er wohl nach seinem Vater.«

»Tim!«, schreien Lucy und ich gleichzeitig auf, und Josh starrt Tim verblüfft an, denn es besteht kein Zweifel, dass der Seitenhieb keineswegs scherzhaft gemeint war. Und obwohl ich natürlich weiß, dass Tim auf Portia anspielt, hat er kein Recht, solche Zweideutigkeiten in Lucys Beisein zu äußern.

»Willst du damit etwa sagen, Josh hätte einen schlechten Geschmack bewiesen, indem er mich zur Frau gewählt hat?«, entgegnet Lucy denn auch prompt.

Tim rettet sich meisterlich aus dem Fettnäpfchen. »Liebste Lucy«, sagt er und küsst sie auf die Wange, »das einzige Mal in seinem Leben, dass Josh untadeligen Geschmack bewiesen hat, war in der Wahl seiner Ehefrau. Nein, nein« – er blickt Josh viel sagend an, bis dieser tatsächlich errötet – »ich meinte die Art, wie er sich anzieht.«

Ich atmete erleichtert auf, während Tim mir unter dem Tisch beruhigend das Knie drückt.

»Jetzt seht euch doch bloß mal dieses Hemd an«, sagt er. »Bist du nicht langsam ein bisschen zu alt für den studentischen Gammellook?«

Lucy lacht, und Josh schaut betroffen an sich hinunter. »Aber ich liebe dieses Hemd! Ich hab es schon ewig.«

»Das sieht man«, knurrt Tim und spießt ein Stück Mango auf die Gabel. Offensichtlich ist er immer noch unheimlich wütend auf Josh und kann es nicht anders ausdrücken als mit solchen unvermittelt aus der Hüfte geschossenen Bösartigkeiten.

Nun, Hauptsache, Lucy merkt es nicht.

Nach dem Brunch spazieren wir hinüber ins O2-Cinemax an der Finchley Road zu einem trägen Kinonachmittag. Wir hauchen kleine Atemwölkchen vor uns hin, und alles fühlt sich so herrlich *normal* an. Ich liebe diese Jahreszeit, Anfang November, wo sich alle gemütlich einigeln und sich gegen die beginnende Winterkälte wappnen, und man seine Molligkeit wieder unter dicken Kleiderschichten verbergen kann.

Tim begleitet mich anschließend bis vor meine Tür, und ich verabschiede mich mit dem Gefühl, einen richtig gelungenen Sonntag verbracht zu haben. Tim will in der Nachbarschaft noch einen Freund besuchen, aber falls der nicht da ist, kommt er zurück und kocht uns was zum Abendessen.

Zum Glück habe ich es diese Woche mal geschafft, ein paar Vorräte einzukaufen. Leider aber mit leerem Magen, was man bekanntlich nie tun soll, denn statt der gesunden, nahrhaften, vernünftigen Dinge, die sich eine ganze Woche lang halten, lädt man sich den Korb dann mit lauter ungesundem Fastfood voll, das obendrein wahrscheinlich noch am selben Abend aufgefuttert sein wird.

Aber selbst ich hätte es nicht geschafft, den Inhalt meines Kühlschranks an einem Abend zu verputzen, und so hat Tim, falls er zurückkommt, die freie Auswahl zwischen

Pepperoni-Pizza, Zwiebel-Bhajis, Pitta-Brot, Hummus und Taramas, einer dreiviertel vollen Packung Goudascheiben, einer ungeöffneten Packung Chinese Chicken Wings und einem Viererpack weißer Mousse au chocolat.

Gar nicht schlecht für ein schlichtes Sonntagabendmahl, möchte man meinen.

Ich schlage die Kulturbeilage auf und streiche mir die Sendungen für den Fernsehabend an. Dann lasse ich mir ein Bad einlaufen und beschließe, die Dekadenz auf die Spitze zu treiben, indem ich mir ein Glas eisgekühlten Chardonnay einschenke, obwohl es erst sechs Uhr ist.

Die Haare mit einem Gummiband hochgezwirbelt, strecke ich mich im heißen Wasser aus und lasse den perfekten Tag noch einmal in mir nachklingen. Obwohl wir unsere Sonntage seit Jahren so verbringen, merkt man doch erst, wenn die Routine für einige Zeit unterbrochen wurde, wie viel einem an diesen lieben Gewohnheiten liegt.

Ich ziehe das Gummiband ab und tauche den Kopf unter, genieße die Wärme, das Gefühl, völlig von der Welt abgeschnitten zu sein, und als ich wieder hochkomme, um Luft zu schöpfen, greife ich nach der Shampooflasche.

Kaum habe ich den einshampoonierten Kopf wieder untergetaucht, scheint es mir, als hätte es an der Tür geklingelt. Ich recke mich horchend empor, die Haare noch halb voller Schaum, und tatsächlich, es klingelt noch mal.

Oh, verdammt. Ich schnappe mir das Badetuch vom Haken, springe bibbernd aus der Wanne und reibe mir, während ich zur Tür stolpere, hektisch das tropfende Shampoo aus den Augen. Mühsam durch die verklebten Reste von Shampoo und Wimperntusche blinzelnd, wickele ich mich in das feuchte Badetuch ein.

Nun weiß ich natürlich, dass man nie die Tür aufmachen sollte, ohne vorher zu fragen, wer da ist, vor allem nicht wenn man alleinstehend, weiblich und in London wohnhaft ist.

Und schon gar nicht halb nackt, nur in ein Badetuch gehüllt, auch wenn das in meinem Fall kein besonders aufreizender Anblick ist, in diesem abgewetzten, nicht ganz sauberen alten Frotteelumpen, mit verlaufener Wimperntusche im Gesicht und Shampooresten in den zurückgeklatschten Haaren. Doch es kann ja nur Tim sein, dem ich die Tür öffne, also zögere ich keine Sekunde.

Schön blöd von mir. Denn vor mir auf der Schwelle, welch eine Überraschung, steht James.

24

»AH.« ICH BLINZELE verdutzt durch den Seifenschaum.

»Ah.« Leider schaut er bei meinem Anblick wenig erbaut drein. »Ich hätte nicht einfach so vorbeikommen sollen, was?«

»Eigentlich habe ich Überraschungsbesuche ganz gern. Außer, wenn ich so aussehe wie jetzt, natürlich. Magst du reinkommen? Ich brauch nur noch ein paar Minuten.«

»Nein, nein, ist schon okay.« Er weicht bereits einen Schritt zurück. »Ich ruf dich lieber nachher an.«

»James! Jetzt komm doch rein, wo du schon mal da bist.«

Ich zerre ihn praktisch mit Gewalt durch die Tür, schubse ihn aufs Sofa und husche eilig ins Schlafzimmer.

Scheiße, das sieht ja noch viel schlimmer aus, als ich dachte! Kein Wunder, dass er solch ein Gesicht gemacht hat. Aber zum Genieren bleibt jetzt keine Zeit mehr. Ich renne zurück ins Bad, knie mich vor die Wanne und tauche den Kopf ein, um die Shampooreste auszuspülen. (Ich weiß, duschen wäre hygienischer, aber so geht es halt einfach schneller.)

Ich wasche mir die Wimperntusche ab, schnappe mir die Haarbürste und sause wieder ins Schlafzimmer. Hektisch zurre ich die nassen Strähnen mit einem Gummiband zurück, lasse das Handtuch fallen und springe in meine Leggings und ein weites Sweatshirt. Moment mal, der BH. Ich wurstele ihn mir noch eilig unters Shirt, denn ich habe es nun wirklich nicht nötig, meine großzügige Oberweite direkt vor James' Augen baumeln zu lassen.

Und schließlich rufe ich aus der Küche zu James hinüber, ob er einen Tee möchte. Ich höre ihn eine Zeitschrift zuklappen, aufstehen und hinter mir in die Küche treten. Er hätte sehr gern eine Tasse, sagt er.

Er setzt sich an den Tisch, während ich das schmutzige Geschirr einsammele, das wieder mal alle Arbeitsflächen bedeckt, und es im Spülbecken stapele, um schnell zwei Becher für uns auszuwaschen.

»Es kommt mir schon ewig lang her, seit wir uns zuletzt gesehen haben.« Ich fange munter an, Konversation zu machen, während ich die Milch aus dem Kühlschrank nehme und prüfend daran schnüffele. Gott sei Dank, noch nicht sauer. »Was hast du denn in der Zwischenzeit gemacht?«

»Vor allem gemalt«, sagt James lächelnd, hebt den Arm vom Tisch und mustert den Honigfleck, der sich langsam auf seinem Jackenärmel ausbreitet.

»Herrje! Entschuldige!« Ich renne mit einem Lappen hinüber und wische den Tisch ab, doch James lacht nur.

»Weißt du noch, Cath, wie du an dem Abend damals in meinem Atelier gesagt hast, bei dir zu Hause würde es noch wüster aussehen als bei mir? Ich dachte, das sollte ein Witz sein, damit mir die Unordnung in meiner Bude nicht so peinlich ist, aber du hast tatsächlich nicht zu viel versprochen, wie?«

»Ich komme nicht dagegen an«, seufze ich und zucke die Achseln. »Ich gebe mir solche Mühe, Ordnung zu halten, aber der Saustall wächst mir immer wieder über den Kopf. Na, wenigstens sind die Becher jetzt sauber.« Ich halte sie grinsend hoch, nachdem die wochenlang eingetrockneten Teeränder endlich weggeschrubbt sind. »Also ... du malst und malst. Woran arbeitest du denn gerade?«

»Du wirst es nicht glauben, und ich kann's ja selbst kaum glauben, aber nach der Ausstellung bei euch im Laden hat das *North-West*-Magazin ein Feature über mich gebracht, und plötzlich hört das Telefon gar nicht mehr auf zu klingeln. Alle wollen wissen, wo sie meine Bilder kaufen können.«

»Oh, James! Das ist ja wunderbar!« Ich setze mich ihm gegenüber und strahle ihn an, ehrlich erfreut für ihn und voller Reue, weil ich so sehr auf Josh und Lucy fixiert war, dass ich überhaupt nicht mehr an seine Ausstellung gedacht habe.

»Ich meine, im Grunde überrascht es mich gar nicht«, setze ich schnell hinzu. »Deine Bilder sind großartig, aber dieser plötzliche Durchbruch ist doch ein unglaubliches Glück. Heißt das, du kannst jetzt noch vor vierzig in den Ruhestand gehen?«

Er grinst. »Ich glaube nicht, dass ich schon *so* erfolgreich bin, aber man kann ja nie wissen ...«

»Pass auf, heute noch *Leselust*, morgen schon die Saatchi Gallery.«

»Oje, schön wär's!«

»Es sind schon Künstlern verrücktere Sachen passiert, die noch viel verrücktere Sachen machen als du.«

»Na gut, das reicht jetzt aber von mir. Sag mal, wie geht's denn dir so?«

»Ach, immer das Gleiche.« Ich wünschte, ich könnte ihm spannende Dinge aus meinem Leben erzählen, ihn mit witzigen Anekdoten zum Lachen bringen, aber es gibt leider wenig Unterhaltsames zu berichten.

»Hattet ihr in letzter Zeit wieder ein paar kauzige Kunden in der Buchhandlung?«

»Nee, eigentlich nicht, und das macht mir schon fast Sorgen. Ich finde, jede Buchhandlung sollte mindestens einen richtigen Sonderling unter den Stammkunden haben.«

»Ich könnte ja eine Annonce für dich in die Zeitung setzen.« James grinst. »Gesucht: echte Exzentriker, möglichst über sechzig, rosa oder blaue Haare, zur charmanten Bereicherung von Londoner Buchhandlung. Keine Gage, aber Cappuccino ohne Ende. Na, wie klingt das?«

»Ich schätze, wir müssten Reisebusse anmieten, um all die einsamen alten Muttchen herbeizukarren, die sich auf die Annonce melden würden«, sage ich lachend.

»Du könntest dir schon mal meine Omi ausleihen, die ist auch einsam.«

»Ist sie denn auch ein Kauz?«

»Noch nicht, aber sie könnte auf jeden Fall in der Ecke sitzen und alle in ihrem Yorkshire-Dialekt ankreischen.«

»Und würde sie sich die Haare rosa färben?«

»Warum nicht? Dann hätte sie mal eine Abwechslung von ihrem üblichen Lila.«

»Du machst wohl Witze. Bitte sag mir, dass deine Oma keine lilafarbenen Haare hat.«

»Okay, okay, hat sie nicht. Aber den starken Akzent, den hat sie, und kreischen tut sie für ihr Leben gern. Ich muss es ja wissen, sie wirft mir immer vor, dass ich sie nicht oft genug anrufe.«

Ich schüttele lachend den Kopf. »Oh, James, du kannst wirklich die erstaunlichsten Bilder heraufbeschwören!«

»Danke, das ist das netteste Kompliment, das ich seit langem bekommen habe. Aber da war noch etwas, das ich dir sagen wollte.«

»Ja?«

»Es betrifft meinen Opa.«

»Machst du schon wieder Witze?«

»Erwischt. Aber im Ernst, ich weiß, es nervt ein bisschen, dass ich immer so unangekündigt aufkreuze, aber ich hasse das Telefon ...«

»James, als Makler hängst du doch den ganzen Tag am Telefon, wie kannst du es da hassen?«

»Das ist es ja eben, ich telefoniere schon genug bei der Arbeit, aber wenn man jemand gern sehen will, dann ist der Apparat nur ein Hindernis. Und nachdem unser letzter Abend so chaotisch geendet hat, wollte ich dich eben gern mal wieder richtig sehen.«

»Wie meinst du das?« Natürlich weiß ich genau, was er meint, und kann mir das Lächeln nicht verkneifen.

»Ich meine, zum Essen ausgehen. In Ruhe etwas Zeit mit dir verbringen. Dich besser kennen lernen.«

»Wir könnten ja gleich heute Abend damit anfangen«, entgegne ich mit einem koketten Augenaufschlag.

»Heute Abend?«

»Essen gehen.«

»Hast du denn nichts vor?«

»Nein. Du müsstest nur warten, bis ich mich umgezogen und ein bisschen zurechtgemacht habe.«

James springt erfreut auf. »Machen wir's doch lieber so ...« Er schaut auf die Uhr. »Ich hole dich einfach um punkt acht Uhr hier ab. In Ordnung?«

»Alles klar.« Ich bringe ihn zur Tür. »Übrigens, James, dieses Chaos letztes Mal wegen Josh und ... na, du weißt schon. Bist du denn gar nicht neugierig, was da los war?«

»Nicht meine Baustelle, Cath.« Er zuckt die Achseln, und ich gerate schwer in Versuchung, ihn zu küssen. »Wenn du darüber reden willst, höre ich dir gern zu oder versuche zu helfen, aber du solltest es mir nur erzählen, wenn du wirklich möchtest.«

»James«, sage ich, »du bist echt zu gut, um wahr zu sein. Also, dann bis um acht.« Kaum habe ich die Tür hinter ihm geschlossen, quietsche ich los wie übergeschnappt, voll von einer unbändigen Vorfreude, wie ich sie schon ewig nicht mehr empfunden habe.

Ich kann es kaum fassen, ich habe schon wieder eine echte Verabredung – und sogar eine, auf die ich richtig gespannt bin. Und obwohl ich genau das Gefühl immer vermieden habe aus Angst, verletzt zu werden, hat James doch etwas an sich, das mir die Sicherheit gibt, ihm vertrauen zu können.

Und je mehr ich ihn kennen lerne, desto mehr gefällt er mir. Ich dachte, er sei schüchtern und reserviert, doch allmählich lerne ich seinen Humor zu schätzen und auch seine Gelassenheit. Ich glaube, daran könnte ich mich wahrhaftig gewöhnen.

Ich föhne mir die Haare, ziehe mir etwas Passenderes an, und als es um zwanzig vor acht schon an der Tür läutet, fluche ich im Stillen, weil er zu früh dran ist. Aber zum Glück bin ich ja schon fertig.

Leider ist es nicht James, sondern Tim. Ich hatte ganz vergessen, dass er ja noch mal vorbeikommen wollte, falls sein Freund nicht da wäre, und ich fange hilflos an, Entschuldigungen zu stottern, als ich plötzlich feststelle, dass Tim aschfahl ist. Er sieht aus, als sei er drauf und dran, sich übergeben zu müssen.

»Tim? Was ist denn los?« Ich packe ihn am Arm, hake ihn unter, damit er nicht zusammensackt, und führe ihn ins Wohnzimmer. Er zittert am ganzen Leibe.

Er setzt sich hin wie beduselt und dreht sich zu mir um. »Will ist krank.«

»Oh, Tim.« Ich bin erschüttert, weil ich sehe, wie sehr ihn das mitnimmt. »Das tut mir Leid. Hast du es gerade erst erfahren?«

Tim nickt. »Von Ian.«

»Ist es etwas Ernstes?«

»Cath«, wispert er und blickt zu mir auf, die Augen voller Angst. »Es ist Aids.«

»Was?« Ich habe nie verstanden, was eigentlich damit gemeint sein soll, wenn es heißt, dass einem das Blut in den Adern gefriert. Bis jetzt.

»Er behauptete, er hätte nichts. Du weißt ja, wie ängstlich ich bin, was das betrifft, aber er hatte angeblich ein negatives Testergebnis, und er meinte, wenn ich auch negativ sei, dann bräuchten wir kein ... na, du weißt schon, Safersex und so.«

»O Gott, Tim.« Mir stockt der Atem, und ich bin so wütend, so entsetzt, dass ich ihn am liebsten schütteln würde. »Bitte sag mir, dass ihr Kondome benutzt habt. Bitte sag mir, dass ihr nicht ungeschützt ...«

Tim schlägt die Hände vors Gesicht und fängt an zu weinen. Ich nehme ihn in den Arm und wiege ihn sanft hin und her, während er krampfhaft vor sich hin schluchzt.

Vor vier Jahren hat Tim einen seiner besten Freunde verloren. Jake war ein netter Typ, gut aussehend, witzig, selbstironisch. Tim hatte ihn eines Nachmittags im Kino kennen gelernt. Er sei ihm schon in der Schlange vor der Kasse aufgefallen, sagte er – na, wie auch anders, hatte ich lachend gesagt.

Tim fing Jakes Blick auf und Jake seinen, und obwohl sie nicht zusammen saßen – Tim saß drei Reihen hinter Jake – drehte Jake sich um, als der Film vorbei war, und fragte Tim, was er davon hielte.

Sie gingen einen Kaffee trinken. Und dann essen. Es hätte leicht mehr daraus werden können, aber irgendwie kam es nicht dazu, und so wurden sie kein Paar, sondern Freunde.

Ich weiß noch, wie eifersüchtig ich damals auf Jake war. Trotz der langen Vertrautheit zwischen Tim und mir hatten die beiden eine gemeinsame Basis, bei der ich mich stets ausgeschlossen fühlte. Sie konnten zusammen in die Clubs gehen, wo sie weit mehr Spaß hatten als ich, selbst wenn ich manchmal mitging. Und obwohl sie nur Freunde waren, war doch nicht zu übersehen, dass Tim Jake anhimmelte.

Jake war Amerikaner, und gleich zu Anfang, als sie sich noch kaum kannten – obwohl Tim natürlich im Stillen schon ihr Häuschen auf dem Lande geplant, den Gemüsegarten angelegt und den beiden Golden Retrievern Namen gegeben hatte –, sprach Jake mit Tim über seine Vergangenheit. Er erzählte ihm von seiner Jugend, von all den Jahren des anonymen Sex mit Unbekannten, und sagte, er hätte diese Zeit trotz allem nicht anders verleben wollen.

Trotz allem? Als er nach London kam, sagte Jake, habe er bald heftiges Fieber und Brechdurchfall bekommen. Daraufhin sei er zum Arzt gegangen, der einen HIV-Test machte.

Und weil das richtige Leben leider oft nicht so spielt, wie wir es gern hätten, stellte sich der Test als positiv heraus. Jake war am Boden zerstört. Er machte alle Zustände durch, die man ihm bei der Beratung geschildert hatte:

Wut, Angst, Trauer und schließlich schicksalergebene Resignation.

Das Fieber klang ab, der Brechdurchfall hörte auf, und Jake versuchte so zu tun, als sei alles wie immer, als sei der Test nur ein Albtraum gewesen. Aber natürlich ließ sich die Wahrheit nicht mehr verdrängen. Also ging Jake in die Beratung, traf Leute mit Aids, hörte sich ihre Geschichten an und begriff nach und nach, dass er dort vielleicht einen neuen Weg gezeigt bekam, sein Leben zu meistern.

Er erkannte, dass die Herausforderung in seiner Situation nicht das Sterben an Aids war, sondern das Leben mit Aids. Dass die Diagnose kein unmittelbares Todesurteil war, dass sein Leben genauso erfüllt sein konnte wie zuvor, wenn nicht sogar noch mehr. Er konnte immer noch arbeiten, seinen Teil zur Gemeinschaft beitragen, etwas zurückgeben, das Beste aus seinem Leben machen, wie lang oder kurz es auch ausfallen mochte.

Tim hörte Jake schweigend zu, und als er geendet hatte, schloss er ihn fest in die Arme.

»Ich habe Angst«, sagte Tim. »Um ganz ehrlich zu sein, es macht mir wahnsinnig Angst, auch nur an Aids zu denken, weißt du. Es hat bisher noch keinen getroffen, den ich näher kenne. Aber du bist einer meiner besten Freunde, und glaub mir, was immer ich für dich tun kann ...«

Sie gingen an dem Nachmittag noch in eine Buchhandlung, und Jake zeigte Tim die Bücher zum Thema, die er gelesen hatte, wovon Tim dann einige kaufte, um sich mit Hilfe von Informationen zu wappnen.

Er lernte, mit der Angst umzugehen. Er lernte, was harmlos war und was nicht. Und dass nicht jeder Husten, jedes Kopfweh, jedes Niesen gleich der Beginn einer unaufhaltsamen Abwärtsspirale war.

Aber Jake war nicht nur HIV-positiv – Tim sagte immer, er wünschte, er hätte ihn schon vor Jahren kennen gelernt, wenngleich Jake meinte, er hätte ihn damals sicher nicht so nett gefunden –, Jake hatte Aids, und obwohl viele seiner

Freunde dem Virus jahrelang ohne Infekte standhielten, hatte Jake dieses Glück nicht.

Bald nachdem sie sich kennen gelernt hatten, bekam Jake eine Lungenentzündung. Er hatte schon den Appetit verloren, litt unter nächtlichen Schweißausbrüchen, aber das war der Moment, den er gefürchtet hatte, der Moment, den er noch lange hinauszuzögern gehofft hatte.

Seine CD4-Zellen-Anzahl war knapp unter 100 gesunken, er konnte nicht mehr schlafen, und seine Stimmungsschwankungen waren fürchterlich, doch Tim versuchte, für ihn zu kämpfen, versuchte mit aller Kraft, ihn zum Überleben zu ermutigen. Selbst wenn Jake ihn anschrie, er solle sich endlich verpissen, saß Tim nur geduldig da und streichelte ihm übers Haar, bis Jake in Tränen ausbrach.

Als dann das Ende kam, versammelten sich alle, die Jake je geliebt hatte, in seinem kleinen Reihenhaus in Clapham. Seine Mutter und seine Schwester flogen aus North Carolina herüber. Die Freunde kamen, die ihm längst näher standen als die eigene Familie.

Und dann war es vorbei. Jake ruhte in Frieden, und Tim, der sich monatelang in seinen Kummer vergraben hatte, kam langsam wieder aus seinem Schneckenhaus hervor und fand zurück in die Alltagswelt.

Seit der Erfahrung mit Jake ist Tim zum Kondompapst von Soho geworden. Aids, sagt er immer, ist absolut tödlich, aber auch absolut vermeidbar.

Sicher, er hatte kurzlebige Affären, One-Night-Stands, aber ganz bestimmt niemals ungeschützt. Nicht Tim. Warum sitzt er jetzt also schluchzend bei mir auf dem Sofa und antwortet nicht auf meine Frage?

Ich bin im Begriff, ihn noch mal zu fragen, als die Türklingel schellt. O Gott, James. Tim sieht mich verwundert an, und ich wispere ihm zu, ich sei gleich zurück. Als ich die Tür aufmache, komme ich mir lächerlich vor, schon wieder absagen zu müssen, doch ich kann Tim jetzt unmöglich allein lassen, nicht in diesem Zustand.

Und James sieht sofort, dass irgendetwas nicht in Ordnung ist.

»Ich glaub's nicht«, seufzt er, sichtlich verärgert. »Sag bloß, es wird schon wieder nichts daraus!«

»Tut mir Leid, James, es ist etwas dazwischengekommen. Ich kann's dir jetzt nicht erklären. Morgen. Ich ruf dich morgen an, ja?«

»Weißt du was, Cath?«, sagt er mit harter Stimme, und ich weiß, er versucht damit nur zu verbergen, wie gekränkt er ist. Ich würde ihm ja so gern erklären, dass es nicht an ihm liegt, wenn er mir nur die Chance geben würde, doch er wendet sich schon zum Gehen.

»Vergessen wir's einfach.«

»James!«, flehe ich sanft, während er zu Boden blickt. »Es tut mir wirklich furchtbar Leid. Ich hatte mich so auf den Abend gefreut, und ich würde liebend gern mitkommen, aber es geht echt nicht. Ich sage unsere Verabredung ja nicht ab, ich möchte sie nur verschieben.«

»Wie lange, glaubst du, werde ich noch warten?« Er blickt mit gezwungenem Lächeln auf. »Ich muss dir nämlich sagen, Cath, meine Geduld ist langsam am Ende.«

»Ich verspreche dir, dass ich dich morgen anrufe.« Diesmal dreht er sich wirklich um und geht. Ich schließe leise die Tür und kehre zurück ins Wohnzimmer, zu Tim.

25

ICH WEISS, DAS ist nicht der Moment für Vorwürfe. Tim braucht jetzt vor allem Verständnis und Unterstützung, aber ich stehe immer noch unter Schock. Ich begreife nicht, wie Tim, der Kondompapst von Soho, für Will auf einmal alle Vorsicht in den Wind schlagen konnte. Früher haben wir nur gelacht, wenn Tim mir erzählte, dass jemand ihm wieder mal mit der Masche gekommen sei, er sei doch gesund. »Das kann jeder behaupten«, sagte Tim immer, und es hatte ihn nie davon abgehalten, auf Safersex zu bestehen.

Warum? Wieso?, frage ich mich immer wieder. So ein Test, auch ein negativer wie bei Will, heißt ja bekanntlich noch gar nichts, denn seitdem kann schon wieder alles Mögliche passiert sein.

Nach einer Weile beruhigt sich Tim allmählich, und ich mache Tee. Ich sehe, wie die Wärme ihm gut tut, und plötzlich kommt mir dieses ganze Drama doch ziemlich übertrieben vor. Wir wissen doch noch gar nichts Genaues, und wir sollten uns nicht von bloßen Annahmen verrückt machen lassen. Nicht, wenn alles genauso normal ist wie immer.

Ich spüre den Impuls, Tim zu bemuttern, die liebe Cath zu sein, die alles wieder gutmacht. Es mag unpassend sein, aber ich wünsche mir verzweifelt, das alles wäre nur ein Albtraum, aus dem man lediglich aufwachen muss.

»Tim«, beginne ich, »ich weiß, es klingt vielleicht naiv, aber du kannst dich nicht angesteckt haben, Mann, du bist kerngesund, und selbst wenn du ein paar Mal ungeschützt mit Will geschlafen hast, bedeutet das nicht, dass was passiert sein muss. Ich hab mal einen Artikel über HIV gelesen«, fahre ich atemlos fort, »und da hieß es, dass man es gar nicht so leicht kriegen kann. Es gab sogar mal eine Studie über Partner von Infizierten, die nichts davon wussten und ungeschützten Sex hatten, ohne sich anzustecken.«

»Cath«, sagt er langsam. »Ich weiß nicht, ob du das verstehen kannst, aber ich *fühle*, dass es mich erwischt hat. Ich bin ganz sicher HIV-positiv.«

»Aber das ist doch lächerlich, Tim! Du siehst das viel zu dramatisch. Wie kannst du denn wissen ... Nein, jetzt mal konkret: Was willst du tun?«

»Keine Ahnung.«

»Wirst du einen Test machen lassen?«

Tim starrt lange in seinen Becher. »Cath, über die Frage denke ich schon lange nach. Die ganze Zeit, als Jake krank war, hab ich mich immer gefragt, ob ich an seiner Stelle auch so tapfer wäre. Was würde ich tun, wenn mir auf einmal die Drüsen anschwellen? Wenn ich eine Erkältung bekäme, die nicht mehr weggeht? Ich kam zu dem Schluss, ich würde lieber nicht wissen wollen, was Sache ist, weil ich wahrscheinlich nicht damit umgehen könnte.«

»Und jetzt? Wie siehst du das jetzt?«, frage ich behutsam.

»Jake hat meine Einstellung dazu wohl mehr verändert, als ich dachte.« Tim sieht mich an und zuckt die Achseln. »Was hat es für einen Sinn, die Augen zu verschließen? Wenn ich positiv bin, dann ist es doch das Beste, mich der Tatsache zu stellen und die nötigen Medikamente zu nehmen. Aber weißt du, was das Schlimmste ist?«

Ich schüttele den Kopf.

»Ich muss den Test machen, gut, aber die Inkubationszeit dauert drei Monate, und wir haben Anfang Oktober zum letzten Mal miteinander geschlafen, erst vor einem Monat. Vielleicht zeigt sich also noch gar nichts. Allerdings lief die Beziehung ja schon seit Juli, wer weiß, da könnte schon ein Treffer dabei sein.«

»O Gott, Tim.« Mir schießen die Tränen in die Augen. »Du *kannst* es nicht haben. Bitte sag mir, dass du es nicht hast.«

»Cath« – er versucht zu lächeln – »das ist doch erst mal bloß ein Virus, verdammt noch mal. Ich geh gleich morgen zum Test.«

»Darf ich mitkommen?«

»Das wollte ich dich sowieso fragen. Ich glaub nicht, dass ich allein mit dem Resultat fertig werde.«

»Wo willst du hingehen?«

Er nennt eine Klinik, wo man das Testergebnis schon nach einer Stunde bekommt, garantiert anonym.

»Und du bist sicher, dass du es schaffst?« Ich staune, wie gefasst er nach dem anfänglichen Tränensturm ist, warte die ganze Zeit auf den nächsten theatralischen Schub, denn als Muster von Selbstbeherrschung kenne ich meinen guten Tim sonst gar nicht.

»Weißt du«, Tim lächelt, »ich kann's selbst nicht glauben, wie gut ich im Moment damit klarkomme.«

»Ich auch nicht!«

»Cath, es ist ja nicht unbedingt so, dass man dann auch gleich Aids kriegt. Man kann mit diesen neuen Kombinationstherapien noch jahrelang gesund bleiben, heißt es, zwanzig Jahre, kein Problem. Und bis dahin haben sie wahrscheinlich eine Heilungsmöglichkeit gefunden.«

»Tim.« Ich schaudere. »Jetzt reicht's aber. Hör auf zu reden, als ob du's schon hättest.«

Auf einmal blickt er wieder ganz verloren drein, wie ein kleiner Junge, und ich lege ihm den Arm um die Schultern.

»Ich hab Angst, Cath«, flüstert er. »Ich hab wirklich schreckliche Angst, aber wenn ich es habe, dann müssen wir uns eben damit abfinden.«

Wir sitzen für eine Weile schweigend da, und schließlich frage ich: »Hast du schon einen Termin?«

»Den vereinbare ich gleich morgen früh. Hoffentlich nehmen sie mich als Ersten dran, denn auch noch warten zu müssen, würde ich nicht aushalten. Wenn ich's erst mal weiß, dann kann ich weiterleben, so gut es geht, aber ich *muss* es wissen.«

»Möchtest du heute Nacht hier bleiben?«

»Ich weiß nicht«, seufzt er. »Ich bin nicht sicher, ob ich damit klarkomme, allein zu sein, aber ich glaub, ich will einfach nur nach Hause und mir die Decke über den Kopf ziehen.«

So bleibt Tim dann doch nur bis Mitternacht da, und wir unterhalten uns ganz ruhig darüber, was er tun würde, falls er positiv wäre, wie er es seinen Freunden beibringen würde, wie es sein Leben ändern würde. Und natürlich sprechen wir auch von Jake.

Als Jake starb, verkroch sich Tim wie üblich in sich selbst, und als er wieder aus seinem Schneckenhaus hervorkam, konnte er noch immer nicht über ihn reden. Wir lernten alle, das Thema zu meiden, es sei denn, Tim fing selbst davon an, was so gut wie nie vorkam.

Aber heute ist es, als hätten sich die Schleusen geöffnet. Tim spricht davon, wie sehr er Jake liebte, und weint wieder, als er sich an das letzte Stadium seiner Krankheit, an seine Schmerzen erinnert. Nein, schluchzt er in meinen Armen, nie und nimmer wolle er das durchmachen.

Ich kann nichts sagen, gar nichts. Ich bin immer noch wie betäubt vor Entsetzen, denn von uns allen ist Tim doch immer der Vorsichtigste gewesen. *Er* war es doch, der mich ausschimpfte, wenn ich – selten genug – in der Hitze des Augenblicks mal das Kondom vergessen hatte.

Als Tim dann gegangen ist, bleibe ich noch lange auf dem Sofa hocken und tue etwas, das ich schon ewig nicht mehr getan habe. Ich bete. Ich, die ich nicht mehr an Gott glaube, seit ich ein kleines Mädchen war, sitze mit fest geschlossenen Augen da und bete zu ich weiß nicht wem, dass er Tim negativ sein lassen möge.

Ich bete und bete, stammele unzusammenhängende Zeilen aus dem Vaterunser, in der Hoffnung, das möge irgendeinen Gott dort oben gnädig stimmen. Ich biete sogar an, mich selbst zum Opfer zu bringen.

»Ich werde alles tun«, bete ich, »alles, was Du willst, wenn Du nur Tim gesund sein lässt.«

Nach einer Weile gibt es nichts mehr zu sagen, und ich krieche ins Bett, schließe die Augen und bete nur noch um einen traumlosen Schlaf. Doch dieses Gebet wird nicht erhört, und ich liege stundenlang wach, denke an Tim und frage mich, wie wir mit all dem fertig werden sollen.

Morgens um acht klingelt das Telefon. Tim ist dran und drängt zur Eile. Er werde mich in einer Viertelstunde abholen, um zur Klinik zu fahren. Ich rufe im Laden an und hinterlasse eine Nachricht, dass ich später käme, weil ich zum Arzt müsse. Hinterher, sage ich mir, kann ich mich ja immer noch auf eine Magenverstimmung herausreden.

Tim klang verdächtig munter am Telefon, und als er schließlich da ist, blicke ich ihn forschend an, den Kopf leicht zur Seite geneigt. »Wie geht's dir?«

»O Gott«, stöhnt er und verdreht die Augen. »Fang bitte nicht jetzt schon an.«

»Was? Was hab ich denn getan?«

»Diese mitleidige Miene, dieser schief gelegte Kopf. ›Wie *geht's* dir?‹«, äfft er mich nach, und ich entschuldige mich lachend.

Auf dem Weg zur Klinik scheint Tim bester Laune zu sein. Man könnte meinen, wir wären unterwegs zum Frühstück im Café oder zu einem Spaziergang im Park, und wir reden über alles Mögliche, nur nicht über das, was ansteht.

Nachdem wir ein paar Mal um den Block gefahren sind und endlich eine Parklücke gefunden haben, steigen wir langsam die Eingangsstufen hoch und klingeln an der Tür, und erst jetzt stockt mir der Atem, und ich sehe, wie die Farbe aus Tims Gesicht weicht.

Wir werden in ein Wartezimmer geführt, das zur Straße hin liegt, ziemlich schäbig und düster. Die Zeitschriften auf dem Tisch sind alt und abgegriffen, und ich frage mich, ob die Leute, die hier warten müssen, nicht ohnehin viel zu nervös sind, um sich die Zeit mit müßigem Herumblättern zu vertreiben.

Eine Schwester kommt herein, dem Akzent nach offenbar Australierin. Sehr geschäftig, freundlich und patent ist sie die ideale Person, um einem an einem solchen Ort Vertrauen einzuflößen. Als sie Tim ein Formular zum Ausfüllen reicht, wirkt sie trotz ihrer Jugend wie eine mütterliche Glucke.

Der Kugelschreiber zittert in seiner Hand. Sonst macht es ihm immer Spaß, Fragebögen auszufüllen. All die Jahre musste ich sämtliche Wurfsendungen und Käseblättchen für ihn aufheben, nur für den Fall, dass sich irgendwelche Umfragen darin fanden, über denen wir dann kichernd die Köpfe zusammensteckten und uns alberne Antworten ausdachten.

Aber dieser Fragebogen ist kein Spaß, und jetzt ist nicht der Moment für scherzhafte Kommentare. Schweigend hakt er die einzelnen Punkte ab, die Zähne in die Unterlippe gegraben, was ich noch nie bei ihm gesehen habe. Dann steht er auf und gibt das Formular draußen vor der Tür bei der Schwester ab.

»Der Doktor ruft Sie dann gleich auf«, sagt sie.

Tatsächlich vergeht keine Minute, bis sich die Tür am anderen Ende des Warteraums öffnet und ein dunkelhaariger junger Mann in Weiß heraustritt, das Clipboard mit dem Fragebogen in der Hand. Er lächelt Tim zu.

»Bitte, kommen Sie.« Tim steht auf, und bevor er sich umdreht, fängt er noch einmal meinen Blick auf. Ich nicke wortlos, denn es gibt noch immer nichts zu sagen, und sehe ihm nach, bis sich die Tür hinter ihm schließt.

Jetzt verstehe ich, warum sie dort Zeitschriften ausliegen haben. Ich schlage irgendeine auf, schaue auf die bunten

Fotos, ohne sie wirklich zu sehen, und wippe mit dem Fuß – eine nervöse Angewohnheit, die mich seit zehn Jahren nicht mehr geplagt hat.

Die Tür des Wartezimmers geht wieder auf, und ein junges Mädchen kommt herein, hübsch, schick, und während es sich ruhig und konzentriert seinem Formular widmet, frage ich mich, was so jemand wie diese junge Frau hier überhaupt macht.

Aber natürlich, schelte ich mich im Stillen, sucht das Virus sich seine Opfer nicht nach deren Geschlecht oder Erscheinung aus. Ich weiß noch, wie wir die Warnungen vor der weltweiten Epidemie anfangs lachhaft fanden. Uns betrifft das nicht, dachten wir, uns doch nicht.

Eine unserer Mitstudentinnen hatte zwei Liebhaber gehabt. Der eine war eine Langzeitbeziehung von zwei Jahren, der andere nur eine kurze Sommerliebschaft, nachdem mit ihrem Freund Schluss war.

Und dann, etwa ein Jahr später, fing sie an, sich unwohl zu fühlen. Nichts Ernsthaftes, nur Müdigkeit, Kopfweh, geschwollene Drüsen. Der Arzt riet ihr, sich testen zu lassen, nur um ganz sicher zu gehen, und sie lachte, denn wie konnte sie denn das Schwulenvirus erwischt haben?

Der Test war positiv. Ihre Sommerliebschaft musste sich wohl bei irgendjemandem angesteckt haben, der es werweiß-von-wem hatte, wie es eben so geht.

Ich erinnere mich nicht mehr, wie die Kommilitonin hieß. Sie war die Freundin einer Freundin, ich kannte sie nur vom Sehen, sie ging auf die gleichen Partys, in die gleichen Kneipen wie wir.

Mit anderen Worten, sie war eigentlich jemand wie ich, und ich weiß noch, wie geschockt ich von der Tatsache war, dass auch so jemand HIV bekommen konnte, denn das war doch einfach nicht vorstellbar.

Aber es passiert eben. Verstohlen mustere ich das Mädchen mit dem Fragebogen, und ich sehe ihm an, dass es genauso verschreckt ist wie Tim.

Schon zwanzig Minuten ist er da drin. Warum dauert

das so lange? Doch gerade, als ich das denke, geht die Tür auf, und Tim kommt zurück.

»Und?« Ich versuche, das Resultat an seiner Miene abzulesen, aber es gibt noch keins, erst in einer Stunde.

Wir rücken in einer Ecke zusammen, da das Wartezimmer sich allmählich mehr und mehr füllt. »Er war echt nett«, flüstert Tim. »Ganz anders, als ich erwartet habe. Arbeitet schon seit fünf Jahren mit HIV-Positiven und Aidspatienten. So was von ruhig und relaxed, ich fühl mich schon fast wieder normal.«

»Was hat er denn gesagt?«

Tim blickt sich im Raum um. »Sollen wir nicht lieber mal ein paar Schritte gehen? Ich muss an die Luft, ich kann hier nicht noch eine Dreiviertelstunde rumsitzen.«

»Gute Idee.« Ich schnappe mir meinen Mantel und folge ihm in die frische Morgenkälte hinaus.

»Also?« Ich hake mich bei ihm ein.

»Nichts, was ich nicht schon vorher wusste. Dass ich ein hohes Risiko habe, weil ich dem Virus ausgesetzt war. Und dann haben wir darüber geredet, wie ich damit umgehen soll, falls der Test positiv ausfällt. Beratungsmöglichkeiten, Krankenversicherung und so.«

»War das alles?«

»Nein. Er hat natürlich auch noch all die beruhigenden Äußerungen getan, die man jetzt immer zu hören bekommt – dass HIV ein Virus ist und kein direktes Todesurteil, dass man dennoch ein ganz normales Leben führen kann, dass es hochwirksame Medikamente gibt, die blablabla ...«

Ich bleibe stehen und blicke ihn an. »Blablabla? Das ist aber mal eine interessante medizinische Definition.«

»Entschuldige«, seufzt er. »Ich hab's eben alles schon so oft gehört, und es stimmt ja auch, aber es bedeutet trotzdem, dass ich wahrscheinlich nicht alt werde und dass mein Tod nicht nur unerfreulich, sondern qualvoll und erniedrigend sein wird. Ich weiß, bis dahin kann es noch eine ganze Weile dauern, aber ich muss unentwegt an Jake denken und an das Ende.«

»Oh, Tim.« Ich streichele ihm hilflos den Arm. »Und wenn du jetzt doch positiv bist?«

»Dann gehe ich zur Aidshilfe und nehme alle Mittel, die ich verschrieben kriege. Los, lass uns zurückgehen.«

Am Klinikeingang überkommt mich wieder diese Beklemmung, auch wenn mir diesmal nicht der Atem stockt. Das passiert erst etwas später. Wir nehmen im Wartezimmer Platz, und ich bemühe mich, Tim ein bisschen abzulenken, indem ich ihm ein Bild von Courtney Cox in einem besonders ordinären Kleid zeige. Während wir noch darüber kichern, öffnet sich die Tür zur Praxis, und derselbe Arzt erscheint.

»Bitte, kommen Sie«, sagt er wieder, und obwohl es so harmlos klingt, ist da etwas in seiner Miene, vielleicht ein Schatten von Mitgefühl, das mir das Herz im Hals klopfen lässt und mir fast die Luft abschnürt.

»Bin gleich wieder da, Schatz.« Tim zwinkert mir zu, mimt tapfer den Unbekümmerten, und als er sich herabbeugt und mich auf die Wange küsst, brennen mir Tränen in den Augen, doch ich dränge sie zurück, ich will stark sein für Tim.

Außerdem habe ich Emotionen noch nie sehr gut einschätzen können. Vielleicht habe ich mich geirrt. Vielleicht macht der Arzt immer dasselbe Gesicht, gleichgültig, wie das Urteil ausfällt. Ich blicke auf. Das hübsche Mädchen, das jetzt wohl auch auf sein Testergebnis wartet, lächelt mir zu.

»Schrecklich, nicht?«, sagt es leise, und ich nicke stumm, denn wenn ich den Mund aufmache, wird sein Mitleid meine Tränen bestimmt zum Überlaufen bringen.

So, wie die junge Frau schaut, glaube ich: Sie weiß es. Sie hat gesehen, wie ernst der Arzt Tim ansah, und jetzt denkt sie dasselbe wie ich. Ich blättere wütend in der Zeitschrift herum, blinzele gegen die Tränen an, sehe überhaupt nichts, blättere zum Anfang zurück, wippe wie wild mit dem Fuß.

Zwanzig Minuten vergehen, bis Tim endlich wieder auftaucht, mit einem strahlenden Lächeln, das mich täuschen könnte, würde ich ihn nicht so gut kennen. Doch ich weiß, es ist sein falsches, sein aufgesetztes Lächeln. Er stopft ein paar Faltblätter in seine Tasche, und selbst als wir schon zum Auto zurückgehen, hört er nicht auf zu lächeln.

»Tim?« Ich verstelle ihm den Weg und blicke ihn fragend an, und erst da verschwindet sein Lächeln langsam.

»Positiv«, wispert er. Ich nehme ihn in die Arme und spüre seine Starre, seinen Widerstand, doch ob er will oder nicht, ich muss ihn jetzt festhalten.

»Regent's Park?«, flüstere ich, weil es nicht weit ist, und weil ich weiß, wie sehr er den Rosengarten liebt. Ich habe das Gefühl, er muss jetzt an Dinge erinnert werden, die er mag, es ist besser für ihn, draußen im Grünen zu sein, als allein zu Hause.

Schweigend steigen wir ins Auto und fahren zum Park, gehen durch das Tor und um den kleinen See herum, und noch immer sagt Tim kein Wort.

Ich habe mich bei ihm eingehakt und drücke seinen Arm an mich, um mich zu vergewissern, dass er noch da ist, derselbe alte Tim. Und obwohl ich versucht bin, ihn prüfend anzusehen, ob auch alles in Ordnung ist, weiß ich, dass es ihn rasend machen würde, und halte mich deshalb zurück.

Am Rosengarten angekommen, deutet Tim auf eine Bank, und wir setzen uns.

»Ich muss mir einen Termin für ein Beratungsgespräch geben lassen«, sagt er, zieht die Faltblätter aus der Tasche und starrt sie blicklos an. »Und ich muss regelmäßig zu Kontrolluntersuchungen, schon ab nächster Woche. Meine Ernährung muss ich vielleicht auch umstellen, aber da gibt's Kurse, hat der Arzt gesagt, wo man all so etwas lernen kann und Unterstützung kriegt und überhaupt ...«

Ich sage nichts, streichele nur seinen Arm.

»Oh, Cath.« Seine Stimme klingt unendlich traurig. »Wie kann sich alles an einem einzigen Vormittag nur so sehr verändert haben? Wie kann gestern noch alles so schön gewesen sein und heute so schrecklich? Wie können wir hier überhaupt sitzen und über Kontrolluntersuchungen reden, ich meine, wieso *ich*? Wieso passiert das ausgerechnet *mir*?«

»Nichts hat sich geändert, Tim.« Ich lege ihm den Arm um die Schultern. »Du bist heute genau derselbe Mensch wie gestern. Und morgen wirst du immer noch derselbe Mensch sein und übermorgen und überübermorgen. Das Einzige, was sich geändert hat, ist dass du von jetzt an noch mehr auf deine Gesundheit achten musst.« Ich drücke ihn kurz an mich.

»Aber denk daran, du hast Freunde, die dich lieben. Und gesund bist du auch.« Ich streife einen Handschuh ab und klopfe auf die Holzbank. »Es ist nur ein Virus, Tim, nicht das Ende der Welt.«

Dann sitzen wir einfach da, halten uns bei den Händen, blicken in den Park und bleiben noch sehr, sehr lange dort.

26

Ich rufe Lucy im Laden an, und zum Glück klinge ich so fix und fertig, dass Lucy glaubt, ich sei krank, noch ehe ich überhaupt eine Ausrede vorbringen kann. Fürsorglich rät sie mir, mich ins Bett zu packen und mir keine Sorgen zu machen. Es ist genau das, was ich hören wollte, denn ich muss den Rest des Tages mit Tim verbringen, auch wenn es mir schon ein wenig ironisch vorkommt, mich in dieser Situation krank zu stellen, wo ich doch nichts weiter als geschockt bin.

Aber Tim geht es auch gut, *zu* gut, scheint mir fast. Als wir den Rosengarten verlassen, sagt er, es mache ihm schon gar nichts mehr aus, seltsam, aber wahr, irgendwie habe er sich bereits mit seinem Schicksal abgefunden, er sei sicher, er könne damit umgehen.

Ich weiß nicht, was ich heute mit ihm anfangen soll. Er ist zu ruhig, zu gefasst. Ich schlage vor, zum Lunch zu gehen, sogar ins Ivy, was normalerweise Tims Vorstellung vom siebten Himmel wäre (obwohl wir so kurzfristig wohl ohnehin keinen Tisch bekommen), aber Tim sagt nein, lieber nicht.

Also schleppe ich ihn in die Marylebone High Street, wo wir uns in ein kleines Café setzen, Cappuccino und Baguette bestellen, aber sobald das Essen kommt, merke ich, dass ich keinen Appetit habe, keinen Bissen hinunterbringen werde, selbst wenn man mich zwingen würde, und natürlich schiebt Tim seinen Teller auch gleich weg.

So trinken wir nur unseren Kaffee, und ich zupfe den Salat aus dem Baguette und zerfitzele ihn langsam auf der Tischplatte. Tim holt die Faltblätter wieder hervor, und diesmal schauen wir sie uns wirklich an, lesen über Kurse für neu Diagnostizierte, über die Wichtigkeit regelmäßiger Kontrolluntersuchungen, über die kontinuierlich steigende Lebenserwartung von HIV-Infizierten.

Dann ziehe ich meinen Terminkalender aus der Tasche, reiße eine leere Seite heraus und notiere die Adressen, die Tim heute Nachmittag noch kontaktieren wird, die Nummern von Beratungsstellen, an die er sich wenden soll.

»Das kaut der Arzt nächste Woche sicher noch mal alles mit mir durch«, seufzt er, aber ich ignoriere ihn, weil ich sehe, dass es ihm hilft, etwas Konkretes zu tun, eine Liste zu machen – und selbst, wenn es ihm nicht hilft, hilft es immerhin mir.

Schließlich verlassen wir das Café, und Tim setzt mich zu Hause ab. Ich flehe ihn praktisch an, heute Abend wieder vorbeizukommen, doch er winkt ab, er komme auch allein zurecht.

»Und du machst auch nichts ... ähm ... du weißt schon ...?« Ich kann mir die Frage nicht verkneifen.

»Irgendetwas Dummes anstellen?« Er grinst. »Nein, Cath. Mit mir ist alles in Ordnung. Na ja, nicht alles, aber keine Angst, ich hab nicht vor, eine Packung Paracetamol zu schlucken, falls du das meinst.«

»Rufst du mich wenigstens an?«

Er nickt. »Übrigens, Süße, ich weiß noch nicht, wie ich es Josh und Lucy sagen soll – ich möchte warten, bis ich mich dazu in der Lage fühle, okay?«

»Gott, ja, selbstverständlich!« Ich bin ein bisschen gekränkt, dass er denkt, ich würde es ohne Absprache auf mich nehmen, es den anderen beizubringen, fast als würde ich es einfach weitertratschen.

»Entschuldige«, sagt er. »Nichts für ungut, Liebes. Hör zu, ich fahr jetzt nach Hause und lass mir ein schönes Bad einlaufen, und danach ruf ich dich gleich an, versprochen.«

Er ruft tatsächlich an und erzählt, er sei auf dem Heimweg noch in einer Buchhandlung gewesen – aber natürlich nicht bei Lucy –, um sich ein paar Bücher über HIV und Aids zu besorgen, mit denen er sich für den Rest des Nachmittags auf dem Sofa einigeln will.

Ich tue das Gleiche in meiner Wohnung, kuschele mich in die Sofaecke und nehme mir einen Roman vor, den ich schon seit Wochen lesen wollte. Ich überfliege die erste Seite in der Hoffnung, mich abzulenken, mich vom Grübeln abzuhalten, doch auf Seite vier wird mir klar, dass ich gar nichts von dem eben Gelesenen mitbekommen habe und wieder von vorn anfangen muss.

Schließlich lege ich das Buch beiseite und lasse mir selbst ein Bad einlaufen, frage mich, wie ich die Zeit bis zum Schlafengehen noch totschlagen soll, wünschte, das alles heute wäre nie passiert, wünschte, der Tag würde sich wie in *Und täglich grüßt das Murmeltier* einfach wieder in gestern verwandeln.

Ich telefoniere noch mal mit Tim, und er hört sich ganz normal an, er sagt, er werde früh ins Bett gehen, sich Zeit lassen, um die ganze Sache erst mal in Ruhe zu verdauen.

Aber ich kann keinen Schlaf finden, und als um zwanzig nach eins das Telefon klingelt, überrascht es mich nicht im Geringsten. Ich nehme den Hörer ab und vernehme abgehacktes Schluchzen am anderen Ende.

»Scht, scht«, versuche ich ihn sanft zu beruhigen, und spüre Tims Schmerz, als ob es mein eigener wäre.

»Ich will nicht, dass mir das passiert«, jammert er, mit alkoholschwerer Zunge. »Warum muss *mir* das passieren? Was hab ich denn getan? Warum ich?«

»Bin schon unterwegs«, sage ich nur, werfe den Hörer auf die Gabel, ziehe mir den Mantel über den Pyjama, schlüpfe in die Stiefel, schnappe mir meine Autoschlüssel und sause aus der Tür.

Sechs Minuten später stehe ich auf seiner Schwelle, und Tim öffnet mir in tränennassem T-Shirt, mit verquollenen

Augen und rot geflecktem Gesicht. Ich nehme ihn in die Arme und fange selbst an zu weinen.

Ich bleibe über Nacht bei ihm. Wir hocken auf dem Sofa, reden und reden, versuchen, einen Sinn in der ganzen Sache zu finden, und schließlich, gegen sieben Uhr morgens, nicken wir beide erschöpft ein.

Natürlich kann ich auch am nächsten Tag nicht zur Arbeit gehen. Lucy bietet mir an, am Abend mit Tomatensuppe vorbeizukommen. Nein, nein, wimmele ich sie ab, die Grippe sei bestimmt ansteckend und ich käme schon zurecht.

Ich verbringe den Vormittag mit Tim, und er ruft in der Klinik an und macht einen Beratungstermin für den Nachmittag aus. Diesmal, sagt er, wolle er allein hingehen.

Zu Hause schaffe ich es, etwas in meinem Buch voranzukommen, aber am Nachmittag zwickt mich mein schlechtes Gewissen so sehr, dass ich erwäge, mich doch wieder bei Lucy im Laden einzufinden.

Aber wie könnte ich ihr diese Blitzgenesung erklären? So rufe ich sie stattdessen lieber an, und als sie ans Telefon kommt, wundere ich mich über ihren fröhlichen Tonfall.

»Cath, Schätzchen! Wir machen uns alle solche Sorgen um dich! Rachel sagt, du sollst jede Menge Echinacea nehmen. Geht's dir denn schon ein bisschen besser?«

»Ja, viel besser, obwohl ich heute Nacht kaum geschlafen habe. Wie läuft's denn so im Laden? Du klingst ja richtig *high*!«

Und Lucy, die Süße, senkt die Stimme, ich sehe förmlich, wie sie sich nach allen Seiten umblickt, um sicherzugehen, dass keiner mithört. »Ich muss zugeben, ich hab heute Nacht auch wenig geschlafen«, wispert, nein *schnurrt* sie geradezu.

»Lucy! Sag bloß! Du und Josh? SEX?« Lucy kichert.

»Mein Gott, Lucy, das ist ja großartig! Kein Wunder, dass du so glücklich klingst. Wie war es, oder brauch ich das gar nicht zu fragen?«

Lucy seufzt genussvoll bei der Erinnerung. »Oh, Cath, es war so wunderbar! Und so unerwartet.«

Sie erzählt mir, dass Josh gestern wieder ganz der Alte gewesen sei, als hätte unser gemeinsamer Sonntag irgendetwas in ihm gelöst, ihm die schönen Zeiten von früher wieder nahe gebracht.

Sie kamen abends nach Hause, und Ingrid ging aus, wie neuerdings immer, und Max ließ sich zur Abwechslung einmal brav ins Bett bringen, und statt sich in sein Arbeitszimmer zurückzuziehen, machte Josh eine Flasche Wein auf und setzte sich an den Küchentisch, um zu reden.

Und so lachten sie dann bald über irgendeine alberne Geschichte, die Lucy ihm erzählte, und Josh räumte nach dem Essen die Spülmaschine ein und legte die Arme um Lucy, während sie den Tisch abwischte, und küsste sie auf den Nacken. »Was mir immer weiche Knie macht«, gesteht sie kichernd.

Und das war's dann, wie man so sagt, aber was für eine Freude, Lucy wieder lachen zu hören. Allein schon wegen der Erleichterung, dass dieses Techtelmechtel zwischen Josh und Portia nun wohl vorbei sein dürfte.

»Ach, Cath«, seufzt Lucy. »Ich hab das Gefühl, alles ist endlich wieder normal. Aber jetzt mal Themenwechsel, Cath, oder vielmehr, zurück zum eigentlichen Thema: Was tut sich denn mit dem lieben James?«

Ich weiß nicht, wo ich anfangen soll. »Du weißt doch, wie manche Dinge einfach vorbestimmt zu sein scheinen?«

»Ja?«, haucht sie eifrig, erwartungsvoll.

»Nun, das mit uns leider nicht.«

»Aber das siehst du sicher falsch. Wie kommst du überhaupt darauf?«

»Jedes Mal, wenn wir uns verabreden, kommt irgendetwas dazwischen, gerade so, als sollte es nicht sein. Und ich bin ja weiß Gott auch ganz zufrieden allein, vielleicht sollte ich es einfach dabei belassen.«

»Unsinn«, sagt sie entschieden. »Das kann ich nun wirklich nicht akzeptieren. Wenn immer alles schief geht, wenn

James dich zum Essen einlädt, warum drehst du den Spieß nicht einfach um und lädst ihn deinerseits zum Essen ein?«

»Was?«

»Ja, koch doch mal was für ihn! Jeder Mann weiß ein selbst gekochtes Essen zu schätzen.«

»Auch wenn es bloß angebranntes Rührei ist?«

Lucy lacht. »Nein, Schätzchen, *ich* koch natürlich für euch, ich mach euch ein herrliches Essen und liefere es dann bei dir ab. Er braucht ja nichts davon zu erfahren. Du kannst so tun, als hättest du's selbst gekocht. Und wer weiß, wenn alles gut geht, brauch ich mich nicht mal um den Nachtisch zu kümmern.« Sie kichert anzüglich.

»Ein Abendessen? Bei mir?« Du meine Güte, das hat es ja schon seit mindestens fünf Jahren nicht mehr gegeben.

»Ja, genau. An deiner Stelle würde ich bei ihm vorbeischauen und ihn einladen, sobald du wieder auf den Beinen bist. Was meinst du, wie der sich freut!«

Bis Freitag ist Tim wieder so weit im Lot, dass ich nicht mehr rund um die Uhr auf Abruf bereitstehen muss, aber ich fühle mich immer noch unglaublich labil. Ich weiß, ich sollte in den Laden gehen, aber wenn Lucy dann gleich so warm und mütterlich zu mir ist, gehen mir garantiert die Nerven durch.

Doch am Nachmittag nimmt das schlechte Gewissen schließlich überhand, und ich gehe hin. Im Laden ist alles in bester Ordnung. Bill und Rachel haben gearbeitet wie die Teufel, und Lucy ist so mit der Stammkundschaft beschäftigt, dass sie keine Zeit hat, mich zu bemuttern, wie sie es sonst tun würde, und das ist immerhin schon eine Erleichterung.

Doch als der Laden dann auf einmal leer ist, setzt Lucy die Teekanne ab und fällt mir um den Hals, und ich beiße mir auf die Lippen, um nicht in Tränen auszubrechen. »Was machst *du* denn hier? Ich hab dir doch gesagt, du sollst nicht vor Montag wiederkommen.« Sie stemmt mich auf Armeslänge von sich ab und sieht mich prüfend an.

»Cath, Liebes, du siehst furchtbar aus, du gehörst ins Bett. Du bist ja ganz bleich und eingefallen, du Ärmste.«

Bleich und eingefallen, aha. Warum ist Lucy die Einzige, die sich erlauben darf, mich bleich und eingefallen zu nennen? Ich muss lächeln, und Lucy sagt: »Schon besser. Komm, setz dich, ich mach uns eine frische Kanne Tee, und dann aber nichts wie ab nach Hause, mein Mädchen.«

Eine halbe Stunde später trete ich in das Maklerbüro, und wie in einem Wild-West-Saloon wird es still im Raum, während fünf Augenpaare mich von oben bis unten mustern und vermutlich abschätzen, wie viel ich anzulegen gewillt bin.

Das Schweigen dauert nur eine Sekunde, die ihnen offenbar genügt, um sich darüber klar zu werden, dass ich weder die Acht-Zimmer-Villa in Aberdare noch den günstigen Drei-Zimmer-Bungalow in Greencroft erwerben werde. Nein, ich bin keine Kundin, auf die es sich mehr als einen Blick zu verschwenden lohnt.

So betriebsam habe ich das Büro noch nie zuvor gesehen. Fünf Typen hinter fünf riesigen hellen Schreibtischen, alle mit dem Telefonhörer am Ohr, manche sogar noch mit dem Handy am anderen. Und diese Typen sehen alle gleich aus, einer wie der andere, in smarte dunkle Anzüge verpackt, die Augen ständig in Bewegung, die Stimmen so selbstbewusst, wie ihre Jugend es eigentlich nicht vermuten lassen würde.

Und dann sehe ich James, ganz hinten, irgendwie fehl am Platz mit seiner hemdsärmeligen Art, seinem trägen Lächeln und seinen rebellischen Strubbelhaaren.

»Kann ich Ihnen helfen?«, fragt mich die püppchenhafte Empfangssekretärin. Ich schüttele lächelnd den Kopf. James wischt sich das Lächeln vom Gesicht und sieht mich streng an, während ich an den Schreibtischen vorbei auf ihn zugehe und versuche, die neugierigen Seitenblicke zu ignorieren, die jede meiner Bewegungen zu verfolgen scheinen.

»Hallo«, sagt er reserviert. »Was kann ich für dich tun, Cath?« O Gott. Hab ich alles kaputt gemacht? War ich wirklich so dumm, mir alle Chancen zu vermasseln? Mein Blick fällt auf seine muskulösen Unterarme mit den dunkelblonden Härchen, und mir wird ganz flau, als ich plötzlich erkenne, dass ich diesen Mann tatsächlich begehre.

So lange schon habe ich niemanden mehr begehrt! Nur jetzt nicht schon wieder Mist bauen. Ich räuspere mich.

»Ähm ...« Ich bin nervös, geniere mich, die Einladung zum Essen so öffentlich auszusprechen.

Zum Glück spürt James meine Befangenheit und führt mich in ein Hinterzimmer, wo ein breites Prachtsofa steht, und als ich mich hinsetze, bleibt er vor mir stehen und hebt nur fragend die Brauen, immer noch kühl und abweisend.

»James«, beginne ich, »ich möchte mich entschuldigen. Ich weiß auch nicht, warum dauernd etwas dazwischenkommt, wenn wir uns verabreden, aber ich war gerade in der Gegend, und ...« Es liegt mir auf der Zunge, doch ich bringe es nicht fertig, einfach mit der Einladung herauszuplatzen. »... und da dachte ich, ich komm schnell mal zu dir rein und sag dir, wie Leid es mir tut.«

»Ja?« James blickt stirnrunzelnd auf, als die Empfangspuppe mit Unschuldsmiene in der Tür erscheint.

»Soll ich Ihnen vielleicht einen Kaffee bringen?«, flötet sie, und ich lehne brüsk ab, denn es verstimmt mich, wie sie uns hier unter dem erstbesten Vorwand nachspioniert. Widerwillig verzieht sie sich wieder nach vorn ins Büro, und James wartet, bis sie außer Hörweite ist, ehe er sagt: »Himmel, Cath, das ist alles so mühsam! Ich versuch doch nichts weiter, als mit dir essen zu gehen, aber du machst es mir wirklich verdammt schwer.«

»Ich ... ähm ...« Ich weiß nicht, was ich sagen soll, und all die unterdrückten Gefühle drohen plötzlich das schöne weiße Sofa zu überschwemmen. Ich versuche, die aufwallenden Tränen wegzublinzeln, aber sie lassen sich nicht verdrängen.

»Cath?« James setzt sich neben mich und schaut mir besorgt in die Augen, während mir die Tränen langsam über die Wangen rollen. »Meine Güte, Cath, was ist denn?« Seine Stimme ist so sanft, dass ich nicht mehr an mich halten kann und schluchzend auf dem Sofa zusammenbreche.

Mit Sicherheit hat sich in dem Büro noch nie etwas Ähnliches abgespielt, und alle Kollegen machen schon Stielaugen, doch James steht auf und schließt die Tür, und als er wieder neben mir sitzt, streicht er mir beruhigend über den Rücken, genauso, wie ich es mit Tim gemacht habe.

Und es wirkt. Nach einer Weile verebben die Schluchzer, ich atme tief durch, und James fragt: »Kannst du darüber sprechen?«

Ich schüttele den Kopf, aber schon fließen die Tränen wieder, und ich weiß, ich kann das Ganze jetzt nicht mehr für mich behalten. Es mag egoistisch sein, aber es gibt sonst niemanden, dem ich mich anvertrauen könnte, und ich brauche einfach Unterstützung.

Ich durfte es Lucy nicht erzählen, und auch nicht Josh, aber James – ich weiß nicht, warum, aber ich vertraue ihm. Vielleicht, weil er mich an jenem Abend, als wir Josh mit Portia sahen, nichts gefragt hat, offensichtlich nicht an Klatschgeschichten interessiert ist und deshalb auch nichts weitertratschen wird.

Langsam, stockend, kommt die Geschichte heraus. Ich erwähne Tim nicht mit Namen, *ein Freund*, sage ich nur, weil es mir das Gefühl gibt, Tim immer noch zu decken, obwohl eigentlich klar ist, dass es sich um keinen anderen als ihn handeln kann.

Ich spreche von meiner Hilflosigkeit angesichts der Tatsache, dass dieses Schicksal nun einen meiner besten Freunde trifft. Ich sage ihm das Gleiche, was ich auch zu Tim gesagt habe, dass es ja bloß ein Virus ist, mit dem man jahrelang leben kann – aber dennoch, setze ich bedrückt hinzu, trotz aller medizinischen Fortschritte: Läuft es nicht am Ende doch unvermeidlich auf Aids hinaus?

Ich stelle mir Tim im Endstadium vor, mager, hohlwangig, ausgezehrt, und fange wieder an zu weinen.

»Darf ich dir einen Vorschlag machen?« James reibt mir noch einmal besänftigend den Rücken. »Ich finde, du solltest ebenfalls zu einer Beratung gehen. Ich weiß nicht, ob es so etwas auch für Angehörige von HIV-Patienten gibt, aber es muss doch Gruppen von Betroffenen geben, wo man Hilfe bekommt. Dein Freund ist schließlich nicht der Einzige, der leidet, und du musst auch lernen, damit umzugehen.«

Ich nicke stumm.

»Aber bisher weißt nur du davon, nicht wahr?« Ich nicke wieder. »Glaubst du, dein Freund will es auch noch anderen erzählen? Weil es doch eine ziemlich schwere Last für einen allein ist.«

»Ich weiß nicht, so weit hat er bisher wohl noch nicht vorausgedacht.«

»Wo ist er denn jetzt?«

»Oh, Mist.« Ich werfe einen Blick auf die Uhr und springe auf. »Er wird inzwischen schon aus der Klinik zurück sein. Ich muss los.«

»Wird's denn gehen?«

Ich nicke hastig, schon halb aus der Tür.

»Cath?« Ich drehe mich noch mal zu ihm um. »Du weißt ja, wenn du dich mal aussprechen möchtest, brauchst du nur zum Telefon zu greifen oder vorbeizukommen.«

»Du bist wirklich fabelhaft, James. Ich weiß gar nicht, was ich sagen soll. Danke ist einfach nicht genug.«

Er lächelt. »Unsinn, dafür sind Freunde doch da.« Er beugt sich vor und küsst mich auf die Wange. Ich laufe hinaus auf die Straße, und erst da fällt mir ein, dass ich in meiner Eile, Tim anzurufen, die beabsichtigte Einladung vollkommen vergessen habe.

27

DIE NÄCHTE SIND schlimm. Tim scheint nachts immer Angst zu bekommen, allein zwischen all den Büchern, darunter auch etliche in der Ich-Form verfasste Geschichten von Leuten, die mit Aids leben oder Angehörige an die Krankheit verloren haben.

Nacht für Nacht liest er von Leuten, die ihre Lieben einen schrecklichen, qualvollen Tod haben sterben sehen. Er liest von Leuten, die blind wurden, an Tuberkulose oder dem Kaposi-Sarkom litten. Und obwohl er meint, die Lektüre würde ihm helfen, sich nicht ganz so allein zu fühlen, kann er sich doch nicht gegen das Entsetzen wehren, das ihn dabei überkommt.

Am Tag bin ich für ihn da, in ständigem Telefonkontakt, um ihn bei Vernunft zu halten und ihn stets daran zu erinnern, was der Arzt ihm in der Klinik gesagt hat: dass es nun endlich wirksame Behandlungsmethoden gibt und dass die durchschnittliche Prognose von zehn bis zwölf weiteren Lebensjahren seitdem ganz beträchtlich angestiegen ist.

Immer wieder sage ich zu Tim, du wirst mindestens noch zwanzig bis dreißig Jahre bei uns sein, bis wir alle alt und grau sind. Und das sage ich nicht, um ihn zu trösten, sondern weil ich davon überzeugt bin. Wenn Tim nicht zuversichtlich sein kann, muss ich es eben für ihn sein.

Also, tagsüber geht es einigermaßen. Ab und zu gelingt es uns sogar, ein Gespräch zu führen, in dem das Wort Aids kein einziges Mal vorkommt. Aber nachts, wenn die Ängste sich hinterrücks anschleichen, ruft er mich weinend an, fast sprachlos vor Kummer, einfach nur aus dem Bedürfnis heraus, jemanden in seiner Nähe zu wissen.

Lucy hat mich gestern gefragt, ob mit Tim eigentlich alles in Ordnung sei, weil er sich auf ihre Anrufe hin nicht meldet. Was hätte ich sagen sollen? Ich konnte nur schwindeln, es gehe ihm gut, er sei halt nur sehr beschäftigt, wie ich im Übrigen auch. Dann greife ich schnell zum Hörer und rufe bei einem Großhändler an, damit sie mir keine Fragen mehr stellen kann.

Und natürlich rufe ich, sobald ich zu Hause bin, gleich Tim an und erkundige mich vorsichtig, ob er schon darüber nachgedacht hat, wann er es Josh und Lucy sagen will. Das war offenbar auch einer der Punkte, die bei dem ersten Beratungstermin in der Klinik zur Sprache kamen: wem er es sagen soll und wie.

Ja, er habe sich entschieden, seufzt Tim, Lucy und Josh sollen es erfahren, schließlich sind sie doch so etwas wie seine Wahlfamilie. Vielleicht am besten bei einem kleinen Abendessen unter Freunden, wie in dem Film *Peter's Friends* – nur, dass er sich im Moment nichts Schrecklicheres vorstellen kann.

Seine leiblichen Verwandten, sagt er, bräuchten es nicht zu wissen. Sie wohnen weit weg, sie würden es nicht verstehen, sie haben sich ohnehin nie so recht damit abgefunden, dass er schwul ist. »Warum soll ich ihnen das mit der HIV-Diagnose jetzt auch noch auf die Nase binden?«, sagt er. »Wenn ich doch nicht krank bin, was gibt's da zu erzählen?« Und ich glaube ihm, als er sagt, dass er das Richtige tut.

Er hat noch keine drastischen Schritte unternommen, um sein Leben zu ändern, er besucht keine Kurse, geht noch nicht regelmäßig zur Beratung, aber er war wenigstens in der Klinik, um die Anzahl seiner CD4-Zellen und damit die Widerstandskraft seines Immunsystems messen zu lassen, ebenso wie die Virenkonzentration im Blut.

Und die ist enorm, was allerdings normal ist, da die Ansteckung ja erst vor relativ kurzer Zeit erfolgte, irgendwann zwischen Juli und Oktober. Sein Immunsystem braucht erst einmal eine Weile, um dagegen anzukommen. Aber alles in allem geht es ihm gesundheitlich gut.

Nach den Tests in der Klinik, erzählt er, habe er Portia unterwegs auf der Straße gesehen und sich eilig in einen Hauseingang verdrückt, um sie nicht grüßen zu müssen und dann womöglich noch gefragt zu werden, was er hier in der Gegend tue.

Ob er denn sicher sei, dass sie es war, wollte ich wissen. Aber ja, sagt er, Portia sei unverkennbar, und er habe nur gefürchtet, sie würde ihn in seinem Versteck entdecken und ihm plötzlich auf die Schulter tippen.

»Doch irgendwann«, sagt er resigniert, »müssen es ja doch mal alle erfahren. Wie soll man sonst plausibel machen, dass man sich plötzlich so oft die Hände wäscht und sich penibel vor Bazillen in Acht nimmt?«

»Du könntest ja sagen, du bist schwanger«, schlage ich vor, dankbar für das Lachen am anderen Ende.

Es ist Donnerstagabend, und Tim ist bei mir, um Portias Serie zu gucken. Wie immer haben wir Essen vom Chinesen geordert, und Tim jammert, dass wir in den vergangenen Wochen den Anschluss an die letzten Folgen verpasst haben.

»Wetten«, sagt er grinsend, als der Vorspann anläuft, »dass es da jetzt eine neue Figur gibt, die John oder Joe heißt und eine Schwäche für Katy hat?«

»Ach, hör doch auf.« Ich werfe ein Kissen nach ihm, und er duckt sich kichernd. Aber es stimmt, der Gedanke ist mir auch schon gekommen. Da ich Portia nun schon seit Wochen ausweiche, ist es gut möglich, dass sie sich auf diese Weise rächen könnte.

Wir lehnen uns zurück und schauen zu. Jacob und Lisa haben Eheprobleme, aber erstaunlicherweise flüchtet er sich nicht zu Mercedes, um sich trösten zu lassen.

»Na, das kann sie ja wohl nicht auch noch in die Serie packen«, schnaubt Tim abfällig. »Mercedes würde nie so etwas Gemeines tun wie eine Ehe zerstören.«

Nein, in der Serie ist Mercedes der rettende Engel, eine Schulter zum Anlehnen, obwohl natürlich alle den falschen Eindruck bekommen.

»Oh, Scheiße.« In der Werbepause drehe ich mich zu Tim um. »Haben wir das etwa alles ganz falsch verstanden?«

»Ich weiß nicht.« Tim blickt mich ratlos an. »Ich nehme nicht an, dass Portia sich als Ehebrecherin darstellen würde ...« Er schüttelt den Kopf.

»Aber andererseits«, fährt er fort, »was hatte sie denn immer so selbstgefällig bei Josh und Lucy am Küchentisch rumzuhocken?«

»Tja, das ist die Frage.«

Tim macht ein besorgtes Gesicht. »Himmel, hoffentlich haben wir uns nicht geirrt. Ich meine, so eiskalt, wie wir sie jetzt schon die ganze Zeit ignorieren ... erst neulich hab ich sie noch grob am Telefon abblitzen lassen ...«

»Ach, ich würde mir wegen ihr keine Sorgen machen«, entgegne ich munter. »Sie revanchiert sich bestimmt noch irgendwie in der Serie. Pst, es geht weiter.«

Die nächste Viertelstunde verfolgen wir gebannt, wie Jacob sich an Lena heranmacht, das hübsche dänische Au-pair-Mädchen. Sie haben sich mitten in der Nacht zufällig in der Küche getroffen, weil sie nicht schlafen konnten.

»Jesses!«, zischt Tim, während wir zusehen, wie die beiden in leidenschaftlichem Clinch zu Boden sinken.

»Das kann nicht sein«, wispere ich. »Josh und Ingrid? Niemals.«

Tim zieht die Augenbrauen hoch.

»Na ja, vielleicht doch«, murmele ich widerstrebend.

»So ein Mist!« Tim steht während der nächsten Werbepause auf, um auf die Toilette zu gehen. »Du weißt, was das bedeutet, oder?«

»Was?«

»Erstens müssen wir Josh jetzt wieder hassen, und zweitens« – er seufzt tief auf – »zweitens werde ich mich bei Portia entschuldigen müssen. O Gott, was für ein Albtraum. Zum Glück geht's nur noch eine Viertelstunde. Da kann ja wohl nicht mehr so viel passieren, oder?« Er verschwindet ins Bad.

Als er zurückkommt, lässt er sich ächzend aufs Sofa fallen. »Cath, mir reicht's.«

»Was?«

»Das wird mir langsam echt zu blöd. Wir sitzen hier und spekulieren über Joshs Liebesleben, aber der Einzige außer Josh, der etwas darüber zu wissen scheint, ist Portia. Du musst sie zur Rede stellen.«

»Ich? Wieso ich?«

»Weil ich mich nicht wohl fühle, und außerdem ist sie ja *deine* Freundin. Ich meine, du solltest sie anrufen.«

»Tim, es tut mir Leid, dass du dich nicht wohl fühlst. Selbst wenn ich dir nicht glaube. Aber auf keinen Fall zieh ich das allein durch. Wenn ich sie zur Rede stellen soll, kommst du mit. Wir könnten uns zu dritt irgendwo treffen und sie geradeheraus fragen. Denn wenn Portia eins *nicht* kann, dann ist das lügen, und dein Lügendetektor ist viel besser als meiner.«

»Oje«, wispert er plötzlich. »Glaubst du, Josh und Lucy schauen auch zu? Weil Lucy nämlich dasselbe denken könnte wie wir ...«

»Du hast Recht. Ich ruf sie sofort an.«

Ich greife zum Hörer und bete, dass sie ausgegangen sind, doch schon hebt Lucy ab, ganz außer Atem.

»Lucy? Ich bin's.«

»Cath, Süße! Alles okay?«

»Jaja. Hast du die Folge gesehen?«

»Die Folge?«

»Von Portias Serie. Tim ist hier, und wir dachten, ihr seht sie vielleicht auch gerade.«

»Oh, verdammt, das habe ich total vergessen. Josh ist nicht da, und ... streich mal die Marmelade schön glatt.

Entschuldige, ich helfe Max gerade Erdbeertörtchen zu machen. Hab ich irgendetwas Besonderes verpasst?«

Gott sei Dank.

»Nein, nur das Übliche. Aber ich will dich nicht länger aufhalten. Bei dir in der Küche geht's bestimmt drunter und drüber.«

»O Gott«, stöhnt Lucy. »Wenn du sehen könntest, wie's hier aussieht!«

Ich lege auf und lächele Tim an. »Erst die gute oder erst die schlechte Nachricht?«

»Die gute.«

»Sie hat's nicht gesehen.«

»Und die schlechte?«

»Josh ist schon wieder nicht zu Hause.«

»Oh, Scheiße. Wo ist Ingrid?«

»Hab ich nicht gefragt.«

»Gott, Cath, meinst du wirklich, Josh und Ingrid haben was miteinander?«

»Wer weiß. Hoffentlich kann Portia Licht in die Geschichte bringen.«

Um Portia anzurufen, suche ich mir eine Zeit aus, zu der Lucy immer besonders viel zu tun hat, am Freitagnachmittag, wenn die Kundschaft geradezu massenweise ins Café strömt. Wir verabreden ein Treffen fur Montagabend, und ich glaube, ich schaffe es sogar, meiner Stimme einen ganz normalen Klang zu geben. Und obwohl sie gewiss errät, wieso ich sie auf einmal sprechen will, lässt sie sich nichts anmerken.

Die letzte Folge ihrer Serie erwähnen wir mit keinem Wort. Ebenso wenig die Tatsache, dass ich Portia seit Wochen meide. Sie klingt ehrlich erfreut, von mir zu hören, und schlägt von sich aus gleich den Montag vor, was für ihre Verhältnisse schon von echtem Eifer zeugt.

»Cath, kommst du bitte mal?« Ich verabschiede mich von Portia und gehe zu Rachel hinüber, die sich ärgerlich über einen eselsohrigen Wälzer beugt, der zurzeit auf Platz vier der Bestsellerliste rangiert.

»Was gibt's denn?«

Eine junge Frau in einer schwarzen Daunenjacke seufzt genervt. »Ich habe Ihrer Kollegin gerade erklärt, dass ich das Buch zum Geburtstag geschenkt bekommen habe, aber leider hatte ich's schon, deshalb möchte ich es gern umtauschen.«

»Ach so.« Ich sehe mir den verbogenen Buchrücken an, die verknickten Seiten, die Kaffeeflecken auf dem Deckel. »Also, normalerweise wäre das kein Problem, aber so zerlesen, wie das Buch aussieht, können wir da nichts für Sie tun, fürchte ich.«

Sie schürzt verächtlich die Lippen. »Es sah aber schon so aus, als ich's bekommen habe.«

Ich lache ihr fast ins Gesicht. »Wie bitte? Mit den Kaffeeflecken drauf?«

»Wundert Sie das?«, entgegnet sie sarkastisch. »So was passiert ja wohl, wenn man eine Buchhandlung hat, die zugleich ein Café ist.«

»Tja ...« Ich sehe schon, so kommen wir nicht weiter, und obwohl mir klar ist, dass sie uns über den Tisch ziehen will, gilt nach wie vor die Maxime: Der Kunde ist König. Besser, sie mit dem Schwindel durchkommen zu lassen, als zu riskieren, dass sie uns bei all ihren Freunden schlecht macht.

»Kein Problem«, sage ich lächelnd. »Sehen Sie sich ruhig nach etwas anderem um.«

»Ich hätte lieber das Geld zurück«, sagt sie, scheinbar verdutzt, wie leicht es geht, und ich nicke stumm, nehme fünf Pfund neunundneunzig aus der Kasse und gebe sie ihr.

»Danke, schönen Tag noch.« Sie dreht sich auf dem Absatz um und marschiert hinaus.

»Cath, hast du das gesehen?« Rachel, die immer noch neben mir steht, schlägt das Deckblatt auf, wo zu lesen steht:

> 2. *November 1999*
> Liebe Caroline,
> Happy Birthday!
> *Alles Gute, Emily.*

»Ich kann's nicht glauben!«, schäumt Rachel. »Nicht nur zerlesen, sondern auch noch mit Widmung! Eine bodenlose Frechheit ist das!«

»Und wenn schon, Rachel.« Ich zucke die Achseln. Dann haben wir eben ein Buch mehr auf der Verlustliste. »Leider hat der Kunde immer Recht.«

Nach Ladenschluss bringt Lucy mir ein paar Bücher, die im Café liegen gelassen wurden. »Cath, Liebes, bist du am Wochenende um den Siebenundzwanzigsten da? Du und Tim, meine ich. Dann fliegt Ingrid nämlich mit ihrer großen Liebe nach Paris, und Josh muss blöderweise nach Manchester auf Dienstreise. Eigentlich macht mir das ja nichts aus, aber du weißt, ich bin ungern allein, und ich dachte, wir könnten uns doch einen schönen Abend zu dritt machen ...« Sie hält inne, um Atem zu holen, und mir gefriert das Blut in den Adern.

Ich denke an die Szene in der Fernsehserie zurück. Lena und Jacob im Clinch auf dem Küchenboden. Ingrid und Josh. Es kann einfach kein Zufall sein, dass sie beide zur gleichen Zeit wegfahren. O Gott. O nein.

Aber woher könnte Portia das wissen? Wieso *weiß* sie so viel über unser Leben? Doch dann erinnere ich mich an den Abend, als ich sie mit Ingrid in der Küche antraf. Offenbar haben die beiden sich angefreundet, und Portia wird das junge Ding wohl nach allen Regeln der Kunst ausgehorcht haben.

»Cath? Hörst du mir überhaupt zu?« Lucys Stimme dringt langsam wieder durch und ruft mich in die Gegenwart zurück. Doch, nicke ich, der Siebenundzwanzigste ginge in Ordnung, ich wüsste zwar nicht, wie es mit Tim sei, ich selbst würde aber bestimmt kommen.

Sie kehrt hinter die Theke zurück, und ich stehe da und fühle mich mies. Ich begreife einfach nicht, wie wir so blind sein konnten. Wie konnten wir denken, Joshs Affäre sei vorbei, nur weil er und Lucy wieder miteinander reden?

Ich bin völlig verwirrt – was soll das bloß alles, erst Portia und nun Ingrid –, verwirrt und verletzt. Und wie immer, wenn ich nicht weiter weiß, gehe ich nach Hause und rufe Tim an.

Tim meldet sich mit mürrischer Stimme, und ich erzähle ihm gleich, dass wir Montagabend um sieben mit Portia im Groucho verabredet sind. Als ich dann auf Joshs angebliche Dienstreise zu sprechen komme, unterbricht er mich barsch.

»Was geht's mich an, ob Josh wegfährt oder nicht! Ich habe andere Sorgen. Ich habe Aids, Cath.«

Ich will schon einwenden, HIV-positiv zu sein bedeute doch noch lange nicht dasselbe wie Aids zu haben, als mir klar wird, dass er betrunken ist und dass dies vielleicht nicht der richtige Moment ist, um überhaupt etwas zu sagen.

»Und bevor du mir wieder mit dem üblichen Spruch kommst, HIV sei nicht gleich Aids – wir wissen beide, dass es nur eine Frage der Zeit ist. Alles, was ich je vom Leben wollte, war glücklich sein. Und was für eine verdammte Chance habe ich jetzt noch, meinen Traummann zu treffen? Gar keine! Und du halt besser den Mund, du hast doch keine Ahnung, wie es einem in meiner beschissenen Lage geht! Gott, was weißt du denn schon davon, wie es sich anfühlt, mit solch einem Damoklesschwert über dem Kopf zu leben!« Er lacht höhnisch auf, und ich frage mich, ob ich nicht lieber auflegen soll, denn Tim in sardonischer Suffstimmung ist alles andere als leicht zu ertragen.

Aber nein, ich bin seine Freundin, ich will für ihn da sein und ihm zuhören, damit er weiß, dass er nicht allein ist mit seinem Elend.

»Na, immerhin brauchst *du* dir wenigstens keine Sorgen wegen Aids zu machen, Cath«, sagt er. »Deine Beine sind so fest zusammengeschweißt, dass es schon einen ganz anderen Kerl bräuchte als den braven James, um sie noch mal auseinander zu bringen. Und Beziehungen? Du weißt ja nicht mal, was das Wort bedeutet! Du hast so eine Scheißangst, verletzt zu werden, dass du dich wie eine verdammte Klette an mich und Josh und Lucy hängst, damit du bloß nicht in die große böse Welt hinaus musst und womöglich riskierst, Liebe zu finden. Du bist wie ein Roboter, du hast keine Ahnung vom Leben, und da willst ausgerechnet *du* mir erzählen, dass ich nicht sterben werde? Und erwartest auch noch, dass ich das glaube?«

Ich habe genug. Die Tränen laufen mir schon die Wangen hinab, aber das braucht Tim nicht zu wissen. Er soll nur wissen, dass ich mich nicht so brutal beleidigen lasse. Nicht von meinem besten Freund. Nicht mal, wenn ich weiß, dass er gerade durch die Hölle geht.

»Ich hör dir jetzt nicht weiter zu, Tim«, sage ich sanft.

»Warum? Weil die Wahrheit wehtut?«

»Ich leg jetzt auf.« Während ich den Hörer auf die Gabel lege, höre ich Tim am anderen Ende schreien: »Cath? Cath?« Und dann ziehe ich den Stecker aus der Wand.

Ich rolle mich auf dem Sofa zusammen und lasse den Tränen freien Lauf. Ich weiß ja, Tim hätte das alles nie gesagt, wenn er nicht betrunken gewesen wäre und verängstigt und voller Wut auf die Ungerechtigkeit der Welt. Doch ich weiß auch, dass er all das, was er gesagt hat, auch glaubt.

Er hat mich bisher nur damit verschont, weil er mich nicht verletzen wollte, und er hätte nie gewagt, mir das an den Kopf zu knallen, wenn er sich nicht vorher gehörig Mut angetrunken hätte.

Und das Schlimmste ist, dass er Recht hat. Es stimmt, ich verschließe mich vor der Welt, fliehe vor allem, was nicht sicher und vertraut ist. Fliehe vor James.

Nach einer Weile stehe ich auf, klatsche mir kaltes Wasser ins Gesicht und rufe James an. Ich höre mir seine Ansage auf dem Anrufbeantworter an, und dann, nach dem Piepton, weiß ich nichts zu sagen, also lege ich leise wieder auf.

Tim hat Recht, die Wahrheit tut weh. Aber manchmal kann sie einen inspirieren, gewisse Dinge anders anzupacken. Ich werde James zu fassen kriegen, ihn zu mir einladen und ihn verführen.

Und dass ich es auf morgen verschiebe, weil all die Aufregungen des Tages nun erst einmal ihren Tribut fordern, heißt nicht, dass ich zu kneifen gedenke.

Das wäre doch gelacht.

28

Am Montag um halb fünf kommt eine Frau mit einem großen Blumenstrauß in den Laden und fragt nach mir, ehe sie mir die Blumen überreicht. Das hellt meine Stimmung ein klein wenig auf, zum Glück, denn heute war ein Höllentag.

Ich werde das Gefühl nicht los, dass in meinem Leben alles schief läuft. Zu viel verändert sich viel zu schnell. Ich kann Portia nicht die Schuld dafür in die Schuhe schieben, aber ihre Rückkehr hat uns weit mehr aus dem Gleichgewicht gebracht, als ich es mir je hätte träumen lassen.

Sicher ist das lächerlich, denn auch wenn Portia nicht wieder in unser Leben getreten wäre, hätte Tim diesen Will getroffen und sich das Virus bei ihm geholt. Doch seitdem ist alles so unsicher geworden, so bedrohlich – ich warte die ganze Zeit eigentlich nur noch auf die nächste Bombe.

Kann es denn wirklich nur Zufall sein, dass sich alles so zum Schlechten verändert hat, seit sie bei unserer Eröffnungsparty auftauchte? Wenn es bloß *eins* wäre, könnte ich damit umgehen. Sagen wir, Tim hätte diese Diagnose bekommen, aber sonst wäre alles wie früher, nun gut, das wäre noch auszuhalten. Aber Tims Diagnose und Joshs Affäre, und dann auch noch von Tim fertig gemacht zu werden – das ist einfach zu viel.

So war das Wochenende alles andere als erholsam, obwohl ich die ganzen zwei Tage allein verbrachte, unfähig, unter Menschen zu gehen. Nachts konnte ich vor lauter

Grübeln kaum Schlaf finden und sagte mir, am Morgen würde es mir vielleicht wieder besser gehen, aber sobald ich morgens aufwachte, wusste ich, dass die schwarze Wolke immer noch über mir hing.

Ich habe Tim nicht wieder angerufen. Vielleicht hätte ich es tun sollen, denn schließlich ist er ja noch viel verzweifelter dran als ich, die ich das sozusagen nur aus zweiter Hand erlebe, aber ich brauche auch mal Zeit für mich, und ich hoffe, ein paar Tage reichen aus, sodass ich dann wieder versöhnlich auf ihn zugehen kann.

Heute Abend wird er sicher nicht kommen, nicht nach dem Zusammenstoß neulich am Telefon – falls er sich überhaupt daran erinnert, denn er hatte weiß Gott genug getankt für einen sauberen Filmriss.

Also muss ich heute allein mit Portia klarkommen, was mir nichts ausmacht, zumal sie ja offensichtlich nicht das Objekt von Joshs Gelüsten war. Es wundert mich nicht, wie schnell ich ihr den vermeintlichen Fehltritt verziehen habe – doch wie lange ich brauchen werde, um ihr den Unfrieden zu verzeihen, den sie in unser Leben gebracht hat, das steht auf einem anderen Blatt.

Zu Hause versorge ich die Blumen schnell und warte, bis ich im Taxi sitze, um die beigelegte Karte zu lesen, da ich schon weiß, dass der Strauß nur von Tim sein kann. Und tatsächlich, dort steht: »Für Cath. Es tut mir so Leid, und ich trau mich nicht anzurufen. Du bist die beste Freundin, die ich mir nur wünschen kann. Ich brauche dich. Bitte verzeih mir. Werde alles erklären, wenn du anrufst. Hoffentlich auf bald, alles Liebe, Tim.«

Es bringt mich nicht einmal zum Lächeln, denn noch brennt der Schmerz zu sehr nach, doch ich schiebe die Karte in meinen Kalender und weiß, dass ich sie immer aufbewahren werde.

Als ich das Groucho betrete, sehe ich Portia sofort, denn um die Zeit ist das Lokal noch ziemlich leer. Sie sitzt an einem Ecktisch, nippt an ihrem Gin Tonic und sieht wieder mal fantastisch aus.

Ich gehe zu ihr hinüber, und sie steht auf, um mich zu begrüßen, zuerst mit einem strahlenden Lächeln, das aber schnell verschwindet, als sie sieht, dass ich nicht zurücklächele.

»Cath!« Sie beugt sich zu den üblichen Wangenküsschen vor. »Lange nicht gesehen, was? Gut schaust du aus. Was magst du trinken?«

Ich bestelle mir auch einen Gin Tonic, und während ich daran nippe, überlege ich, wie leicht man sich unter Stress in den Alkohol flüchten kann. Auch wenn ich Tim vielleicht nicht verzeihen kann, was er gesagt hat, verstehe ich doch recht gut, wie er dazu kam, es zu sagen.

Wir machen eine Weile Smalltalk. Ich erzähle von der Buchhandlung und sie von ihren Dienstreisen. Letzte Woche war sie in New York. Dort würde ich auch gern einmal hin, seufze ich, aber dann käme ich wohl nie mehr wieder, weil es mir dort zu gut gefallen würde.

»Woher willst du das denn wissen?«, schmunzelt Portia.

»Aus Woody-Allen-Filmen und NYPD-Krimis«, gebe ich zu, und während sie lacht, kann ich nicht umhin mich zu fragen, ob ich den Satz wohl in einer der nächsten Folgen ihrer Serie wieder hören werde.

Die Serie. Wie kann ich hier sitzen und so tun, als sei das Ganze nur eine unschuldige kleine Plauderei unter Freundinnen? Wie können wir seelenruhig über New York und Woody Allen schwatzen, wenn es doch darum geht, dass sie all unsere Geheimnisse in ihrer Serie ausposaunt, sogar solche, die wir nicht einmal selbst kennen?

»Portia«, unterbreche ich sie, »es gibt etwas, das ich mit dir besprechen muss.«

»Aha.« Sie lehnt sich zurück. »Dachte ich's mir doch. Du hast so lange nicht angerufen, dass es mir schon vorkam, als würdest du mich meiden. Das war dann also kein Hirngespinst, oder?«

Ich schüttele den Kopf. »Nein, aber deshalb wollte ich dich gar nicht sprechen, das war nur eine dumme Idee von Tim und mir, also, dass du was mit Josh hast, weil ich euch mal zusammen in Barnes gesehen habe, und da war ich wirklich wütend auf dich, aber jetzt wissen wir ja, dass es nicht stimmt, und außerdem wollte ich über was ganz anderes reden.«

»Hey, mal langsam, alles der Reihe nach. Du hast uns im Restaurant gesehen?«

»Ja, aber das ist jetzt unwichtig.« Ich setze schon zum Weitersprechen an, als ich sehe, dass Portia ernstlich geschockt ist.

»Ach, Cath, ich hatte ja keine Ahnung! Kein Wunder, dass ihr beiden, du und Tim, so fies zu mir wart. Ich kann's euch nicht verdenken. Aber weißt du, wir hatten wirklich nichts miteinander, Josh und ich, obwohl das bestimmt nicht an mir liegt.«

Ich sehe sie verblüfft an. »Wie meinst du das?«

Sie seufzt. »All die Jahre habe ich immer gedacht, Josh sei derjenige, nach dem ich mich sehne. Die verlorene Liebe. Ich hatte mir eingebildet, wenn Josh und ich erst wieder zusammenkämen, würden wir glücklich bis an unser Lebensende.«

Aha. Ihr Happyend. Tim hatte also doch Recht mit seinem Verdacht, sie habe es auf ihn abgesehen.

»Ich hab ihn überredet, in das Restaurant in Barnes mitzukommen, aber das ist mir nur gelungen, weil er müde und einsam war – du weißt ja, zwischen ihm und Lucy lief's zeitweilig nicht so gut, und ich dachte, das wäre die ideale Gelegenheit für mich. Er brauchte jemanden, mit dem er sich mal aussprechen konnte, und danach wollte ich ihn mit zu mir nehmen und ihn verführen.«

Jesus. Was für ein Luder.

»Ich weiß, was du denkst«, sagt sie. »Und du hast Recht. Es war nicht anständig von mir, aber ich kannte Lucy damals noch kaum, und ich hatte die letzten zehn Jahre dauernd an Josh gedacht. Zehn Jahre lang gedacht, er sei der Einzige, der mich jemals glücklich machen könnte, und plötzlich saß er vor mir und erzählte mir, er sei unglücklich. Gott, Cath, ich bin auch nur ein Mensch.«

Ich sage nichts, warte nur, dass sie fortfährt.

»Und weißt du, er war mir so dankbar, dass ich ihm zuhörte! Er war so lieb zu mir, so ritterlich, ich dachte wirklich, ich hätte ihn so weit.«

»Und was ist dann passiert?«, drängele ich, als sie auf einmal innehält, offenbar in Erinnerungen an jenen Abend versunken.

»Nun ja, ich hab bald gemerkt, dass Josh mich nur als alte Freundin sah, der er sein Herz ausschütten kann, weiter nichts. Er hat den ganzen Abend nur von seiner Ehe geredet, von Lucy, wie sehr er sie liebt, wie einzigartig ihre Beziehung ist, und dass er nicht versteht, wieso sie sich derart voneinander entfernt haben, seit das mit dem Laden losgegangen ist.«

»Und dann hast du gar nicht mehr versucht, ihn zu verführen?«

»Also, am Anfang des Abends hatte ich es noch fest vor, aber je mehr er redete, desto klarer wurde mir, dass er Lucy wirklich liebt und dass ich eine Ehe kaputtmachen würde, die bis auf dieses eine kleine Tief vollkommen intakt war.«

»Aber Josh war schon immer in dich verliebt, das weißt du doch!«

»Klar, deshalb war ich ja auch so sicher, dass ich ihn rumkriege. Und weißt du was, Cath? Vielleicht hätte ich es auch geschafft. Aber ich wusste, es wäre nicht fair, weil er und Lucy zusammengehören, nicht er und ich. Ich hatte mir zehn Jahre lang ein Fantasiegebilde aufgebaut, doch an dem Abend hab ich verstanden, dass die Wirklichkeit nie an die Fantasie heranreichen würde.«

Ich sitze stumm da, betroffen von ihrer Ehrlichkeit, von dem Mut, den es sie gekostet haben muss, sich von ihrem Traum zu verabschieden. Betroffen auch von meinem und Tims unmöglichem Benehmen, aufgrund voreilig gezogener Schlüsse einfach den Kontakt zu ihr abzubrechen.

»Aber weißt du«, fährt sie nach einer Weile fort, »das Leben geht schon eigenartige Wege. Auch wenn Josh nicht derjenige welcher ist, hat dennoch alles seine Richtigkeit, nur eben nicht so, wie ich es mir vorgestellt hatte ... tja ...« Sie wollte wohl noch etwas sagen, überlegt es sich aber anders und greift achselzuckend nach ihrem Glas.

Wir unterhalten uns ruhig, eine weitere Stunde geht vorbei, in solch vertrauter Atmosphäre, dass ich, als sie mich nach Tim fragt, fast versucht bin, ihr alles zu erzählen. Aber ich kann mich gerade noch bremsen.

Irgendwann landen wir beim Thema Sex, erinnern uns lachend an die Abenteuer vergangener Zeiten und kommen dann auf Safersex und Aids zu sprechen, denn das war immer schon Portias größte Furcht.

Und ich erzähle ihr, dass ich einen Freund habe, der vor kurzem die Diagnose HIV-positiv erhalten hat. Ich erwähne keinen Namen. Ich sage nicht, dass er mir besonders nahe steht. Ich sage nur, ein Freund. Und Portia wird still. Zu still. Ich nehme an, sie hat erraten, um wen es geht.

»Wie wird dein Freund damit fertig?«, fragt sie leise.

»Es weiß noch keiner was davon, nur ich. Und du jetzt natürlich auch. Wie er damit fertig wird? Nicht sehr gut. Manchmal denke ich, er hat sich damit abgefunden, hat begriffen, dass es ja nicht gleich den Tod bedeutet, aber dann ruft er mich mitten in der Nacht an, sturzbesoffen, zornig, verängstigt, und ich weiß, er hat das Gefühl, für ihn ist alles zu Ende.«

»Ist er denn schon bei einer Beratungsstelle gewesen?«

»Nur bei der in der Klinik, aber noch nicht in einer Selbsthilfegruppe, obwohl er das weiß Gott nötig hätte.«

Portia überlegt für einen Moment. »Cath, meinst du, er würde mal mit einer Freundin von mir reden?«

»Wozu das?«

»Also diese Freundin, Eva, die ist ein bisschen älter als wir, Mitte dreißig, aber schon seit dreizehn Jahren positiv. Als sie Anfang zwanzig war, hat sie sich das Virus in der New Yorker Drogenszene geholt. Sie ist die erstaunlichste Frau, die ich kenne.«

Ich beuge mich gespannt vor.

»Ich glaube, dein Freund sollte sich mal mit ihr treffen,

sie ist nämlich ungeheuer inspirierend. Nach der Diagnose hat sie ihr Leben völlig umgekrempelt, sie hat ihre ganz eigenen Ansichten, was die HIV-Infektion betrifft.«

»Und wie hat sie ihr Leben geändert?«

Portia lächelt. »Das ist eine lange Geschichte, aber ich finde wirklich, wir sollten die beiden zusammenbringen, dann kann sie ihm ihre Geschichte selbst erzählen. Ich kenne deinen Freund natürlich nicht, aber Eva ist eine begnadete Heilerin, und es könnte ihm helfen, die Dinge mal aus einem anderen Blickwinkel zu sehen.«

»Portia, ich weiß nicht, wie ich dir danken soll. Das wäre wunderbar.«

»Ach Unsinn.« Sie lächelt traurig. »Das ist doch das Mindeste, was ich tun kann.«

Erst am nächsten Tag fällt mir ein, dass ich Josh und Ingrid mit keinem Wort erwähnt habe, obwohl ich Portia doch nur deswegen hatte treffen wollen. Irgendwie ist unsere wiederentdeckte Freundschaft uns glatt dazwischen geraten. Und Tim meinte, wenn sich Portia mit Ingrid angefreundet habe, würde sie wohl kaum die Wahrheit ausplaudern, da wir ja immerhin Lucys beste Freunde seien. Also tappen wir nach wie vor im Dunkeln, aber, ehrlich gesagt, gibt es im Moment weiß Gott wichtigere Dinge als die Frage, wer mit wem schläft.

Ich weiß nicht, was ich von Portia erwartet habe, aber *das* ganz gewiss nicht. Nie hätte ich gedacht, dass nun ausgerechnet *sie* als Retterin in der Not auftreten würde, indem sie Tim mit Eva zusammenbringt.

Tim erlaubte mir, Portia einzuweihen, vorausgesetzt, sie bewahrt Schweigen. Natürlich sagte sie, sie habe gleich gewusst, dass es sich um Tim handelt, und denke nicht im Traum daran, es jemandem weiterzusagen, außer Eva, versteht sich.

Ich fürchte, Tim und ich waren wirklich unfair zu ihr – haben sie überhaupt völlig falsch eingeschätzt, denn immer, wenn wir meinen, sie habe uns übel mitgespielt, stellt sich heraus, dass wir im Unrecht sind. Gut, da war die Sache mit Josh, doch das hat sie ja inzwischen wieder gutgemacht.

Am Mittwoch, dem Tag von Portias Einladung, rief Tim mich an und sagte, er habe keine Lust hinzugehen, aber zum Glück gelang es mir irgendwie, ihn umzustimmen, und dann saß ich den ganzen Abend wie auf Kohlen und wartete, was wohl dabei herausgekommen war.

Als er hinterher anrief, sprudelte er förmlich über vor Begeisterung: schon jetzt, nach nur einem Abend mit Eva, fühle er sich wie ausgewechselt.

Sie ist klein und zierlich, erzählte er, dunkelhaarig, hübsch – und strahlend vor Gesundheit. Sie saß da, trank Mineralwasser und hörte sich Tims Geschichte an, bevor sie ihm dann ihre erzählte.

1980, mit fünfzehn, hatte sie sich in der Schule mit einer Clique angefreundet, in der ziemlich viel gekifft wurde. Sie machte mit, weil alle es taten und weil es ihr ein lang ersehntes Gefühl von Zugehörigkeit gab. Die meisten Leute wachsen aus dieser Phase heraus, aber Eva geriet stattdessen immer tiefer hinein, von Haschisch zu Speed und – weil sie sich in einen Jungen verknallt hatte, der es nahm – schließlich auch zu Heroin. Der Rest ihrer Schulzeit versank im Drogennebel, und mit zwanzig machte sie sich auf nach New York in der Hoffnung auf einen drogenfreien neuen Anfang.

Doch schon zwei Tage nach der Landung zog sie mit einem Koksdealer zusammen und hing bald nur noch mit den anderen Freaks in gruftigen Abbruchhäusern herum, wo sie den Stoff drückten, den sie sich an der Straßenecke besorgt hatten. Eva bekam stets die Reste ab, zusammen mit den schmutzigen Nadeln, die schon durch den ganzen Raum gewandert waren. Und natürlich wusste sie nicht, was sie riskierte. Niemand wusste das damals.

Wieder daheim, zwei Jahre später, begann sie Philosophie und Politologie zu studieren, versuchte erfolglos, vom Heroin loszukommen, suchte zwischendurch Zuflucht im Alkohol.

Und dann tauchten die ersten Hiobsbotschaften von Aids auf, zugleich mit den Warnungen vor ungeschütztem Sex und gemeinschaftlichem Gebrauch von Injektionsnadeln.

Das kann *mich* doch nicht betreffen, dachte sie. So was passiert doch keinem Mädchen aus der bildungsbürgerlichen Mittelschicht. Um jedoch jeden Grund zur Besorgnis auszuschließen, ließ sie einen Test machen, und als sie sich zwei Wochen später das Ergebnis abholte, war es positiv.

Noch keine zweiundzwanzig und HIV-positiv. Andere hätten das Gefühl gehabt, ihr Leben sei zu Ende – nicht so Eva. Sie fühlte zunächst einmal gar nichts, durch Drogen und Alkohol von allen Emotionen abgeschottet. Es dauerte noch ein Jahr, bis sie anfing, über ihre Lebensweise nachzudenken – immer nur rauchen, trinken, kaum etwas essen –, bis sie sich klar machte, dass sie eine Wahl treffen musste.

Wenn sie so weitermachte, sagte sie sich, wenn sie sich kampflos dem HIV unterwarf und nur noch wartete, bis es sie umbrachte, hätte sie allerdings keine Wahl mehr, und der Gedanke war ihr unerträglich. Nein, beschloss sie, sie würde nicht den Tod wählen, sondern das Leben, und sie würde sich auch nicht von der Angst unterkriegen lassen, denn Angst, so sagt sie noch heute, ist das schlimmste Gift von allen.

Also gründete Eva ein Jahr nach ihrer Diagnose eine Selbsthilfegruppe, widmete sich mit ganzer Kraft ihrer wohltätigen Mission der Aufklärung und Beratung. Dennoch befiel sie eines Tages wieder das Gefühl, sie würde dem Dämon Aids am Ende doch erliegen.

Und da beschloss sie, dass dem nicht so sein sollte. Sie wandte sich dem Buddhismus zu, lebte fortan bewusst im Hier und Jetzt, von einem Tag zum anderen. Sie glaubte wieder daran, dass es sich noch lohnte, etwas Neues zu lernen, und begann, sich mit Craniosakral-Therapie zu beschäftigen, was ihr zu einer Spiritualität verhalf, die ihr in ihrem Leben immer gefehlt hatte.

Sie fand einen Therapeuten, der ihr nicht erlaubte, eine Opferhaltung einzunehmen. Wenn sie hustete, sagte er: »Na und?« Er sagte nicht, es könne auf den Beginn einer Lungenentzündung hindeuten. Und sie lernte, dass selbst wenn man HIV-positiv ist, nicht alles immer gleich mit HIV zusammenhängen muss.

Nun, dreizehn Jahre später, wirkt sie immer noch völlig gesund. Es treffe vielleicht nicht auf jeden zu, sagte sie am Ende ihrer Geschichte, aber ihr persönliches Rezept sei der feste Glaube, dass es ihr gut gehe.

»Und *wie* gut es ihr geht! Das hättest du mal sehen sollen!«, schwärmte Tim zutiefst beeindruckt und legte dann bald auf, um den Rest der Nacht über ihre ermutigenden Worte nachzudenken.

29

»CATH, LIEBES?« TIM und ich gehen mit Mouse am Primrose Hill spazieren, und Tim ist fast wieder der Alte. Nicht ganz, natürlich, er sagt, etwas in ihm sei unwiderruflich zerbrochen, aber die dunklen Wolken haben sich verzogen, und der Sonnenschein ist in sein Leben zurückgekehrt.

Eva hat ihm ihre Telefonnummer gegeben, und sie haben sich auch schon ein paar Mal getroffen. Sie hat ihn zu Body Positive in der Greek Street mitgenommen, hat ihn mit der Mannschaft dort bekannt gemacht und ihn dazu gebracht, sich in den Kurs für neu Diagnostizierte einzuschreiben.

Seine erste Gruppensitzung fand letzten Samstag statt. Kurz vorher rief er mich vom Soho Square aus an und sagte: »Cath, wünsch mir Glück. Ich geh jetzt rein.« Ich lachte und versprach, ihm die Daumen zu drücken.

Er meldete sich dann erst Sonntagmorgen wieder, weil ein paar von den Leuten in der Gruppe ihn hinterher noch zu einem Drink eingeladen hatten, und statt in eine der lauten Bars von Soho gingen sie in ein altmodisches kleines Pub nahe der Regent Street, wo sie den ganzen Abend damit zubrachten, ihre Erfahrungen auszutauschen.

»Cath«, sagte er, so fröhlich wie schon lange nicht mehr, »ich glaube, ich sehe jetzt langsam das Licht am Ende des Tunnels. Mein Gott, du kannst dir gar nicht vorstellen, wie viel besser ich mich fühle, so *normal,* jetzt wo ich weiß, dass ich diese Unterstützung habe!«

Und er erzählte mir von der Gruppe: wie sie sich dort Namensschilder anheften mussten, über die erst gemeckert wurde, die aber das Eis zu brechen schienen. Wie sie im Kreis saßen und ihren Nachbarn dem Rest der Gruppe vorstellen mussten, wie jeder vom anderen in Erfahrung bringen musste, wann er die Diagnose bekommen hatte, und weitere gruppendynamische Spielchen zur allgemeinen Auflockerung.

Sie erhielten einen Überblick über Ziele und Strukturen des Vereins Body Positive sowie Informationen über HIV, das Immunsystem und die Kontrolluntersuchungen, die sie zu erwarten hätten. Gegen Ende der Sitzung tauschten sie allmählich ihre persönlichen Geschichten aus, und zum ersten Mal erkannte Tim, dass er alles andere als allein war mit seinem Problem.

Zum Schluss sagte man ihnen, wie es in dem Kurs weitergehen würde: Sie würden Zahnärzte, Diätberater und Therapeuten sprechen, würden lernen, mit der Gefahr einer Wiederansteckung umzugehen und auch mit allen praktischen Details des täglichen Lebens mit HIV.

Tim beschloss, sich von nun an jede Woche eine Massage zu gönnen, und er hat schon die erste im Brick Lane Natural Health Centre gebucht, was mich nur deshalb überraschte, weil er sich früher immer nur über Leute, die an Naturheilverfahren glauben, lustig gemacht hat. Tja, das hat sich nun eben auch geändert.

Für einen Samstag ist hier am Primrose Hill wenig los. Offenbar schrecken die Regenwolken die Spaziergänger ab, doch uns machen sie nichts aus, und Mouse zieht glücklich hechelnd seine Kreise, auf der Suche nach vierbeinigen Spielkameraden.

Wir schnaufen hügelaufwärts (ich zumindest, denn Tim ist doch verdammt viel fitter als ich), und oben angekommen, lasse ich mich außer Atem auf eine Bank fallen und flehe um Gnade, worauf Tim mir fünf Minuten Pause zugesteht.

»Hat Portia dir von Marcus erzählt?«, fragt er.

»Portia, deine neue beste Freundin?«, spöttele ich, denn seit Portia ihn mit Eva bekannt gemacht hat, ist sie auf einmal nicht mehr die böseste Hexe von Nord-London, sondern eine himmlische Lichtgestalt. Ich bin nicht eifersüchtig, aber trotzdem nervt es mich ein bisschen.

»Komm, komm, Cath, sie wird nie deinen Platz einnehmen. Also, ein Bekannter von ihr, eben dieser Marcus, hat eine Wohnung auf Teneriffa, die er offenbar seinen Freunden überlässt, wenn er selbst nicht da ist. Er hat sie Portia für zwei Wochen angeboten, aber sie kann nicht weg, zu viel Arbeit, und sie dachte, ich könnte an ihrer Stelle hin.«

»Das klingt ja wundervoll! Wen willst du mitnehmen?«

»Na ja, ich wollte eigentlich allein ...«

Ich werfe ihm einen besorgten Blick zu, aber er lacht mich aus. »Keine Angst, ich werde schon nicht in Depression verfallen und mich von einer Klippe stürzen. Ich möchte einfach nur mal etwas Ruhe haben – Abstand gewinnen, weißt du? Ich glaube, das Meer wird eine heilsame Wirkung auf mich haben.«

»Aber Tim, du wirst dich doch schrecklich einsam fühlen!«

»Vor ein paar Monaten hätte ich dir sicher Recht gegeben, aber jetzt ist alles anders, und so seltsam es klingt, ich spüre im Moment mehr inneren Frieden denn je. Ich möchte einfach allein sein, meine Selbsthilfebücher lesen, sonnenbaden, abends auf der Terrasse sitzen, den Duft der Pinienwälder einatmen und dem Wellenrauschen zuhören.«

Ich schnaube vor Lachen. »Pinienwälder? Ach du liebes bisschen! Tim, du bist wirklich ein unverbesserlicher Romantiker.«

»Nur dass diesmal kein Mann im Spiel ist.«

»Tim, HIV-positiv zu sein heißt nicht, auf Beziehungen verzichten zu müssen. Man muss halt nur Safersex praktizieren.«

»Wem sagst du das? Du hast hier einen Experten vor dir, Schätzchen. Das ganze Thema haben wir bei der Beratung doch bis zum Gehtnichtmehr durchgekaut. Nein, es geht nicht um die praktische Seite der Angelegenheit, ich hab zurzeit nur absolut nichts damit im Sinn. Ich muss mich selbst heilen, und bis ich das geschafft habe, bin ich zu nichts anderem in der Lage.«

Ich lege ihm die Hand auf die Stirn. »Timothy Nelson, ist dir nicht gut?«

»Haha, sehr witzig. Wie wär's, wenn du jetzt mal wieder deinen dicken Hintern bewegst und was für deine Kondition tust?«

»Okay, okay«, knurre ich. »Ich seh schon, was blöde Sprüche klopfen angeht, hat sich nichts geändert.«

Wir wandern weiter über die Wiese. Tim hebt Zweige auf, die der Herbstwind von den Bäumen gefegt hat, und wirft sie für den überglücklichen Mouse zum Apportieren.

»Ich wollte noch was mit dir besprechen«, sagt er. »Jetzt, wo ich diesen Kurs mache und dabei bin, mit der ganzen Geschichte zurande zu kommen, könnte ich's ja langsam mal den anderen sagen, glaubst du nicht auch?«

»Ich glaube, wenn du ganz sicher bist, solltest du es tun.« Ich erwähne nicht, dass Lucy und Josh längst etwas ahnen, weil Tim sich schon so lange abgeschottet hat – auch wenn sie natürlich nichts von dem wahren Grund wissen.

Und selbst jetzt noch, trotz Evas Zuspruch, trotz der Selbsthilfegruppe, scheut er davor zurück, sie einzuweihen. Er habe sich so verändert, sagt er, und wolle nicht, dass sie die Veränderung sehen, bis er sich bereit dazu fühle.

»Ich werde eine Dinnerparty geben«, verkündet er jetzt feierlich. »Ganz intim, nur wir vier. Gleich wenn ich von Teneriffa zurück bin, auf jeden Fall noch vor Weihnachten. Dann hab ich endlich mal wieder 'ne Gelegenheit, mich in Schale zu werfen.« Er hält inne und sieht mich unsicher an. »Meinst du, das ist eine gute Idee, Cath?«

»Selbstverständlich!«

Er seufzt. »Lucy wird es bestimmt ganz gut aufnehmen, aber Josh? Du weißt doch, wie engstirnig er in manchen Dingen ist. Was ist, wenn er komplett ausflippt? Ich könnte es nicht ertragen, wenn er Max auf einmal von mir wegzerrt, weil er Angst hat, der Junge steckt sich bei mir an.«

»Klingt doch himmlisch«, murmele ich. »Nein, im Ernst, Tim, ich bin sicher, Josh würde nie so überreagieren – und selbst wenn: Kommt's dir wirklich so sehr darauf an, was dieser miese alte Ehebrecher denkt?«

»Nee, eigentlich nicht. Also, wenn ich's mir recht überlege, könnte ich es genauso gut auch schon vor der Reise hinter mich bringen. Meinst du wirklich, ich tue das Richtige?«

»Ich meine wirklich, du tust das einzig Richtige.«

Nach dem Spaziergang setzen wir uns noch für ein Weilchen auf eine Caféterrasse, und Mouse benimmt sich fürchterlich daneben, indem er jeden Hund zu besteigen versucht, der des Weges kommt, gleichgültig ob Männchen oder Weibchen. Nachdem wir Mouse dann wieder heimgebracht haben, lasse ich mich an der Buchhandlung absetzen: Obwohl es mein freier Tag ist, kann ich der Versuchung nicht widerstehen, mir anzuschauen, wie voll es dort samstags immer ist.

Wieder zu Hause, will ich gerade meinen Anrufbeantworter abhören, als das Telefon klingelt. Es ist James.

»Und was hast du heute vor?«, fragt er, nachdem ich wie ein Wasserfall meine Neuigkeiten hervorgesprudelt habe, rechtschaffen bemüht, das Bild seiner Unterarme aus meinem Kopf zu verbannen. »Doch hoffentlich etwas Angenehmes?«

»Könnte man so sagen«, erwidere ich lachend. »Ich wollte mir mal einen richtig faulen Abend in meinen vier Wänden gönnen.«

»Cath, du kannst heute Abend unmöglich zu Hause bleiben. Das ist nicht gestattet. Gegen einen faulen Abend ist im Prinzip zwar nichts einzuwenden, aber ich fürchte, du wirst ihn in meinen vier Wänden verbringen müssen, ich langweile mich nämlich und hätte gern etwas Gesellschaft. Sagen wir, so gegen acht?«

Wie hätte ich das ablehnen können?

Bevor ich aufbreche, hinterlasse ich noch schnell eine Nachricht auf Tims Anrufbeantworter. Er sei zwar eine alte Nervensäge, aber ich hätte endlich etwas getan, auf das er stolz sein könne. Und es hätte nichts mit Klamotten zu tun.

Ich lächele meinem Spiegelbild zu, das mir nach den letzten stressigen Wochen mit Tim schon ein wenig schmaler geworden scheint – ist das da etwa schon ein Hauch von ... Wangenknochen?

Zehn Minuten später stehe ich vor James' Tür, und er drückt mir zur Begrüßung gleich ein Glas Champagner in die Hand.

»Hmmm.« Während ich durchs Atelier in den Wohnbereich gehe, steigt mir ein zarter Lavendelduft in die Nase, der verdächtig an Möbelpolitur erinnert, und im Gegensatz zum vorigen Mal beschämt James mich heute durch eine geradezu vorbildlich aufgeräumte Wohnung. Verschwunden sind die Zeitungsstapel, auf Hochglanz gewienert die Möbel, in denen sich das flackernde Kerzenlicht der hohen, gusseisernen Kaminleuchter spiegelt.

»Das riecht ja hier viel zu sauber für deine Verhältnisse, James!« Ich fahre mit dem Finger an der Tischkante entlang und tue überrascht, als ich keinen Staub entdecke.

»Oh, bitte, du bist doch erst ein Mal hier gewesen. Und seh ich das falsch, oder bist du nicht die Frau, die Ordnung und Sauberkeit nicht mal erkennen würde, wenn man sie ihr auf einem Silbertablett präsentierte?«

»Charmant, charmant. Zufällig erinnere ich mich genau, dass du mal gesagt hast, putzen wäre dir ein Gräuel.«

»Na gut, ich geb's zu, ich wollte dir zeigen, dass ich auch noch andere Seiten habe«, gibt er lachend zu und setzt sich neben mich aufs Sofa.

»Ja, das seh ich.« Ich hebe eine Augenbraue und proste ihm mit dem Champagnerglas zu. »Worauf trinken wir?«

»Vielleicht darauf, dass du mich heute mal nicht versetzt hast?«, schlägt er lächelnd vor.

»Warten wir's ab, die Nacht ist noch jung. Gib mir eine

halbe Stunde, und schon bin ich wieder abgeschwirrt.«

»Das solltest du aber lieber nicht tun«, sagt er streng, und ich entschuldige mich: aber nein, keine Sorge, nichts läge mir heute Abend ferner als das.

»Also gut.« Er greift nach seinem Glas.

»Also gut.« Ich lächele ihm zu, und wir stoßen an.

»Auf dein Wohl, und auf eine glorreiche Zukunft als Büchermogul – oder womöglich doch noch als Putzteufel?«

»Büchermogul oder Putzteufel? Da fällt die Wahl aber schwer!«

»Nun, du kannst ja immer noch eine Münze werfen«, sagt er. »Hör mal, wie geht's denn deinem Freund? Kommt er schon besser damit zurecht?«

»Eigentlich geht's ihm jetzt wieder richtig gut.« Beim Gedanken an meinen Zustand das letzte Mal, als wir uns gesehen haben, steigt mir das Blut zu Kopf, aber James erwähnt nichts davon, und so versuche auch ich, nicht mehr daran zu denken. »Er nimmt an einem Selbsthilfekurs teil, und er hat eine fabelhafte Frau kennen gelernt. Sie ist schon seit dreizehn Jahren positiv, und das hat ihr Leben nur zum Guten verändert. Ihr Beispiel hat ihn, glaub ich, unheimlich ermutigt, und jetzt scheint er allmählich damit klarzukommen.«

James schaudert. »Schreckliche Vorstellung! Da denken wir immer, uns kann das doch nicht passieren, und peng, auf einmal hat es jemanden erwischt, den wir kennen. Da sieht man die Sache doch gleich mit anderen Augen.«

»Ach Gott, wem sagst du das.« Ich versinke in betrübtes Schweigen, fast ist mir schon die Laune verdorben, doch zum Glück merkt James, was los ist, und wechselt das Thema.

»Halt ganz still!«, sagt er plötzlich, und ich erstarre, in der Annahme, er wolle mir vielleicht eine Spinne aus dem Haar klauben, doch er langt unters Sofa und zieht ein Skizzenbuch hervor. »Keine Bewegung!« Er greift nach einem Bleistift und fängt an zu zeichnen.

»Wunderrrbar, wunderrrbar«, murmelt er mit aufgesetztem französischen Akzent, der mich zum Lachen bringt, und während er eilig vor sich hin kritzelt, starrt er mich immer wieder intensiv an, bis mir langsam unbehaglich wird.

Ich nippe geniert an meinem Glas, versuche, mein Gesicht so ruhig wie möglich zu halten, spitze nur ein bisschen die Lippen, um in kleinen Schlucken den Champagner zu schlürfen – bis James endlich sein Skizzenbuch zuklappt.

»Sag, wie geht's denn so bei euch im Laden?«

»Hey, zeig doch mal!« Ich schnappe nach dem Skizzenbuch und schlage ein Blatt mit einer wunderschönen kleinen Zeichnung auf, die aussieht wie ich, nur viel hübscher.

»Fantastisch!«, hauche ich. »Wenn auch über alle Maßen geschmeichelt.«

»Unsinn!« James lacht. »Genauso siehst du aus, vertrau ruhig meinem Künstlerblick.«

Wir lehnen entspannt in den Polstern, unterhalten uns über Freundschaft und Beziehungen, und nach einer Weile auch über Josh und Lucy.

Ich erzähle ihm, wie sehr mich Joshs Verhalten kränkt, in was für eine missliche Situation es mich bringt, zu wissen, dass er eine Affäre hat, und Lucy nichts sagen zu dürfen. Am nächsten Samstag, erzähle ich ihm, wenn Josh mit Ingrid wegfährt, werden Tim und ich den Abend bei Lucy verbringen, aber ob es uns wirklich gelingt, so zu tun, als ob alles in Ordnung sei?

Und wieder überrascht James mich, denn obwohl er mit seiner Doppelfunktion als Malermakler das Leben nie richtig ernst zu nehmen scheint, kann er doch unglaublich einfühlsam sein und Situationen sehr weise beurteilen.

Er meint, so gern wir Lucy mögen und auch Lucy und Josh als Paar, sei es nicht unsere Aufgabe, uns einzumischen. Und so schwer es uns auch fiele, es vor Lucy zu verheimlichen, müssten wir den Dingen ihren Lauf lassen, sonst machten wir alles vielleicht nur noch schlimmer.

Manchmal, sagt er, könne ein Seitensprung einer Ehe sogar gut tun. Meistens gebe es ja Gründe, weshalb einer der Partner ausbreche, und wenn er sich dann verrannt habe, merke er möglicherweise, welcher Verlust ihm droht, und kehre mit all dem Elan eines Jungvermählten nach Hause zurück.

Tja, aber wer kann sagen, ob das Vertrauen dann ebenfalls zurückkehren wird?

James fragt, zu wem von beiden ich halten würde, wenn es hart auf hart käme, und ich wundere mich selbst, wie spontan ich mich für Lucy entscheide. Vor sechs Monaten noch hätte ich zweifellos Josh gesagt, da ich mit ihm ja schließlich schon wesentlich länger befreundet bin.

Josh und ich haben eine gemeinsame Vergangenheit, wissen so ziemlich alles voneinander, seit wir achtzehn waren, doch all das zählt nun nicht mehr viel, und seine Untreue hat eine Mauer zwischen uns errichtet, genau wie der Laden meine Freundschaft mit seiner Frau für alle Zeit gefestigt hat.

Mit Josh habe ich seit Monaten kaum noch geredet, bin ihm aus dem Weg gegangen, wo ich nur konnte, und was meine Gefühle betrifft, so ruft er mittlerweile nichts anderes mehr in mir hervor als Wut und Widerwillen.

Aber ich weiß, James hat Recht. Es gibt nichts, was ich sagen oder tun kann, um die missliche Lage zu ändern. James geht in die Küche und holt noch eine Flasche Schampus aus dem Kühlschrank (was ich mit einem Anflug von Besorgnis registriere, da ich nichts gegessen habe und der Alkohol mir schon spürbar zu Kopf steigt). Dann setzt er sich wieder neben mich, einige Zentimeter näher.

Normalerweise, muss ich zugeben, würden bei mir jetzt alle Alarmglocken angehen, aber der Champagner hat seine Wirkung nicht verfehlt, und so ruft der schwindende Abstand zwischen uns nichts als leise Erheiterung in mir hervor.

Aber dann jagt James mir doch noch einen Schreck ein.

»Wie sieht es eigentlich bei *dir* mit Beziehungen aus?«, fragt er aus heiterem Himmel. »Wie kommt es, dass du noch Single bist?«

Ich mache lachend eine abwehrende Handbewegung.

»Genauso gut könntest du fragen, wieso die Sonne gelb ist. Oder das Gras grün. Es ist halt einfach so. Wusstest du nicht, dass schon der Name Cath ein Synonym für ledig ist?«

James lächelt. »Aber du bist doch gern Single, nicht? Du bist so unabhängig, du scheinst nie jemanden zu brauchen … Es hat immerhin Wochen gedauert, bis ich dich überhaupt mal allein treffen konnte.«

»Ich weiß nicht, ich bin eben sehr glücklich mit meinem Freundeskreis, und mehr hab ich wohl nie gebraucht.«

»Komisch.« Er schüttelt den Kopf. »Als ich dich kennen lernte, kamst du mir unglaublich willensstark und robust vor, aber tief im Innern bist du weich und verletztlich. O Gott, jetzt bin ich zu weit gegangen. Entschuldige, ich wollte dich wirklich nicht mit Psychogewäsch nerven.«

Ich werde rot, er wird rot, wir setzen gleichzeitig zum Sprechen an. Ich halte inne, um ihn fortfahren zu lassen. Er hält den Blick auf sein Glas geheftet, als koste es ihn Überwindung, eine Wahrheit auszusprechen, die ihm dennoch am Herzen liegt. »Ich meine ja bloß, du solltest diese weichere Seite ruhig öfter zeigen, das macht dich nämlich noch viel attraktiver.«

Ich lache nervös, denn *attraktiv* hat mich schon lange keiner mehr genannt, und selbst wenn, war ich mir nie sicher, ob es ernst gemeint war, und dann, ehe ich's mich versehe, küsst James mich.

Oder ich ihn, wie auch immer, wir küssen uns, und sobald der erste Schock verebbt – ich erinnere mich nicht einmal mehr, wann ich zum letzten Mal leidenschaftlich geküsst wurde, obwohl dies hier eigentlich eher sanft ist –, kann ich gar nicht mehr aufhören zu lächeln.

»Ist das okay?«, wispert James, und ich nicke, versuche gar nicht mehr zu ergründen, ob es der Champagner oder der Kuss ist, der mich wie auf Wolke sieben schweben lässt, denn schon küsst er mich wieder.

»Oh, Mist!« Ich pralle zurück, weil der Champagner sich über meine Hosenbeine ergießt, da mir vor lauter Benebelung das Glas einfach entglitten ist. James lacht.

»Ich hol schnell einen Lappen ...« Ich bin schon aufgesprungen, doch James schüttelt den Kopf, nimmt mich bei der Hand und führt mich die Treppe hoch.

Ich folge ihm stumm, wie im Traum – das kann doch alles gar nicht sein, ich tue so was doch schon lange nicht mehr. Sex? O Gott, o nein. Er führt mich ins Schlafzimmer.

Zum Glück verlässt mein Lächeln mich auch jetzt nicht, kaschiert meinen inneren Aufruhr, doch mein Körper scheint sich ohnehin nicht drum zu scheren und steuert wie auf Autopilot gestellt in James' Schlepptau aufs Bett zu.

Das Lächeln verflüchtigt sich allerdings, als er anfängt, mir die Jacke aufzuknöpfen. O Gott, bete ich im Stillen, lass meinen BH nicht zu alt und angegraut sein! Ich gebe zu, die Leidenschaft des Moments kommt mir ein wenig abhanden, während ich fieberhaft versuche, mich zu erinnern, ob ich heute Morgen frische Wäsche angezogen habe.

Zwei Minuten später seufze ich erleichtert auf, weil James das Deckenlicht ausknipst. Im gedämpften Schein der Nachttischlampe auf seiner – der rechten – Bettseite nehme ich mir vor, auf jeden Fall in der Schattenseite zur Linken zu bleiben.

Und dann erlischt alles Denken wie von selbst, denn was eben noch wie ein Kinofilm war, fühlt sich auf einmal ungemein echt an, und ich schließe die Augen, umschlinge James und versinke ...

Wunderbar, warm, zärtlich, liebevoll, wohltuend ... ganz unbeschreiblich ... Wie konnte ich all das vergessen haben? Wie konnte ich nur ohne das leben? Wie konnte ich so viele Jahre davor geflüchtet sein, wo es doch gar nicht Angst erregend ist, sondern absolut richtig, absolut wundervoll?

So überwältigend, dass ich, kaum dass James in mir ist (mit Kondom, selbstverständlich) prompt zu weinen anfange. Nicht wie damals in seinem Büro. Einfach nur vor Lust. Vor plötzlich auflebender Erinnerung, vor purer Seligkeit, und obwohl James erst besorgt ist, beruhige ich ihn, unter

Tränen lächelnd, und bald bleibt nichts mehr zu sagen.

Mit anderen Worten, Tim hatte ganz Recht, es ist genau wie Rad fahren: Alles, was ich vergessen zu haben glaubte, ist im Nu wieder da, und es fühlt sich großartig an.

Besser als großartig. Vollkommen.

In der Nacht muss ich dreimal raus zur Toilette, was auch kein Wunder ist nach diesen Mengen Champagner, aber jedes Mal, wenn ich ins Schlafzimmer zurückkomme und James dort liegen sehe, halb aufgedeckt im Schlaf, kann ich nicht anders, als glücklich vor mich hin zu lächeln.

Und jedes Mal, wenn ich wieder ins Bett steige und mich brav auf meine Seite lege, weit genug weg von ihm, um ihn nicht mit Morgenatem zu behelligen, langt er herüber nach meiner Hand, ehe er weiterschläft.

James schläft wie ein Bär. Ich lausche seinen Atemzügen, drehe mich zu ihm um und betrachte ihn, wenn ich ganz sicher bin, dass er schläft, denn für mich gibt es heute Nacht offenbar keinen Schlaf, nicht nach diesem Erlebnis.

Aber schließlich muss ich wohl doch für ein Weilchen eingenickt sein. Ich schwöre: Wenn es überhaupt möglich ist, lächelnd einzuschlafen, dann habe ich das heute getan, und zuletzt geht mir noch durch den Kopf, dass ich vielleicht gar nicht vergessen hatte, wie schön Sex sein kann, es war halt bisher noch nie so schön.

Am Morgen wache ich vor James auf, steige leise aus dem Bett und ziehe mich an, schleiche ins Bad und putze mir die Zähne, so gut es geht, mit dem Finger, weil ich mich heimlich davonstehlen will, ehe er aufwacht.

Und im kalten Morgenlicht, muss ich sagen, sieht alles nicht mehr ganz so rosig aus. Plötzlich bekomme ich es doch wieder mit der Angst zu tun, denn jetzt habe ich mich in eine Lage manövriert, die mich anfällig dafür macht, verletzt zu werden – genau das, was ich seit Jahren erfolgreich vermieden habe.

Und James könnte mir wirklich wehtun, überlege ich,

während ich einen letzten Blick auf ihn werfe, bevor ich mich davonmache, um der unvermeidlichen Befangenheit des Morgens danach zu entgehen. Obwohl er so süß aussieht, noch zerzauster als sonst und ganz schlafverquollen liegt er da, sodass ich ihn am liebsten an mich drücken würde, bis ihm fast die Luft ausgeht.

Er schlägt die Augen auf. Ich zucke wie ertappt zusammen, und er streckt mit schlaftrunkenem Lächeln die Hand aus. Das hatte ich nicht erwartet. Ich hocke mich auf die Bettkante, und er zieht mich hinab zu einem Kuss, während ich Gott danke, dass ich die Geistesgegenwart besaß, mir notdürftig die Zähne zu putzen.

»Wo willst du hin?«, fragt er.

»Ähm ...« Ich richte mich auf. »So viel zu tun ...«

Er stützt sich auf den Ellbogen und reibt sich die Augen wie ein kleiner Junge, und ich würde ihn nur zu gern wieder in die Arme nehmen, aber das geht natürlich nicht, ich muss ja los.

»Cath«, sagt er, hält meine Hand fest und sieht mir tief in die Augen. »Geh nicht weg. Wozu denn schon wieder neue Barrieren errichten, das hast du doch bei mir nicht nötig, nicht nach letzter Nacht.«

»Aber, ich, ähm ...«, stammele ich hilflos, was er sogleich als Hoffnungsschimmer auffasst.

»Weißt du was? Ich steh jetzt auf, und dann ziehen wir zusammen los, die Sonntagszeitung kaufen und frühstücken gehen. Sag nicht nein, ich wette, du hast heute sowieso noch nichts vor.«

»Also gut, wenn du meinst«, murmele ich schließlich und wende mich zur Tür, um ihm die Peinlichkeit zu ersparen, sich mir im kalten grauen Tageslicht nackt zu zeigen – aber auch, um meine glückstrahlende Miene zu verbergen. »Ich warte dann unten.«

30

Auf dem Weg zu Lucy halten Tim und ich am Eckladen, um Wein zu kaufen, obwohl das bei ihrem wohl bestückten Weinkeller eigentlich unnötig ist, und dazu auch noch zwei Tafeln Cadbury's, weil es für einen langen Samstagabend nichts Besseres gibt als Schokolade, um Leib und Seele zusammenzuhalten.

Ich habe ihm noch nichts von James gesagt. So albern es klingen mag, das ist jetzt mein Geheimnis, und ich will es wie ein kostbares Kleinod für mich bewahren, wenigstens bis ich weiß, dass es nicht bloß eine kurzlebige Romanze ist.

»Wer ist da?«, tönt Max' Stimme laut und deutlich durch die Tür, und ich schaue Tim an, doch er grinst nur und sagt nichts, also versuche ich mein Glück.

»Hallo, Max, hier sind Tante Cath und Onkel Tim. Bist du so lieb und machst uns die Tür auf?«

Verstocktes Schweigen auf der anderen Seite, und ich sehe es Tim an, dass er sich königlich amüsiert. Ich stupse ihn leicht genervt an, und endlich erbarmt er sich und beugt sich hinunter. »Max?«

Kurzes Zögern hinter der Tür, dann: »Ja?«

»Ich bin's, Onkel Tim. Möchtest du mal sehen, was ich dir mitgebracht habe?«

Ein weiteres Zögern. »Ja.«

»Aber du kannst es nicht sehen, wenn du die Tür nicht aufmachst, oder?«

Brillant. Tim und ich warten auf der Schwelle, während Max sich die Sache überlegt und wohl doch zu dem Schluss kommt, dass an Tims Argumentation nichts auszusetzen ist, denn nun öffnet sich die Tür einen Spaltbreit, und wir blicken in Max' erwartungsvolles Gesicht.

»Okay, Max.« Tim hockt sich vor ihn hin. »Was möchtest du lieber – ein Feuerwehrauto oder eine Tafel Schokolade?«

Max legt den Kopf schief. »Feuerwehrauto«, sagt er schließlich, und ich lache.

»Oje. Nun, leider musst du dich einstweilen mit der Schokolade abfinden.« Tim reicht ihm eine Tafel Cadbury's, die gar nicht so schlecht anzukommen scheint, und auch mal eine Abwechslung von Tims üblichen Mitbringseln darstellt. Sonst hat er Max jedes Mal kleine Spielfiguren geschenkt, darunter einen Matrosen, einen Polizisten und einen Indianer, und was auch immer Josh davon halten mag, hat er fest vor, so weiterzumachen, bis Max die gesamte Kollektion männlicher Rollenmodelle besitzt.

»Cath! Tim! Ich bin in der Küche!«

»Na, so eine Überraschung«, sagt Tim lachend. Wir treten in den Flur und hängen gerade unsere Mäntel auf, als Lucy im Türrahmen erscheint.

»Schnell, schnell, ich muss euch den neuesten Klatsch erzählen!« Sie winkt uns in die Küche, wo die Guacamoleschüsseln schon auf dem Tisch stehen, mit Nachos zum Dippen und einer Flasche Wein.

»Setzt euch lieber erst mal, damit euch die Nachricht nicht umhaut!« Lucy platzt schier vor Mitteilungsdrang, und es kann sich nur um etwas Gutes handeln, denn wenn sie Josh auf die Schliche gekommen wäre, würden ihre Augen sicher nicht so übermütig blitzen.

»Los, los, schenkt euch Wein ein. Also, hört zu, ich kann's selbst nicht glauben. Ihr wisst ja, dieses Wochenende ist Ingrid mit ihrer großen Liebe ausgeflogen.«

»Ja, und?«, sagen Tim und ich wie aus einem Munde.

»Wollt ihr die kurze oder die lange Version hören?«

»Die kurze«, sage ich, und Tim sagt gleichzeitig: »Die lange.«

»Oje. Na, jedenfalls war verabredet, dass Ingrid hier abgeholt werden sollte, während ich noch bei der Arbeit war, und ich hatte Laura schon zum Babysitten bestellt, aber dann bin ich doch früher heimgekommen, und ihr werdet's nicht glauben, in was ich da reingeplatzt bin ...«

Tim und ich wechseln besorgte Blicke, aber nein, es kann sich doch unmöglich um Josh handeln!

Lucy lehnt sich zurück und grinst wie eine Katze, die Sahne geschleckt hat. »Ingrid und ihren Schatz hab ich erwischt, hier am Tisch, bei einem leidenschaftlichen Kuss!«

»Na, und?«, fragt Tim achselzuckend. »Was ist das denn nun für ein Romeo? Schwarze Locken, Goldkettchen auf der haarigen Brust?«

»Nee.« Lucy schüttelt den Kopf, und ihr Lächeln wird noch breiter, während sie uns genüsslich auf die Folter spannt. »Es ist – *Portia*!«

»WAS?« Tim schmeißt sein Weinglas um, und mir klappt das Kinn auf die Brust.

»Soll das ein Witz sein?« Ich überlasse es Tim, unserer Verblüffung Ausdruck zu geben, denn ich bin – vielleicht zum ersten Mal im Leben – vollkommen sprachlos.

»Ich weiß, es klingt irre«, sagt Lucy. »*Portia!* Ist das nicht unfassbar?«

»Allerdings. Bist du dir auch wirklich sicher?«

»Sicher? Tim, du hättest sehen sollen, wie die beiden auseinander gefahren sind, es war ihnen furchtbar peinlich, aber dann meinte Portia, was soll's, wir hätten es ja sowieso mal erfahren müssen, und sie sind kichernd und Händchen haltend abgezogen.«

»Waaaaahnsinn«, ächze ich, als ich endlich wieder Luft bekomme. Das ist nun wirklich das Letzte, was ich erwartet hätte. Ich meine, Portia? Ingrid? Wie? Wann? Herrjemine, das ist einfach zu viel für mich.

»Ich weiß. Portia und Ingrid als Liebespaar, das schlägt

doch dem Fass den Boden aus, was?« Lucy genießt unsere Überraschung wie einen persönlichen Triumph.

»Irgendwie hab ich mir ja schon immer gedacht, dass Portia sich zu ihren sapphischen Schwestern hingezogen fühlt«, behauptet Tim.

»Blödsinn!«

»Wieso?« Er sieht mich unschuldig an. »Nur, weil ich dir nie etwas davon gesagt habe?«

»Schon gut, schon gut.« Ich winke grinsend ab. Soll er sich doch ruhig als Schlaumeier aufspielen, wenn es ihm Spaß macht. »Aber, du lieber Himmel, wie konnte denn das passieren?«

Lucy zuckt die Achseln. »Es war ja kaum zu erwarten, dass Ingrid ausgerechnet *mir* die ganze Geschichte erzählt, nicht?«

Ich wende mich zu Tim um. »Aber hat Portia denn gar keine Andeutung fallen lassen, als du neulich bei ihr warst?«

»Nein. Von Ingrid war überhaupt nicht die Rede. Was soll sie auch sagen? Ach, übrigens, Tim, wir kennen uns nun schon seit dreizehn Jahren, aber ich bin neuerdings lesbisch und in Ingrid verliebt?«

»Heißt es dann nicht eher bisexuell?«, wirft Lucy ein, wie immer um politische Korrektheit bemüht.

»Portia – bi! Wer hätte das gedacht!« Ich kann es noch immer nicht fassen.

»Ihr hättet Joshs Gesicht sehen sollen!«, sagt Lucy.

»Josh?«, fragen Tim und ich gleichzeitig, und plötzlich fällt es mir siedend heiß ein – Gott, haben wir uns etwa schon *wieder* geirrt? Tief beschämt mache ich mir klar, dass Tim und ich mit unserer Manie, voreilige Schlüsse zu ziehen, dem armen Josh die ganze Zeit etwas übel genommen haben, was er gar nicht getan hat. Ich werfe Tim einen schuldbewussten Blick zu, nur um genau den gleichen von ihm aufzufangen.

»Ich dachte, Josh ist auf Dienstreise?« Tim bringt es tatsächlich fertig, ganz unbekümmert zu klingen.

»Nein, die wurde in letzter Minute aufgeschoben.«

»Wo ist er denn jetzt?«

»Oben in seinem Arbeitszimmer. Wenn er so weitermacht, schuftet er sich noch zu Tode. Ich weiß, ich hätte euch sagen sollen, dass er zu Hause ist, aber er wird sich wohl sowieso den ganzen Abend nicht blicken lassen, und ich wollte nicht, dass ihr nicht kommt, nur weil Josh auch da ist.«

Mir fehlen die Worte, und ich kann sehen, dass es Tim nicht anders geht, doch zum Glück sucht Max sich just diesen Moment aus, um die allgemeine Beklommenheit zu unterbrechen, indem er mit einem Pokemon in der Hand hereingestürmt kommt, über alle Stühle turnt und den üblichen Höllenlärm veranstaltet, bis Tim ihn im Flug auffängt und ihn fragt, ob er eine Geschichte erzählt bekommen möchte.

Lucy sieht dankbar zu Tim auf, als er Max hinausträgt, doch in der Tür dreht er sich zu mir um. »Komm ruhig mit, Cath, ein bisschen Übung im Umgang mit Kindern kann dir gar nichts schaden.«

»Was höre ich da?« Lucy lacht auf. »Cath, Schätzchen, sag bloß, du denkst schon ernsthaft an eigene Sprösslinge? Ich meine, Zeit wär's ja allmählich ...«

»Pst, kein Wort mehr«, zische ich aufgebracht, denn, okay, ich geb's zu, Lucy weiß von James – irgendwem *musste* ich es ja erzählen –, aber zum Glück ist Tim zu sehr mit Max beschäftigt und winkt mich hektisch zu sich hinaus.

»Komme ja schon.« Ich stehe auf und folge ihm die Treppe hinauf, wo er Max auf die Suche nach dem Tamagotchi vom Vorjahr schickt und mir dann zuflüstert: »Wir müssen uns unbedingt bei Josh entschuldigen. Ich hab ein furchtbar schlechtes Gewissen.«

»Ich auch. Aber was sollen wir denn bloß sagen?«

»Weiß der Teufel, aber da müssen wir jetzt durch.« Tim wirft einen Blick zu Max hinüber, der in seiner Truhe wühlt und vor sich hin murmelt.

»Können wir ihn so lange allein lassen?«

»Der ist erst mal gut beschäftigt.« Tim lüpft seinen Pullover und zeigt mir das Tamagotchi, das er sich in den Hosenbund gesteckt hat. »Ich musste extra die Batterien rausnehmen, damit das verdammte Ding aufhört zu quatschen.«

Vor der Tür zum Arbeitszimmer, aus dem die schnellen, klickenden Tippgeräusche einer Computertastatur dringen, bekreuzigt sich Tim mit dramatischer Miene, ehe er anklopft. Das Tippen bricht ab.

»Ja?«

»Josh? Hier ist Tim. Und Cath. Dürfen wir reinkommen?« Zugleich öffnet Tim schon die Tür, was die Frage zu einer rein rhetorischen macht, und Josh dreht sich mit seinem Schreibtischstuhl zu uns herum.

»Hi, Leute«, sagt er lässig, was man als Zeichen deuten könnte, dass alles in Ordnung ist, fehlte da nicht eine gewisse Wärme in seiner Stimme. Plötzlich wird mir bewusst, wie schrecklich all dies für Josh gewesen sein muss. Wir sind immerhin zwei seiner besten Freunde und zeigen ihm nun seit Wochen die kalte Schulter, ohne ihn wissen zu lassen, warum. Als ob der arme Josh nicht schon genug unter Selbstzweifeln zu leiden hätte! Warum nur habe ich nicht eher daran gedacht?

»Josh, wir müssen mit dir reden«, fange ich an, und halte gleich wieder inne – wie in aller Welt soll man unser schnödes Verhalten erklären, geschweige denn rechtfertigen?

»Die Sache ist die«, sagt Tim, während er entschlossenen Schrittes den Raum durchquert und sich auf dem Futonsofa niederlässt. »Wir kommen uns ganz schön blöd vor, denn zu unserer Schande müssen wir gestehen, dass wir dir eine Affäre mit Portia angedichtet hatten ...«

»Eigentlich ist das alles meine Schuld«, unterbreche ich ihn. »Ich hatte dich nämlich mit Portia in Barnes gesehen und hab sofort die falschen Schlüsse daraus gezogen, aber dann hat sich herausgestellt, dass da gar nichts dran war ...«

»... sodass wir dich daraufhin prompt verdächtigt haben, du hättest was mit Ingrid«, beendet Tim die Beichte.

Josh sitzt nur da und sieht uns wortlos an, ohne eine Miene zu verziehen.

»Und jetzt wissen wir, dass wir dir die ganze Zeit Unrecht getan haben, und es tut uns furchtbar Leid, aber wir haben nur versucht, mit Lucy solidarisch zu sein«, setze ich geknickt hinzu.

Ein langes Schweigen tritt ein.

»Wie seid ihr bloß auf die Idee gekommen, ich könnte Lucy betrügen?«, fragt Josh schließlich.

»Na ja, du warst kaum noch zu Hause, ewig im Büro bei irgendwelchen Besprechungen, und wenn du mal hier warst, hattest du kein Interesse an Sex ...« Ups, ich glaube, jetzt bin ich doch zu weit gegangen, denn ich sehe, wie Josh die Zähne zusammenbeißt, aber wohlerzogen, wie er ist, lässt er seinem Ärger natürlich nicht freien Lauf.

Ich zucke entschuldigend die Achseln. »Es war wirklich nur ein dummes Missverständnis, Josh. Wir waren einfach so wütend darüber, dass du Lucy wehtun könntest.« Tim und ich lassen beschämt die Köpfe hängen.

Josh mustert uns kopfschüttelnd. »Und ich konnte mir nicht vorstellen, wieso ihr beide euch auf einmal so von mir zurückgezogen habt. Wenigstens weiß ich jetzt, was los war.«

»Oh, Josh, *bitte*, kannst du uns verzeihen?« Ich fühle, wie mir die Tränen in die Augen steigen.

»Tja, was soll ich da sagen?« Josh blickt zwischen mir und Tim hin und her. »Ihr seid meine ältesten Freunde, und zumindest jetzt habt ihr mir ja wohl die Wahrheit gesagt. Aber wieso seid ihr nicht eher damit rausgerückt? Ich meine, wenn ihr dachtet, ich hätte eine Affäre, warum habt ihr es mir nicht gleich ins Gesicht gesagt, statt mich wochenlang zu schneiden? Wozu dieses alberne Katz-und-Maus-Spiel? Du meine Güte, wir sind doch keine Kinder mehr!«

»Aber wir haben uns ja vorher noch nie mit solch einer Situation auseinander setzen müssen«, sagt Tim. »Ich gebe zu, im Nachhinein betrachtet, haben wir uns kindisch verhalten, und wir würden es sicher nicht wieder tun. Wenn es in Zukunft noch mal irgendein Problem gibt, setzen wir uns gleich zusammen und reden darüber.«

»Du meinst, falls ihr euch wieder mal einbildet, da läuft irgendein Ringelpiez mit Anfassen?«, entgegnet Josh augenzwinkernd, und zu meiner Erleichterung sehe ich, dass er uns verziehen hat.

Doch ehe Tim antworten kann, fliegt die Tür auf, und Max steht da, putzmunter und strahlend. Das unauffindbare Tamagotchi scheint gänzlich in Vergessenheit geraten zu sein.

»Daddy?« Er klettert auf Joshs Schoß. »Darf ich mit zum Ringelpiez? Und krieg ich da einen Kandisapfel und Zuckerwatte?« Wir lachen alle drei befreit los, und zum ersten Mal im Leben hätte ich Max küssen können.

31

»DOCH NICHT ETWA ... SEX?«, schreit Tim, als ich ihm schließlich doch alles gestehe, denn er soll ruhig etwas haben, worauf er sich freuen kann, wenn er von Teneriffa zurück kommt. Und was gäbe es da Besseres als saftigen Klatsch?

»Jawohl«, gebe ich seufzend zu. »Ich hab's getan. Wir haben miteinander geschlafen.«

»Yippiee!«, schallt es ohrenbetäubend durchs Telefon, und wir müssen beide lachen. »Und wenn du's ganz genau wissen willst«, sage ich, »du hattest absolut Recht damit, dass es wie Rad fahren ist, ganz leicht und wundervoll.«

»Du Hexe! Wie konntest du mir das eine ganze Woche lang verschweigen! Ich *wusste* es. Du hast irgendwie verändert ausgesehen. Und wie fühlst du dich nun?«

»Großartig.«

»Und du hast das ganze Wochenende mit ihm verbracht?«

»Korrekt.«

»Und wie oft hast du ihn seitdem getroffen?«

»Fast jeden Abend.«

»O MEIN GOTT!« Diesmal reißt mir fast das Trommelfell, so laut brüllt er mir ins Ohr. Aber dann fängt er sich wieder und sagt plötzlich sehr ernst: »Jetzt pass auf, Cath, mach bloß nicht den Fehler, den ich immer gemacht habe. Stürz dich nicht Hals über Kopf in die Beziehungsfalle. Du musst es langsam angehen, immer schön auf cool machen.«

»Ach, rutsch mir doch den Buckel runter«, erwidere ich prustend, und er lacht, denn sonst war ich es immer, die ihm mit genau diesen Worten ins Gewissen geredet hat.

»Komm schon, jetzt aber raus mit der Sprache«, sagt er. »Und bitte in allen Einzelheiten. Oh, nein. Oh, Mist. Keine Zeit mehr. Ich muss los.«

»Ich weiß«, gebe ich zu. »Deshalb hab ich dich ja auch erst jetzt angerufen. Tja ... dann wirst du wohl auf die Einzelheiten warten müssen, bis du aus Teneriffa zurück bist. Gute Reise und schönen Urlaub. Bye-bye!«

»CATH!«, stöhnt er verzweifelt. »Wie kannst du mir das antun? Jetzt muss ich noch zwei Wochen warten! Sag mir nur schnell noch eins: Wann siehst du ihn wieder?«

»Mittwochabend. Er führt mich ins Theater aus.«

»Oha.« Tim klingt ehrlich beeindruckt. »Das hört sich ja ganz nach was Ernsthaftem an.«

»Hör mal, du verpasst noch deinen Flieger. Und pass gut auf dich auf, ja?«

»Nur keine Sorge, alte Mutterglucke.«

»Nein, wirklich, ich werde dich vermissen. Also, dann bis übernächstes Wochenende. Mach's gut. Ich hab dich lieb.«

»Ich weiß, Süße.« Er haucht einen Kuss ins Telefon. »Ich dich auch.«

Wenn ich bedenke, wie viele Jahre ich damit verbracht habe, mich gegen die Liebe zu verschanzen, wundere ich mich selbst, wie leicht es mir auf einmal fällt, die Barrikaden einzureißen.

Und das Seltsamste daran ist, dass es mir gar keine Angst macht. Wie kann sich das alles plötzlich so richtig anfühlen, so *einfach*?

Überhaupt kein Vergleich zu früher. Obwohl es lange her ist, erinnere ich mich noch gut an die Männer, die nie zurückriefen, oder wenn sie es taten, dann um Verabredungen zehn Minuten vorher abzusagen.

Vielleicht ist es jetzt anders, weil ich James schon seit einer Weile kenne. Außerdem ist er der integerste Typ, den ich je getroffen habe (was für einen Makler schon eine Menge heißen will), und hält sich absolut zuverlässig an Absprachen.

Wenn er sagt, er wird anrufen, dann ruft er an. Wenn er sagt, er wird mich um halb acht abholen, steht er um sieben Uhr neunundzwanzig auf der Türschwelle. Bei James gibt es keine Unklarheiten, ich weiß immer genau, woran ich bin.

Du liebe Güte, daran könnte ich mich gewöhnen.

Zum ersten Mal im Leben sehe ich, wie eine Partnerschaft funktionieren kann. Nicht, dass ich vorher vollkommen blind dafür gewesen wäre, ich hatte es nur niemals selbst erfahren, und erst jetzt, mit James, begreife ich, was es heißt, jemandem vertrauen zu können.

Wir kommen einfach unglaublich gut miteinander aus. Ich bin in seiner Gegenwart total entspannt. Es gibt keine Machtspielchen, keine Unsicherheiten, und noch nie habe ich mich so wohl in meiner Haut gefühlt, wenn ich mit jemandem zusammen war, außer mit Tim, Josh und Lucy.

Ja, sicher, es geht noch nicht lange, aber wenn man sich fast jeden Abend trifft, um die Nacht miteinander zu verbringen, kann sich eine Beziehung erstaunlich schnell entwickeln.

Und was meine Angst vor Beziehungen angeht, meine Angst, mich Gefühlen und damit Verletzungen auszusetzen – selbst die scheint sich sehr schnell verflüchtigt zu haben. Seit jenem ersten Morgen habe ich nicht mehr den kleinsten Anflug von Furcht verspürt, aber vermutlich hatte ich auch keinen Grund mehr dazu.

James ruft mich jeden Tag in der Buchhandlung an, mindestens zweimal täglich, und dann sehen wir uns wie gesagt fast jeden Abend. Ich weiß, es ist noch ein bisschen zu früh, um das mit Sicherheit zu sagen, aber es sieht ganz so aus, als hätten wir schon in eine Art von Beziehungsmuster gefunden. Lucy ist natürlich begeistert. Sie platzte geradezu vor Aufregung, als ich es ihr erzählte, und jetzt kann ich es kaum erwarten, dass Tim endlich wiederkommt, um ihn an meinem Glück teilhaben zu lassen.

Normalerweise würde ich nicht extra nach Heathrow hinausfahren, um jemanden vom Flughafen abzuholen, nicht einmal Tim. Aber wie zufällig hat er seinen Reiseterminplan bei mir liegen lassen, den ich selbstverständlich zu ignorieren gedachte, doch das war noch vor meinem großen Abenteuer mit James.

Also bin ich jetzt pünktlich zur Stelle, doch der verdammte Flieger hat Verspätung, und ringsum wimmelt es von Touristenmassen, und überhaupt ist es noch viel zu früh am Morgen, um sich so etwas anzutun.

Ich kippe erst einmal einen Kaffee und besorge mir eine Zeitung, und als ich sie durchgeblättert habe, stelle ich fest, dass die Maschine aus Teneriffa inzwischen gelandet ist. Hastig begebe ich mich zur Ankunftshalle, um Tim zu überraschen.

Er ist einer der Ersten, die durch die Sperre kommen, was mich nicht weiter wundert, denn so diszipliniert, wie er sich beim Packen auf das Wesentliche beschränkt, schafft er es meist, nur mit einem leichten Handkoffer zu reisen. Ich drängele mich nach vorn, damit er mich gleich sehen kann.

Er teilt sich den Gepäckwagen mit einem anderen Typ, etwa seines Alters, und beide sind so in ihre Unterhaltung vertieft, dass sie mich erst bemerken, als sie mich praktisch mit dem Wagen rammen.

»CATH!« Tim schließt mich in die Arme und hebt mich glatt vom Boden hoch, was schon eine ziemliche Leistung ist, und als er mich wieder absetzt, strahlt er übers ganze Gesicht. »Ich fasse es nicht, du bist uns tatsächlich abholen gekommen. Und wir wollten schon rennen, um noch den Zug nach Paddington zu erwischen! Da machst du uns aber eine *dicke* Freude!«

Ich versetze ihm einen scherzhaften Klaps. »*So* dick ja nun auch wieder nicht.«

»Cath, das ist Paul«, stellt er mir seinen Begleiter vor, der mich anlächelt, mit niedlichen Grübchen in den Wangen, und mir herzlich die Hand schüttelt. »Sie werden mir vermutlich nicht glauben, wenn ich Ihnen sage, dass ich schon alles über Sie gehört habe, und zwar nur Gutes?«

»Glaub ich gern – bis auf den Zusatz.« Ich lächele zurück. Wie in aller Welt ist Tim nur an diesen umwerfenden Charmebolzen geraten?

»Paul wohnte in dem Apartment neben meinem«, erklärt Tim, als hätte er meine Gedanken gelesen. »Wir haben uns gleich am ersten Tag getroffen ...«

»... und uns seitdem nicht mehr aus den Augen gelassen«, ergänzt Paul und drückt liebevoll Tims Arm. Mich überläuft es heiß und kalt vor Aufregung.

Tim fängt meinen Blick auf, hebt mit hilfloser Geste die Schultern und zwinkert mir zu, und ich hätte ihn vor Freude am liebsten gepackt und durch die ganze Ankunftshalle gewirbelt, den alten Schwerenöter.

Und wie fabelhaft erholt er aussieht! Nicht, dass ich etwas anderes erwartet hätte, aber er ist nicht nur braun gebrannt, er strotzt förmlich vor Wohlbefinden, und ich weiß, an Sand und Sonne allein kann es nicht liegen, auch wenn es erstaunlich heiß war für Dezember.

Zu dritt schieben wir den Gepäckwagen in Richtung Parkplatz und lassen Paul bei den Koffern zurück, weil Tim darauf besteht, mich zum Kassenautomaten zu begleiten.

»Na?«, wispert er, sobald wir außer Hörweite sind. »Ist er nicht eine Wonne?«

»Ich kann's noch gar nicht glauben«, bestätige ich lachend. »Dass du fit und braun gebrannt wiederkommst, hatte ich ja erwartet, aber nicht auch noch mit deinem persönlichen Bodybuilder am Arm!«

»Ich auch nicht, Süße, ganz ehrlich!« Ich werfe ihm einen misstrauischen Seitenblick zu, während ich die Münzen in den Automaten stecke. »Ich *schwöre*! Aber ist das nicht verrückt, just in dem Moment, wo ich weniger denn je auf eine Beziehung aus war, muss ich so einem prima Typen begegnen!«

Ich drehe mich langsam zu ihm um. »Habe ich richtig gehört? *Beziehung* hast du gesagt? Ist es etwa schon wieder an der Zeit für den Zwiebelring?«

»Nein, nein.« Er winkt lachend ab. »Von Beziehung ist gar keine Rede, aber wir haben zwei wunderbare Wochen miteinander verbracht, er ist so ein lieber Kerl und gescheit und witzig, und zum ersten Mal seit Jahren hab ich mich trotzdem nicht Hals über Kopf verknallt.«

»Ach, wirklich?«

»Nein, ganz im Ernst, Cath. Wenn überhaupt, dann war er es, der *mir* nachgestiegen ist, nicht umgekehrt. Apropos nachsteigen, dein Liebesleben läuft wohl immer noch auf Hochtouren? Ich kann's dir nämlich ansehen, weißt du.«

»Ja ja, aber lass mich jetzt mal aus dem Spiel. Sag, ist das wahr? *Du* lässt dich auf einmal umwerben? Komm schon, Tim, mach mir nichts vor, ich kenne dich zu gut.«

»Doch, Cath, ehrlich, ich hab ihm ständig erklärt, ich sei nicht interessiert, aber er wollte nichts davon hören.«

»Hast du ihm denn auch gesagt ...« Ich zögere, weil die Frage mir denn doch zu indiskret scheint.

Tim zuckt die Achseln. »Das ist es ja, ich hab immer nein gesagt, und er wollte wissen, warum denn nicht, und dann hab ich's ihm schließlich gestanden, was mich verdammt viel Überwindung gekostet hat. Denn obwohl ich immer nein sagte, war ich doch unheimlich scharf auf ihn, und ich hatte Angst, sobald er wüsste, warum ich mich so zurückhalte, würde er nichts mehr von mir wollen.«

»Und?«

Er grinst. »Ich hab mich geirrt. Es macht ihm nichts aus. Er meinte, er hätte sich schon so was gedacht.«

»Und?«

Tim stupst mich in die Rippen. »Was denkst du? Er hatte zum Glück Kondome dabei.«

Ich drohe im scherzhaft mit dem Finger. »Plaudern Sie nicht aus dem Nähkästchen, Mr. Nelson.« Er lacht. »Nun aber Beeilung, sonst denkt der arme Kerl noch, wir sind ohne ihn abgehauen.« Wir hasten zurück zu Paul, der uns, an den Kofferkarren gelehnt, unbeschwert entgegenlächelt.

»Wir mussten schnell mal alles durchhecheln«, japst Tim, während wir zum Auto gehen. »Und du, Paul, wirst sicher erfreut sein zu hören, dass du mit Bestnoten bestanden hast.«

»Ich kann mich nicht erinnern, das gesagt zu haben«, wehre ich mit gespielter Empörung ab.

»Brauchst du auch gar nicht.« Tim lacht triumphierend, und Paul sieht mich kopfschüttelnd an, als wolle er sagen, was können wir da schon machen.

»Also, was macht die Liebe?« Es ist Samstagabend, und Tim hat mich gerade abgeholt. Wir wollen Lucy besuchen.

»Hmm? Ach, alles okay.«

»Was zum Teufel soll denn das heißen?«

»Das heißt: alles okay.«

»Na gut«, seufze ich. Wieso kommt es mir auf einmal vor, als müsse ich Blut aus einem Stein quetschen? »Noch mal von vorn. Triffst du ihn noch?«

»Ja.«

»Magst du ihn noch?«

»Ja.«

»Mag er dich noch?«

»Ja.«

Ich halte kurz den Atem an und platze dann heraus (obwohl ich die Antwort schon weiß): »Heißt das, er ist derjenige, welcher?«

»Sei nicht albern, Cath. Ich kenn ihn ja kaum.«

Jetzt bin ich platt. Was soll man da noch sagen? *Das* von Tim, der sich immer schon nach fünf Minuten unsterblich verliebt? Und nach zehn Minuten ein gemeinsames Leben plant?

»Tim? Bist du sicher, dass es dir gut geht?«

»Cath, es ist mir im ganzen Leben nie besser gegangen.«

32

SEIT UNSEREM LETZTEN Treffen habe ich Portia nicht mehr gesprochen, aber nicht, weil ich es nicht wollte. Jener Abend im Groucho bedeutete mir viel, denn seitdem wusste ich wieder, warum ich sie so gern habe. Aber ich wollte nicht neugierig erscheinen, und ich hatte keine Ahnung, was ich zu der Sache mit Ingrid sagen sollte, also vermied ich es, mich wieder bei ihr zu melden.

Trotzdem habe ich natürlich oft an sie gedacht und mich gewundert, wie seltsam es im Leben zugeht, denn Portia ist wirklich die Letzte, der ich eine Beziehung mit einer Frau zugetraut hätte.

Ein Amateurpsychologe würde sicher sagen, dass sie zu oft von Männern verletzt wurde, aber dem würde ich nicht unbedingt zustimmen. Im Rückblick scheint es mir eher so, als hätte Portia, der doch alle Männer zu Füßen lagen, echte emotionale Bindungen immer nur zu Frauen geknüpft.

Du liebe Güte, ich erinnere mich, wie unzertrennlich wir waren, wie sehr ich sie verehrte, und ich frage mich, was ich wohl getan hätte, wenn es je so weit gekommen wäre, dass sich unsere Freundschaft in diese Richtung hätte entwickeln können.

Merkwürdig, der Gedanke hat mich bisher nie gestreift. Nicht, dass es mich abstößt, ich bin einfach nie auf die Idee gekommen. Doch jetzt – ich weiß, es klingt albern, aber jetzt fühle ich mich beinahe abgelehnt. Wieso hat sie so etwas eigentlich nie bei mir versucht?

Aber vielleicht hatte sie sich ihre wahren Neigungen damals selbst noch nicht eingestanden, vielleicht waren es nur vage Gefühle oder Ängste, die sie immer wieder verdrängte, bis sie meinte, sie erfolgreich unterdrückt zu haben.

Lucy sagt, es könnte doch sein, dass Ingrid ihre Erste ist, es sei nichts Ungewöhnliches, wenn man sich in jemanden vom eigenen Geschlecht verliebt. Es sei oft so, dass diese Person dann die Erste und Letzte sei, aber irgendwie kann ich nicht glauben, dass dies bei Portia der Fall ist.

Würde ich mich trauen, sie zu fragen? Aber wozu? Die Portia, die ich mit achtzehn kannte, wird mir immer lieb und teuer bleiben, und ich werde ihr immer dankbar dafür sein, dass sie Tim mit Eva bekannt gemacht hat, ihm gezeigt hat, dass es nicht nur ein Licht am Ende des Tunnels gibt, sondern dass es zudem hell und zuverlässig leuchtet.

Doch so sehr ich sie damals liebte, so nahe ich mich ihr an dem Abend fühlte, als sie mich über die vermeintliche Affäre mit Josh aufklärte – jetzt hat Portia einfach keinen Platz mehr in meinem Leben. Sie sprach von einem Happyend, und ich hatte wohl unterschwellig immer geglaubt, kein Happyend finden zu können, an dem sie nicht beteiligt wäre, aber da war ich wohl im Irrtum.

Ich glaube, in all den Jahren, die ich an sie dachte und sie zu etwas hochstilisierte, dem sie nie gerecht werden konnte, ging es gar nicht so sehr darum, dass ich sie vermisste. Was ich brauchte, war vielmehr irgendein Ende, das ich akzeptieren konnte. Wie Portia selbst in Bezug auf Josh sagte: Die Wirklichkeit konnte mit der Fantasie nicht mithalten. Das war immer das Problem, und letztlich musste die Fantasie dann eben in ihre Grenzen gewiesen werden.

Sicherlich ist es kein Ende in dem Sinne, dass ich sie schon wieder aus meinem Leben tilge, sondern eins, in dem wir beide die Vergangenheit aus der richtigen Perspektive sehen und uns gegenseitig verzeihen, um dann jede ihres Weges zu ziehen. An dem Abend im Groucho wurde mir bewusst, dass sie mir verziehen hatte, aber ich war noch nicht ganz so weit, mir hing es immer noch nach, dass sie uns damals einfach ohne einen Blick zurück verlassen hatte.

Lucy sagt dazu ganz pragmatisch, einmal muss ja Schluss sein, und sie hat Recht. Jetzt, im reifen Alter von einunddreißig, habe ich endlich das Gefühl, dass ich das Kapitel Portia abschließen kann, die Fesseln kappen, die mich all die Jahre an sie gebunden haben, und sie loslassen.

Was nicht heißt, dass ich sie nicht mehr sehen werde. Gewiss kommt sie heute Abend zu Tims Dinnerparty, auch wenn Josh und Lucy vielleicht nicht sonderlich erbaut davon sind, nachdem Ingrid nun schon fast jede Nacht bei Portia verbringt – nicht gerade das, wofür sie sie bezahlen, wie Lucy immer wieder leicht säuerlich anmerkt.

Und Josh meint dazu, so gern er Portia auch habe, sei es ihm doch alles andere als angenehm, Ingrid nun regelmäßig in geselliger Runde dabeizuhaben. So selbstverständlich Portia und sie auch als Paar auftreten, ist es für Josh und Lucy doch ein wenig peinlich, da sie ja nach wie vor ihr Au-pair-Mädchen ist.

Mag sein, dass ich da allzu viel hineininterpretiere. Vielleicht ist es ja im Grunde genauso einfach, wie mein Leben sich entwickelt hat: Mit der Buchhandlung habe ich meine Traumkarriere realisiert, und mit der Beziehung zu James mein Glück gefunden. Fast möchte ich sagen, mehr als Glück – tiefe Zufriedenheit. Und vielleicht ist es das, was mir erlaubt, mein altes Leben loszulassen und das neue freudig willkommen zu heißen.

Denn es hat sich weiß Gott eine Menge verändert. Nicht, dass ich vorher unglücklich gewesen wäre, aber ich sehe nun, dass Tim Recht hat, wenn er sagt, ich sei festgefahren gewesen. Und nicht nur ich, sondern wir alle. Tim geht sogar so weit zu behaupten, erst die Diagnose hätte ihn da rausgeholt. Seitdem hat er viele neue Interessen entwickelt, unter anderem auch an Alternativmedizin, und plant neuerdings schon einen Kurs in Akupressur.

Auch sein Verhältnis mit Paul scheint in etwas Ernsthaftes zu münden, und auch da betont Tim natürlich nicht zu Unrecht, dass er ihn nie kennen gelernt hätte, wäre er nicht als HIV-positiv diagnostiziert worden.

Tim versucht sich den Anschein zu geben, als nehme er Pauls liebevolle Zuwendung einfach nur so hin, was jedoch ganz und gar nicht der Wahrheit entspricht. Es macht mir riesigen Spaß, sie zusammen zu sehen, denn Paul tut etwas, das ich noch nie jemanden mit Tim habe machen sehen. Er bemuttert ihn. Als ich neulich mal bei ihnen vorbeischaute, pusselte Paul um Tim herum wie eine Glucke, und Tim tat ein bisschen genervt, aber natürlich genoss er jede Sekunde.

Selbst Josh und Lucy haben sich verändert, sie sind sich viel näher gekommen seit jener Pseudoaffäre. Obwohl es nie zum Seitensprung kam, lässt sich nicht leugnen, dass sie sich irgendwie entfremdet hatten, jeder zu sehr in seinem eigenen Leben gefangen, als dass sie noch füreinander da waren. So wäre der physische Akt der Untreue nur noch eine bloße Äußerlichkeit gewesen.

Jetzt finden sie wieder Zeit füreinander. Sie sprechen miteinander und sorgen dafür, dass sie mindestens zweimal die Woche ungestört zu zweit zu Abend essen, nur um die Romantik in der Ehe nicht zu kurz kommen zu lassen. (So hat sich der Agent Provocateur schließlich doch noch gelohnt.)

Ich selbst habe mich in der Gruppe immer für die Beobachterin gehalten, diejenige, die schweigend zuschaut, während alle anderen etwas erleben, aber auch das ist jetzt nicht mehr der Fall. Jetzt ist Tim in die Beobachterrolle geschlüpft, nur, dass er seine Ansichten nicht für sich behält, am wenigsten dann, wenn ich gern darauf verzichten würde.

Was übrigens alles zu seiner neuen Philosophie gehört, von Tag zu Tag zu leben, ausschließlich im Hier und Jetzt, in dem Bewusstsein, dass das Leben zu kurz ist, als dass man nicht genau das sagen sollte, was man meint. Am Anfang war das ja schön und gut, doch allmählich nutzt er seine mildernden Umstände ganz schön aus, und manche Dinge, finde ich, muss ich mir nun wirklich nicht anhören.

Andere hingegen schon. Er hat mir endlich klargemacht, dass ich nicht mehr wie Michael Jackson anno 1978 durch die Gegend laufen kann. Wenn ich meinen Afrolook nicht endlich bändigen lasse, hat er gedroht, werde er nicht mehr mit mir reden.

Ich habe es für Tim getan, nicht für mich, denn manche Dinge werden sich niemals ändern, und obwohl ich ihm zuliebe gern eines Morgens mit einem ungeheuren Interesse an Mode und Make-up aufwachen würde, liegt mir das nun einmal nicht, und man kann sich immer nur begrenzte Zeit zu etwas zwingen.

Aber was mein Haar angeht, war ich doch zu Zugeständnissen bereit, und jetzt bin ich froh darum. Ich habe es beim Friseur entkrausen lassen, so etwa wie eine umgekehrte Dauerwelle. Es ist nicht ganz so glatt geworden, wie Tim es gern hätte, aber nun fällt es mir in losen Wellen über die Schultern, gut zehn Zentimeter länger als vorher, und ich muss gestehen, dass ich mich so viel weiblicher fühle.

James ist ganz begeistert, denn jetzt kann er mit den Fingern hindurchfahren, ohne auf Vogelnester zu stoßen, aber das Beste an ihm ist ja überhaupt, dass er mich für vollkommen hält. Im Bett streichelt er über meine Schenkel, ohne sich je an irgendwelcher Orangenhaut zu stören – er findet mich einfach schön.

Und weil er mich schön findet, *fühle* ich mich allmählich auch schön, und das ist vielleicht die größte Veränderung von allen, denn abgesehen von dem einen Mal, als ich mir die gleiche Frisur wie Portia machen ließ, bin ich mir in meinem ganzen Leben niemals schön vorgekommen.

»Krise, Krise«, japst Tim verzweifelt ins Telefon. »Ich hab die Zitronen vergessen. O Gott, ich fasse es nicht! Cath, kannst du mir Zitronen besorgen?«

»Jetzt?« Ich stehe tropfend im Wohnzimmer, da ich mir immer noch kein schnurloses Telefon angeschafft habe und mir gleichzeitig einbilde, bei jedem Klingeln an den Apparat rennen zu müssen, obwohl der Anrufbeantworter eingeschaltet ist, selbst wenn ich gerade in der Badewanne liege.

»Na ja«, knurrt Tim, »Hauptsache, du bringst welche mit, aber sieh zu, dass du als Erste da bist, punkt halb acht, kannst du das schaffen?«

»Kein Problem. Aber wo ist Paul? Kann er nicht die Zitronen holen?«

»Leider nicht, er ist nämlich schon unterwegs, um noch mehr Cracker zu besorgen, und hat blöderweise sein Handy ausgeschaltet.«

Ich verstehe natürlich Tims Aufregung. Heute soll die wichtigste Dinnerparty aller Zeiten steigen, bei der er seinen Schicksalsschlag aufs Dramatischste zu verkünden gedenkt. Seit Tagen bereitet er das große Ereignis nun schon vor, das Menü, die Blumen, selbst die Tischordnung, denn es handelt sich selbstverständlich um ein vornehmes Essen und nicht um eine Stehparty. Paul hat dafür einen Tapeziertisch ausgeliehen, der mit einer weißen Damastdecke und vielen Teelichtern in putzigen Gläsern geschmückt sein wird (»Kerzen, falls du das noch nicht wissen solltest, Cath, sind so was von *out*«, hatte Tim mir erklärt). Ansonsten wird nur der Kamin brennen, und der Champagner wird im Eiskübel serviert, während leise im Hintergrund Tims geliebte Opernmusik spielt.

Portia war eigentlich auch eingeladen, zusammen mit Ingrid, aber sie hatten bereits irgendein Medien-Event vor, und obwohl ich sie ganz gern mal zusammen gesehen hätte, allein schon der Spannung wegen, bin ich andererseits auch erleichtert, dass sie nicht kommen, weil ich Ingrid bekanntermaßen nicht besonders leiden kann.

Paul wird natürlich da sein, nachdem er schon die ganze Woche für Tim den Laufburschen gespielt hat, und James ist ebenfalls eingeladen. James weiß von Tim, er konnte ja gar nicht anders, als es erraten, und er weiß, dass heute der Abend ist, an dem alle eingeweiht werden sollen, obwohl es ja außer Josh und Lucy ohnehin schon alle wissen.

»Ist es nicht ein bisschen morbide, die Leute auf diese Weise um sich zu versammeln, um es ihnen zu verkünden?«, hat er mich neulich gefragt, und ich war selbst überrascht, mich spontan sagen zu hören, dass ich es ganz und gar nicht so empfinde. Ich weiß ohne jeden Zweifel, dass es als eine Feier des Lebens gemeint ist, ein Fest der Freundschaft, der alten wie der neuen.

»Cath! Jetzt schau dich doch nur an! Hinreißend siehst du aus, strahlend schön, wie ein Filmstar!« Überschwänglich wie eh und je begrüßt Lucy mich, als wir uns an Tims Haustür treffen, bibbernd in der kalten Dezemberluft.

»*Mich* anschauen? Schau *dich* an!«, gebe ich lachend zurück und bewundere ihr eng anliegendes rotes Kleid und die kleinen Strassperlen, die in ihrem Haar glitzern.

Josh beugt sich vor und gibt mir einen Kuss, und ich bin erleichtert zu sehen, dass er mir wirklich verziehen hat. Das schalkhafte Blitzen in seinen Augen ist wieder ganz das alte. Er schüttelt James die Hand, und Lucy hakt sich bei James ein und lächelt kokett zu ihm auf.

»Könnte es sein, mein Lieber, dass du es bist, der unsere Cath so zum Strahlen bringt?«

»Ich geb mir jedenfalls alle Mühe«, sagt er schmunzelnd, während der Türsummer uns schließlich einlässt und wir alle fröhlich schwatzend die Treppe hochgehen und uns die Arme rubbeln, um uns aufzuwärmen.

Paul öffnet uns die Tür, und ich stelle ihn den anderen vor, die seit Tims Rückkehr schon viel von ihm gehört haben, allerdings meistens von mir, wie ich zugeben muss. Ich beobachte gespannt, was er wohl für einen Eindruck auf sie macht.

Doch natürlich gibt es da nichts zu befürchten. Mit seinem breiten, offenen Lächeln und dem treuherzigen Blick kann er ja gar nicht anders, als sie auf Anhieb für sich einzunehmen. Tim kommt aus der Küche gerannt, um uns willkommen zu heißen, saust aber gleich wieder zurück, um die Suppe umzurühren, und Paul öffnet eine Flasche

Schampus und ruft Tim zu, jetzt endlich mal den Kochlöffel fallen zu lassen und mit uns anzustoßen.

»Auf die alten Freunde«, sagt Tim, als wir alle die Gläser heben, und beim ersten Schluck fange ich Lucys Blick auf, die übers ganze Gesicht strahlt und noch mal ihr Glas erhebt.

»Und auf die neuen«, sagt sie, während Tim den Arm um Paul legt und ich James zuproste.

»Die *klitzekleinen* Neuen«, betont Lucy noch mal, mit einem viel sagenden Blick in die Runde, und Tim schreit auf und stürzt zu ihr hinüber.

»Soll das heißen, da kommt was Kleines?«, fragt er und klopft ihr auf den Bauch. Sie nickt, und er fällt ihr um den Hals, während ich zu Josh gehe und ihm einen Kuss gebe.

»Wir wollten eigentlich die ersten zwölf Wochen abwarten«, sagt Josh ein wenig bedauernd, »aber mein liebes Eheweib konnte es offenbar nicht länger für sich behalten.«

»Na ja, wer weiß, wann wir wieder in so festlicher Runde zusammentreffen?«, sagt sie, und Josh küsst sie gerührt auf den Scheitel, während sie sich in seine Arme schmiegt.

»Lucy, ich freu mich so für euch«, stimme ich in die allgemeinen Glückwünsche mit ein, obwohl ich, um ehrlich zu sein, keineswegs begeistert bin von der Aussicht auf einen weiteren Satansbraten – doch andererseits scheint sich Max in letzter Zeit etwas gebessert zu haben, und ich freue mich, weil sie sich freuen, denn nur darauf kommt es an.

»Oh, Mist, ich hab die Kanapees vergessen!« Tim will schon wieder in die Küche rennen, aber Paul kommt ihm zuvor. »Lass nur, ich hol sie schon. Bleib du ruhig mal hier und unterhalte dich.«

Ich sehe, wie Lucy erstaunt die Augenbrauen hebt, und ich weiß, sie denkt das Gleiche wie ich: dass wir all die Jahre glaubten, Tim warte nur darauf, für jemanden das Heimchen am Herd spielen zu dürfen, und nun hochzufrieden damit zu sein scheint, selbst solch ein Heimchen gefunden zu haben.

Lucy folgt Paul in die Küche, angeblich, um ihm zu helfen, in Wirklichkeit aber, um herauszufinden, ob er tatsächlich so vollkommen ist, wie er scheint (wovon ich bereits überzeugt bin), während James und Josh in ein Gespräch über Kinder vertieft sind.

Ich hocke mich neben James aufs Sofa und versuche, interessiert zu wirken, als Josh erklärt, wie Kinder sein Leben verändert haben.

»Aber Cath ist noch nicht so weit, stimmt's, Cath?« Josh und James sehen mich fragend an, und prompt gerate ich ins Stottern, denn bisher lag mir zwar nichts ferner, aber man sollte ja niemals nie sagen, und vielleicht rührte mein völliger Mangel an mütterlichem Instinkt ja auch daher, dass ich einfach noch nicht den richtigen Mann gefunden hatte.

Aber natürlich kann ich das hier nicht sagen, also zucke ich bloß die Achseln. »Ich bin erst einunddreißig, da bleibt mir noch genug Zeit, mir darüber Gedanken zu machen.«

Tim grinst ironisch, als ob er es besser wüsste, und ich will ihn schon mit einem bösen Blick zum Schweigen verdonnern, doch just in diesem Moment kommt Lucy mit einem Tablett voller Patéhäppchen und Crackers herein.

Sie stellt es auf dem Couchtisch ab und setzt sich auf Joshs Knie. »Kinder? Cath? Sag bloß, du denkst langsam auch an Nachwuchs? Das wäre ja wunderbar! Dann könnten wir zusammen in die Krabbelgruppe gehen!«

Tim registriert meine verdatterte Miene und fängt an zu lachen, und ich winde mich vor Peinlichkeit, weil das ja nun ganz so klingt, als hätte ich allen schon erzählt, ich plane, mit James eine Familie zu gründen, obwohl ich noch nie einen Gedanken darauf verwendet habe.

Ich wage es nicht, James anzusehen, denn ich bin mir sicher, er bekommt hier einen ganz falschen Eindruck. Ich räuspere mich verlegen. »Nein, Lucy, ich denke keineswegs an Nachwuchs, jedenfalls nicht in absehbarer Zeit.«

»Ich hab 'ne Idee«, wirft Tim ein. »Ihr wisst doch, in Amerika geben sie zwölfjährigen Mädchen auf lebensecht gemachte Babypuppen, die andauernd schreien, damit ihnen die Lust auf Kinder vergeht. Wie wär's, wenn ihr Max mal eine Woche an Cath ausleiht, damit sie sehen kann, wie's ihr gefallen würde, Mutter zu sein?«

Ich sitze da und klappe den Mund auf und zu wie ein Goldfisch, während Josh und Lucy losprusten, da ihnen meine nicht sonderlich liebevollen Gefühle für Max schließlich nicht ganz verborgen geblieben sind.

»Wahnsinnig komisch«, knurre ich und werfe James einen verstohlenen Seitenblick zu. Zu meiner Erleichterung lacht er unbefangen, dreht sich dann zu mir um und küsst mich vor aller Augen, während Lucy mit einem albern sentimentalen Seufzer den Kopf schief legt.

In der Küche schrillt eine Klingel, und Tim springt auf und bittet uns an den Tisch, wo wir für eine Weile herumstehen, die Kristallschale mit den Rosen bewundern, die zierliche Schönschrift auf den Platzkärtchen, das schimmernde Silber im sanften Licht der vielen kleinen Kerzenflämmchen.

»Ich komme mir richtig verwöhnt vor«, sagt Lucy, als wir unsere Plätze einnehmen. »Diese erlesen gedeckte Tafel, da fühlt man sich ja wie in einem Märchenschloss ...«

»Statt bloß wie in einer miesmickrigen Zweizimmerwohnung in Kilburn?«, ergänze ich.

»Hast du miesmickrig gesagt? Ist dir mein Palast etwa nicht vornehm genug?« Tim stellt sich beleidigt.

»Pardon, Majestät, nicht im Traum käme mir das in den Sinn! Hmm, da duftet irgendetwas aber unheimlich lecker.«

Tim eilt in die Küche und kommt mit einer dampfenden Suppenschüssel zurück.

»Ich wünschte, ich könnte mich mit dieser Kreation brüsten ...«, sagt er, als er die Schüssel auf dem Tisch absetzt.

»Aber das Rezept stammt von Queen Delia?« Ich kann das Frotzeln einfach nicht lassen.

»Nein, von Paul, wenn du's genau wissen willst.« Alle Blicke richten sich auf Paul, der bescheiden abwinkt.

»Bevor ihr mich jetzt Queen Paul nennt, muss ich sagen, ich wäre lieber der Märchenprinz.«

»Und der sollst du auch sein, mein Lieber.« Tim blickt ihn zärtlich an, und champagnerbeflügelt schwenken wir alle die Gläser und prosten lautstark dem frisch gekürten Märchenprinzen zu, der sich mit gebührender Grandezza in die Küche begibt, um die Croutons zu holen.

James wirkt anfangs eher still, er muss sich wohl noch ein bisschen an die Clique in ihrer fidelen Partylaune gewöhnen, aber der Wein fließt reichlich, der Geräuschpegel steigt, und bald ist er genauso laut und ausgelassen wie wir alle.

Ich beobachte, wie er mit Lucy und Tim herumflachst, und ich lächele in mich hinein, während ich meinen Rotwein nippe – beglückt zu sehen, wie gut James in die Runde passt. Was das betrifft, werde ich mir niemals Sorgen machen müssen.

Wir amüsieren uns alle so gut, dass ich völlig vergesse, aus welchem Anlass wir heute hier versammelt sind. Erst als das Festmahl verputzt ist (Brokkolisuppe, raffiniert mit Stiltonkäse verfeinert, Lammrücken an einer Aprikosenfarce, Schokoladensoufflé mit Vanillesoße) und wir uns alle ächzend die Bäuche halten, frage ich mich, ob Tim eigentlich noch vorhat, seine Ankündigung auf uns loszulassen.

Denn er sieht so unbekümmert aus! Der Tim, den ich früher kannte, wäre jetzt ein Nervenbündel, der Angstschweiß würde ihm auf der Stirn stehen bei der Aussicht, sein innerstes Geheimnis offenbaren zu müssen.

Ich will ihm schon in die Küche folgen, um ihn zu fragen, weil ich mir sicher bin, dass er es sich anders überlegt hat, als er mit der Kaffeekanne ins Wohnzimmer zurückkommt und Ruhe gebietend die Hand hebt.

»Oho, eine Rede, eine Rede!«, johlt Josh angeheitert, aber Tim bittet ihn gutmütig lächelnd zu schweigen.

»Ob ihr's glaubt oder nicht«, sagt er, während Paul mit einem Geschirrtuch in der Hand aus der Küche kommt, »es gibt einen Grund für unsere kleine Party heute.«

»Na klar, sich gepflegt einen anzusaufen!« Wie immer, wenn er betrunken ist, regrediert der gute Josh zu seinen Studentenzeiten zurück, und Lucy legt ihm beschwichtigend die Hand auf den Arm, denn die Stimmung hat sich geändert. Herumalbern ist jetzt nicht mehr angebracht.

»Ich habe euch etwas mitzuteilen, aber zuerst möchte ich noch sagen, wie sehr ich mich freue, dass Max nun ein Brüderchen oder ein Schwesterchen bekommt. Die unerwartete frohe Botschaft macht mir meine eigene leichter.«

Das Herz klopft mir im Hals, und ich kann mir gar nicht vorstellen, wie schwierig dieser Moment für Tim sein muss. James fasst unter dem Tisch nach meiner Hand, und ich drücke sie fest, ohne die Augen von Tims Gesicht zu wenden.

»Und noch eins: Was ich euch zu sagen habe, ist wirklich nichts Schlimmes. Ich meine, am Anfang dachte ich natürlich nicht so, aber HIV-positiv zu sein heißt lediglich, dass man das Virus hat, und nicht, dass man daran sterben muss. Na, jedenfalls noch nicht so bald, hoffe ich doch, auch wenn mich gewisse Leute manchmal am liebsten umbringen würden.«

Man hätte es fast überhören können, so nebensächlich hat Tim die Nachricht in seine kleine Ansprache verpackt, aber dann sehe ich Josh an, der selbst im Kerzenlicht auf einmal ganz bleich wirkt, und Lucy, die mit Tränen in den Augen aufspringt und ihren Stuhl umwirft, ehe sie zu Tim hinläuft, um ihn in die Arme zu nehmen.

»Schon gut, Lucy«, murmelt er in ihr Haar, streicht ihr über den Rücken und macht sich dann behutsam los.

»Die Sache ist die, ihr seid ja praktisch meine Familie – entschuldige, James, du bist gerade erst neu dazugekommen und hast wahrscheinlich nicht erwartet, so schnell schon in dramatische Szenen zu geraten.« Doch James lächelt nur achselzuckend, als wolle er sagen, es mache ihm nichts aus, und ich liebe ihn dafür. »Aber wie gesagt, als meine Familie müsst ihr es wissen, denn ich brauche euch alle, ich brauche eure Unterstützung. Lucy, Josh, ihr wollt mich sicher einiges fragen. Ich besuche seit einiger Zeit einen Selbsthilfekurs für ... ähm, so Leute wie mich, und eins der Dinge, die ich da gelernt habe, ist, dass es unglaublich wichtig ist, absolut ehrlich zueinander zu sein. Also, wenn ihr Fragen habt, jetzt wäre der Moment dafür ...«

Und prompt hagelt es Fragen, größtenteils von Lucy. Wie lange er es schon habe, ob er krank gewesen sei, wie er sich angesteckt habe, was es für Auswirkungen habe, ob es neue Behandlungsmethoden gebe ...

Tim antwortet ruhig und geduldig, und sogar ich bin beeindruckt von der Sachkenntnis, die er sich in solch kurzer Zeit angeeignet hat, und erst nach einer ganzen Weile fällt mir auf, dass Josh noch immer keinen Ton gesagt hat.

»Josh?« Er blickt auf, mit völlig geschockter Miene, setzt zum Sprechen an, springt dann aber urplötzlich von seinem Stuhl auf, geht zur Tür und schlägt sie wortlos hinter sich zu.

Lucy entschuldigt sich betreten und eilt ihm nach. Wieder knallt die Tür ins Schloss, und wir vier Übrigen sitzen verdattert da und rätseln mit gedämpften Stimmen, was denn bloß in Josh gefahren sei.

So mag eine halbe Stunde vergehen, vielleicht auch eine Stunde, aber dann klingelt es an der Tür, und als ich öffnen gehe, stehen Josh und Lucy da, mit dick verquollenen Augen. Stumm treten sie ins Wohnzimmer. Lucy setzt sich zu uns, während Josh zu Tim hinübergeht.

Und er tut etwas, das ich nie für möglich gehalten hätte. Er legt den Arm um Tim und fängt an zu weinen, und Tim klopft ihm tröstend auf den Rücken. Wir anderen beschließen einmütig, uns ans Abwaschen zu machen, und verziehen uns in die Küche.

»Alles in Ordnung mit Josh?«, wispere ich Lucy zu, während James und Paul frischen Kaffee aufsetzen.

»Ja ja, es ist bloß der Schock«, sagt Lucy. »Du weißt doch, wie Josh ist. Er glaubt, HIV bedeutet Aids, und Aids bedeutet Tod. Ich hab gerade eine Stunde lang versucht, ihm zu erklären, wie es sich wirklich verhält.«

»Lucy, hast du es denn schon gewusst?«

Sie zuckt die Achseln. »Irgendwie hab ich's geahnt. Tim war die ganze Zeit so anders als sonst, und eines Morgens bin ich aufgewacht und wusste es einfach. Und du warst ja auch so komisch, hast auf einmal gar nichts mehr von Tim erzählt ...« Sie seufzt. »Aber Schwamm drüber. Sag mal, was meinst du, wird das denn gut gehen?«

Und ich stehe hier in der Küche, höre James und Paul mit den Kaffeetassen klappern, blicke in Lucys vom Weinen gerötetes, besorgtes Gesicht, sehe hinter ihr durch den Türspalt Tim und Josh in ruhigem Gespräch auf dem Sofa, und fühle, wie mich ein tiefer Frieden überkommt. Im Herzen meiner – wie Tim sagen würde – Wahlfamilie.

»Weißt du«, antworte ich lächelnd und sehe, wie Lucys Miene sich entspannt, während sie mein Lächeln erwidert, »ich glaube wirklich, es wird alles gut.«

Dank

ICH MÖCHTE FOLGENDEN Leuten gern für ihre freundliche Unterstützung danken: Dr. Patrick French vom Mortimer Market Centre; Adam Wilkinson von Body Positive; Marek, Jessica und allen anderen vom Primrose Hill Bookshop; James Phillips und Andrew Benbow von Books Etc. in Whiteleys; Laurent Burel; Yasmin Rahaman; Tricia Anker.

Meinem »*inner circle*«: Annie, Giselle, Caroline und Julian und schließlich David, für alles.